Das Buch

Britannien im 5. Jahrhundert: Nach erbitterten Kriegen zwischen den Volksstämmen der Briten und Sachsen ist das Land verwüstet. Axl und Beatrice sind seit vielen Jahren ein Paar. In ihrem Dorf gelten sie als Außenseiter und man gibt ihnen deutlich zu verstehen, dass sie eine Belastung für die Gemeinschaft sind. Also verlassen sie ihre Heimat, in der Hoffnung, ihren Sohn zu finden, den sie seit langer Zeit nicht mehr gesehen haben. Ihre Reise ist voller überraschender Gefahren und Begegnungen, und bald ahnen sie, dass in ihrem Land eine Veränderung heraufzieht, die alles aus dem Gleichgewicht bringen wird, sogar ihre Beziehung.

Der Autor

Kazuo Ishiguro, geboren 1954 in Nagasaki, kam 1960 nach London, wo er Englisch und Philosophie studierte. 1989 erhielt er für den Weltbestseller *Was vom Tage übrigblieb,* der von James Ivory verfilmt wurde, den Booker Prize. Kazuo Ishiguros Werk wurde bisher in 28 Sprachen übersetzt. Sein Roman *Alles, was wir geben mussten* wurde mit Keira Knightley in der Hauptrolle verfilmt. Kazuo Ishiguro lebt in London.

Kazuo Ishiguro bei Heyne:
Damals in Nagasaki
Der Maler der fließenden Welt
Was vom Tage übrigblieb
Die Ungetrösteten
Als wir Waisen waren
Alles, was wir geben mussten
Bei Anbruch der Nacht

KAZUO ISHIGURO

Der begrabene
Riese

Roman

Aus dem Englischen
von Barbara Schaden

WILHELM HEYNE VERLAG
MÜNCHEN

Der Verlag weist ausdrücklich darauf hin, dass im Text enthaltene externe Links vom Verlag nur bis zum Zeitpunkt der Buchveröffentlichung eingesehen werden konnten. Auf spätere Veränderungen hat der Verlag keinerlei Einfluss. Eine Haftung des Verlags ist daher ausgeschlossen.

MIX
Papier aus verantwor-
tungsvollen Quellen
FSC® C014496
FSC
www.fsc.org

Verlagsgruppe Random House FSC® N001967

3. Auflage
Taschenbucherstausgabe 12/2016
Copyright © 2015 der Originalausgabe by Kazuo Ishiguro
Die Originalausgabe erschien 2015 unter dem Titel
The Buried Giant bei Faber and Faber Ltd., London
Copyright © 2015 der deutschsprachigen Ausgabe
by Karl Blessing Verlag, München,
in der Verlagsgruppe Random House GmbH
und dieser Ausgabe © 2016 by Wilhelm Heyne Verlag, München,
in der Verlagsgruppe Random House GmbH,
Neumarkter Straße 28, 81673 München
Umschlaggestaltung: Kornelia Rumberg, B ü r o f ü r s i c h t b a r e
A n g e l e g e n h e i t e n, 82340 Feldafing
Umschlagmotiv: © Trevillion Images/Ebru Sidar
Satz: Leingärtner, Nabburg
Druck und Bindung: GGP Media GmbH, Pößneck
Alle Rechte vorbehalten
Printed in Germany

ISBN 978-3-453-42000-7
www.heyne.de
Dieses Buch ist auch als E-Book lieferbar.

DEBORAH ROGERS
1938–2014

TEIL I

1. KAPITEL

Nach den kurvenreichen Sträßchen und beschaulichen Wiesen, für die England später berühmt wurde, hättet ihr lange gesucht. Gefunden hättet ihr stattdessen endlose Weiten, ödes, unbestelltes Land; hier und dort einen Saumpfad über felsiges Bergland, durch karges Moor. Die von den Römern zurückgelassenen Straßen waren bis dahin meist schon geborsten oder überwuchert, oft von der Wildnis zurückerobert. Über Flüssen und Sumpf hing ein eisiger Nebel, was den Menschenfressern, die es damals noch gab, nur allzu gelegen kam. Die dort lebenden Menschen – man fragt sich, welche Verzweiflung sie dazu getrieben hatte, sich in derart trübsinnigen Gegenden niederzulassen – mochten sich wohl gefürchtet haben vor diesen Geschöpfen, die man, lang bevor ihre Missgestalt aus dem Nebel auftauchte, an ihrem rasselnden Atem erkennen konnte. Aber nicht diese Wesen waren es, die Anlass zur Verwunderung gaben. Für die Menschen damals waren sie alltägliche Gefahren; es gab doch so viel anderes, worum man sich Gedanken machen musste. Wie man dem harten Boden Nahrung abtrotzte, was zu tun war, damit einem das Brennholz nicht ausging; wie man die Krankheit besiegte, der an einem einzigen Tag ein Dutzend Schweine zum Opfer fielen und die auf den Wangen der Kinder grünen Ausschlag hervorrief.

Die Menschenfresser waren jedenfalls nicht so schlimm, solange man sie nicht provozierte. Man musste damit leben, dass hin und wieder ein solches Wesen, vielleicht nach einem undurchsichtigen Streit in der Sippe, in wildem Zorn ins Dorf gestapft kam, trotz allem Gebrüll und Waffengerassel dort herumtobte und schrie und jeden verletzte, der nicht schnell genug das Weite suchte. Oder dass gelegentlich einer ein Kind raubte und mit ihm im Nebel verschwand. Solchen Untaten begegnete man damals möglichst mit philosophischem Gleichmut.

In einer dieser Siedlungen, die im Schatten zerklüfteter Felsen, am Rand eines ausgedehnten Sumpfgebiets lag, lebte ein älteres Paar, Axl und Beatrice. Es mochten nicht genau oder nicht ihre vollständigen Namen sein, doch der Einfachheit halber wollen wir sie so nennen. Ich würde sagen, dass dieses Paar ein zurückgezogenes Leben führte, aber »zurückgezogen« in einem heutigen Sinn war damals kaum jemand. Wärme und Schutz suchte die Landbevölkerung in Behausungen, die teils tief in den Hügel gegraben und durch unterirdische Gänge und gedeckte Gräben miteinander verbunden waren. Unser älteres Paar lebte mit rund sechzig weiteren Bewohnern in einem solchen Bau – »Gebäude« wäre ein zu großes Wort dafür. Wärt ihr, aus diesem Bau kommend, zwanzig Minuten rund um den Hügel gewandert, so wärt ihr zur nächsten Siedlung gelangt und hättet sie als der ersten völlig gleich empfunden. Ihre Bewohner jedoch hätten zahlreiche Unterschiede wahrgenommen, Kleinigkeiten, die ihnen Anlass zu Stolz oder Scham gegeben hätten.

Es ist nicht meine Absicht, euch den Eindruck zu vermitteln, dass das Britannien jener Tage nicht mehr zu bieten hatte; dass wir hierzulande kaum die Eisenzeit überwunden hatten, während in anderen Teilen der Welt große Kulturen erblühten.

Durchaus nicht: Hättet ihr die Möglichkeit gehabt, nach Belieben durchs Land zu streifen, so hättet ihr Burgen entdeckt, in denen es Musik, gutes Essen, herausragende Athleten gab; oder Klöster, deren Bewohner ins Studium vertieft waren. Aber es hilft nichts: Selbst auf einem starken Pferd und bei gutem Wetter hättet ihr tagelang reiten können, ohne dass ihr im grünen Urwald eine Burg, ein Kloster erspäht hättet. Gefunden hättet ihr vor allem Gemeinschaften wie die oben beschriebene, und wärt ihr nicht mit Nahrung oder Kleidung als Geschenken gekommen oder bewaffnet bis an die Zähne, so wärt ihr wohl nicht empfangen worden. Es tut mir leid, dass ich kein hübscheres Bild von unserem Land, wie es damals war, zeichnen kann, aber so ist es eben.

Kehren wir zu Axl und Beatrice zurück. Dieses ältere Paar lebte, wie gesagt, im Außenbereich eines Gemeinschaftsbaus, wo ihre Unterkunft den Elementen stärker ausgesetzt war und vom Feuer im Großen Saal, um das sich abends alle versammelten, kaum profitierte. Vielleicht hatten sie früher näher beim Feuer gewohnt; in einer Zeit, als sie mit ihren Kindern zusammenlebten. Eigentlich war das nur so ein Gedanke, der Axl in den Sinn kam, wenn er in den leeren Stunden vor Tagesanbruch im Bett lag, neben sich seine tief schlafende Frau, und ein Gefühl von namenlosem Verlust empfand, das an seinem Herzen fraß und ihn nicht wieder einschlafen ließ.

Vielleicht war das der Grund, weshalb sich Axl an diesem besonderen Morgen überhaupt aus dem Bett erhob und leise ins Freie schlich, um auf der windschiefen alten Bank neben dem Eingang zu sitzen und aufs erste Licht zu warten. Es war Frühling, aber noch herrschte eine schneidende Kälte; das spürte er trotz Beatricens Umhang, den er auf dem Weg nach draußen mitgenommen hatte, um sich darin einzuwickeln. Doch dann war er so tief in seinen Gedanken versunken, dass ihm die Kälte erst ins Bewusstsein drang, als die Sterne fast verblasst waren und am Horizont ein leuchtender Streif erschien und breiter wurde, während sich aus dem Dämmer das erste Vogelgezwitscher erhob.

Langsam stand er auf. Jetzt bereute er, dass er so lang draußen geblieben war. Er war bei guter Gesundheit; aber das letzte Fieber war er lang nicht losgeworden, und einen Rückfall wollte er vermeiden. Jetzt spürte er zwar die feuchte Kälte in den Beinen, doch als er sich anschickte, wieder hineinzugehen, war er recht zufrieden: Es war ihm an diesem Morgen manches wieder eingefallen, an das er sich schon seit einer ganzen Weile vergeblich zu erinnern versucht hatte. Und er ahnte, dass er im Begriff war, eine folgenreiche Entscheidung zu treffen, die er schon zu lang vor sich herschob; jetzt erfüllte ihn eine Erregung, die er unbedingt mit seiner Frau teilen wollte.

Drinnen war alles noch vollkommen dunkel, und er musste sich den kurzen Weg bis zur Tür seiner Kammer ertasten. Viele »Türen« innerhalb des Gemeinschaftsbaus waren einfach bogenförmige Öffnungen, durch die man eine Kammer betrat. Die offene Bauweise hätten die Bewohner durchaus nicht als Verletzung ihrer Privatsphäre empfunden; schließlich kam ihnen jeder warme Hauch zugute, der vom großen oder den kleineren im Bau erlaubten Feuern durch die Gänge wehte. Der Raum, den Axl und Beatrice bewohnten, lag aber weitab von jedem Feuer und hatte daher etwas, das uns entfernt als Tür erschiene: einen breiten hölzernen Rahmen, in den kreuz und quer kleine Äste, Ranken und Disteln eingeflochten waren; zwar musste man ihn, wenn man den Raum betrat oder verließ, jedes Mal zur Seite stellen, aber er hielt die kalte Zugluft fern. Axl hätte liebend gern darauf verzichtet, Beatrice jedoch hatte mit der Zeit beträchtlichen Stolz auf diese

Tür entwickelt. Oft fand er, wenn er heimkam, seine Frau damit beschäftigt, welke Teile aus dem Gebilde zu zupfen und frische Stecklinge einzuflechten, die sie tagsüber gesammelt hatte.

An diesem Morgen schob Axl die Tür nur so weit zur Seite, dass er hindurchkam, und bemühte sich, möglichst leise zu sein. Durch die Spalten und Ritzen der Außenwand drang das frühmorgendliche Licht herein. Undeutlich erkannte er seine Hand vor den Augen und auf dem Grasbett Beatricens Gestalt unter den dicken Decken. Sie schlief noch immer fest.

Es reizte ihn sehr, seine Frau zu wecken. Ein Teil von ihm war sicher, dass, wäre sie in diesem Augenblick wach, ein Gespräch mit ihr die letzten Hürden, die ihn von seiner Entscheidung noch trennten, einreißen würde. Aber bis die Gemeinschaft aufstand und mit dem Tagwerk begann, dauerte es noch eine Weile, und Axl setzte sich auf den niedrigen Schemel in der Ecke, fest in den Umhang seiner Frau gewickelt.

Er dachte an den Nebel; überlegte, wie dicht er an diesem Morgen wohl war und ob man, wenn es heller wäre, sehen könnte, wie er durch die Ritzen in die Kammer eindrang. Aber bald trieben seine Gedanken von solchen Fragen wieder fort und kehrten zurück zu dem, was ihn beschäftigt hatte. Hatten sie immer so gelebt, nur sie beide, am Rand der Gemeinschaft? Oder war es einmal ganz anders gewesen? Vorhin, draußen, waren kurze Erinnerungsbilder aufgeblitzt: wie er, den Arm um eines seiner Kinder gelegt, durch den langen Mittelgang des Baus ging, leicht gebückt, aber nicht weil er altersgebeugt war, wie wohl heute, sondern weil er vermeiden wollte, im trüben Zwielicht mit dem Kopf an die Balken zu stoßen. Womöglich hatte das Kind mit ihm gesprochen, hatte etwas Lustiges gesagt, denn sie lachten beide. Aber es hielt sich jetzt nichts mehr so recht in seinem Geist, wie vorhin, draußen, und je mehr er sich konzentrierte, desto blasser wurden die Erinnerungen. Vielleicht waren es nur die Hirngespinste eines alten Narren. Vielleicht hatte ihnen Gott ja niemals Kinder geschenkt.

Ihr fragt euch vielleicht, weshalb Axl nicht seine Nachbarn bat, ihm dabei zu helfen, sich die Vergangenheit in Erinnerung zu rufen, aber so einfach, wie man annehmen möchte, war es nicht. Es wurde in dieser Gemeinschaft kaum über frühere Zeiten gesprochen. Das soll nicht heißen, die Vergangenheit sei tabu gewesen. Es soll heißen, dass sie aus irgendeinem Grund in einem Nebel versunken war, der so dicht war wie die Dampfschwaden über den Sümpfen. Es kam diesen Menschen einfach nicht in den Sinn, über Vergangenes nachzusinnen – nicht einmal über das, was erst vor Kurzem passiert war.

Um ein Beispiel zu nennen, eine Angelegenheit nämlich, mit der sich Axl schon seit einer Weile plagte: Er war sicher, dass vor nicht allzu langer Zeit eine Frau mit langem rotem Haar unter ihnen gewesen war – eine Frau, die als sehr wichtig für dieses Dorf galt. Wenn jemand erkrankte oder sich verletzt hatte, wurde nach dieser rothaarigen Frau geschickt, die eine erfahrene Heilerin war. Und jetzt war ebendiese Frau nirgends mehr zu finden, aber offenbar fragte sich niemand, was denn passiert war, oder äußerte wenigstens ein Bedauern, dass sie nicht mehr da war. Als Axl eines Morgens die Sache gegenüber drei Nachbarn erwähnte, während sie gemeinsam den gefrorenen Acker aufhackten, erkannte er an ihren verständnislosen Mienen, dass sie tatsächlich keine Ahnung hatten, wovon er sprach. Einer hielt sogar in der Arbeit inne, so sehr strengte er sein Gedächtnis an, doch am Ende schüttelte er bloß den Kopf. »Muss schon lang her sein«, sagte er.

»Ich habe auch keine Erinnerung an die Frau«, sagte Beatrice, als er das Thema abends zur Sprache brachte. »Vielleicht hast du sie dir zusammengeträumt, Axl, weil du sie nötig hattest, obwohl du doch eine Frau hast, die hier neben dir liegt und einen geraderen Rücken hat als du.«

Das war irgendwann im vergangenen Herbst gewesen, und sie hatten in pechschwarzer Nacht nebeneinander auf dem Bett gelegen und dem Regen gelauscht, der auf ihr Schutzdach trommelte.

»Das ist wahr, du bist im Lauf der Jahre wirklich kaum gealtert, Prinzessin«, sagte Axl. »Aber die Frau war kein Traum, und du würdest dich selber erinnern, wenn du dir einen Moment Zeit zum Nachdenken nehmen würdest. Erst vor einem Monat stand sie hier vor unserer Tür, eine freundliche Seele, und fragte, ob sie uns etwas bringen könnte. Bestimmt erinnerst du dich.«

»Warum wollte sie uns überhaupt etwas bringen? War sie verwandt mit uns?«

»Das glaube ich nicht, Prinzessin. Sie war einfach freundlich. Bestimmt erinnerst du dich. Sie stand oft vor der Tür und wollte wissen, ob wir froren oder Hunger hatten.«

»Was ich wissen will, Axl, ist dieses: Wieso kam sie auf die Idee, ausgerechnet zu uns so freundlich zu sein?«

»Das habe ich mich damals selber gefragt, Prinzessin. Ich weiß noch, dass ich dachte, hier steht eine Frau, die sich um die Kranken kümmert, und hier sind wir, alle beide so gesund wie jeder andere im Dorf. Ist vielleicht eine Seuche im Verzug, und die Frau ist hier, um ein Auge auf uns zu haben? Aber wie sich herausstellt, kommt keine Seuche, und sie ist einfach freundlich. Jetzt, wo wir über sie reden, fällt mir sogar noch mehr ein. Sie stand da und sagte, wir sollen es uns nicht zu Herzen nehmen, wenn die Kinder uns beschimpfen. Das war's. Danach haben wir sie nie wiedergesehen.«

»Diese rothaarige Frau ist nicht nur ein Traum, der deinem Hirn entsprungen ist, Axl, sondern auch eine Närrin, wenn sie sich wegen ein paar Kindern und ihren Spielen den Kopf zerbricht.«

»Genau das dachte ich damals auch, Prinzessin. Was können uns die Kinder schon tun, sie vertreiben sich doch nur die Zeit, wenn das Wetter draußen zu widerwärtig ist. Ich sagte zu ihr, wir hätten uns ja gar nichts draus gemacht, aber sie meinte es trotzdem nur freundlich. Und dann weiß ich noch, dass sie sagte, es sei ein Jammer, dass wir die Nächte ohne Kerze verbringen müssten.«

»Wenn diese Person Mitleid mit uns hatte, weil wir keine Kerze haben«, sagte Beatrice, »dann hatte sie immerhin in diesem einen Punkt recht. Es ist eine Beleidigung, dass sie uns in Nächten wie dieser eine Kerze verbieten, dabei sind unsere Hände genauso ruhig wie die der anderen. Während solche, die jede Nacht vom Apfelwein betäubt sind oder mit einer randalierenden Kinderbande leben, sehr wohl eine Kerze haben dürfen. Aber ausgerechnet *uns* haben sie die Kerze weggenommen, und jetzt sehe ich nicht mal mehr deinen Umriss, Axl, obwohl du direkt neben mir bist.«

»Sie haben es nicht böse gemeint, Prinzessin. So war es eben schon immer – mehr steckt nicht dahinter.«

»Also nicht nur deine Traumfrau findet es seltsam, dass uns die Kerze abgenommen wurde. Gestern, oder war es vorgestern, da war ich am Fluss und ging an den Frauen vorbei, und als sie glaubten, ich sei außer Hörweite, da sagten sie – und ich bin ganz sicher, dass ich sie richtig verstanden habe –, sie sagten, es sei doch eine Schande, dass ein rechtschaffenes Paar wie wir jede Nacht im Dunkeln sitzen muss. Deine Traumfrau ist also nicht die Einzige, die so denkt, wie sie denkt.«

»Prinzessin, ich sag's dir, sie ist keine Traumfrau. Noch vor einem Monat kannte sie jeder hier, und jeder hatte ein gutes Wort für sie. Wie kann es sein, dass jeder, auch du, vergisst, dass sie je gelebt hat?«

Als er jetzt, an diesem Frühlingsmorgen, an dieses Gespräch zurückdachte, war Axl nahe daran, zuzugeben, dass er mit der rothaarigen Frau falschlag. Er war schließlich nicht mehr jung und konnte schon einmal in Verwirrung geraten. Dabei war die Geschichte mit der rothaarigen Frau nur eine in einem anhaltenden Strom rätselhafter Zwischenfälle dieser Art. Ärgerlicherweise fielen ihm jetzt gar nicht so viele Beispiele ein, aber sie waren zahlreich gewesen, daran war nicht zu rütteln. Wie etwa der Vorfall mit Marta.

Das war ein kleines Mädchen, neun oder zehn Jahre alt, das berühmt war für seine Furchtlosigkeit. All die haarsträubenden Geschichten darüber, was streunenden Kindern widerfahren konnte, schienen ihre Abenteuerlust nicht im Mindesten zu dämpfen. Als sich dann eines Abends, höchstens eine Stunde vor Einbruch der Dunkelheit, während bereits der Nebel aufstieg und am Berghang die Wölfe heulten, die Nachricht herumsprach, dass Marta fehlte, hielten alle erschrocken in ihren Beschäftigungen inne. Eine Zeit lang riefen von allen Seiten Stimmen ihren Namen durch den Bau, und die Gänge hallten von hastigen Schritten, denn die Bewohner durchsuchten jede Schlafkammer, die Vorratslöcher, die Hohlräume unter den Sparren, jeden Ort, an dem ein Kind sich zum Spaß verstecken konnte.

Inmitten dieser Panik traten zwei Hirten, die vom Viehhüten in den Hügeln heimkamen, in den Großen Saal und wärmten sich am Feuer. Dabei erzählte der eine, er habe einen Zaunkönigadler über ihnen kreisen sehen, einmal, zweimal und ein drittes Mal. Irrtum ausgeschlossen, sagte er, es sei ein Zaunkönigadler gewesen. Es sprach sich rasch im ganzen Bau herum, und bald hatte sich eine Menschenmenge ums Feuer versammelt und lauschte den Hirten. Sogar Axl war gleich zu ihnen gestoßen, denn dass in ihrem Land ein Zaunkönigadler auftauchte, war allerdings unerhört. Zu den zahlreichen Kräften, die dem Zaunkönigadler zugeschrieben wurden, zählte die Fähigkeit, Wölfe zu vertreiben: Anderswo im Land waren dank dieser Vögel die Wölfe angeblich überhaupt ganz verschwunden.

Zuerst mussten die Hirten wieder und wieder ihre Geschichte erzählen und Rede und Antwort stehen. Bald aber wuchs unter den Zuhörern die Skepsis. So was sei doch schon oft behauptet worden, wandte jemand ein, und jedes Mal habe es sich als haltlos erwiesen. Jemand anderes wies darauf hin, dass ebendiese zwei Hirten erst im vergangenen Frühjahr mit der gleichen Geschichte aufgewartet hätten, der Vogel aber seither von keinem mehr gesichtet worden sei. Die Hirten widersprachen zornig: Niemals hätten sie so etwas berichtet; und bald spaltete sich die Menge in die einen, die auf der Seite der Hirten standen, und die anderen, die sich an den angeblichen Vorfall im Jahr zuvor zu erinnern meinten.

Als der Streit hitziger wurde, verspürte Axl dieses vertraute Bohren, das ihm sagte, dass hier etwas nicht mit rechten Dingen zuging, und er entzog sich dem Geschrei und Gedränge und ging hinaus, um in den dunkelnden Himmel, auf den sich über den Boden wälzenden Nebel zu starren. Und nach einer Weile begannen sich in seinem Geist Bruchstücke von Erinnerungen – an die verschwundene Marta, an die Gefahr, an die gemeinschaftliche Suche nach ihr vor nicht allzu langer Zeit – zusammenzusetzen. Aber schon gerieten diese Erinnerungen durcheinander, ganz ähnlich wie ein Traum Sekunden nach dem Erwachen, und nur unter Aufbietung äußerster Konzentration konnte Axl den Gedanken an das Kind

Marta überhaupt festhalten, während hinter ihm laut und unverdrossen über den Zaunkönigadler gestritten wurde. Und plötzlich, wie er so dastand, hörte er die Stimme eines kleinen Mädchens, das vor sich hin sang, und vor ihm aus dem Nebel trat Marta.

»Du bist aber ein merkwürdiges Kind«, sagte Axl, als sie hüpfend auf ihn zukam. »Hast du denn keine Angst vor der Dunkelheit? Vor den Wölfen, den Menschenfressern?«

»O doch, Herr, ich habe schon Angst«, sagte sie lächelnd. »Aber ich weiß, wie ich mich vor ihnen verstecken kann. Hoffentlich haben meine Eltern nicht nach mir gefragt. Ich bekam so eine schlimme Tracht Prügel letzte Woche.«

»Nach dir gefragt? Natürlich haben sie nach dir gefragt. Sucht nicht das ganze Dorf nach dir? Hör doch mal, wie es dort drinnen zugeht. Alles deinetwegen, Kind.«

Marta lachte und sagte: »Ach, lass nur, Herr! Ich weiß, dass sie mich nicht vermisst haben. Und ich hör schon – um mich geht es nicht bei dem Geschrei.«

Als sie das sagte, erkannte Axl, dass sie natürlich recht hatte: Die Stimmen dort drin stritten keineswegs ihretwegen; es ging um etwas ganz anderes. Er beugte sich zur Tür, um besser zu hören, und als er in dem lautstarken Stimmengewirr den einen oder anderen Satzfetzen verstand, fiel es ihm nach und nach wieder ein – es ging um die Hirten und ihren Zaunkönigadler. Er überlegte, ob er Marta etwas erklären sollte, aber sie huschte schon an ihm vorbei in den Bau.

Er folgte ihr und stellte sich die allgemeine Erleichterung und Freude vor, die ihr Anblick auslösen würde. Und ehrlich gesagt, kam ihm dabei auch in den Sinn, dass ihre Rückkehr, wohlbehalten, wie das Kind war, ein wenig auch ihm zugeschrieben würde, wenn er mit ihr den Großen Saal betrat. Doch die Bewohner waren noch derart von ihrer Streiterei über die Hirten in Anspruch genommen, dass kaum jemand zu ihnen herschaute, als sie hereinkamen. Allerdings löste sich Martas Mutter aus der Menge, gerade lang genug, um zu ihrem Kind zu sagen: »Da bist du ja! Was fällt dir ein, einfach wegzulaufen! Wie oft muss ich dir das noch sagen?« Gleich darauf wandte sie ihre Aufmerksamkeit wieder dem Gezänk rund um das Feuer zu, und Marta grinste Axl breit an, wie um zu sagen: »Siehst du?« Dann verschwand sie im Dunkeln, um nach ihren Kameraden zu suchen.

Im Raum war es erheblich heller geworden. Ihre Kammer hatte, eben weil am äußeren Rand gelegen, ein kleines Fenster nach draußen, das allerdings zu hoch war, als dass man hinausschauen konnte, ohne sich auf einen Schemel zu stellen. Nachts war es mit einem Tuch verhängt, aber jetzt drang bereits ein früher Sonnenstrahl durch einen Spalt und warf einen Lichtbalken in den Raum, der bis zu der schlafenden Beatrice reichte. In diesem Strahl sah Axl etwas Insektenartiges, das direkt über dem Kopf seiner Frau schwebte. Eine Spinne, so erkannte er, die an ihrem unsichtbaren senkrechten Faden hing, und während er sie beobachtete, machte sie sich sacht an den Abstieg. Axl erhob sich lautlos, durchquerte den kleinen Raum, fuhr mit der Hand durch die Luft dicht über seiner schlafenden Frau und fing die Spinne in der Faust. Dann stand er einen Moment nur da und blickte auf Beatrice hinunter. In ihrem schlafenden Gesicht lag eine Friedlichkeit, die es im Wachzustand nur noch selten zeigte, und die jähe Glückseligkeit, die ihn bei dem Anblick erfasste, überraschte ihn. Nun wusste er, dass seine Entscheidung gefallen war, und wieder wollte er sie wecken, weil er es nicht erwarten konnte, ihr endlich alles zu sagen. Aber er sah ein, dass es selbstsüchtig gewesen wäre – und wie konnte er sich überhaupt ihrer Reaktion so sicher sein? Schließlich kehrte er leise zu seinem Schemel zurück, und als er sich setzte, fiel ihm die Spinne wieder ein, und er öffnete vorsichtig die Faust.

Als er draußen auf der Bank gesessen und aufs erste Tageslicht gewartet hatte, hatte er sich zu erinnern versucht, wie zwischen ihm und Beatrice zum ersten Mal die Idee einer Reise zur Sprache gekommen war. Er hatte gemeint, ein bestimmtes Gespräch, das sie eines Abends in dieser Kammer hier geführt hatten, aufgespürt zu haben, doch jetzt, als er die Flucht der Spinne über seine Handkante und hinunter zum Erdboden verfolgte, war ihm auf einmal völlig klar, dass dieses Thema zum allerersten Mal an dem Tag erwähnt worden war, an dem die Fremde in abgerissenen dunklen Kleidern ins Dorf gekommen war.

Es war ein grauer Morgen gewesen – im November? War es schon so lang her? –, und Axl war unter tief hängenden Weiden weit ausschreitend dem Pfad am Fluss gefolgt. Er war auf dem Rückweg vom Feld und hatte es eilig, vielleicht um ein Werkzeug zu holen oder neue Anweisungen von einem Vorarbeiter entgegenzunehmen. Jedenfalls hielt ihn lautes Gezeter aus mehreren Kehlen auf, das aus den Büschen rechts von ihm drang. Sein erster Gedanke war: Menschenfresser; und er sah sich rasch nach einem großen Stein oder Stock um. Dann aber wurde ihm klar, dass die Stimmen – allesamt weiblich – zwar zornig und aufgeregt waren, doch es fehlte die Panik, die mit dem Angriff eines Menschenfressers stets einhergeht. Gleichwohl zwängte er sich durch ein Wacholderdickicht und stolperte endlich auf eine Lichtung hinaus, auf der fünf Frauen – nicht mehr in der Blüte der Jugend, aber immer noch im gebärfähigen Alter – dicht beieinanderstanden. Sie hatten ihm den Rücken zugewandt, und ihr Geschrei galt etwas oder jemandem in der Ferne. Er war fast bei ihnen, als die erste Frau ihn bemerkte und zusammenzuckte;

die anderen drehten sich daraufhin ebenfalls um, betrachteten ihn aber beinahe anmaßend.

»Sieh an, sieh an«, sagte eine. »Das mag Zufall sein oder Fügung. Aber hier ist der Ehemann, und hoffentlich wird er sie zur Vernunft bringen.«

Die Frau, die ihn als Erste entdeckt hatte, sagte: »Wir haben deiner Frau gesagt, sie soll das sein lassen, aber sie hört nicht. Sondern will unbedingt dieser fremden Person Essen bringen, obwohl das wahrscheinlich ein Dämon oder verkleideter Elf ist.«

»Ist meine Frau in Gefahr? Bitte sprecht.«

»Da ist eine fremde Frau. Sie ist den ganzen Morgen um uns herumscharwenzelt«, antwortete eine andere. »Die Haare offen auf dem Rücken und ein Umhang aus schwarzen Lumpen. Angeblich Sächsin, aber sie ist nicht gekleidet wie irgendein Sachse, den man je zu Gesicht bekommen hat. Sie wollte sich an uns heranschleichen, als wir am Flussufer die Wäsche gewaschen haben, aber wir haben sie rechtzeitig entdeckt und verjagt. Aber sie kam immer wieder und tat so, als sei sie untröstlich wegen irgendwas, dann wieder bettelte sie um Essen. Wir glauben, dass sie währenddessen deine Frau direkt mit ihrem Zauber belegt hat, Herr, denn wir mussten Beatrice heute schon zweimal an den Armen zurückhalten, so versessen war sie darauf, zu dem Dämon hinzugehen. Und jetzt hat sie uns alle abgeschüttelt und ist zum alten Dorn hinauf, wo der Dämon hockt und auf sie wartet. Wir haben sie so fest gehalten, wie wir konnten, Herr, aber offensichtlich steht sie schon unter dem Bann des Dämons, denn dass eine so Dünnknochige und Alte wie deine Frau so viel Kraft hat, ist ganz unnatürlich.«

»Der alte Dorn …«

»Sie ist erst vor Kurzem losgegangen, Herr. Aber das ist

ganz bestimmt ein Dämon, und wenn du ihr nachgehst, pass bloß auf, dass du nicht stolperst oder dich an einer vergifteten Distel schneidest – das heilt nie.«

Axl ließ sich seinen Ärger über diese Frauen nicht anmerken, sondern sagte höflich: »Ich bin dankbar, ihr Frauen. Ich gehe und sehe nach, was sie vorhat. Entschuldigt mich.«

Für unsere Dorfbewohner bezeichnete »der alte Dorn« sowohl einen landschaftlich schönen Fleck als auch den tatsächlichen Weißdorn, der dort auf einem Felsvorsprung nicht weit vom Gemeinschaftsbau direkt aus dem Stein herauszuwachsen schien. An sonnigen Tagen, wenn kein zu starker Wind ging, ließ sich hier auf sehr angenehme Weise die Zeit vertreiben. Man hatte einen guten Blick übers Land bis hinunter zum Wasser, zur Biegung des Flusses und auf die Sümpfe dahinter. An Sonntagen spielten die Kinder gern zwischen seinen knorrigen Wurzeln, und manchmal wagten sie von der Kante des Felsvorsprungs zu springen, der ja tatsächlich nicht hoch war, sodass ein Kind sich nicht wehtat, wenn es unten ankam, sondern wie ein Fass den grasbewachsenen Hang hinabrollte. An einem Morgen wie diesem aber, an dem Erwachsene und Kinder alle Hände voll zu tun hatten, war der Fleck verlassen, und Axl, der durch den Nebel den Hang hinaufstieg, war nicht überrascht, als er die zwei Frauen allein dort sah. Wie schwarze Silhouetten ragten ihre Gestalten in den weißen Himmel. Die Fremde, die mit dem Rücken am Felsen lehnte, war in der Tat sonderbar gekleidet. Ihr Umhang schien, jedenfalls von Weitem betrachtet, aus zahlreichen Stoffstücken zusammengenäht zu sein, und weil er im Wind flatterte, sah die Frau damit aus wie ein großer Vogel, der Schwung zum Auffliegen holt. Neben ihr wirkte Beatrice, die noch stand, aber den Kopf zu ihrer Gefährtin neigte, federleicht und gebrechlich. Sie waren in ein ernstes Gespräch vertieft, doch als sie Axl zu ihnen heraufkommen sahen, verstummten sie beide und blickten ihm schweigend entgegen. Bis Beatrice an die Felskante trat und hinabrief:

»Bleib dort stehen, Mann, geh nicht weiter! Ich komme zu dir. Aber steig nicht herauf, stör nicht den Frieden dieser armen Frau, wo sie jetzt endlich die Füße ausruhen und ein Stück vom gestrigen Brot essen kann.«

Axl wartete wie geheißen, und es dauerte nicht lang, bis er seine Frau den langen Feldweg herab- und auf ihn zukommen sah. Sie trat dicht zu ihm und sagte leise, sicher aus Sorge, der Wind könnte ihre Worte zu der Fremden hinauftragen:

»Haben diese dummen Frauen dich hinter mir hergeschickt, Mann? Als ich so jung war wie sie, waren es ganz gewiss die Alten, die voller Ängste und irrer Überzeugungen waren und jeden Stein für verflucht und jede streunende Katze für einen bösen Geist hielten. Aber jetzt, wo ich selber alt geworden bin, was muss ich feststellen? Dass es die Jungen sind, die den Kopf voller Flausen haben, als hätten sie nie etwas vom Versprechen des Herrn gehört, zu allen Zeiten an unserer Seite zu gehen. Sieh sie dir an, die arme Frau, sieh mit eigenen Augen, wie erschöpft und einsam sie ist, seit vier Tagen wandert sie durch Wälder und über Felder, und in jedem Dorf wird sie abgewiesen. Sie ist in einem christlichen Land unterwegs und wird für einen Dämon gehalten oder für eine Aussätzige, auch wenn ihre Haut kein Anzeichen davon zeigt. Du, Mann, bist hoffentlich nicht hier, um mir zu sagen, ich soll dieser Armen nicht Trost spenden oder die armselige Vesper überlassen, die ich bei mir habe.«

»Das würde ich nicht sagen, Prinzessin, ich sehe ja selbst, dass du die Wahrheit sprichst. Auch ich dachte, bevor ich herkam, was für eine Schande es ist, dass wir es nicht mehr fertigbringen, Fremde freundlich bei uns aufzunehmen.«

»Dann geh wieder an die Arbeit, Mann, denn sicher werden sie sich schon wieder darüber beklagen, wie langsam du bist, und eh' wir uns versehen, hetzen sie wieder die Kinder zu Spott gegen uns auf.«

»Niemand hat je behauptet, ich sei langsam beim Arbeiten, Prinzessin. Wo hast du denn so etwas her? Ich habe nie ein Wort der Klage gehört, ich kann dieselbe Last tragen wie jeder zwanzig Jahre Jüngere.«

»Ich scherze doch nur, Mann. Es stimmt schon, niemand beschwert sich über deine Arbeit.«

»Wenn die Kinder uns beschimpfen, so hat das nichts damit zu tun, wie schnell oder langsam ich arbeite, sondern mit Eltern, die zu dumm sind oder wahrscheinlich zu betrunken, um den Kindern Manieren und Respekt beizubringen.«

»Beruhige dich, Mann. Ich sage doch, ich hab nur Spaß gemacht, ich mach es nicht wieder. Die Fremde hat mir etwas erzählt, das mich sehr interessiert und vielleicht auch dich irgendwann angeht. Aber sie muss es mir noch zu Ende erzählen. Lass mich dich deshalb bitten, dass du zurück an deine Arbeit gehst, während ich sie anhöre und ihr Trost und Zuspruch gebe, soweit ich kann.«

»Tut mir leid, Prinzessin, wenn ich unfreundlich zu dir war.«

Aber Beatrice hatte sich schon wieder abgewandt und stieg den Pfad hinauf, zurück zum Weißdorn und der Frau mit dem flatternden Umhang.

Kurz darauf, als er seinen Besorgungsgang erledigt hatte und auf dem Rückweg zu den Feldern war, wich Axl, auch auf die Gefahr hin, die Geduld seiner Kollegen auf eine harte Probe zu stellen, noch einmal von seinem Weg ab und machte einen Abstecher zum alten Dorn. Denn er teilte zwar die Verachtung, die seine Frau dem instinktiven Argwohn der

Klatschweiber entgegenbrachte, konnte sich aber nicht ganz von dem Gedanken befreien, dass die Fremde dennoch eine gewisse Gefahr darstellte, und er empfand ein dumpfes Unbehagen, seitdem er Beatrice allein mit ihr zurückgelassen hatte. Daher war er erleichtert, als er seine Frau auf dem Felsvorsprung stehen und in den Himmel starren sah. Sie wirkte tief in Gedanken versunken und bemerkte ihn erst, als er zu ihr hinaufrief. Und während er beobachtete, wie sie, langsamer als zuvor, den Pfad herunterkam, fiel ihm wieder auf, wie ihr Gang sich in letzter Zeit verändert hatte. Es war nicht eigentlich ein Hinken, aber es sah doch so aus, als hätte sie irgendwo im Körper einen geheimen Schmerz. Als sie nahe genug war, fragte er sie, was aus ihrer eigenartigen Gefährtin geworden sei, doch Beatrice sagte nur: »Sie ist wieder ihres Weges gegangen.«

»Sie war dir sicher dankbar für deine Freundlichkeit, Prinzessin. Hast du lang mit ihr gesprochen?«

»Ja, und sie hatte einiges zu sagen.«

»Ich sehe dir an, dass sie etwas gesagt hat, was dich verstört, Prinzessin. Vielleicht hatten diese Frauen doch recht, und sie ist eine, der man besser aus dem Weg geht.«

»Verstört hat sie mich nicht. Aber nachdenklich gemacht.«

»Du bist in einer merkwürdigen Stimmung. Bist du sicher, dass sie keinen Zauber über dich gelegt und sich anschließend in Luft aufgelöst hat?«

»Geh hinauf zum Dorn, Mann, und du wirst sie auf dem Pfad davongehen sehen; sie hat sich eben erst auf den Weg gemacht. Sie erhofft sich mehr Freundlichkeit von den Bewohnern der Dörfer rund um den Hügel.«

»Gut, nachdem dir nichts geschehen ist, Prinzessin, lasse ich dich in Ruhe. Gott wird dir die Freundlichkeit vergelten, die du ihr erwiesen hast, wie es deine Art ist.«

Aber diesmal schien die Frau ihn gar nicht gern gehen zu lassen. Sie ergriff seinen Arm, wie um Halt zu suchen, und legte den Kopf an seine Brust. Fast instinktiv hob sich seine Hand, um ihr über das windzerzauste Haar zu streichen, und als er den Blick zu ihr senkte, überraschten ihn ihre weit aufgerissenen Augen.

»Du bist wirklich in einer merkwürdigen Stimmung«, sagte er. »Was hat sie dir denn erzählt, die Fremde?«

Beatrice rührte sich zuerst nicht. Dann ließ sie ihn los und rückte von ihm ab. »Jetzt, wo ich darüber nachdenke, Axl, könnte an dem, was du immer sagst, tatsächlich etwas dran sein. Es ist wirklich seltsam, wie alle Welt Menschen und Dinge schon am nächsten und übernächsten Tag wieder vergessen hat. Als seien wir alle von einer Krankheit befallen.«

»Genau das meine ich, Prinzessin. Diese rothaarige Frau zum Beispiel …«

»Um die geht's mir gar nicht, Axl. Es geht mir um alles, was wir vergessen!« Sie hatte, während sie dies sagte, in die fernen Nebelschichten gestarrt; jetzt hob sie den Blick und sah ihn unverwandt an, und er sah ihre Augen voll Trauer und Wehmut. Und es war, da war er ganz sicher, dieser Moment, als sie zu ihm sagte: »Du bist ja ganz und gar dagegen, Axl, das weiß ich schon lang. Aber es ist nun an der Zeit, dass wir noch einmal neu darüber nachdenken. Da ist eine Reise, die wir unternehmen müssen, und wir dürfen sie nicht länger vor uns herschieben.«

»Eine Reise, Prinzessin? Was für eine Reise?«

»Wir müssen ins Dorf unseres Sohnes gehen. Es ist nicht weit, Mann, das wissen wir, ein Stück östlich hinter der Großen Ebene. Sogar mit unseren langsamen Schritten sind wir höchstens ein paar Tage unterwegs. Und bald ist ja Frühling.«

»Gewiss könnten wir das tun, Prinzessin. Hat diese Fremde

irgendetwas zu dir gesagt, was dich jetzt auf den Gedanken gebracht hat?«

»Ich denke darüber schon lange nach, Axl, aber nach dem, was die arme Frau gesagt hat, meine ich, wir müssen uns bald auf den Weg machen. Unser Sohn erwartet uns in seinem Dorf. Wie lang dürfen wir ihn noch warten lassen?«

»Wenn der Frühling da ist, Prinzessin, werden wir sicher über so eine Reise nachdenken. Aber warum sagst du, ich sei immer dagegen gewesen?«

»Ich weiß nicht mehr, was in dem Zusammenhang alles zwischen uns gewesen ist, Axl. Nur dass du immer strikt dagegen warst, das weiß ich, während ich es mir so sehr gewünscht habe.«

»Gut, Prinzessin, lass uns weiter darüber reden, wenn keine Arbeit mehr auf uns wartet und keine Nachbarn uns mehr langsam nennen können. Lass mich jetzt gehen. Wir reden bald wieder.«

Während der folgenden Tage erwähnten sie zwar immer wieder einmal die Idee dieser Reise, aber nie sprachen sie ausführlich darüber. Denn sie stellten fest, dass sie beide ein seltsames Unbehagen empfanden, wann immer das Thema zur Sprache kam, und es dauerte nicht lang, bis sie, auf die wortlose Art, wie langjährige Paare sich verständigen, zu dem Einvernehmen gelangt waren, das Thema, soweit möglich, zu meiden. Ich sage »soweit möglich«, denn gelegentlich schien der eine oder die andere ein Bedürfnis danach zu haben, ja fast einen Zwang zu verspüren, der keinen Aufschub duldete. Aber sämtliche Diskussionen, die sie unter solchen Umständen führten, mündeten unvermeidlich und sehr schnell in Ausflüchte oder Verdrossenheit. Und das eine Mal, als Axl seine Frau direkt fragte, was die fremde Frau am alten Dorn zu ihr gesagt habe, umwölkte sich Beatricens Miene, und es schien, als bräche sie gleich in Tränen aus. Fortan vermied Axl jede Erwähnung der Fremden.

Nach einer Weile konnte er sich nicht mehr erinnern, wie das Thema Reise überhaupt aufgekommen war, und er wusste auch nicht mehr, was sie sich anfangs davon erwartet hatten. Nur an diesem Morgen, als er in der kalten Stunde vor Tagesanbruch draußen saß, schien sich sein Gedächtnis zumindest teilweise zu klären, und es fiel ihm manches wieder ein – die rothaarige Frau, Marta, die Fremde in dunklen Lumpen, andere Erinnerungen, die uns hier nicht zu beschäftigen haben. Aber er erinnerte sich, sogar recht lebhaft, was erst vor ein paar Wochen an einem Sonntag passiert war, als man Beatrice die Kerze weggenommen hatte.

Der Sonntag war der Ruhetag im Dorf, zumindest insoweit, als an dem Tag nicht auf den Feldern gearbeitet wurde. Dennoch musste das Vieh versorgt werden, und nachdem auch so viele andere Arbeiten auf Erledigung warteten, hatte der Pfarrer eingesehen, dass ein Verbot für alles, was als Arbeit ausgelegt werden könnte, nicht durchführbar war. So kam es, dass Axl, als er an diesem besonderen Sonntag, nachdem er den Vormittag hindurch Stiefel geflickt hatte, in die Frühlingssonne hinaustrat, vom Anblick seiner Nachbarn empfangen wurde, die sich auf dem weiten Gelände vor dem Bau verteilten, manche auf Grasbüscheln sitzend, andere auf Schemeln oder Holzklötzen, schwatzend, lachend und dabei arbeitend. Überall spielten Kinder; einige hatten sich um zwei Männer geschart, die dort im Gras das Rad für einen Karren bauten. Es war in diesem Jahr der erste Sonntag, an dem solche Tätigkeiten im Freien erfolgen konnten, weil das Wetter mitspielte, und es herrschte eine fast festliche Atmosphäre. Aber während Axl am Eingang des Baus stand und über die Leute hinweg den Blick in die Ferne richtete, wo sich das

Land zu den Sümpfen hin absenkte, sah er Nebel aufsteigen und rechnete damit, dass schon am Nachmittag wieder graues Geniesel vom Himmel fiele.

Er hatte eine ganze Weile hier gestanden, als er auf einen Tumult aufmerksam wurde, der sich drüben am Zaun zum Weideland gebildet hatte. Erst interessierte es ihn nicht weiter, doch dann drang aus dem Stimmengewirr, das der Wind herüberwehte, etwas an sein Ohr, das ihn alarmierte. Anders als seine Augen, die mit den Jahren ärgerlich trüb geworden waren, konnte er sich auf sein Gehör noch immer verlassen und war sicher, dass er aus dem vielstimmigen Geschrei der Menge am Zaun Beatricens Stimme herausgehört hatte. Sie war in Bedrängnis.

Auch andere hielten in ihrer Beschäftigung inne und drehten sich neugierig nach dem Aufruhr um. Jetzt aber zwängte sich Axl schon zwischen ihnen hindurch, wich mehrmals um ein Haar herumlaufenden Kindern und liegen gebliebenen Gegenständen aus, doch ehe er das kleine, wogende Gedränge erreicht hatte, fuhr es plötzlich auseinander, und in der Mitte kam Beatrice zum Vorschein, die mit beiden Händen etwas an die Brust drückte. Die Mienen der Umstehenden wirkten in der Mehrzahl amüsiert, nur das Gesicht der Frau, die jetzt rasch von hinten auf Beatrice zutrat – es war die Witwe eines Schmieds, der im vergangenen Jahr an einem Fieber gestorben war –, war vor Wut verzerrt. Beatrice entzog sich ihrer Peinigerin, und während der ganzen Zeit war ihr Gesicht eine fast ausdruckslose Maske; erst als sie Axl auf sich zukommen sah, geriet es in jähen Gefühlsaufruhr.

Jetzt, im Nachhinein, hatte er den Eindruck, dass die Miene seiner Frau zu dem Zeitpunkt vor allem ein Ausdruck grenzenloser Erleichterung gewesen war. Es war nicht so, dass Beatrice geglaubt hatte, alles würde gut, sobald er nur da wäre;

doch allein seine Anwesenheit bedeutete ihr unendlich viel. Sie hatte ihn nicht nur mit Erleichterung angesehen, sondern ihm mit flehentlichem Blick den Gegenstand hingehalten, den sie so eifersüchtig an sich gedrückt hatte.

»Das ist unsere, Axl! Wir müssen nicht länger im Dunkeln sitzen. Nimm sie schnell, Mann, sie gehört uns!«

Sie hielt ihm eine plumpe, ein wenig unförmige Kerze hin. Noch einmal versuchte die Witwe des Schmieds sie ihr zu entreißen, doch Beatrice schlug deren zudringliche Hand fort.

»Nimm sie, Mann! Dieses Kind hier, die kleine Nora, hat sie selber gemacht, eigens für uns, und sie mir heute Morgen gebracht – sie dachte, wir sind es leid, jede Nacht im Dunkeln zu sitzen.«

Nun erhob sich ein neuerliches Geschrei, allerdings mit vereinzeltem Gelächter dazwischen. Beatrice aber starrte Axl unverwandt an, und ihre Miene drückte eine Mischung aus Vertrauen und Beschwörung aus. Dieser Gesichtsausdruck war es, was ihm am Morgen auf der Bank, als er vor dem Bau auf den Tagesanbruch gewartet hatte, als Erstes eingefallen war. Wie konnte es sein, dass er den Vorfall vergessen hatte – es konnten seither doch nicht mehr als drei Wochen vergangen sein? Wie konnte es sein, dass er bis heute nicht mehr darüber nachgedacht hatte?

Er hatte zwar den Arm ausgestreckt, war aber nicht in der Lage gewesen, die Kerze an sich zu nehmen – die Leute hinderten ihn immer wieder daran –, und hatte deshalb, vernehmlich und ziemlich überzeugt gesagt: »Keine Sorge, Prinzessin. Hab keine Angst.« Noch während er sprach, war er sich bewusst, wie hohl seine Worte waren, und er wunderte sich, dass die Menge verstummte, sogar die Witwe des Schmieds einen Schritt zurücktrat. Dann aber begriff er, dass nicht er diese Reaktion ausgelöst hatte, sondern die Person, die sich jetzt von hinten näherte. Es war der Pfarrer.

»Was sind das für Manieren am Tag des Herrn?« Mit weit ausgreifenden Schritten ging der Pfarrer an Axl vorbei und blitzte die verstummte Versammlung zornig an. »Und?«

»Es geht um Frau Beatrice«, sagte die Witwe des Schmieds. »Sie hat sich eine Kerze beschafft.«

Beatricens Gesicht war wieder zur Maske erstarrt, doch als sich der Blick des Pfarrers auf sie richtete, wich sie nicht aus.

»Das sehe ich, Frau Beatrice«, sagte der Pfarrer. »Den Erlass des Rats, wonach dir und deinem Mann keine Kerze in eurer Kammer mehr erlaubt ist, wirst du wohl nicht vergessen haben.«

»Wir haben in unserem Leben noch keine Kerze umgestoßen, Herr. Wir werden nicht Nacht für Nacht im Dunkeln sitzen.«

»Der Beschluss steht, und ihr werdet euch daran halten, bis der Rat anders entscheidet.«

Axl sah den Zorn in ihren Augen flackern. »Das ist grausam und lieblos. Nichts anderes.« Das sagte sie leise, fast flüsternd, blickte den Pfarrer aber unverwandt an.

»Nehmt ihr die Kerze ab«, sagte der Pfarrer. »Tut, was ich sage. Nehmt sie ihr ab.«

Als mehrere Hände nach ihr griffen, bekam Axl den Eindruck, dass sie die Worte des Pfarrers nicht ganz erfasst hatte. Denn sie stand zwischen den drängelnden, stoßenden Menschen und umklammerte wie aus einem vergessenen Instinkt heraus noch immer die Kerze. Dann schien sie auf einmal von Panik erfasst, und wieder streckte sie Axl die Kerze entgegen, bis ein heftiger Stoß sie aus dem Gleichgewicht brachte. Sie fiel aber nicht – im dichten Gedränge ringsum war das nicht möglich –, fing sich wieder und versuchte ihm abermals die Kerze zu reichen. Und er versuchte abermals sie zu nehmen, aber eine Hand schnappte sie ihm weg, und dann ertönte donnernd die Stimme des Pfarrers:

»Genug! Lasst Frau Beatrice in Frieden, und keiner von euch sage ein unfreundliches Wort zu ihr. Sie ist eine alte Frau, die nicht alles versteht, was sie tut. Genug, sage ich! Das ist kein angemessenes Verhalten am Tag des Herrn.«

Dann war Axl endlich bei ihr, nahm sie in die Arme, und die Menge ging auseinander. Als ihm dieser Moment wieder einfiel, war ihm, als hätten sie lange so gestanden, dicht beieinander, sie, wie an dem Tag, an dem die fremde Frau durchs Dorf gekommen war, mit dem Kopf an seiner Brust, als wäre sie nur erschöpft und wollte einfach verschnaufen. Er hielt sie noch, als der Pfarrer die Leute aufforderte, ihrer Wege zu gehen. Als Axl und Beatrice sich endlich voneinander lösten und sich umsahen, stellten sie fest, dass sie allein waren, neben der Kuhweide und ihrem hölzernen Gatter.

»Was macht das schon, Prinzessin?«, fragte er. »Wozu brauchen wir eine Kerze? Wir sind es doch gewohnt, uns ohne Licht in unserer Kammer zu bewegen. Und unterhalten wir uns nicht sehr gut miteinander, Kerze hin oder her?«

Er musterte sie aufmerksam. Sie wirkte verträumt und nicht besonders aufgebracht.

»Tut mir leid, Axl«, sagte sie. »Jetzt ist sie verloren, die Kerze. Ich hätte sie geheim halten sollen, für uns beide. Aber ich war außer mir vor Freude, als das kleine Mädchen sie mir brachte, und es hat sie doch eigenhändig gemacht, nur für uns. Na ja.«

»Denk dir nichts, Prinzessin.«

»Sie halten uns für ein verrücktes Paar, Axl.«

Sie ging einen Schritt auf ihn zu und legte wieder den Kopf an seine Brust. Und das war der Moment, in dem sie – mit einer so dumpfen Stimme, dass er sich erst verhört zu haben meinte – sagte:

»Unser Sohn, Axl. Erinnerst du dich an unseren Sohn? Vorhin, als sie mich gestoßen haben, fiel mir unser Sohn wieder ein. Ein guter, starker, aufrechter Mann. Warum müssen wir hierbleiben? Gehen wir doch ins Dorf unseres Sohnes. Er wird uns beschützen und dafür sorgen, dass uns niemand schlecht behandelt. Willst du dich nicht noch einmal besinnen, Axl? Nach all den Jahren, die vergangen sind? Sagst du immer noch, wir können nicht zu ihm?«

Während sie leise gegen seine Brust sprach, prasselten so viele Erinnerungsfetzen auf ihn ein, dass ihm fast die Sinne schwanden. Er lockerte seine Umarmung und rückte von ihr ab, weil er fürchtete, zu schwanken und sie damit ebenfalls aus dem Gleichgewicht zu bringen.

»Was sagst du da, Prinzessin? Ich war derjenige, der nicht wollte, dass wir ins Dorf unseres Sohnes gehen?«

»Aber natürlich du, Axl. Natürlich du.«

»Wann habe ich gesagt, ich sei dagegen, Prinzessin?«

»Ich dachte immer, du bist dagegen, Mann. Aber ach, Axl, jetzt, wo du fragst, weiß ich es nicht mehr genau, ich erinnere mich nicht. Und warum stehen wir hier draußen an einem schönen Tag wie heute?«

Beatrice wirkte wieder völlig durcheinander. Sie sah ihm ins Gesicht, blickte sich dann um, nahm den angenehmen Sonnenschein wahr, die Nachbarn, die sich wieder ihren Arbeiten zugewandt hatten.

»Gehen wir und setzen uns in unsere Kammer«, sagte sie nach einer Weile. »Lass uns doch eine Zeit lang nur beisammen sein. Es ist wirklich ein schöner Tag, das ist wahr, aber ich bin müde, vollkommen erschöpft. Gehen wir hinein.«

»Gut, Prinzessin, gehen wir aus der Sonne, und du setzt dich und ruhst dich aus. Dann geht's dir bald besser.«

Unterdessen waren auch andere erwacht, aus allen Teilen

des Gemeinschaftsbaus kamen Geräusche. Die Hirten hatten sich wohl schon vor einer ganzen Weile auf den Weg gemacht, aber er war so in Gedanken gewesen, dass er sie nicht gehört hatte. Am anderen Ende des Raums gab Beatrice einen leise summenden Laut von sich, als finge sie gleich zu singen an; dann drehte sie sich unter den Decken um. Axl, der die Signale kannte, ging leise zum Bett hinüber, setzte sich behutsam auf die Kante und wartete.

Beatrice drehte sich jetzt auf den Rücken, machte die Augen einen Spalt auf und sah Axl an.

»Guten Morgen, Mann«, sagte sie schließlich. »Ich bin sehr froh, dass die Geister dich nicht fortgeholt haben, während ich schlief.«

»Prinzessin, ich möchte etwas mit dir besprechen.«

Die Augen noch immer halb geschlossen, blickte Beatrice zu ihm hoch. Dann setzte sie sich mit einem Ruck auf. Der Lichtstrahl, in dem sich vorhin die Spinne bewegt hatte, lag jetzt auf ihrem Gesicht. Ihre schlafzerzauste graue Mähne hing ihr starr über die Schultern, bei Axl aber löste ihr Anblick im Morgenlicht ein Glücksgefühl aus.

»Was gibt es denn, Axl? Was ist so dringend, dass du mich nicht mal den Schlaf aus den Augen wischen lässt?«

»Wir haben doch schon einmal über eine Reise gesprochen, die wir unternehmen könnten, Prinzessin. Also, der Frühling ist da, und vielleicht ist es jetzt Zeit, dass wir aufbrechen.«

»Aufbrechen, Axl? Wann aufbrechen?«

»Sobald es geht. Wir müssen ja nur ein paar Tage fort sein. Das Dorf kann auf uns verzichten. Wir können mit dem Pfarrer reden.«

»Und werden wir unseren Sohn besuchen, Axl?«

»Genau das ist der Zweck. Unseren Sohn zu besuchen.«

Draußen hatte ein Vogelchor eingesetzt. Beatrice blickte

zum Fenster und zu dem Sonnenstrahl, der durch den Vorhangspalt eindrang.

»An manchen Tagen erinnere ich mich ganz deutlich an ihn«, sagte sie. »Und am nächsten Tag ist es, als hätte sich ein Schleier über die Erinnerung gelegt. Dabei ist unser Sohn ein guter und prächtiger Mann, das weiß ich bestimmt.«

»Warum ist er jetzt nicht hier bei uns, Prinzessin?«

»Ich weiß es nicht, Axl. Es könnte sein, dass er Streit mit den Ältesten hatte und gehen musste. Ich habe herumgefragt: Niemand hier erinnert sich an ihn. Aber er hätte doch niemals etwas getan, das Schande über ihn bringt, da bin ich sicher. Kannst *du* dich nicht an etwas erinnern, Axl?«

»Als ich vorhin draußen war und mir in der Stille wirklich den Kopf zermartert habe, ist mir vieles wieder eingefallen. Aber an unseren Sohn erinnere ich mich nicht, weder an sein Gesicht noch an seine Stimme, obwohl ich mir manchmal denke, ich sähe vor mir, wie ich ihn als kleinen Jungen an der Hand halte und mit ihm das Flussufer entlanggehe. Oder wie er einmal weinte und ich zu ihm hinging, um ihn zu trösten. Aber wie er heute aussieht, wo er lebt, ob er selbst einen Sohn hat, davon weiß ich nicht das Geringste. Ich hatte eigentlich gehofft, du weißt noch mehr, Prinzessin.«

»Er ist unser Sohn«, sagte Beatrice. »Deshalb spüre ich manches, auch wenn ich mich nicht klar erinnere. Und ich weiß, er wünscht sich, dass wir von hier fortgehen und bei ihm leben, unter seinem Schutz.«

»Er ist unser Fleisch und Blut; warum sollte er nicht wollen, dass wir bei ihm sind?«

»Dennoch wird mir unser Zuhause hier fehlen, Axl. Diese kleine Kammer, die uns gehört, und dieses Dorf. Ist nicht leicht, von einem Ort wegzugehen, an dem man sein ganzes Leben verbracht hat.«

»Niemand verlangt von uns, dass wir es unüberlegt tun, Prinzessin. Vorhin, als ich auf den Sonnenaufgang gewartet habe, dachte ich, wir sollten zum Dorf unseres Sohnes gehen und mit ihm reden. Denn auch wenn wir seine Eltern sind, haben wir doch nicht das Recht, eines schönen Tages einfach bei ihm aufzutauchen und Aufnahme in sein Dorf zu verlangen.«

»Da hast du recht, Mann.«

»Noch etwas macht mir Kopfzerbrechen, Prinzessin. Dieses Dorf mag nur ein paar Tage entfernt sein, wie du sagst. Aber wie finden wir den Weg dorthin?«

Beatrice gab keine Antwort; sie starrte vor sich hin, ihre Schultern hoben und senkten sich sacht mit ihrem Atem. »Ich glaube, wir kennen den Weg ganz gut, Axl«, sagte sie schließlich. »Auch wenn wir noch nicht genau wissen, in welchem Dorf er lebt, war ich doch mit den anderen Frauen mit unserem Honig und Zinn oft genug auf Handelschaft in den umliegenden Dörfern. Zur Großen Ebene und dem Sachsendorf dahinter, wo wir oft Rast gemacht haben, finde ich blind. Das Dorf unseres Sohnes kann nur noch ein Stück weiter sein, es zu finden dürfte uns keine große Mühe machen. Axl, werden wir wirklich bald aufbrechen?«

»Ja, Prinzessin. Noch heute fangen wir mit den Vorbereitungen an.«

2. KAPITEL

Es war jedoch noch vieles zu erledigen, bevor sie sich auf den Weg machen konnten. In einem Dorf wie diesem waren zahlreiche Gegenstände, die sie auf der Reise brauchen würden – Decken, Wasserflaschen, Zunder –, in Gemeinschaftsbesitz, und um sich ihren Gebrauch zu sichern, war viel Handeln und Feilschen mit den Nachbarn nötig. Außerdem hatten Axl und Beatrice, obwohl schon betagt, die Last ihrer Alltagspflichten zu tragen und konnten ohne das Einverständnis der Gemeinschaft nicht einfach fortgehen. Und als sie dann endlich bereit zum Aufbruch waren, machte ihnen zuletzt noch das Wetter einen Strich durch die Rechnung, und sie mussten noch einmal warten. Denn wozu die Gefahren von Nebel, Regen, Kälte auf sich nehmen, wenn die Frühlingssonne nicht lange auf sich warten lassen würde?

Irgendwann aber war es so weit, und an einem klaren Morgen mit weißen Federwölkchen und starkem Wind machten sie sich mit Bündel und Wanderstock und Bündel auf den Weg. Axl wäre gern beim allerersten Tageslicht losgegangen – er wusste bestimmt, dass es ein schöner Tag würde –, doch Beatrice hatte darauf bestanden, noch zu warten, bis die Sonne höher am Himmel stand. Das Sachsendorf, in dem sie für die erste Nacht unterkommen wollten, sei ohne Weiteres an einem Tag zu erreichen, wandte sie ein; die Hauptsache sei doch, den Ausläufer der Großen Ebene möglichst zu Mittag zu durchqueren, denn dann lagen die dunklen Mächte, die dort wohnten, höchstwahrscheinlich im Schlaf.

Es war schon eine ganze Weile her, seitdem sie zuletzt eine größere Strecke miteinander gewandert waren, und Axl hatte sich Gedanken um das Durchhaltevermögen seiner Frau gemacht. Doch nachdem sie eine Stunde unterwegs gewesen waren, schwanden seine Sorgen: Zwar fiel ihm auf, dass ihr Gang ein bisschen schief war, als versuchte sie einem Schmerz auszuweichen, doch sie ging langsam und stetig, den Kopf gegen den Wind gesenkt, der über das freie Gelände fegte, und wich auch nicht vor Distelgestrüpp und Dickicht zurück. Führte der Weg sie bergauf oder durch Morast, wo es zur Anstrengung wurde, einen Fuß vor den anderen zu setzen, wurde sie langsamer, aber stehen blieb sie nie.

In den Tagen vor dem Aufbruch war Beatrice immer zuversichtlicher geworden, dass sie sich an den Weg schon erinnern würden: zumindest bis zu dem Sachsendorf, zu dem sie im Lauf der Jahre mit den anderen Frauen ja viele Male gegangen war. Doch kaum waren die schroffen Hügel oberhalb ihrer Siedlung außer Sichtweite, kaum lag das Tal jenseits des Moors hinter ihnen, wich ihre Gewissheit wieder. Wenn der Weg sich gabelte, wenn vor ihnen eine Grasfläche lag, über die der Wind hinwegfegte, blieb sie stehen und sann lange nach, und in ihren Blick, den sie über das Land gleiten ließ, stahl sich Furcht.

»Keine Sorge, Prinzessin«, sagte Axl dann. »Keine Sorge. Lass dir so viel Zeit, wie du brauchst.«

»Aber Axl«, protestierte sie und drehte sich zu ihm, »wir haben doch keine Zeit. Wir müssen zu Mittag bei der Großen Ebene sein, wenn wir sie gefahrlos durchqueren wollen.«

»Wir sind ganz bestimmt rechtzeitig dort, Prinzessin. Lass dir ruhig Zeit.«

Hier ist vielleicht der Hinweis angebracht, dass die Orientierung im freien Gelände damals unvergleichlich schwieriger war, und nicht nur deshalb, weil es keinen Kompass und keine verlässlichen Landkarten gab. Es gab auch noch nicht die typisch englischen Feldrandhecken, die das Gelände so gefällig in Feld, Weg und Wiese unterteilen. Zu jener Zeit war der Wanderer zumeist in einer unstrukturierten Landschaft unterwegs, und die sah mehr oder minder gleich aus, egal, welche Richtung er einschlug. Eine Reihe aufgerichteter Steine am Horizont, eine Flussbiegung, der besondere Hangverlauf eines Tals – das waren die einzigen Anhaltspunkte, anhand deren sich eine Route beschreiben ließ. Und die falsche Abzweigung zu nehmen, hatte häufig fatale Folgen. Zu schweigen von den Unbilden des Wetters, die ebenfalls tödlich sein konnten: Vom Weg abzukommen hieß, dass man sich noch viel mehr der Gefahr aussetzte, Wegelagerern zu begegnen – ob Mensch oder Tier oder übernatürliche Wesen –, die abseits der bekannten Straßen lauerten.

Ihr hättet euch gewundert, wie wenig die beiden miteinander sprachen, während sie unterwegs waren, dieses Paar, das einander sonst so viel zu sagen hatte. Aber zu einer Zeit, in der ein gebrochener Knöchel, eine infizierte Schürfwunde lebensbedrohlich sein konnten, verstand es sich von selbst, dass man auf jeden einzelnen Schritt achten musste. Auch wäre euch aufgefallen, dass immer Beatrice voranging, nicht Axl, sobald der Weg zu schmal wurde, als dass zwei nebeneinandergehen konnten. Auch darüber hättet ihr euch vielleicht gewundert: Scheint es nicht natürlicher, wenn in gefahrvollem Gelände der Mann vorausgeht? Wenn sie durch ein Waldgebiet kamen oder durch eine Gegend, in der Wölfe oder Bären heimisch waren, wechselten sie die Reihenfolge, ohne dass ein Wort nötig war. Die meiste Zeit aber ließ Axl seine Frau vorausgehen, und der Grund dafür war, dass praktisch jeder Feind oder böse Geist, dem sie unterwegs begegnen konnten, seine Beute bekanntlich am hinteren Ende einer Reisegesellschaft machte – sehr ähnlich, vermute ich, wie eine Raubkatze den Nachzüglern der Antilopenherde auflauert. Wie oft hatte man erlebt, dass ein Reisender sich zu seinem Gefährten umdreht, nur um feststellen zu müssen, dass der spurlos verschwunden ist. Diese Furcht war es, aus der heraus Beatrice in regelmäßigen Abständen fragte: »Bist du noch da, Axl?« Worauf er ebenso regelmäßig antwortete: »Noch da, Prinzessin.«

Am späten Vormittag erreichten sie den Rand der Großen Ebene. Axl schlug vor weiterzugehen, um die Gefahr möglichst rasch hinter sich zu bringen, doch Beatrice ließ sich nicht erweichen: Sie müssten bis Mittag warten, verlangte sie. Sie setzten sich auf einen Felsen am oberen Ende des Hangs, der zur Ebene hinabführte, und beobachteten aufmerksam die sich verkürzenden Schatten ihrer Stöcke, die sie aufrecht vor sich hielten.

»Es mag ein guter Himmel sein, Axl«, sagte sie. »Und ich habe noch von keinem gehört, der in dieser Ecke der Ebene von Bösem überfallen worden wäre, aber lass uns lieber bis Mittag warten. Dann kommt ganz bestimmt kein Dämon auf die Idee, nach uns Ausschau zu halten.«

»Wie du meinst, Prinzessin. Warten wir. Und du hast recht, schließlich ist dies die Große Ebene, auch wenn das hier eine recht harmlose Ecke ist.«

So saßen sie noch eine Weile, blickten hinab auf das Land vor ihnen, sprachen kaum ein Wort. Irgendwann aber sagte Beatrice:

»Wenn wir unseren Sohn sehen, Axl, wird er doch sicher wollen, dass wir zu ihm in sein Dorf kommen. Wird es nicht merkwürdig sein, unsere Nachbarn zu verlassen, mit denen wir so viele Jahre gelebt haben, auch wenn sie sich manchmal über unsere grauen Haare lustig machen?«

»Es ist noch nichts entschieden, Prinzessin. Wir besprechen alles mit unserem Sohn, wenn wir ihn sehen.« Und dabei blickte er unverwandt über die Große Ebene hin. Doch dann schüttelte er den Kopf und sagte leise: »Ist das seltsam, wie ich mich jetzt so überhaupt nicht an ihn erinnere.«

»Ich dachte letzte Nacht, dass ich von ihm geträumt habe«, sagte Beatrice. »Er stand an einem Brunnen. Drehte sich ein kleines Stück zur Seite und rief nach jemandem. Was vorher und nachher passierte, weiß ich nicht mehr.«

»Immerhin hast du ihn gesehen, Prinzessin, auch wenn's im Traum war. Wie sah er aus?«

»Ein starkes, gutes Gesicht, so viel weiß ich noch. Aber die Farbe seiner Augen, die Linie seiner Wange – keine Erinnerung habe ich daran.«

»Ich weiß gar nichts mehr von seinem Gesicht«, sagte Axl. »Das muss doch das Werk dieses Nebels sein. Ich will ihm gern vieles überlassen, aber dass wir uns an eine solche Kostbarkeit nicht erinnern, ist grausam.«

Sie rückte näher zu ihm und ließ den Kopf an seine Schulter sinken. Der Wind fuhr sie beide hart an, und Beatricens Umhang hatte sich teilweise gelöst. Axl legte einen Arm um sie, um ihn einzufangen und wieder fest um sie zu legen.

»Tja«, sagte er, »ich würde sagen, dass sich einer von uns beiden schon bald wieder erinnern wird.«

»Versuchen wir's, Axl. Versuchen wir's beide. Es ist, als hätten wir einen Edelstein verlegt. Aber wenn wir uns beide bemühen, finden wir ihn wieder, bestimmt.«

»Ganz bestimmt, Prinzessin. Aber schau, die Schatten sind fast weg. Zeit für den Abstieg.«

Beatrice richtete sich auf und begann in ihrem Bündel zu kramen. »Da, schau, lass uns die hier bei uns tragen.«

Sie reichte ihm zwei Steine. Auf den ersten Blick waren es glatt geschliffene Flusskiesel, doch als er genauer hinsah, erkannte er komplexe Muster, die in die Oberfläche eingeritzt waren.

»Steck sie dir in den Gürtel, Axl, und zwar so, dass die Markierungen nach außen zeigen. Das hilft dem Herrn Jesus, uns zu beschützen. Ich trage diese hier.«

»Einer reicht für mich, Prinzessin.«

»Nein, Axl, wir teilen sie gerecht. Übrigens erinnere ich mich an einen Weg für den Abstieg, und wenn ihn der Regen nicht ausgewaschen hat, dann geht es sich dort leichter als fast überall sonst, wo wir schon waren. Aber vor einem Ort müssen wir uns hüten, Axl, hörst du? Das ist dort, wo der Weg über den begrabenen Riesen führt. Wer das nicht weiß, hält das Grab für einen normalen Hügel, aber wenn wir dort sind, gebe ich dir ein Zeichen, und du musst mir folgen, wenn du mich abbiegen siehst; wir umrunden dann den Hügel, bis wir auf der anderen Seite wieder auf den Weg stoßen. Ob Mittag oder nicht, es ist nicht gut, über den Grabhügel zu laufen. Hast du mich auch verstanden, Axl?«

»Keine Angst, Prinzessin, ich verstehe dich sehr gut.«

»Und ich muss dich nicht dran erinnern. Wenn wir unterwegs einen Fremden treffen oder einer uns etwas zuruft, oder wenn wir ein armes Tier finden, das in eine Falle gegangen ist oder verletzt im Graben liegt, oder sonst irgendwas deine Aufmerksamkeit erregt: Sag kein Wort und bleib auch nicht stehen.«

»Ich bin doch kein Narr, Prinzessin.«

»Gut, Axl, dann gehen wir.«

Wie Beatrice angekündigt hatte, mussten sie nur eine kurze Strecke durch die Große Ebene zurücklegen. Der Weg, obwohl stellenweise schlammig, war deutlich zu erkennen und führte sie nie aus der Sonne. Nach dem anfänglichen Abstieg führte er stetig bergauf, bis die beiden Wanderer auf einem erhöhten Wall entlanggingen, während sich rechts und links von ihnen das Moor erstreckte. Der Wind war stürmisch, aber im Grunde ein willkommener Ausgleich zur Mittagssonne. So weit der Blick reichte, bildeten Ginster und Erika einen dichten Bodenbelag, nie mehr als kniehoch, und nur gelegentlich kam ein Baum in Sicht – ein schrulliger Einzelgänger, krumm und gebeugt vom ewigen Andrang des Winds. Dann öffnete sich rechter Hand ein Tal, und die beiden Wanderer mussten wieder an die Macht und das Geheimnis der Großen Ebene denken und daran, dass sie jetzt in sie vordrangen, wenn auch nur in einen kleinen Ausläufer davon.

Sie gingen dicht hintereinander, Axl seiner Frau fast auf den Fersen. Dennoch fragte Beatrice alle fünf oder sechs Schritte in einer Art Sprechgesang, wie eine Litanei: »Bist du noch da, Axl?«, worauf er antwortete: »Noch da, Prinzessin.« Abgesehen von diesem ritualisierten Wortwechsel sprachen sie nichts. Selbst als sie den Grabhügel des Riesen erreichten und Beatrice ihn heftig gestikulierend aufforderte, mit ihr vom Pfad ab- und ins Heidekraut auszuweichen, behielten sie diesen monotonen Wechselgesang bei, wie um jeden lauschenden Dämon über ihre Absichten zu täuschen. Unterdessen hielt Axl nach eilig treibendem Nebel oder jähen Schatten am Himmel Ausschau, aber es zeigte sich nichts, und dann hatten sie die Große Ebene auch schon hinter sich. Durch ein Wäldchen voll zwitschernder Vögel stiegen sie bergauf, und Beatrice sagte nichts, doch er sah, wie ihre Haltung sich entspannte. Und der Kehrreim war zu Ende.

Sie rasteten am Ufer eines Bachs, in dem sie ihre Füße badeten, aßen Brot und füllten ihre Flaschen auf. Von hier an folgte der Weg einer alten Römerstraße, die längst im Boden versunken, aber noch von Eichen und Ulmen gesäumt war. Man kam hier wesentlich leichter voran. Wachsamkeit war dennoch geboten, denn hier begegnete man häufig anderen Wanderern. Und tatsächlich kamen ihnen schon in der ersten Stunde eine Frau mit ihren zwei Kindern entgegen, ein junger Eseltreiber und zwei wandernde Gaukler, die sich beeilten, ihre Truppe einzuholen. Axl und Beatrice blieben jedes Mal stehen, ein paar Höflichkeiten wurden ausgetauscht, nur einmal, als sich aus der Ferne Hufgeklapper und das Rollen von Wagenrädern näherten, versteckten sie sich im Straßengraben. Doch auch diese Begegnung erwies sich als harmlos – es war ein sächsischer Bauer, der auf seinem Wagen Brennholz geladen hatte.

Am Nachmittag zogen Gewitterwolken auf. Axl und Beatrice hatten, mit dem Rücken zur Straße und vor dem vorüberziehenden Verkehr verborgen, unter einer mächtigen Eiche gerastet. Vor ihnen lag offenes, übersichtliches Gelände, sodass sie das aufziehende Unwetter nicht übersehen konnten.

»Keine Sorge, Prinzessin«, sagte Axl. »Unter diesem Baum bleiben wir trocken, bis die Sonne wiederkommt.«

Doch Beatrice war schon auf den Beinen und beugte sich vor, eine Hand über den Augen. »Ich kann bis zum Horizont die Straße sehen, Axl. Und ich sehe, dass es nicht mehr weit ist bis zur alten Villa. Dort habe ich mich schon einmal untergestellt, als ich mit den Frauen unterwegs war. Eine Ruine, aber das Dach war noch in Ordnung, jedenfalls damals.«

»Schaffen wir das, bevor das Gewitter losbricht?«

»Wir schaffen es, wenn wir uns gleich auf den Weg machen.«

»Dann lass uns schnell gehen. Kein Grund, bis auf die Haut nass zu werden und uns den Tod zu holen. Und genau betrachtet, ist dieser Baum sowieso voller Löcher – da sieht man ja den ganzen Himmel durch.«

★ ★ ★

Die Ruine der Villa stand weiter abseits der Straße, als Beatrice in Erinnerung hatte. Als der Himmel fast schwarz geworden war und die ersten Regentropfen fielen, kämpften sie sich auf einem langen schmalen Pfad durch hüfthohes Brennnesseldickicht und mussten sich mit den Stöcken einen Weg freischlagen. Von der Straße aus waren die zerfallenen Mauern gut zu sehen, doch während man sich ihnen näherte, versperrten Bäume und Laub die Sicht, sodass es für alle Wanderer Schreck und Erleichterung zugleich war, wenn sie plötzlich direkt davorstanden.

In römischer Zeit war die Villa zweifellos ein Schmuckstück gewesen, aber es stand nur noch ein Teil davon. Die einstmals kunstvollen Fußböden waren ungeschützt den Elementen ausgesetzt, es hatten sich Pfützen gebildet, die nie mehr abtrockneten, und aus den Rissen zwischen den verblassten Mosaiksteinen wucherten Gras und Unkraut. Die Überreste der Mauern, die stellenweise nur noch knöchelhoch waren, ließen die einstige Anordnung der Räume erkennen. Ein gemauerter Bogen führte in den noch erhaltenen Teil des Gebäudes; Axl und Beatrice gingen vorsichtig darauf zu, an der Schwelle hielten sie inne und horchten. Schließlich rief Axl laut: »Ist jemand da?« Und als keine Antwort kam, setzte er hinzu: »Wir sind zwei ältere Britannier, die Zuflucht vor dem Unwetter suchen. Wir kommen in friedlicher Absicht.«

Noch immer regte sich nichts, woraufhin sie durch den Bogen traten und einem schmalen Gang folgten, der ein Flur gewesen sein mochte, bis sie im grauen Licht eines weiten Raums standen: Auch hier war eine ganze Wand eingestürzt. Das angrenzende Zimmer war überhaupt verschwunden, und von draußen drängte beklemmend ein immergrünes Dickicht herein, das bis zur Kante des Fußbodens reichte. Die drei noch stehenden Mauern aber bildeten einen geschützten Raum, der sogar ein brauchbares Dach hatte. Und hier, vor dem heruntergekommenen Mauerwerk, das einst eine getünchte Wand gewesen war, befanden sich zwei dunkle Gestalten, die eine stehend, die andere sitzend, in weitem Abstand zueinander.

Die eine, die auf einem herabgefallenen Mauerbrocken saß, war eine kleine, vogelähnliche Frau, älter als Axl und Beatrice, in einem dunklen Umhang, dessen Kapuze sie so weit zurückgestreift hatte, dass ihre ledernen Züge zum Vorschein kamen und die tief eingesunkenen, fast nicht mehr sichtbaren Augen. Ihr gebeugter Rücken berührte nicht ganz die Mauer hinter ihr. Auf ihrem Schoß bewegte sich etwas, und Axl sah, dass es ein Kaninchen war, das sie fest in ihren knochigen Händen hielt.

An derselben Wand, aber an deren äußerstem Ende, wie um die maximale Distanz zwischen sich und die alte Frau zu bringen, ohne dafür den Schutz vor dem Unwetter aufzugeben, stand ein dünner, ungewöhnlich großer Mann in einem dicken langen Mantel, wie ihn ein Schäfer während einer kalten Nachtwache tragen mochte. Die Beine aber waren dort, wo sie unter dem Mantelsaum herausragten, nackt, und die Füße steckten in Schuhen, wie Axl sie von Fischern kannte. Wahrscheinlich war er an Jahren noch nicht alt, doch der obere Teil seines Schädels war bereits blank; nur über den Ohren wuchsen ihm noch dunkle Büschel. Der Mann stand stocksteif da, den Rücken dem Raum zugekehrt, eine Hand an die Mauer gestützt, als lauschte er aufmerksam, was dahinter vor sich ging. Als Axl und Beatrice hereinkamen, blickte er kurz über die Schulter, sagte aber kein Wort. Auch die alte Frau starrte sie schweigend an, und erst als Axl sagte: »Friede sei mit euch«, entspannten sich beide ein wenig. Der große Mann sagte: »Kommt weiter herein, Freunde, sonst bleibt ihr nicht trocken.«

Denn unterdessen hatten sich, wie nicht anders zu erwarten, alle Schleusen des Himmels geöffnet, und der Regen rann in Bächen über einen Teil des eingebrochenen Dachs und platschte nicht weit von den Neuankömmlingen auf den Boden. Axl dankte ihm und führte seine Frau zu einer Stelle an der hinteren Wand, ziemlich genau in der Mitte zwischen den beiden. Er half Beatrice, ihr Bündel abzunehmen, und setzte dann selbst sein Gepäck ab.

Eine Zeit lang verharrten alle vier weitgehend reglos, während das Gewitter zunehmend heftig tobte; immer wieder zuckte ein Blitz und erleuchtete den Unterstand taghell. Die seltsam eingefrorene Haltung des Mannes und der Alten schienen Axl und Beatrice in Bann geschlagen zu haben, denn auch sie rührten sich nicht mehr und sagten kein Wort. Es war fast so, als seien sie in ein Gemälde eingetreten und jetzt ihrerseits zu gemalten Gestalten geworden.

Erst als aus dem Wolkenbruch gleichmäßiger Regen geworden war, brach die Alte das Schweigen. Mit einer Hand das Kaninchen streichelnd, während sie es mit der anderen eisern festhielt, sagte sie:

»Gott sei mit euch, Vettern. Ihr werdet mir verzeihen, dass ich euch nicht früher begrüßt habe, aber ich war sehr überrascht, euch hier zu sehen. Ihr werdet dennoch wissen, dass ihr willkommen seid. Es war ein guter Tag, um zu reisen, bis das Gewitter kam – aber das ist ja eines von denen, die so schnell wieder verschwinden, wie sie gekommen sind. Eure Reise wird sich nicht lang verzögern – umso besser für euch, wenn ihr eine kleine Rast macht. Wohin des Weges, Vettern?«

»Wir wollen zum Dorf unseres Sohnes«, sagte Axl, »wo er uns schon mit Sorge erwartet. Aber für heute Nacht werden wir uns eine Unterkunft in einem Angelsachsendorf suchen, das wir vor Einbruch der Nacht zu erreichen hoffen.«

»Die Sachsen haben wilde Sitten«, sagte die alte Frau. »Aber einen Reisenden empfangen sie freundlicher als unsereiner. Setzt euch, Vettern. Dieser Holzklotz hinter euch ist trocken, und ich bin oft selber zufrieden darauf gesessen.«

Axl und Beatrice folgten dem Vorschlag, dann trat wieder Stille ein, nur das Prasseln des Regens war zu hören. Eine Bewegung der Alten ließ Axl zu ihr hinsehen. Sie hielt mit ihrer Klauenhand das Kaninchen an den Ohren fest, und während das Tier sich verzweifelt zu befreien suchte, zog sie mit der anderen Hand ein großes rostiges Messer hervor und hielt es ihm an die Kehle. Beatrice zuckte zusammen, und Axl begriff, dass die dunklen Flecken unter ihren Füßen und überall auf dem ruinierten Fußboden altes Blut waren; jetzt erkannte er auch den schwachen, aber zäh sich haltenden Schlachtgeruch, der sich in die Moderschwaden aus Efeu und feuchtem altem Gestein mischte.

Die Alte erstarrte wieder, nachdem sie dem Kaninchen das Messer an die Kehle gesetzt hatte. Ihre eingesunkenen Augen, sah Axl jetzt, waren auf den großen Mann am anderen Ende der Mauer gerichtet, als wartete sie auf ein Signal von ihm. Der Mann aber verharrte in derselben stocksteifen Haltung wie zuvor, seine Stirn berührte fast die Mauer. Entweder hatte er nicht bemerkt, was die Alte im Sinn hatte, oder er nahm es absichtlich nicht zur Kenntnis.

»Gute Frau«, sagte Axl, »töte das Kaninchen, wenn es denn sein muss. Aber brich ihm sauber den Hals. Oder nimm einen Stein und gib ihm einen ordentlichen Schlag auf den Kopf.«

»Hätte ich die Kraft dazu, Herr. Aber ich bin zu schwach. Ich habe ein Messer mit scharfer Schneide, und mehr habe ich nicht.«

»Dann will ich gern helfen. Dein Messer braucht es nicht.« Axl stand auf und streckte die Hand aus, doch die alte Frau dachte nicht daran, das Kaninchen herzugeben. Sie blieb sitzen wie zuvor, die Klinge an der Kehle des Tiers, und starrte unverwandt auf den Mann am anderen Ende des Raums.

Der drehte sich schließlich um. »Freunde«, sagte er, »ich war überrascht, als ich euch hereinkommen sah, jetzt bin ich froh. Denn ich sehe, dass ihr gute Menschen seid, und ich bitte euch, hört euch meine missliche Lage an, während ihr das Ende des Unwetters abwartet. Ich bin ein ärmlicher Fährmann, der Reisende über raues Wasser befördert. Die Arbeit macht mir nichts aus, obwohl mir die Zeit oft lang wird; wenn viele auf die Überfahrt warten, ist an Schlaf kaum zu denken, und die Glieder schmerzen bei jedem Ruderschlag. Ich arbeite bei Regen und Wind und sengender Sonne. Aber ich bleibe guter Dinge, indem ich mich auf die Tage der Ruhe freue. Ich bin nämlich nur einer von mehreren Fährleuten, wir wechseln uns ab, und jeder bekommt seine Ruhezeit, wenn auch erst nach langen Arbeitswochen. Wir haben alle unseren besonderen Ort, den wir an unseren Ruhetagen aufsuchen, und dies, Freunde, ist meiner. Dieses Haus, in dem ich vor langer Zeit ein sorgloses Kind war. Es ist nicht mehr, wie es einmal war, aber für mich birgt es kostbare Erinnerungen, und wenn ich herkomme, sehne ich mich nur nach Ruhe, um in der Erinnerung zu schwelgen. Jetzt hört euch dies an. Wann immer ich herkomme, taucht spätestens nach einer Stunde dieses alte Weib auf. Es tritt durch den Bogen, setzt sich und schmäht mich Stunde um Stunde, Nacht und Tag. Es erhebt grausame und falsche Klagen gegen mich. Im Schutz der Dunkelheit spricht es die schrecklichsten Flüche gegen mich. Es gönnt mir keinen Moment Ruhe. Manchmal bringt es, wie ihr seht, ein Kaninchen mit oder ein anderes kleines Geschöpf, um es abzuschlachten und diesen kostbaren Ort mit seinem Blut zu besudeln. Ich habe mich bemüht, wie ich konnte, das Weib zu überreden, dass es mich in Frieden lässt, aber es hat gelernt, alles Mitleid, das ihm Gott in die Seele gepflanzt haben mag, zu missachten. Es geht nicht fort, und es hört nicht auf mit seinem Hohn. Auch jetzt − nur euer unerwartetes Auftauchen hat die Alte veranlasst, von ihrer Verfolgung abzulassen. Und binnen Kurzem werde ich mich auf den Rückweg machen müssen; vor mir liegen weitere lange Wochen mühseliger Arbeit auf dem Wasser. Freunde, ich bitte euch, bemüht euch, soweit es in eurer Macht steht, die Alte zum Gehen zu bewegen. Macht ihr klar, dass ihr Verhalten unchristlich ist. Ihr mögt einen Einfluss haben, denn ihr seid von außerhalb.«

Als der Fährmann geendet hatte, herrschte Stille. Axl erinnerte sich später, dass es ihn unbestimmt zu einer Antwort drängte, gleichzeitig aber hatte er das Gefühl, dass der Mann im Traum zu ihm gesprochen hatte und daher keine Pflicht bestand, seiner Aufforderung nachzukommen. Auch Beatrice empfand anscheinend kein Bedürfnis zu antworten, denn ihr Blick blieb auf die Alte gerichtet, die jetzt das Messer von der Kehle des Kaninchens genommen hatte und ihm, beinahe liebevoll, mit der Klinge den Pelz streichelte. Schließlich aber sagte Beatrice:

»Frau, ich bitte dich, lass meinen Mann dir mit dem Kaninchen helfen. Es ist nicht nötig, an einem Ort wie diesem

Blut zu vergießen, und es gibt kein Gefäß, um es aufzufangen. Du wirst womöglich nicht nur diesem ehrlichen Fährmann Unglück bringen, sondern auch dir und allen anderen Reisenden, die es auf der Suche nach Obdach hierher verschlägt. Und was kann denn Gutes herauskommen, wenn du diesen Mann verhöhnst, einen hart arbeitenden Fährmann?«

»Lass uns nicht voreilig unfreundliche Worte zu der Frau sprechen, Prinzessin«, sagte Axl behutsam. »Wir wissen nicht, was zwischen diesen beiden Menschen vorgefallen ist. Der Fährmann scheint ehrlich, aber auch die Frau mag Ursache haben, hierherzukommen und ihre Zeit so zu verbringen, wie sie es tut.«

»Du hättest nicht wahrer sprechen können, Herr«, sagte die Alte. »Ist mir dies etwa reizender Zeitvertreib meiner schwindenden Tage? Ich wäre lieber weit fort von hier, in Gesellschaft meines Ehemannes, von dem ich durch die Schuld dieses Fährmannes getrennt bin. Mein Mann war ein kluger und umsichtiger Mann, Herr, und wir planten unsere Reise ausgiebig, sprachen darüber und träumten von ihr viele Jahre lang. Und als wir dann endlich bereit waren und alles beisammenhatten, was wir brauchten, machten wir uns auf den Weg, und Tage später fanden wir die Bucht, von der aus wir zur Insel übersetzen konnten. Wir warteten auf den Fährmann, und nach einer Weile sahen wir sein Boot herankommen. Aber wie es der Zufall wollte, war es genau dieser Mann hier, der das Ruder führte. Seht, wie groß er ist. Wie er in seinem Boot auf dem Wasser stand und mit seiner langen Ruderstange in den Himmel ragte, wirkte er so groß und dünn wie ein Gaukler, der auf seinen Stelzen daherstakst. Er legte an der Stelle an, wo mein Mann und ich auf den Felsen standen, und vertäute sein Boot. Und bis zum heutigen Tag weiß ich nicht, wie er es angestellt hat, aber er hat uns hereingelegt. Wir waren zu gutgläubig. Die Insel war so nah, und dieser Fährmann nahm meinen Mann mit und ließ mich wartend am Ufer zurück. Nach vierzig und mehr Jahren Mann und Frau und kaum einen Tag getrennt. Ich kann mir nicht denken, wie er es gemacht hat. Seine Stimme muss uns in Schlaf versetzt haben, denn ehe ich mich versah, ruderte er mit meinem Mann davon, und ich war noch immer an Land. Schon damals glaubte ich es nicht. Wer hätte denn bei einem Fährmann solche Grausamkeit vermutet? Ich wartete also. An dem Tag war das Wasser unruhig und der Himmel fast so finster wie jetzt, und ich sagte mir, das Boot kann eben immer nur einen Passagier befördern. Ich stand dort auf dem Felsen und sah dem Boot nach, das immer kleiner wurde und schließlich nur noch ein Punkt war. Und immer noch wartete ich, und mit der Zeit wurde der Punkt wieder größer, und es war der Fährmann, der zu mir zurückkam. Bald sah ich seinen Kopf, der so blank ist wie ein Kieselstein, und sah, dass er keinen Fahrgast hatte. Und ich dachte, dass ich jetzt an der Reihe und bald wieder mit meinem Liebsten vereint wäre. Aber als er dort anlegte, wo ich wartete, und sein Tau an der Stange festmachte, schüttelte er den Kopf und lehnte es ab, mich überzusetzen. Ich stritt mit ihm und weinte und flehte, aber er hörte nicht. Stattdessen bot er mir – wie grausam! – ein Kaninchen an, das sich in einer Falle an der Inselküste gefangen hatte. Er hatte es mitgebracht, weil er fand, das sei ein passendes Essen an meinem ersten Abend in Einsamkeit. Und als er sah, dass außer mir niemand da war, um sich übersetzen zu lassen, legte er wieder ab und ließ mich weinend am Ufer zurück, samt seinem elenden Kaninchen. Das setzte ich kurze Zeit später im Heidekraut aus, denn ich sage euch, ich hatte wenig Appetit an diesem Abend und an vielen folgenden Abenden. Das ist der Grund, weshalb ich ihm selbst ein kleines Geschenk bringe, wann immer ich herkomme. Ein Kaninchen für seinen Kochtopf, als Gegenleistung für seine Freundlichkeit an jenem Tag.«

»Das Kaninchen war für mein Abendessen bestimmt«, tönte die Stimme des Fährmanns vom anderen Ende des Raums her. »Aus Mitleid gab ich es ihr. Einfach aus Freundlichkeit.«

»Wir wissen nichts von deinen Angelegenheiten, Herr«, sagte Beatrice. »Aber es scheint mir wirklich eine grausame Täuschung, diese Frau hier allein am Ufer zurückzulassen. Was hat dich nur dazu bewogen?«

»Gute Frau, die Insel, von der diese Alte spricht, ist keine gewöhnliche Insel. Wir Fährleute haben im Lauf der Jahre zahlreiche Menschen dorthin gebracht, und inzwischen werden es Hunderte sein, die ihre Felder und Wälder bevölkern. Aber es ist ein Ort mit merkwürdigen Eigenschaften. Wer dort ankommt, wandert allezeit allein durch Wald und Feld und trifft nie eine Menschenseele. In einer Mondnacht oder kurz vor einem Gewitter mag er gelegentlich ahnen, dass er Nachbarn hat. An den meisten Tagen aber erlebt es jeder Wanderer so, als sei er der Einzige. Ich hätte diese Frau sehr gern befördert, aber als sie begriff, dass sie mit ihrem Mann nicht würde zusammen sein können, erklärte sie, dass sie sich aus solcher Einsamkeit nichts macht, und wollte nicht mit. Ich fügte mich ihrer Entscheidung, wie es ja meine Pflicht ist, und ließ sie ihrer Wege gehen. Das Kaninchen, wie gesagt, überließ ich ihr aus reiner Freundlichkeit. Ihr seht, wie sie es mir dankt.«

»Dieser Fährmann ist ein durchtriebener Kerl«, sagte die alte Frau. »Er wird auch euch hinters Licht führen, obwohl ihr von auswärts seid. Er wird euch einreden, dass jede Seele auf dieser Insel einsam umherstreift, aber das stimmt nicht. Hätten mein Mann und ich sonst lange Jahre von genau so einem Ort geträumt? Die Wahrheit ist, dass vielen erlaubt ist, als verheiratetes Paar das Wasser zu überqueren, um auf der

Insel zu leben. Vielen, die dann Arm in Arm durch dieselben Wälder streifen, dieselben stillen Strände entlangschlendern. Mein Mann und ich wussten das. Wir wussten es schon als Kinder. Gute Vettern, wenn ihr selbst in eurem Gedächtnis forscht, wird euch jetzt, während ich mit euch spreche, wieder einfallen, dass es wahr ist. Wenig Ahnung hatten wir, als wir in jener Bucht warteten, was für ein grausamer Fährmann übers Wasser herüberkäme.«

»Nur in manchem, was sie sagt, liegt Wahrheit«, sagte der Fährmann. »Gelegentlich mag einem Paar erlaubt sein, gemeinsam zur Insel überzusetzen, aber das kommt selten vor. Voraussetzung dafür ist ein ungewöhnlich starkes Band der Liebe zwischen ihnen. Das gibt es, ich leugne es nicht, und deshalb ist es unsere Pflicht, Mann und Frau, auch unverheiratete Liebende, die übergesetzt werden wollen, gründlich zu befragen. Denn uns obliegt es zu ermessen, ob das Band zwischen ihnen stark genug für eine gemeinsame Überfahrt ist. Die Frau hier will es nicht einsehen, aber die Bindung zu ihrem Mann war einfach zu schwach. Lasst sie in ihr Herz blicken, und erst dann wagt zu sagen, dass mein Urteil an jenem Tag ein Irrtum war.«

»Herrin«, sagte Beatrice. »Was sagst du?«

Die alte Frau schwieg. Sie hielt den Blick gesenkt und fuhr mürrisch mit der Messerklinge über das Kaninchenfell.

»Herrin«, sagte Axl, »sobald der Regen aufhört, kehren wir zur Straße zurück. Komm doch mit uns. Wir begleiten dich gern ein Stück deines Weges. Wir können in aller Ruhe über alles reden, was dir in den Sinn kommt. Lass diesen guten Fährmann in Frieden die Reste seines Hauses betrachten, solange sie noch stehen. Was hast du davon, hier zu sitzen? Und wenn du willst, töte ich das Kaninchen auf saubere Art und Weise, ehe sich unsere Wege trennen. Was sagst du?«

Die alte Frau gab noch immer keine Antwort, ja nicht einmal ein Zeichen, dass sie Axls Worte überhaupt gehört hatte. Nach einer Weile stand sie langsam auf, das Kaninchen an die Brust gedrückt. Sie war sehr klein von Gestalt, und ihr Umhang schleifte über den Boden, als sie zur eingestürzten Seite des Raums hinüberging. Von der Decke fiel ein wenig Wasser auf sie herab, doch sie schien nichts davon zu bemerken. Als sie am anderen Ende angelangt war, blickte sie in den Regen und ins wuchernde Grün hinaus. Dann bückte sie sich langsam und setzte das Kaninchen vor ihren Füßen ab. Zuerst war das Tier noch starr vor Furcht und rührte sich nicht. Dann aber sprang es hastig davon und verschwand im hohen Gras.

Die alte Frau richtete sich vorsichtig wieder auf. Als sie sich umdrehte, schien sie den Fährmann anzusehen – ihre seltsam eingesunkenen Augen ließen dies schwer erkennen – und sagte: »Die Fremden hier haben mir den Appetit verdorben. Aber er kommt wieder, da bin ich sicher.«

Mit diesen Worten hob sie ihren Umhang an und stieg langsam hinunter ins Gras, als watete sie in einen Teich hinein. Stetig fiel der Regen auf sie nieder, und bevor sie durch die hohen Nesseln davonging, zog sie sich die Kapuze tief ins Gesicht.

»Warte eine Weile, und wir gehen mit dir«, rief Axl ihr nach. Doch er spürte Beatricens Hand auf seinem Arm und hörte, wie sie ihm zuflüsterte: »Misch dich lieber nicht ein, Axl. Lass sie ziehen.«

Axl ging zu der Stelle, wo die alte Frau über die Kante gestiegen war, und rechnete fast damit, sie noch irgendwo zu sehen, weil sie sich im Dickicht verfangen hatte und nicht vorwärtskam. Aber er entdeckte keine Spur mehr von ihr.

»Danke, Freunde«, sagte der Fährmann hinter ihm. »Vielleicht ist mir wenigstens heute erlaubt, mich in Frieden an meine Kindheit zu erinnern.«

»Uns bist du auch bald los, Fährmann«, sagte Axl. »Sobald der Regen nachlässt.«

»Das eilt nicht, Freunde. Ihr habt vernünftig gesprochen, und ich danke euch dafür.«

Axl starrte in den Regen hinaus. Hinter ihm sagte seine Frau: »Das muss einmal ein prächtiges Haus gewesen sein, Herr.«

»Ach ja, das war es, gute Frau. Als ich ein Kind war, wusste ich gar nicht, wie prächtig, ich kannte ja nichts anderes. Es gab schöne Bilder und Schätze, freundliche und kluge Diener. Gleich dort drüben war der Festsaal.«

»Es macht dich bestimmt traurig, das Haus in diesem Zustand zu sehen, Herr.«

»Nein, gute Frau, ich bin einfach dankbar, dass noch so viel davon steht. Denn dieses Haus hat Kriegstage erlebt, an denen viele andere seiner Art niedergebrannt wurden und jetzt nicht mehr sind als ein, zwei Schutthügel unter Gras und Heidekraut.«

Axl hörte Beatricens Schritte näherkommen und spürte ihre Hand auf seiner Schulter. »Was ist, Axl?«, fragte sie mit gesenkter Stimme. »Dich plagt etwas, das sehe ich.«

»Es ist nichts, Prinzessin. Es ist nur diese Ruine hier. Einen Moment lang war mir, als sei ich derjenige, der Erinnerungen an diesen Ort hier hat.«

»Welche denn, Axl?«

»Ich weiß nicht, Prinzessin. Wenn der Mann von Kriegen und brennenden Häusern spricht, ist es fast so, als fiele mir etwas wieder ein. Es muss aus der Zeit sein, als ich dich noch nicht kannte, ja.«

»Hat es je eine Zeit gegeben, in der wir uns nicht kannten, Axl? Manchmal kommt es mir vor, als ob wir zusammen wären, seit wir Kleinkinder waren.«

»So kommt es mir auch vor, Prinzessin. Ach, das ist doch alles Unsinn. Muss an diesem sonderbaren Ort liegen.«

Sie sah ihn nachdenklich an. Dann drückte sie seine Hand und sagte leise: »Wirklich ein merkwürdiger Ort. Könnte uns mehr Schaden zufügen als jeder Regenguss. Ich möchte fort, Axl, lass uns gehen. Bevor womöglich diese Frau zurückkommt oder noch Schlimmeres passiert.«

Axl nickte. Dann rief er, sich umdrehend, durch den Raum: »Nun, Fährmann, es scheint aufzuklaren! Wir machen uns auf den Weg. Vielen Dank, dass wir uns hier unterstellen durften.«

Der Fährmann erwiderte nichts, doch als sie ihre Bündel schulterten, kam er herbei, um zu helfen, reichte ihnen die Wanderstöcke und sagte: »Gute Reise, Freunde. Mögt ihr euren Sohn bei guter Gesundheit antreffen.«

Sie dankten ihm abermals und wandten sich zum Gehen, doch schon unter dem Torbogen hielt Beatrice plötzlich inne und drehte sich um.

»Nachdem wir einander vielleicht niemals wiedersehen, Herr«, sagte sie, »erlaubst du mir wohl eine kleine Frage?«

Der Fährmann, an seinem Platz an der Wand stehend, musterte sie eindringlich.

»Vorhin, Herr, hast du gesagt, es sei deine Pflicht, jedes Paar, das sich von dir übers Wasser bringen lassen will, genau zu befragen. Weil man, wie du sagst, in Erfahrung bringen muss, ob das Liebesband zwischen ihnen stark genug ist, dass sie zu zweit auf der Insel leben können. Und deshalb, Herr, möchte ich eines gern wissen: Was für Fragen stellst du, um dies herauszufinden?«

Für eine Weile wirkte der Fährmann unsicher. Dann sagte er: »Ehrlich gesagt, gute Frau, steht es mir nicht zu, über derlei zu reden. Zugegeben, von Rechts wegen hätten wir uns heute nicht treffen sollen, aber ein merkwürdiger Zufall hat uns zusammengebracht, und es tut mir nicht leid. Ihr wart beide freundlich und habt für mich Partei ergriffen, wofür ich euch danke. Daher will ich dir antworten, so gut ich kann. Es ist, wie du sagst, meine Pflicht, alle zu befragen, die zur Insel gebracht werden wollen. Wenn es zwei sind, die meinen, die Liebe zwischen ihnen sei stark genug, muss ich sie auffordern, ihre kostbarsten Erinnerungen vor mir auszubreiten. Sie müssen es getrennt voneinander tun, erst der eine, dann der andere. So kommt die wahre Natur des Bands zwischen ihnen alsbald zum Vorschein.«

»Aber ist es nicht schwer, Herr«, fragte Beatrice, »einem Menschen ins tiefste Innere seines Herzen zu blicken? Der äußere Schein ist doch so trügerisch.«

»Das ist wahr, gute Frau, aber wir Fährleute haben im Lauf der Jahre so viele Menschen erlebt, dass wir alles Blendwerk rasch durchschauen. Zumal Reisende, wenn sie von ihren kostbarsten Erinnerungen sprechen, außerstande sind, die Wahrheit zu verbergen. Ein Paar mag behaupten, es sei in Liebe miteinander verbunden, aber wir Fährleute sehen womöglich Groll, Zorn, sogar Hass. Oder eine große Ödnis. Manchmal nur die Furcht vor Einsamkeit und nichts anderes. Beständige Liebe, die viele Jahre überdauert, das erleben wir nur selten. Wenn wir es aber erleben, sind wir nur zu gern bereit, dieses Paar gemeinsam überzusetzen. Gute Frau, ich habe schon mehr gesagt, als ich darf.«

»Und ich danke dir dafür, Fährmann. Es war ja nur die Neugier einer alten Frau. Jetzt lassen wir dir deinen Frieden.«

»Mögt ihr sicher an euer Ziel kommen.«

★ ★ ★

Sie gingen denselben Weg zurück, den sie gekommen waren, durch Farngestrüpp und Brennnesseln. Das Gewitter hatte den Boden tückisch werden lassen, und sosehr sie darauf bedacht waren, die Villa rasch hinter sich zu lassen, mussten sie doch darauf achten, wohin sie die Füße setzten. Als sie endlich wieder bei der abgesunkenen Römerstraße waren, hatte der Regen noch immer nicht aufgehört, und beim ersten größeren Baum am Weg stellten sie sich unter.

»Bist du bis auf die Haut nass geworden, Prinzessin?«

»Keine Sorge, Axl. Dieser Umhang hat seine Aufgabe erfüllt. Wie steht's mit dir?«

»Nichts, was die Sonne nicht schnell wieder trocknen würde, wenn sie wieder rauskommt.«

Sie setzten ihre Bündel ab, lehnten sich an den Stamm und atmeten tief durch. Nach einer Weile sagte Beatrice leise:

»Axl, ich habe Angst.«

»Warum, was ist, Prinzessin? Jetzt kann dir doch nichts mehr passieren?«

»Weißt du noch, die fremde Frau in den dunklen Lumpen, mit der ich damals oben am alten Dorn geredet habe? Sie mag wie eine verrückte Landstreicherin gewirkt haben, aber ihre Geschichte hatte viel Ähnlichkeit mit dem, was die alte Frau vorhin erzählt hat. Auch ihr Mann wurde von einem Fährmann mitgenommen, während sie selber am Ufer zurückbleiben musste. Und als sie weinend vor Einsamkeit kehrtmachte, kam sie über den Rand eines Hochtals und hatte gute Sicht auf den Weg vor und hinter ihr, und überall waren Leute unterwegs, die weinten wie sie. Als sie mir diese Geschichte erzählte, war ich nicht besonders beunruhigt, weil ich dachte, das hat doch mit uns nichts zu tun, Axl. Aber sie redete weiter: dass auf diesem Land jetzt ein Fluch liege, sagte sie, dass es mit einem Nebel des Vergessens überzogen worden sei; und davon können ja auch wir ein Lied singen. Und dann fragte sie mich: ›Wie wollt ihr, du und dein Mann, eure Liebe zueinander beweisen, wenn ihr keine Erinnerung an eure gemeinsame Vergangenheit habt?‹ Und das lässt mich seither nicht mehr los. Manchmal, wenn ich darüber nachdenke, wird mir angst und bang.«

»Aber was gibt es zu fürchten, Prinzessin? Wir haben doch gar nicht vor, auf so eine Insel zu gehen, und wollen es auch nicht.«

»Trotzdem, Axl. Was, wenn unsere Liebe vergeht, bevor wir überhaupt auf die Idee kommen, an so einen Ort zu gehen?«

»Was sagst du da, Prinzessin? Wie kann unsere Liebe welken? Ist sie nicht heute viel stärker als früher, als wir jung und dumm waren?«

»Aber Axl, wir erinnern uns doch gar nicht an unsere Jugend! Oder an die Jahre seither. Wir erinnern uns weder an erbitterten Streit noch an kostbare kleine Momente des Glücks. Wir erinnern uns nicht mal an unseren Sohn und wissen nicht, warum er von uns getrennt ist.«

»Diese ganzen Erinnerungen können wir zurückholen, Prinzessin. Außerdem werde ich meine Gefühle für dich immer im Herzen tragen, egal, woran ich mich erinnere oder was ich vergessen habe. Geht's dir denn nicht genauso, Prinzessin?«

»Doch, Axl. Aber dann frage ich mich wieder, ob es mit dem, was wir heute im Herzen fühlen, nicht so ähnlich ist wie mit den Regentropfen, die von den nassen Blättern auf unsere Köpfe fallen, obwohl der Regen schon lang aufgehört hat. Ich frage mich, ob die Liebe ohne unsere Erinnerungen nicht unweigerlich vergehen und schließlich sterben wird.«

»Das würde Gott niemals zulassen, Prinzessin.« Axl sagte es leise, fast flüsternd, denn jetzt fühlte er selbst eine namenlose Furcht in sich aufsteigen.

»Als ich damals mit der fremden Frau am alten Dorn sprach«, fuhr Beatrice fort, »legte sie mir dringend ans Herz, keine Zeit mehr zu vergeuden. Sie sagte, wir müssten alles tun, was in unserer Macht steht, um uns an alles zu erinnern, was wir miteinander erlebt haben, das Gute und das Schlechte. Und jetzt gibt dieser Fährmann auf meine Frage genau die Antwort, die ich erwartet und gefürchtet habe. Was können wir denn tun, Axl, in der Verfassung, in der wir heute sind? Was, wenn uns so jemand nach unseren kostbarsten Erinnerungen fragt? Axl, ich habe wirklich Angst.«

»Nicht, Prinzessin, dafür gibt es doch gar keinen Grund. Unsere Erinnerungen sind nicht für immer verloren, wir haben sie nur irgendwo verlegt, und daran ist dieser elende Nebel schuld. Wir finden sie wieder, eine nach der anderen, wenn es sein muss. Ist das nicht der Grund, weshalb wir uns auf den Weg gemacht haben? Wenn unser Sohn erst vor uns steht, wird uns bestimmt vieles wieder einfallen.«

»Hoffentlich. Was dieser Fährmann gesagt hat, macht mir nur noch mehr Angst.«

»Vergiss ihn, Prinzessin. Was wollen wir denn mit seinem Boot oder überhaupt mit dieser Insel? Und du hast recht, es regnet ja gar nicht mehr, und wir bleiben trockener, wenn wir nicht länger unter diesem Baum stehen. Gehen wir weiter. Und keine Sorgen mehr!«

3. KAPITEL

Aus der Ferne und von einer gewissen Höhe aus betrachtet, hättet ihr das Sachsendorf viel eher als »Dorf« empfunden als den Gemeinschaftsbau, aus dem Axl und Beatrice kamen. Zum einen fiel es den Sachsen überhaupt nicht ein, Behausungen in Hügelflanken zu graben – was daran liegen mochte, dass es ihnen schneller zu eng wurde. Wärt ihr, wie Axl und Beatrice an diesem Abend, den steilen Hang ins Tal herabgekommen, hättet ihr unter euch vierzig oder mehr einzelne Häuser erblickt, die sich mehr oder minder kreisförmig, als zwei ineinanderliegende Ringe, über den Talboden verteilten. Ihr wärt vielleicht zu weit entfernt gewesen, um Unterschiede in Größe und Pracht wahrzunehmen, aber ihr hättet die Strohdächer erkannt und festgestellt, dass viele »Rundhäuser« darunter waren, dem Haustyp, in dem manche von euch oder vielleicht eure Eltern großgezogen wurden, gar nicht so unähnlich. Auch wenn die Sachsen um der frischen Luft willen gern ein Stück Sicherheit aufgaben, glichen sie dies jedoch aus, indem sie das Dorf vollständig mit einem hohen Zaun aus zusammengebundenen Holzstangen eingefasst hatten, die oben spitz zuliefen wie riesige Stifte. An jeder beliebigen Stelle war der Zaun mindestens doppelt mannshoch, und zur zusätzlichen Abschreckung von Eindringlingen war er von einem tiefen Graben umringt.

Das dürfte der Anblick gewesen sein, der sich Axl und Beatrice bot, als sie während des Abstiegs zum Dorf einmal innehielten, um zu verschnaufen. Über dem Tal ging jetzt die Sonne unter, und Beatrice, deren Sehvermögen noch besser war, stand vorgebeugt ein, zwei Schritte vor Axl im hüfthohen Gras und beschirmte ihre Augen mit der Hand.

»Ich sehe vier, nein: fünf Männer, die das Tor bewachen«, sagte sie. »Und ich glaube, sie sind mit Speeren bewaffnet. Als ich zuletzt mit den Frauen hier war, gab es nur einen einzigen Wächter mit einem Paar Hunde.«

»Meinst du wirklich, wir bekommen hier Obdach, Prinzessin?«

»Keine Sorge, Axl, inzwischen kennt man mich hier gut genug. Außerdem ist einer der Dorfältesten ein Britannier, der von allen als kluger Anführer geschätzt wird, obwohl er nicht mit ihnen verwandt ist. Er wird dafür sorgen, dass wir heute Nacht ein sicheres Dach überm Kopf haben. Trotzdem, Axl, ich glaube, dass etwas passiert ist, und mir ist wirklich nicht wohl dabei. Schau, jetzt ist noch ein weiterer Mann mit Speer dazugekommen, und der hat ein ganzes Rudel scharfer Hunde bei sich.«

»Wer weiß, was hier los ist«, sagte Axl. »Vielleicht versuchen wir heute Nacht lieber anderswo unterzukommen.«

»Aber es wird bald dunkel, und diese Speere richten sich doch nicht gegen uns. Außerdem wohnt in diesem Dorf eine Frau, die ich aufsuchen wollte, eine, die sich in der Heilkunst wesentlich besser auskennt als wir alle zusammen.«

Axl wartete, ob sie noch etwas hinzuzufügen hatte, aber als sie nur stumm in die Ferne spähte, fragte er: »Und warum brauchst du ihre Heilkunst, Prinzessin?«

»Ein kleines Unwohlsein, das mich von Zeit zu Zeit plagt. Diese Frau weiß vielleicht Rat und Linderung.«

»Was für ein Unwohlsein, Prinzessin? Wo plagt es dich?«

»Ach, es ist nichts. Ich denke überhaupt nur daran, weil wir doch irgendwo übernachten müssen.«

»Aber wo tut es dir weh, Prinzessin?«

»Oh …« Ohne sich zu ihm umzudrehen, legte sie eine Hand an die Seite, knapp unterhalb der Rippen, dann lachte sie. »Nicht der Rede wert. Du siehst ja, es hat mich heute durchaus nicht gehindert, den ganzen Tag zu gehen.«

»Nein, kein bisschen, Prinzessin, ich war derjenige, der um eine Rast bitten musste.«

»Sag ich doch. Kein Grund zur Sorge, Axl.«

»Nein, es hat dich nicht im Mindesten gehindert. Wirklich, Prinzessin, du bist so stark, als wärst du nur halb so alt. Trotzdem, wenn es hier eine Frau gibt, die etwas gegen dein Leiden tun kann, schadet es ja nicht, zu ihr zu gehen, oder?«

»Genau das meine ich, Axl. Ich habe ein bisschen Zinn mitgebracht, das ich gegen ihre Arzneien tauschen kann.«

»Ja, ja, diese ganzen kleinen Wehwehchen, wer will die schon … Wir alle haben welche, und wir alle wären sie gern los, wenn das möglich wäre. Ja, lass uns unbedingt diese Frau aufsuchen, wenn sie zu Hause ist. Und wenn uns die Wächter durchlassen.«

Als sie auf die Brücke über den Graben gelangten, war es fast dunkel, und zu beiden Seiten des Tors brannten Fackeln. Die Wächter waren groß und stämmig; dennoch stand ihnen die Angst ins Gesicht geschrieben, als sie die späten Besucher kommen sahen.

»Warte kurz, Axl«, sagte Beatrice leise. »Ich gehe allein und rede mit ihnen.«

»Halt dich bloß von den Speeren fern, Prinzessin. Die Hunde wirken ja ruhig, aber die Sachsen kommen mir vor, als wären sie verrückt vor Angst.«

»Wenn du es bist, vor dem sie sich fürchten, einen alten Mann, dann werde ich ihnen schnell beweisen, wie sehr sie sich irren.«

Unerschrocken ging sie auf die Wächter zu. Die Männer umringten sie und warfen, als Beatrice sie ansprach, argwöhnische Blicke zu Axl hinüber. Einer von ihnen forderte ihn in der Sprache der Sachsen auf, näher ins Licht zu treten, wahrscheinlich damit sie sehen konnten, dass er kein junger Mann in Verkleidung war. Nach weiterem Wortwechsel mit Beatrice ließen sie die Reisenden passieren.

Axl wunderte sich, wie ein Dorf, das von Weitem wie zwei geordnete Ringe aus Häusern ausgesehen hatte, sich jetzt, da sie durch die engen Gassen gingen, als ein derart unübersichtliches Labyrinth erweisen konnte. Gewiss, das Licht schwand zusehends, doch konnte er, als er hinter Beatrice herging, kein Muster erkennen, keine Logik. Unerwartet ragte ein Gebäude vor ihnen auf, versperrte ihnen den Weg und zwang sie, in düstere Nebengassen auszuweichen. Außerdem mussten sie noch besser auf ihren Weg achten als draußen auf den Landstraßen: Nicht nur war der Boden voller Löcher, in denen vom nachmittäglichen Gewitter Pfützen standen, die Sachsen fanden anscheinend auch nichts dabei, alle möglichen Gegenstände, sogar Schutt und Bruchsteine, mitten auf der Gasse liegen zu lassen. Was Axl aber am meisten störte, war der Geruch, der bald stärker, bald schwächer wurde, aber nie ganz verschwand. Wie jeder seiner Zeitgenossen war er mit dem Geruch von Exkrementen, ob menschlicher oder tierischer Herkunft, vertraut, ja versöhnt; dieser aber war weitaus widerlicher. Nicht lang, und er hatte die Quelle ausgemacht: Überall im Dorf hatten die Menschen, vor dem Haus oder am Straßenrand, Stapel von verrottendem Fleisch als Gaben für ihre diversen Götter ausgelegt. Irgendwann, bei einem besonders heftigen Geruchsangriff, drehte sich Axl um und sah, am Dachgesims einer Hütte hängend, einen dunklen Gegenstand, der vor seinen Augen die Form veränderte, als der darauf hockende Fliegenschwarm aufstob. Einen Augenblick später begegneten sie einem Schwein, das von einer Gruppe Kinder an den Ohren durch die Gasse geschleift wurde; Hunde, Kühe und Esel streiften unbeaufsichtigt umher. Die wenigen Menschen, die sie trafen, starrten sie stumm an oder verschwanden rasch in einem Haus, einem Verschlag.

»Hier stimmt doch etwas nicht«, flüsterte Beatrice im Gehen. »Normalerweise sitzen sie vor den Häusern oder stehen in Gruppen zusammen und lachen und reden. Und die Kinder müssten eigentlich hinter uns herlaufen und uns hundert Fragen stellen und überlegen, ob sie uns verspotten oder sich mit uns anfreunden sollen. Aber heute ist alles unheimlich still, und mir ist wirklich mulmig zumute.«

»Haben wir uns verlaufen, Prinzessin, oder sind wir noch auf dem richtigen Weg zu dem Ort, an dem wir auch übernachten können?«

»Ich dachte eigentlich, wir suchen zuerst die heilkundige Frau auf. Aber angesichts der Lage sollten wir vielleicht lieber direkt zum alten Langhaus gehen und zusehen, dass wir uns in Sicherheit bringen.«

»Sind wir noch weit vom Haus der Heilkundigen?«

»Soweit ich mich erinnere – gar nicht.«

»Dann schauen wir doch, ob sie da ist. Selbst wenn dein Leiden eine belanglose Ursache hat, wie wir ja wissen, hat es keinen Sinn, es auszuhalten, wenn es möglich ist, es loszuwerden.«

»Das kann bis zum Morgen warten, Axl. Ich habe nicht einmal richtige Schmerzen – ich nehme sie überhaupt erst wahr, wenn wir darüber reden.«

»Trotzdem, Prinzessin, jetzt sind wir schon in der Nähe. Da können wir die weise Frau doch gleich besuchen, oder?«

»Wenn du unbedingt willst. Aber ich hätte gern bis zum Morgen gewartet. Oder vielleicht, bis ich das nächste Mal herkomme.«

Noch während dieses kurzen Wortwechsels bogen sie um eine Ecke und standen auf einmal auf dem Dorfplatz. Dort loderte ein großes Feuer, und ringsum, vom Widerschein orangerot beleuchtet, hatte sich eine Menschenmenge gebildet. Es waren Sachsen jeglichen Alters, darunter auch ganz kleine Kinder, die von ihren Eltern im Arm gehalten wurden, und Axls erster Gedanke war, dass sie in eine heidnische Feier hineingestolpert waren. Doch als sie stehen blieben und die Szene genauer betrachteten, sah er, dass sich die Aufmerksamkeit der Menge auf gar nichts Besonderes richtete. Die Gesichter waren, soweit sie zu erkennen waren, ernst, feierlich, vielleicht beklommen. Die Stimmen waren gedämpft und klangen als besorgtes Gemurmel zu ihnen herüber. Ein Hund bellte Axl und Beatrice an und wurde auf der Stelle von Schattengestalten verscheucht. Wenn einer aus der Menge die Fremden überhaupt bemerkt hatte, starrte er sie kurz und ausdruckslos an und verlor gleich wieder das Interesse.

»Wer weiß, was die Leute hier umtreibt«, sagte Beatrice. »Ich würde eigentlich lieber von hier verschwinden, nur ist das Haus der Heilerin irgendwo ganz in der Nähe. Vielleicht finde ich ja den Weg noch.«

Als sie auf eine Reihe von Hütten rechts von ihnen zusteuerten, wurde ihnen bewusst, dass im Dunkeln noch viel mehr Menschen standen und die ums Feuer Versammelten beobachteten. Beatrice sprach eine Frau an, die vor ihrer Haustür stand, und nach einer Weile begriff Axl, dass es tatsächlich die Gesuchte war. In der nahezu völligen Dunkelheit konnte er ihre Gesichtszüge nicht erkennen, doch er sah immerhin, dass sie eine aufrechte, groß gewachsene Frau war, mittleren Alters wahrscheinlich. Sie hatte ihr Schultertuch fest um sich gezogen und beratschlagte in gedämpftem Ton mit Beatrice, manchmal einen Blick auf die Menge, manchmal auch auf Axl werfend. Schließlich lud die Heilerin sie beide in ihre Hütte ein, doch Beatrice trat rasch auf ihn zu und sagte leise:

»Lass mich bitte allein mit ihr sprechen, Axl. Hilf mir, mein Bündel abzunehmen, und warte hier auf mich, ja?«

»Kann ich nicht mitgehen, Prinzessin? Auch wenn ich diese Sachsensprache kaum verstehe?«

»Das sind Frauensachen, lieber Mann. Lass mich allein mit ihr reden; sie sagt, sie wird meinen alten Körper gründlich untersuchen.«

»Tut mir leid, Prinzessin, das war unbedacht von mir. Lass mich dir dein Bündel abnehmen. Ich warte hier auf dich, solang es eben dauert.«

Als die beiden Frauen im Haus verschwunden waren, überkam Axl eine grenzenlose Müdigkeit, die sich vor allem in den Schultern und Beinen bemerkbar machte. Er ließ ebenfalls seine Last zu Boden gleiten, lehnte sich an den grasbewachsenen Erdwall hinter ihm und blickte hinüber zur Menschenmenge. Die war inzwischen von einer zunehmenden Rastlosigkeit erfasst worden: Aus der Dunkelheit ringsum traten Menschen und strebten mit großen Schritten auf die Menge zu, um sich darunterzumischen, während andere sich abwandten und hastig davongingen, nur um einen Moment später wiederzukommen. Manche Gesichter waren vom Lichtschein scharf ausgeleuchtet, andere blieben im Schatten, und nach längerer Beobachtung gelangte Axl zu dem Schluss, dass sie alle, mit wachsender Sorge und Unruhe, auf jemanden oder etwas warteten, der oder das offenbar aus der großen

Holzscheune auf der linken Seite kommen musste. Dem rauchig orangeroten Flackern in ihren Fenstern nach zu urteilen, brannte auch darin ein Feuer; anscheinend war das Gebäude die Versammlungshalle der Sachsen.

Axl, an den Wall gelehnt, vernahm irgendwo hinter sich gedämpft die Stimmen der beiden Frauen und war kurz davor einzunicken, als die Menge plötzlich zu wogen und zu pulsieren begann und jetzt ein leises, vielstimmiges Brummen hören ließ. Aus der Scheune waren mehrere Männer gekommen und gingen aufs Feuer zu. Die Menge teilte sich und verstummte wie in Erwartung einer Ankündigung, doch es kam keine, und bald umdrängten die Menschen die Neuankömmlinge, und das Geraune der Stimmen schwoll wieder an. Die Aufmerksamkeit, stellte Axl fest, war jetzt ganz auf den Mann gerichtet, der als Letzter aus der Scheune getreten war. Er konnte nicht älter als dreißig sein, strahlte aber eine weithin spürbare, selbstverständliche Autorität aus. Schlicht gekleidet wie ein Bauer, sah er doch ganz anders aus als die übrigen Dorfbewohner. Es war nicht nur die Art, wie er sich den Umhang über eine Schulter geworfen hatte, sodass sein Gürtel und das Heft seines Schwerts zu sehen waren; es lag auch nicht daran, dass er sein Haar länger trug als jeder andere im Dorf – es hing ihm fast auf die Schultern, und den Teil über seiner Stirn hatte er mit einem Lederriemen nach hinten gebunden, damit es ihm nicht in die Augen fiel. Der Gedanke, der Axl dabei sofort in den Sinn kam, war, dass er sein Haar deshalb zusammengebunden hatte, damit es ihm *im Kampf* nicht in die Augen fiel. Dieser Gedanke war Axl ganz selbstverständlich gekommen; erst hinterher erschrak er ein wenig, denn es war, als wäre ein Moment des Wiedererkennens damit verbunden. Mehr noch – als der Mann mit großen Schritten auf die Menge zutrat und seine Hand sich dabei zum

Schwertgriff senkte, empfand Axl diese ganz besondere, mit dieser Geste untrennbar verbundene Mischung aus Ruhe, Erregung und Furcht: Das Gefühl war so deutlich, als läge *seine* Hand auf diesem Schwert. Mit dem Vorsatz, sich irgendwann später mit ihr zu befassen, verbannte er diese sonderbare Empfindung vorläufig aus seinem Sinn und konzentrierte sich auf die Szene, die sich vor ihm abspielte.

Was diesen Mann von seiner Umgebung so sehr unterschied, war seine Haltung, sein ganzes Auftreten, seine Art, sich zu bewegen. Er mag noch so sehr versuchen, sich als gewöhnlicher Sachse auszugeben, dachte Axl, er ist doch ein *Krieger*. Und vielleicht einer, der, wenn er will, große Verwüstung verursachen kann.

Von den anderen, die mit ihm aus der Scheune gekommen waren, standen zwei, sichtlich nervös, dicht hinter ihm und wichen ihm nicht von der Seite, auch dann nicht, als es den Krieger tiefer in die Menge hineinzog – wie Kinder, die ihren Vater zu verlieren fürchten. Die beiden, auch sie jung, waren ebenfalls mit einem Schwert bewaffnet und trugen zusätzlich einen Speer in der Hand, aber es war offensichtlich, dass sie mit solchen Waffen wenig vertraut waren. Außerdem schienen sie von Todesangst erfasst und waren in ihrer Furchtstarre nicht imstande, auf den Zuspruch der Dorfbewohner zu reagieren: Es klopften ihnen Hände auf den Rücken und drückten aufmunternd ihre Schultern, ihr Blick aber schoss panisch hin und her.

»Der Langhaarige ist ein Fremder, der erst ein, zwei Stunden vor uns ins Dorf gekommen ist«, vernahm er jetzt Beatricens Stimme dicht an seinem Ohr. »Ein Sachse, aber von weit her. Aus dem Marschland im Osten, sagt er, wo er in letzter Zeit gegen Angreifer, die übers Meer gekommen waren, gekämpft hat.«

Axl hatte schon vor einer Weile bemerkt, dass sich die Stimmen der Frauen näherten, und als er sich umdrehte, sah er Beatrice und die Heilerin direkt hinter ihm vor der Tür des Hauses stehen. Die Medizinfrau sprach eine ganze Weile leise auf Sächsisch, und Beatrice übersetzte ihm, ebenso leise, ihre Worte:

»Sie sagt, dass heute im Lauf des Tages einer der Männer mit verletzter Schulter und in heller Panik ins Dorf zurückgekommen ist, und als er sich nach vielem Zureden der anderen beruhigt hatte, rückte er mit der Geschichte heraus: Er war mit seinem Bruder beim Fischen am Fluss, an ihrer gewohnten Stelle, sein Neffe, der Sohn des Bruders, war auch dabei, ein zwölfjähriger Junge. Dort wurden sie von zwei Menschenfressern überfallen. Nur dass es keine gewöhnlichen Menschenfresser waren, sagt der Verwundete, sondern monströse Wesen, die sich schneller bewegen konnten und verschlagener waren als jeder Menschenfresser, den er je gesehen hat. Die Unholde – so nennt man sie hier – die Unholde brachten seinen Bruder auf der Stelle um, und den Jungen, der am Leben geblieben war und sich heftig wehrte, verschleppten sie. Der Mann selber entkam erst, nachdem die Unholde ihn den Fluss entlanggejagt hatten und ihm dabei so dicht auf den Fersen gewesen waren, dass er ihren widerlichen Atem hatte riechen können, aber am Ende hängte er sie ab. Das ist er wohl, Axl, der Mann mit dem geschienten Arm, der jetzt mit dem Fremden redet. Trotz seiner Verletzung hatte er solche Angst um seinen Neffen, dass er unbedingt eine Gruppe der stärksten Männer im Dorf zu der Stelle führen wollte. Dort sahen sie schon von weitem Rauch aufsteigen, der von einem Lagerfeuer am Ufer kam, und als sie sich mit gezückten Waffen heranschlichen, teilten sich die Büsche, und Unholde stürzten heraus. Sie hatten ihnen offensichtlich eine Falle gestellt.

Die Medizinfrau sagt, drei Männer waren schon tot, bevor die anderen begriffen, was los war, und um ihr Leben rannten. Sie kamen zwar unverletzt zurück, aber jetzt liegen sie zu Hause in ihren Betten, zittern vor Angst und reden wirr, zu erschüttert, um herauszukommen und den Tapferen Glück zu wünschen, die jetzt, bei Einbruch der Nacht und aufziehendem Nebel, aufbrechen und tun wollen, was zwölf starke Männer am helllichten Tag nicht fertiggebracht haben.«

»Weiß man, ob der Junge noch lebt?«

»Nichts wissen sie, aber sie wollen trotzdem zum Fluss. Nachdem die erste Gruppe in Angst und Schrecken zurückkam, fand sich trotz allem Drängen der Ältesten kein Einziger mehr, der tapfer genug ist, um noch einmal eine Expedition zu wagen. Aber wie es der Zufall will, kommt hier dieser Fremde ins Dorf und braucht ein Nachtlager, denn sein Pferd hat sich am Fuß verletzt. Und obwohl er von diesem Jungen und seiner Familie bis zum heutigen Tag noch nie etwas gehört hat, erklärt er sich bereit, dem Dorf zu Hilfe zu kommen. Die anderen zwei, die sich jetzt entschlossen haben, mit ihm zu gehen, sind ebenfalls Onkel des Jungen, aber ihrer Miene nach zu urteilen, nehme ich an, dass sie den Krieger eher behindern als unterstützen. Schau nur, Axl, sie sind krank vor Angst.«

»Ja, das sehe ich, Prinzessin. Aber es sind doch tapfere Männer, dass sie trotz ihrer Angst losziehen wollen. Und ausgerechnet heute kommen wir daher und bitten um Gastfreundschaft. Denkbar schlechter Abend. Schon jetzt fließen in manchen Häusern Tränen, und bevor die Nacht um ist, werden es wohl noch viel mehr werden.«

Die Medizinfrau schien von seinen Worten manches verstanden zu haben, denn sie sagte wieder etwas in ihrer Sprache, und Beatrice übersetzte: »Sie sagt, wir sollen direkt zum alten Langhaus gehen und uns bis zum Morgen nicht mehr blicken lassen. Wenn wir noch länger im Dorf herumwandern, sagt sie, ist doch sehr fraglich, wie man uns in einer Nacht wie dieser aufnehmen wird.«

»Genau das denke ich auch, Prinzessin. Dann nehmen wir den Rat der guten Frau an und gehen gleich los, wenn du dich noch an den Weg erinnerst.«

Doch genau in diesem Moment brach die Menge plötzlich in Geschrei aus, das Geschrei wurde ein Jubeln, und abermals setzte ein Wogen ein, als ob sie darum ringe, eine neue Gestalt anzunehmen. Dann setzte sie sich in Bewegung; in der Mitte der Krieger und seine zwei Gefährten. Ein leises Singen begann, in das bald auch die Zuschauer einstimmten, unter ihnen auch die Medizinfrau. Die Prozession kam auf sie zu, und weil etliche Hände Fackeln trugen, waren auch jetzt noch, obwohl sie dem Schein des Feuers den Rücken gekehrt hatten, einzelne Gesichter zu sehen: manche angsterfüllt, andere begeistert. Wann immer das Licht einer Fackel auf das Gesicht des Kriegers fiel, sah Axl, dass seine Miene ruhig war: Er blickte hierhin und dorthin und nahm Worte der Ermutigung entgegen, und wieder ruhte seine Hand auf dem Schwertgriff. Die Menge zog an Axl und Beatrice vorbei, zwischen einer Reihe von Hütten hindurch und davon, bis sie außer Sichtweite war. Aber der gedämpfte Gesang war noch eine ganze Weile zu vernehmen.

Axl und Beatrice, vielleicht eingeschüchtert von der Atmosphäre im Dorf, rührten sich eine ganze Weile nicht. Dann fragte Beatrice die Medizinfrau, in welcher Richtung das Langhaus lag, und Axl hatte den Eindruck, dass die zwei Frauen bald über den Weg zu einem ganz anderen Ziel sprachen, denn sie deuteten und gestikulierten in die Ferne zu den Hügeln oberhalb des Dorfs.

Erst als wieder Stille eingekehrt war, machten sie sich auf den Weg zu ihrer Unterkunft. Sich in der Dunkelheit zurechtzufinden war schwerer denn je; die wenigen Fackeln, die hier und dort an Hausecken brannten, stifteten aufgrund der Schatten, die sie warfen, nur Verwirrung. Axl und Beatrice hatten die entgegengesetzte Richtung zu der davonziehenden Menge der Dorfbewohner eingeschlagen, und die Häuser, an denen sie vorbeikamen, waren dunkel und ohne erkennbares Zeichen von Leben.

»Geh langsam, Prinzessin«, sagte Axl leise. »Wenn auf diesem Untergrund einer von uns hinfällt, wird wohl niemand herauskommen und uns helfen.«

»Axl, ich glaube, wir haben uns wieder verlaufen. Lass uns zur letzten Ecke zurückgehen. Diesmal finde ich es bestimmt.«

Mit der Zeit wurde der Weg gerade, und sie stellten fest, dass sie an dem Staketenzaun entlanggingen, den sie vom Hügel aus gesehen hatten. Die scharfen Spitzen der Stangen ragten über ihnen auf, eine Spur dunkler als der Nachthimmel, Axl hörte murmelnde Stimmen irgendwo über ihnen und sah, als er aufblickte, dass sie nicht allein waren: Auf der Krone des aufgeschütteten Erdwalls waren in regelmäßigen Abständen Gestalten zu erkennen; das mussten Dorfbewohner sein, die über den Zaun in die dunkle Wildnis dahinter spähten. Er kam nicht dazu, Beatrice von seiner Beobachtung zu erzählen, denn jetzt nahten von hinten dumpfe Schritte. Sie gingen schneller, im nächsten Moment aber tauchte neben ihnen eine Fackel auf, vor ihnen zuckten Schatten. Axl vermutete erst, dass ihnen eine Gruppe von Dorfbewohnern entgegenkam, gleich darauf aber begriff er, dass sie eingekreist waren. Sächsische Männer unterschiedlichen Alters und Körperbaus, manche mit Speeren, andere mit Äxten, Sensen und sonstigem Werkzeug bewaffnet, umzingelten sie. Und es schienen immer mehr zu werden. Verschiedene Stimmen redeten gleichzeitig auf sie ein, und Axl spürte die Hitze der Fackeln im Gesicht. Er drückte Beatrice eng an sich und versuchte einen Anführer auszumachen, entdeckte aber keinen. In jedem Gesicht stand Panik, und Axl begriff, dass jede unbedachte Bewegung ein Unglück auslösen konnte. Er bugsierte Beatrice aus der Reichweite eines besonders grimmig dreinblickenden jungen Mannes, der mit fahriger Hand ein Messer schwang, und versuchte verzweifelt, sich an ein paar Brocken Sächsisch zu erinnern. Als ihm nichts einfiel, gab er besänftigende Laute von sich, wie man wohl ein widerspenstiges Pferd zu beschwichtigen sucht.

»Hör auf, Axl«, flüsterte Beatrice. »Sie werden es dir nicht danken, wenn du ihnen Schlaflieder singst.« Sie sprach einen Mann auf Sächsisch an, dann einen zweiten, aber auch sie bewirkte nichts, die Stimmung wurde nicht besser. Lauthals brach ein Streit aus, und ein Hund zerrte an seinem Seil, riss sich los und knurrte sie an.

Dann aber schienen die angespannten Gestalten ringsum mit einem Mal in sich zusammenzusacken. Die wütenden Stimmen verebbten, bis nur noch eine zu hören war, eine zeternde und wetternde, irgendwo ein Stück entfernt, aber sie kam näher, und die Menge teilte sich, um einen gedrungenen, missgestalteten Mann hindurchzulassen. Auf einen dicken Stock gestützt, schlurfte er in den Lichtkreis.

Er war ziemlich alt; sein Rücken war zwar noch vergleichsweise gerade, doch ragten sein Hals und sein Kopf in einem grotesken Winkel über die Schultern nach vorn. Seine sonderbare Erscheinung tat indessen seiner Autorität keinen Abbruch, alle Anwesenden ordneten sich ihr unter – sogar der Hund verstummte und trollte sich. Axl verstand auch mit seinem äußerst beschränkten sächsischen Wortschatz, dass sich die Wut des Missgebildeten nur zum Teil gegen die Ungast-lichkeit der Dorfbewohner richtete; übel nahm er ihnen auch, dass sie ihre Posten verlassen hatten, wie Axl aus der mit Ver-wirrung gepaarten Zerknirschtheit in den von den Fackeln beschienenen Gesichtern schloss. Als die Stimme des Alten erneut vor Wut anschwoll, schien bei den Männern langsam die Erinnerung zurückzukehren: Einer nach dem anderen schlichen sie in die Nacht davon. Aber auch als der Letzte fort war und nur noch in der Ferne Füße zu hören waren, die hastig Leitern hinaufkletterten, schleuderte ihnen der Miss-gebildete noch Schimpfworte hinterher.

Endlich wandte er sich Axl und Beatrice zu, wechselte in deren Sprache und sagte ohne den Anflug eines fremden Ak-zents: »Wie kann es sein, dass sie sogar *das* vergessen haben, noch dazu so kurz, nachdem sie mit eigenen Augen gesehen haben, wie der Krieger mit zwei ihrer Vettern losgezogen ist, um zu tun, was sich keiner von ihnen traut? Ist es Scham, die ihr Gedächtnis derart schwächt, oder ist es einfach Angst?«

»Angst haben sie ganz bestimmt, Ivor«, sagte Beatrice. »In ihrem Zustand wäre ihnen selbst eine Spinne, die sich neben ihnen abseilt, Anlass genug, um sich gegenseitig zu zerflei-schen. Eine jämmerliche Truppe hast du uns da zur Begrü-ßung geschickt.«

»Ich bitte um Entschuldigung, Frau Beatrice. Und dich auch, Herr. Unter normalen Umständen hätten wir euch einen bes-seren Empfang bereitet, aber wie ihr seht, seid ihr in einer Nacht der Schrecken gekommen.«

»Wir wollten zum alten Langhaus und haben uns verlaufen, Ivor«, sagte Beatrice. »Wenn du uns den Weg zeigen könntest, wären wir dir sehr verbunden. Vor allem haben mein Mann und ich nach dieser Begrüßung wirklich keine Lust mehr, uns noch länger im Freien aufzuhalten. Wir sehnen uns nach Ruhe.«

»Ich würde euch gern versprechen, dass man euch im Lang-haus freundlich empfängt, Freunde, aber in dieser Nacht lege ich für meine Nachbarn keine Hand ins Feuer. Mir wäre wohler, wenn du und dein guter Mann einverstanden wärt, unter meinem Dach zu wohnen. Da weiß ich euch wenigs-tens ungestört.«

»Wir nehmen dein freundliches Angebot sehr gern an, Herr«, warf Axl ein. »Meine Frau und ich brauchen tatsäch-lich ein bisschen Ruhe.«

»Dann folgt mir, Freunde. Haltet euch dicht hinter mir und sprecht leise, bis wir da sind.«

Sie folgten Ivor durch die Dunkelheit, bis sie bei einem Haus anlangten, das, obwohl in seiner Bauart den anderen sehr ähnlich, größer war und allein stand. Als sie durch den niedrigen Torbogen traten, schlug ihnen eine rauchsatte Wärme entgegen, die sogleich eine einladende Atmosphäre verbreitete, obwohl Axl die Brust davon eng wurde. Das Feuer glomm in der Mitte des Raums; ringsum verteilten sich Webteppiche, Tierfelle und allerlei Möbel aus Eichen- und Eschenholz, und während Axl daranging, die Decken aus ihren Bündeln zu ziehen, sank Beatrice dankbar in einen Schaukelsitz. Ivor hingegen blieb mit besorgter Miene an der Tür stehen.

»Wie sie euch empfangen haben!«, sagte er. »Mich schau-dert vor Scham, wenn ich daran denke.«

»Bitte denken wir nicht mehr daran, Herr«, sagte Axl. »Du hast uns mehr Güte erwiesen, als wir verdienen. Und heute Abend sind wir genau zur rechten Zeit gekommen, um mit-zuerleben, wie diese tapferen Männer zu ihrer gefährlichen Queste aufgebrochen sind. Wir verstehen also nur zu gut, welches Grauen, welche Furcht in der Luft liegen; kein Wun-der, dass die Leute sich aufführen, als wären sie von Sinnen.«

»Wenn ihr, die ihr Fremde seid, euch noch so genau an unsere Schwierigkeiten erinnert, wie kann es dann sein, dass diese Narren schon wieder alles vergessen haben? Mit Worten, die ein Kleinkind verstünde, sagt man ihnen, dass sie um keinen Preis ihren Posten am Zaun verlassen dürfen, dass die Sicherheit der ganzen Gemeinschaft davon abhängt, zu schweigen davon, dass es ja nötig sein könnte, unseren Helden schnell beizuspringen, falls sie von den Ungeheuern bis ans Tor verfolgt werden. Aber was tun sie? Zwei Fremde kommen des Wegs, und statt sich an ihre Befehle zu erinnern, geschweige denn an die Gründe dafür, fallen sie wie wild gewordene Wölfe über euch her. Wenn diese beängstigende Vergesslichkeit bei uns nicht so häufig wäre, würde ich an meinen Sinnen zweifeln.«

»Bei uns zu Hause ist es genauso, Herr«, sagte Axl. »Meine Frau und ich haben bei unseren Nachbarn zahlreiche Fälle der gleichen Vergesslichkeit erlebt.«

»Aha. Interessant zu hören, Herr. Und ich fürchtete schon, es sei eine Art Seuche, die allein in unserer Gegend grassiert. Und liegt es an meinem Alter oder daran, dass ich Britannier bin und hier unter Sachsen lebe, wenn ich oft der Einzige bin, der sich noch an etwas Bestimmtes erinnert, während alle anderen es vergessen haben?«

»Dasselbe haben auch wir festgestellt, Herr. Wir leiden schon genug unter dem Nebel – denn das ist unsere Bezeichnung dafür –, aber offenbar weniger als die Jüngeren. Hast du eine Erklärung dafür, Herr?«

»Ich habe schon vieles darüber gehört, Freund, und zumeist war es sächsischer Aberglaube. Aber letzten Winter kam ein Fremder hier vorbei, der zu der Sache etwas zu sagen hatte, und was er sagte, scheint mir immer glaubwürdiger, je länger ich darüber nachdenke. Was ist jetzt das?« Ivor, der mit seinem Stock in der Hand an der Tür stehen geblieben war, drehte sich mit einer Behändigkeit um, die bei einem so miss-gebildeten Körper überraschte. »Entschuldigt euren Gastge-ber, Freunde. Das könnten doch unsere tapferen Männer sein, die schon zurück sind. Vorläufig ist es das Beste, ihr bleibt hier und zeigt euch nicht.«

Als er fort war, saßen Axl und Beatrice mit geschlossenen Augen eine Zeit lang schweigend auf ihren Stühlen und wa-ren dankbar, dass sie ausruhen konnten. Dann sagte Beatrice leise:

»Was Ivor wohl sagen wollte?«

»Wozu?«

»Er hat über den Nebel und seine Ursache gesprochen.«

»Nur ein Gerücht, das er einmal gehört hat. Aber ja, wir müssen ihn unbedingt bitten, mehr darüber zu sagen. Be-wundernswert, der Mann. Hat er immer unter Sachsen ge-lebt?«

»Immer, seitdem er vor vielen Jahren eine Sächsin gehei-ratet hat. So hab ich's gehört. Was aber aus seiner Frau gewor-den ist, kann ich nicht sagen. Axl, wäre es nicht gut, wenn wir wüssten, woher der Nebel kommt?«

»Und wie. Aber wie uns das weiterhelfen würde, weiß ich nicht.«

»Wie kannst du das sagen, Axl? Wie kannst du so was Herz-loses sagen?«

»Wie bitte? Was ist los, Prinzessin?« Axl setzte sich auf und sah zu seiner Frau hinüber. »Ich meine ja nur, dass er, selbst wenn wir die Ursache kennen, auch nicht verschwinden wird, weder hier noch bei uns zu Hause.«

»Wenn es auch nur die geringste Chance gibt, den Nebel zu verstehen, könnte für uns doch alles anders werden. Wie kannst du das nur so leichthin abtun, Axl?«

»Tut mir leid, Prinzessin, das wollte ich nicht. Ich war in Gedanken anderswo.«

»Wie kannst du jetzt an etwas anderes denken – gerade nach dem, was wir heute erst von diesem Fährmann gehört haben?«

»Zum Beispiel, Prinzessin, denke ich an diese tapferen Männer – ob sie wohl wieder zurück sind und ob sie das Kind unversehrt mitgebracht haben. Und ob dieses Dorf mit seinen ängstlichen Wächtern und seinem windigen Tor heute Nacht von feindlichen Unholden überfallen werden könnte, die sich für den rauen Umgang mit ihnen rächen wollen. Es gibt manches, worüber man nachsinnen könnte, ganz unabhängig von dem Nebel und dem abergläubischen Gerede sonderbarer Fährleute.«

»Nicht nötig, so grob zu sein, Axl. Ich wollte bestimmt nicht streiten.«

»Verzeih, Prinzessin. Es muss diese Stimmung hier sein. Die steckt an.«

Aber Beatrice war den Tränen nah. »Nicht nötig, so unfreundlich zu sein«, murmelte sie vor sich hin.

Axl stand auf und ging hinüber zu ihrem Schaukelstuhl, beugte sich zu ihr hinunter und drückte sie an seine Brust. »Es tut mir leid, Prinzessin«, sagte er. »Natürlich reden wir mit Ivor über den Nebel, bevor wir uns wieder auf den Weg machen.« Nach einer Weile, in der sie einander nur umfangen hielten, sagte er: »Offen gestanden, Prinzessin, ich habe eben auch an etwas ganz Bestimmtes gedacht.«

»Woran denn?«

»Ich hab mich gefragt, was dir die Medizinfrau wohl über dein Leiden gesagt hat?«

»Sie sagte, es ist nichts, womit man im Alter nicht rechnen müsste.«

»Wie ich immer gesagt habe, Prinzessin. Hab ich dir nicht gesagt, es gibt keinen Grund zur Sorge?«

»*Ich* hab mir ja keine Sorgen gemacht, Mann. Du warst derjenige, der unbedingt noch heute Abend zu ihr wollte.«

»War doch gut, dass wir hingegangen sind. Jetzt müssen wir uns überhaupt keine Sorgen mehr machen. Falls wir uns je welche gemacht haben.«

Sie befreite sich sanft aus seiner Umarmung und ließ ihren Stuhl wieder nach hinten kippen. »Axl«, sagte sie. »Die Medizinfrau hat einen alten Mönch erwähnt, der noch weiser ist als sie, sagt sie. Er hat vielen hier im Dorf geholfen. Jonus heißt er. Sein Kloster ist einen Tagesmarsch von hier, an der Bergstraße Richtung Osten.«

»Die Bergstraße Richtung Osten.« Axl ging zur Tür, die Ivor angelehnt gelassen hatte, und spähte in die Dunkelheit. »Ich denke, Prinzessin, genauso gut wie die untere Straße durch den Wald können wir morgen auch die obere nehmen.«

»Die ist aber anstrengend, Axl. Dort geht es ständig bergauf. Das verlängert unsere Reise um mindestens einen Tag, und wartet nicht unser Sohn besorgt, dass wir kommen?«

»Stimmt alles. Aber es wäre doch schade, diesen weisen Mönch nicht zu besuchen, wenn wir schon einmal so weit gekommen sind.«

»Die Medizinfrau hat das nur so gesagt, weil sie dachte, wir wollten sowieso diese Route nehmen. Als ich sagte, wir kämen auf der unteren Straße leichter ins Dorf unseres Sohnes, da meinte sie selber, es lohne sich wohl nicht, weil mir ja nichts fehlt, es sind nur die üblichen Gebrechen, die man mit den Jahren eben bekommt.«

Axl spähte noch immer hinaus in die Finsternis. »Trotzdem, Prinzessin, lass uns darüber nachdenken. Aber da kommt Ivor zurück! Und er sieht nicht glücklich aus.«

Ivor kam mit großen Schritten herein, schwer atmend, und sank in einen breiten, mit mehreren Fellen gepolsterten Sessel; seinen Stock ließ er mit Gepolter neben seinen Füßen fallen. »Ein junger Narr schwört, er sieht einen Unhold, der angeblich von außen unseren Zaun hinaufgeklettert ist und uns jetzt von oben ausspäht, und natürlich bricht sofort ein gewaltiger Aufruhr los, brauch ich euch nicht zu sagen, und ich bemühe mich vergebens, einen Trupp zusammenzustellen, der sich vergewissern soll, ob es stimmt. Natürlich ist dort, wo er hindeutet, nur Nachthimmel, aber er schwört weiter Stein und Bein, dass der Unhold uns anstarrt, und die anderen mit ihren Hacken und Speeren verstecken sich hinter mir wie Kinder. Dann gesteht der Narr, dass er während seiner Wache eingeschlafen ist und den Unhold geträumt hat, aber kehren sie wenigstens jetzt schleunigst auf ihre Posten zurück? Sie sind kopflos vor Angst, und ich muss ihnen drohen, sie so verprügeln zu lassen, dass ihre eigene Sippe sie für Hammelfleisch hält.« Er sah sich um, immer noch schwer atmend. »Entschuldigt euren Gastgeber, Freunde. Ich schlafe dort, im innersten Raum, sofern ich heute Nacht überhaupt ein Auge zumachen kann. Macht ihr es euch so bequem wie möglich, auch wenn ich euch nicht viel bieten kann.«

»Im Gegenteil, Herr«, sagte Axl. »Du bietest uns eine wunderbar komfortable Unterkunft, und wir sind dir dankbar dafür. Es tut mir leid, dass es keine bessere Kunde war, die dich hinausgerufen hat.«

»Wir müssen warten. Vielleicht bis weit in die Nacht und sogar bis zum Morgen. Wohin seid ihr des Wegs, Freunde?«

»Morgen gehen wir weiter nach Osten, Herr, zum Dorf unseres Sohnes, der uns sehnsüchtig erwartet. Aber in dieser Angelegenheit könntest du uns vielleicht behilflich sein, denn meine Frau und ich sprachen eben über den besten Weg dorthin. Wir hörten von einem weisen Mönch namens Jonus, der in einem Kloster an der Bergstraße lebt und den wir vielleicht in einer kleinen Sache um Rat fragen könnten.«

»Jonus eilt gewiss ein ehrwürdiger Ruf voraus. Allerdings bin ich ihm nie von Angesicht zu Angesicht begegnet. Sucht ihn unbedingt auf, aber seid gewarnt: Der Weg hinauf zum Kloster ist mühselig. Den größten Teil des Tages führt euch der Pfad steil bergauf. Und wenn er endlich wieder eben wird, müsst ihr aufpassen, dass ihr nicht vom Weg abkommt, denn dann seid ihr im Land der Querig.«

»Querig, die Drachin? Ich habe schon lang nicht mehr von ihr reden hören. Wird sie hierzulande noch immer gefürchtet?«

»Sie kommt kaum noch vom Berg herunter«, sagte Ivor. »Aber es kann sein, dass sie aus einer Laune heraus den vorbeikommenden Wanderer angreift, und wahrscheinlich wird oft ihr zur Last gelegt, was eigentlich das Werk wilder Tiere oder Banditen ist. Meiner Ansicht nach liegt die Bedrohung, die von ihr ausgeht, weniger in dem, was sie tut, als in ihrer fortdauernden Anwesenheit. Solange sie in Freiheit ist, wird sich alles mögliche Übel zwangsläufig über unser Land ausbreiten wie eine Seuche. Zum Beispiel diese Unholde, die uns heute Nacht heimsuchen. Woher kommen sie? Das sind keine normalen Menschenfresser. Niemand hier hat sie je gesehen. Warum sind sie hergekommen und schlagen an unserem Flussufer ihr Lager auf? Die Querig zeigt sich zwar selten, aber es gehen viele dunklen Kräfte von ihr aus, und es ist eine Schande, dass sie in all den Jahren von niemandem getötet wurde.«

»Aber Ivor«, sagte Beatrice, »wer käme denn auf die Idee, so eine Bestie anzugreifen? Allen Beschreibungen nach ist die Querig ein schrecklich grimmiger Drache und verbirgt sich in unwegsamem Gelände.«

»Du hast recht, Frau Beatrice, es ist eine abschreckende Aufgabe. Wie es das Schicksal will, gibt es noch einen betagten Ritter aus Artus' Zeit, der vor vielen, vielen Jahren von dem großen König den Auftrag erhielt, die Querig zu erschlagen. Könnte sein, dass ihr ihm begegnet, wenn ihr die Bergstraße nehmt. Man verfehlt ihn schwerlich, wenn er mit seinem rostigen Kettenpanzer auf seiner Schindmähre sitzt, immer erpicht darauf, seine heilige Mission zu verkünden, dabei wette ich, der alte Narr hat dem Drachen noch keine Sekunde lang Angst gemacht. Den Tag, an dem er seine Pflicht erfüllt, erleben wir nicht mehr. Unbedingt, Freunde, geht zu dem Kloster, aber seid vorsichtig und sucht euch ja eine Unterkunft, ehe die Nacht hereinbricht.«

Ivor wandte sich dem inneren Raum zu, doch Beatrice setzte sich rasch auf und sagte:

»Vorhin, Ivor, hast du über den Nebel gesprochen. Dass du etwas über seine Ursache gehört hast. Aber dann wurdest du fortgeholt, noch ehe du etwas dazu sagen konntest. Jetzt wollen wir unbedingt mehr von dir darüber hören.«

»Ah, der Nebel. Guter Name dafür. Wer weiß, wie viel Wahres in den Gerüchten liegt, die uns zu Ohren kommen, Frau Beatrice. Wahrscheinlich habe ich von dem Fremden gesprochen, der letztes Jahr durch unsere Gegend kam und hier Obdach nahm. Er kam vom Marschland her, wie unser tapferer Besucher heute Abend, allerdings sprach er einen oft schwer verständlichen Dialekt. Ich bot ihm, wie jetzt euch, dieses armselige Haus als Nachtquartier an, und wir sprachen den ganzen Abend lang über vieles, darunter auch diesen Nebel, wie ihr ihn so treffend nennt. Unsere seltsame Heimsuchung interessierte ihn außerordentlich, und er befragte mich wieder und wieder darüber. Und dann äußerte er eine Vermutung, die ich damals verwarf, über die ich aber seither viel nachgedacht habe. Der Fremde dachte, es könnte sein, dass Gott selbst vieles aus unserer Vergangenheit vergessen hat, Ereignisse aus ferner Zeit ebenso wie Ereignisse vom selben Tag. Und wie sollten sich Sterbliche an Dinge erinnern, die Gott selbst vergessen hat?«

Beatrice starrte ihn an. »Kann so etwas möglich sein, Ivor? Wir sind doch alle seine geliebten Kinder. Könnte Gott tatsächlich vergessen, was wir getan haben und was uns zugestoßen ist?«

»Das war genau meine Frage, Frau Beatrice, und der Fremde hatte auch keine Antwort darauf. Aber seit damals muss ich immer öfter über seine Worte nachdenken. Vielleicht erklärt seine Vermutung den Nebel, wie ihr ihn nennt, ebenso gut wie alles andere. Jetzt verzeiht mir, Freunde, ich muss ein bisschen schlafen, solange es geht.«

★ ★ ★

Axl bemerkte, dass ihn Beatrice an der Schulter rüttelte. Er hatte keine Ahnung, wie lange sie geschlafen hatten: Es war noch dunkel, aber von draußen kamen Geräusche, und er hörte Ivor irgendwo über ihm sagen: »Beten wir, dass es gute Nachrichten sind und nicht unser Ende.« Doch als Axl sich aufsetzte, war ihr Gastgeber schon fort, und Beatrice sagte: »Schnell, Axl, lass uns nachsehen, was von beidem es ist.«

Schlafschwer schob er den Arm unter den seiner Frau, und sie stolperten gemeinsam in die Nacht hinaus. Jetzt brannten viel mehr Fackeln, sogar vom Wall flackerte es hell herab, und so war es viel einfacher, sich zurechtzufinden. Überall waren Leute unterwegs, Hunde bellten, Kinder weinten. Dann schien eine gewisse Ordnung einzukehren, Axl und Beatrice gerieten in eine Menschenmenge, die in ein und dieselbe

Richtung strebte wie eine Prozession. Als sie jäh zum Stehen kamen, stellte Axl überrascht fest, dass sie bereits auf dem Hauptplatz angelangt waren – offenbar gab es von Ivors Haus einen direkteren Weg als den, den sie am Abend gegangen waren. Auf dem Platz loderte das Feuer noch wilder als etliche Stunden zuvor, sodass Axl im ersten Moment dachte, die Hitze habe die Dorfbewohner zum Anhalten gezwungen. Als er aber an den Reihen der Köpfe vorbeiblickte, sah er, dass der Krieger zurückgekehrt war. Er stand ganz ruhig links vom Feuer, die eine Hälfte seiner Gestalt im hellen Widerschein, die andere im Schatten, und im sichtbaren Teil seines Gesichts erkannte Axl kleine dunkle Punkte, die Blutspuren zu sein schienen – als sei er durch einen Sprühregen aus Blut gelaufen. Sein langes Haar war nur noch teilweise zusammengebunden und wirkte nass, seine Kleidung war voller Schlamm und vielleicht Blut, und der Umhang, den er sich beim Aufbruch lässig über die Schulter geworfen hatte, war jetzt an mehreren Stellen zerfetzt. Der Mann selbst aber wirkte unverletzt, und er sprach seelenruhig mit drei Dorfältesten, darunter Ivor. Axl sah außerdem, dass der Krieger etwas in der Armbeuge hielt.

Unterdessen hatte ein Gesang eingesetzt, leise zuerst, dann anschwellend, bis der Krieger sich schließlich umdrehte, um ihn zu würdigen. Sein Gebaren war frei von Prahlerei und Maulheldentum. Und als er sich an die Menge wandte, war seine Stimme laut genug, dass alle ihn hörten, und doch schien er in gedämpftem, vertraulichem Ton zu sprechen, wie er feierlichen Anlässen geziemt.

Seine Zuhörer verstummten augenblicklich, um jedes Wort zu verstehen, und bald entlockte er ihnen Laute der Zustimmung oder des Grauens. Einmal deutete er hinter sich, und Axl bemerkte zum ersten Mal die zwei Männer, die mit ihm ausgezogen waren; sie saßen knapp innerhalb des Lichtkreises auf dem Boden und sahen aus, als seien sie aus großer Höhe herabgestürzt und zu benommen, um aufzustehen. Die Menge stimmte einen Gesang für sie an, doch die beiden schienen gar nichts mitzubekommen, sie starrten nur mit leerem Blick vor sich hin.

Der Krieger wandte sich wieder der Menge zu und sagte etwas, woraufhin der Gesang verebbte. Er trat näher ans Feuer und hob das, was er im Arm gehalten hatte, hoch in die Luft.

Axl erkannte den Kopf eines dickhalsigen Wesens, unmittelbar unterhalb der Kehle abgetrennt. Dunkel gelockte Strähnen, die vom Scheitel des Kopfes herabhingen, umrahmten ein auf schauderhafte Weise leeres Gesicht: Wo Augen, Mund und Nase hätten sein sollen, war nur pickeliges Fleisch, das an eine gerupfte Gans erinnerte; auf den Wangen sprossen ein paar fedrige Haarbüschel. Aus der Menge stieg ein Knurren auf, und Axl sah sie furchtsam zurückweichen. Erst jetzt erkannte er, dass es sich gar nicht um einen Kopf handelte, sondern um einen Teil der Schulter und des Oberarms eines abnorm riesigen, menschenähnlichen Geschöpfs. Tatsächlich hielt der Krieger seine Trophäe am bizepsnah abgetrennten Armstumpf mit dem Stück Schulter zuoberst, und in dem Moment begriff Axl auch, dass das, was er für Haarsträhnen gehalten hatte, allerlei Sehnen und Adern waren, die aus der Schnittfläche baumelten.

Sekunden später ließ der Krieger die Beute vor seinen Füßen auf den Boden fallen, als könnte er nicht einmal mehr Verachtung für die Überreste des Wesens aufbringen. Zum zweiten Mal wich die Menge entsetzt zurück, schob sich aber gleich darauf wieder vor, und der Gesang setzte abermals ein, erstarb aber fast sofort, denn wieder sprach der Krieger, und obwohl Axl kein Wort verstand, schien ihm die Nervenanspannung, die sich der Anwesenden bemächtigt hatte, wie mit Händen greifbar. Beatrice sagte ihm ins Ohr:

»Unser Held hat beide Unholde getötet. Der eine floh mit seiner tödlichen Verletzung in den Wald und wird die Nacht nicht überstehen. Der andere blieb standhaft und kämpfte, und zur Vergeltung brachte der Krieger dieses Stück von ihm zurück, das du dort auf dem Boden siehst. Der Rest des Unholds kroch zum See, um seine Schmerzen zu lindern, und ging im schwarzen Wasser unter. Das Kind, Axl, siehst du dort das Kind?«

Fast schon außerhalb des Feuerscheins umdrängte eine kleine Gruppe Frauen einen mageren dunkelhaarigen Jungen, der auf einem Stein saß. Er mochte bereits Mannesgröße erreicht haben, aber man erahnte unter der Decke, die über seinen Schultern lag, noch die schlaksige Gestalt eines Knaben. Eine Frau hatte einen Wassereimer gebracht und wusch ihm den Schmutz von Gesicht und Hals, doch er schien gar nichts davon zu bemerken, seine Augen waren starr auf den Rücken des vor ihm stehenden Kriegers gerichtet; allerdings verrenkte er gelegentlich den Kopf, als wollte er an den Beinen des Kriegers vorbeisehen, um einen Blick auf das Ding auf dem Boden zu werfen.

Axl stellte verwundert fest, dass der Anblick des geretteten Kindes, das am Leben war und offenbar ohne ernsthafte Verletzung, weder Erleichterung noch Freude bei ihm auslöste, nur ein dumpfes Unbehagen. Er dachte zuerst, es habe mit dem merkwürdigen Verhalten des Jungen zu tun, bis ihm klar wurde, was es war, das ihm zu denken gab: Dieser Junge, dessen Unversehrtheit vor Kurzem noch die größte Sorge der Gemeinschaft gewesen war, wurde jetzt mit einer erschreckenden Gleichgültigkeit empfangen. Es schlug ihm Zurückhaltung, ja fast Kälte entgegen, und Axl fühlte sich an einen

Vorfall in seinem eigenen Dorf erinnert, an das Verschwinden des Mädchens Marta, und er fragte sich, ob auch dieser Junge im Begriff war, vergessen zu werden. Nein, das konnte nicht sein, nicht hier. Jetzt zeigten die Leute sogar auf ihn, und die Frauen, die sich um ihn kümmerten, starrten abwehrend zurück.

»Ich kann nicht verstehen, was sie sagen, Axl«, raunte ihm Beatrice ins Ohr. »Es wird über den Jungen gestritten. Dabei ist es doch ein großes Glück, dass er wohlbehalten zurück ist und dass ihn das, was seine jungen Augen mitansehen mussten, offenbar nicht besonders erschüttert hat.«

Der Krieger sprach noch immer zur Menge, und sein Tonfall hatte jetzt etwas Beschwörendes. Es war fast, als erhöbe er Anklage, und Axl spürte, wie die Stimmung umschlug. Ehrfurcht und Dankbarkeit gegenüber dem Krieger wichen nach und nach anderen Empfindungen; im Geraune der ringsum sich erhebenden Stimmen schwang Verstörtheit mit, vielleicht Furcht. Wieder sprach der Krieger, sein Ton war ernst und streng, und er deutete auf den Jungen hinter sich. Dann trat Ivor neben ihn in den Feuerschein und sagte etwas, das bei Teilen seiner Zuhörer ein protestierendes Murren auslöste. Hinter Axl wurde etwas geschrien, und gleich darauf brach überall in der Menge Streit aus. Ivor hob die Stimme, um sich Gehör zu verschaffen; das gelang jedoch nur kurz – fast unmittelbar darauf setzte das Geschrei wieder ein, und die Leute begannen sich gegenseitig zu rempeln und zu stoßen.

»Oh, Axl, bitte lass uns rasch verschwinden!«, rief ihm Beatrice ins Ohr. »Das ist kein Ort für uns.«

Axl legte ihr den Arm um die Schultern und bahnte ihnen beiden den Weg durch die Menge, aber etwas ließ ihn aufhorchen, und er drehte sich noch einmal um. Der Junge hatte seine Haltung nicht verändert, starrte noch immer den

Rücken des Kriegers an, sichtlich gleichgültig gegenüber dem Tumult ringsum. Aber die Frau, die ihn versorgt hatte, war zurückgetreten und blickte unsicher zwischen dem Jungen und der Menge hin und her. Beatrice zerrte an seinem Arm. »Axl, bitte lass uns gehen. Ich habe Angst, dass sie uns was antun.«

Offenbar hatte sich das gesamte Dorf auf dem Platz versammelt, denn als sie zu Ivors Haus zurückkehrten, begegneten sie keiner Menschenseele. Erst als das Haus schon vor ihnen aufgetaucht war, fragte Axl: »Was wurde denn eigentlich gesagt, Prinzessin?«

»Ich bin mir gar nicht sicher, Axl. Für mein mangelhaftes Verständnis wurde zu viel gleichzeitig durcheinandergeredet. Ein Streit über den geretteten Jungen, erhitzte Gemüter. Gut, dass wir weg sind – wir werden schon noch erfahren, was passiert ist.«

★ ★ ★

Als Axl am Morgen erwachte, warf die Sonne breite Lichtstreifen quer durch den Raum. Er lag auf dem Boden, allerdings auf einem Bett aus weichen Teppichen und warmen Decken – ein weitaus luxuriöseres Lager, als er gewohnt war –, und seine Glieder fühlten sich wunderbar ausgeruht an. Außerdem war er guten Mutes, denn er war mit einer angenehmen Erinnerung erwacht.

Beatrice, die neben ihm lag, rührte sich ebenfalls, doch ihre Augen blieben geschlossen, und ihr Atem ging tief und gleichmäßig. Axl betrachtete sie, wie so oft in solchen Momenten, und wartete darauf, dass sich das Gefühl zärtlicher Freude in seiner Brust ausbreitete. Es kam auch, wie erwartet, nur mischte sich an diesem Tag ein Anflug von Trauer in sein Glück. Das überraschte ihn, und er fuhr sanft mit der Hand über die Schulter seiner Frau, als könnte er mit dieser Geste den Schatten vertreiben.

Draußen waren Geräusche zu hören, aber im Unterschied zu dem Aufruhr, der sie beide nachts aus dem Schlaf gerissen hatte, stammten sie jetzt von Menschen, die ihren üblichen Morgenbeschäftigungen nachgingen. Sie hatten beide leichtsinnig lang geschlafen, dachte Axl; dennoch wollte er Beatrice nicht wecken, sondern betrachtete sie nur. Schließlich stand er vorsichtig auf, ging hinüber zur Holztür und schob sie einen Spalt auf. Diese Tür – es war wohl eine »richtige« Tür an hölzernen Angeln – gab ein lautes Quietschen von sich, und die Sonne schien gleißend durch den Spalt, doch Beatrice wachte nicht auf. Leicht besorgt kehrte Axl nun zum Lager zurück und kauerte sich mit steifen Knien neben ihr nieder. Endlich schlug seine Frau die Augen auf und blickte ihn an.

»Zeit zum Aufstehen, Prinzessin«, sagte er, ohne sich seine Erleichterung anmerken zu lassen. »Das ganze Dorf ist auf den Beinen und unser Gastgeber längst aus dem Haus.«

»Du hättest mich früher wecken sollen, Axl.«

»Du hast so friedlich geschlafen, und nach dem langen Tag gestern dachte ich, es tut dir gut. Und recht hatte ich, denn jetzt siehst du frisch aus wie ein junges Mädchen.«

»Du redest schon wieder Unsinn, Axl, dabei wissen wir noch gar nicht, was in der Nacht passiert ist. Immerhin hört es sich nicht so an, als hätten sie sich gegenseitig zu Brei geschlagen. Das sind doch Kinderstimmen, oder? Und die Hunde klingen satt und zufrieden. Axl, gibt es hier Wasser zum Waschen?«

Ein wenig später, als sie sich halbwegs präsentabel fühlten – und Ivor noch immer nicht zurückgekehrt war –, traten sie hinaus in die kühle, klare Luft und machten sich auf die

Suche nach etwas Essbarem. Axl erschien das Dorf jetzt unvergleichlich friedfertiger als in der Nacht. Die Rundhütten, die er in der Dunkelheit als willkürlich durcheinandergewürfelten Haufen wahrgenommen hatte, standen jetzt ordentlich in Reih und Glied, und ihre gleichmäßigen Schatten bildeten fast so etwas wie eine Allee durchs Dorf. Überall wimmelte es von Menschen, die mit Waschzuber und Werkzeug aller Art und einer Schar Kinder im Schlepptau irgendwohin unterwegs waren, und die Hunde waren zahllos wie immer, schienen aber folgsam. Nur ein Esel, der direkt vor einem Brunnen im Sonnenschein zufrieden sein Geschäft verrichtete, erinnerte Axl noch an das feindselige Tohuwabohu, in das sie nach ihrer Ankunft hier geraten waren. Vereinzelt nickten Entgegenkommende ihnen sogar zu oder grüßten verhalten; allerdings ging niemand so weit, sie anzusprechen.

Axl und Beatrice waren noch nicht weit gekommen, als sie vor ihnen auf der Straße die so gegensätzlichen Gestalten Ivors und des Kriegers erkannten, die heftig diskutierend die Köpfe zusammensteckten. Als sie näherkamen, trat Ivor einen Schritt zurück und lächelte verlegen.

»Ich wollte euch nicht vorzeitig wecken«, sagte er. »Aber ich bin ein schlechter Gastgeber, ihr müsst ja ausgehungert sein. Kommt mit mir zum alten Langhaus; ich werde dafür sorgen, dass ihr euch satt essen könnt. Aber zuerst, Freunde, begrüßt unseren Helden der vergangenen Nacht. Ihr werdet feststellen, dass Herr Wistan eure Sprache mühelos versteht.«

Axl wandte sich dem Krieger zu und beugte den Kopf. »Es ist meiner Frau und mir eine große Ehre, einen Mann von solchem Mut, solcher Großmut und solchem Geschick zu begegnen. Was du in der vergangenen Nacht geleistet hast, ist bemerkenswert.«

»Was ich getan habe, war nichts Besonderes, Herr, so wenig

wie mein Geschick.« Die Stimme des Kriegers war freundlich wie je, fast sanft, und um seine Augen lag ein Lächeln. »Ich hatte Glück letzte Nacht, außerdem hatte ich fähigen Beistand von meinen tapferen Kameraden.«

»Die Kameraden, von denen er spricht«, fiel Ivor ein, »haben sich vor Angst in die Hose gemacht, das ist die Wahrheit. Dieser Mann hat die Unholde ganz allein vernichtet.«

»Lass uns kein Wort mehr darüber verlieren, Herr.« Der Krieger hatte zu Ivor gesprochen, dabei den Blick aber nicht von Axl gewandt, dem er wie gebannt ins Gesicht starrte.

»Du sprichst unsere Sprache sehr gut, Herr«, sagte Axl, verdutzt über die eingehende Musterung, der er unterzogen wurde.

Der Krieger sah ihn noch eine Weile unverwandt an, dann schüttelte er den Kopf und lachte. »Verzeihung, Herr, einen Moment lang dachte ich … Bitte um Entschuldigung. Ich bin von durch und durch sächsischem Blut, aber ich bin nicht weit von hier aufgewachsen und war häufig mit Britanniern zusammen. So kam es, dass ich neben meiner auch eure Sprache lernte. Heutzutage bin ich sie weniger gewohnt, denn ich lebe weit fort, im Marschland, wo man viele fremde Sprachen hört, aber nie die eure. Verzeiht mir bitte meine Fehler.«

»Von Fehlern kann keine Rede sein, Herr«, sagte Axl. »Man hört kaum, dass es nicht deine Muttersprache ist. Was mir gestern Nacht aber aufgefallen ist, das ist deine Art, das Schwert zu tragen, höher und näher an der Körpermitte als bei den Sachsen üblich, sodass deine Hand beim Gehen wie von selbst auf dem Heft ruht. Ich hoffe, es kränkt dich nicht, wenn ich sage, dass es viel eher die Art der Britannier ist.«

Wieder lachte Wistan. »Meine sächsischen Kameraden ziehen mich ständig deswegen auf – nicht nur, weil ich das Schwert so trage, sondern auch weil ich es führe wie ein Britannier. Aber es ist nun einmal so, dass ich alles, was ich kann, von den Britanniern gelernt habe, und ich hätte mir keinen besseren Unterricht wünschen können. Er hat mich aus vielen Gefahren gerettet, auch letzte Nacht. Entschuldige meine Unverfrorenheit, Herr, aber ich sehe, dass auch du nicht aus dieser Gegend bist. Kann es sein, dass ihr aus dem Westen stammt?«

»Wir leben ganz in der Nähe, Herr. Einen Tagesmarsch entfernt, nicht weiter.«

»Aber habt ihr früher vielleicht weiter im Westen gelebt?«

»Wie ich schon sagte, Herr. Ich bin praktisch aus der Nachbarschaft.«

»Verzeih mir meine schlechten Manieren. Wenn es mich, wie jetzt, so weit in den Westen verschlägt, überkommt mich Heimweh nach der Gegend meiner Kindheit – dabei ist es bis dorthin noch ein ganzes Stück. Aber ich entdecke überall Schemen halb vertrauter Gesichter. Wollt ihr, du und deine gute Frau, heute wieder nach Hause?«

»Nein, Herr, wir gehen nach Osten, ins Dorf unseres Sohnes, das wir binnen zwei Tagen zu erreichen hoffen.«

»Ah. Die Straße durch den Wald also.«

»Eigentlich, Herr, wollen wir die obere Straße durchs Gebirge nehmen, denn im Kloster dort lebt ein weiser Mann, der uns hoffentlich eine Audienz gewähren wird.«

»Ach ja?« Wistan nickte nachdenklich, und wieder betrachtete er Axl aufmerksam. »Das muss ein ziemlich steiler Weg sein, hört man.«

»Meine Gäste haben noch gar nicht gefrühstückt«, warf Ivor ein. »Entschuldige uns, Herr Wistan, während ich sie zum Langhaus begleite. Dann würde ich gern, wenn es geht, unsere Unterredung weiterführen.« Er senkte die Stimme und murmelte einen Satz auf Sächsisch, den Wistan mit einem

Nicken beantwortete. Wieder an Axl und Beatrice gewandt, schüttelte Ivor den Kopf und sagte ernst: »Dieser Mann hat so viel für uns getan, und trotzdem sind unsere Probleme alles andere als ausgestanden. Aber folgt mir, Freunde, ihr seid gewiss ausgehungert.«

Ivor marschierte in seinem wankenden Gang voraus, rammte bei jedem Schritt seinen Stock in den Boden und schien zu tief in Gedanken, um zu bemerken, dass er im Gedränge der Gassen seine Gäste bald abgehängt hatte. Etliche Schrittlängen hinter ihm sagte Axl unterdessen zu Beatrice: »Dieser Krieger ist ein bewunderungswürdiger Bursche, findest du nicht, Prinzessin?«

»Ganz bestimmt«, antwortete sie leise. »Aber seltsam war es doch, wie er dich angestarrt hat, Axl.«

Für weitere Worte war keine Zeit; Ivor hatte endlich gemerkt, dass er die beiden Fremden zu verlieren drohte, und wartete an der nächsten Ecke auf sie.

Kurze Zeit später standen sie in einem sonnigen Hof. Gänse streiften darin herum, und mitten hindurch führte ein künstlicher Bachlauf, eigentlich ein seichter Graben, durch den eilig Wasser plätscherte. An seiner breitesten Stelle querte man den Bach auf zwei flachen Felsen, die als Trittsteine dienten: Auf dem einen kauerte jetzt ein älteres Kind und wusch Kleidungsstücke. Es war ein Anblick, den Axl beinahe als idyllisch empfand, und er wäre stehen geblieben, um ihn noch eine Weile auszukosten, wäre Ivor nicht entschlossen weiter auf das niedrige, mit einer dicken Strohschicht gedeckte, lang gestreckte Gebäude zumarschiert, das in seiner gesamten Länge die hintere Begrenzung des Hofs bildete.

Einmal eingetreten, hättet ihr dieses Langhaus als gar nicht so verschieden vom ländlichen Wirtshaus empfunden, wie es viele von euch in der einen oder anderen Art wohl schon kennengelernt haben. Lange Tische und Bänke bildeten ordentliche Reihen, und am einen Ende des Raums waren die Küche und ein Anrichtebereich. Der Hauptunterschied zu einer modernen Anlage dürfte die Allgegenwart von Heu gewesen sein: Man hatte Heu über dem Kopf und Heu unter den Füßen und Heu überall, wenngleich ohne Absicht, auf den Tischen und Bänken, wohin es die ständig hereinfegenden Windstöße geweht hatten. An einem Morgen wie diesem, als sich unsere Reisenden zum Frühstück setzten, tanzten Heustäubchen im flirrenden Sonnenlicht, das durch die bullaugenkleinen Fenster eindrang.

Das alte Langhaus war menschenleer, als sie eintraten, und Ivor ging gleich weiter zum Küchenbereich; kurz darauf erschienen zwei ältere Frauen mit Brot, Honig, Keksen und zwei Krügen mit Milch und Wasser. Dann kam auch Ivor zurück und brachte eine Platte mit Geflügelteilen, über die sich Axl und Beatrice dankbar hermachten.

Zuerst aßen sie schweigend; sie merkten erst jetzt, wie hungrig sie gewesen waren. Ivor, der ihnen gegenübersaß, grübelte vor sich hin, den Blick gedankenverloren in die Ferne gerichtet, und erst nach einer ganzen Weile sagte Beatrice:

»Diese Sachsen sind dir eine große Last, Ivor. Vielleicht wünschst du dich jetzt, da die Menschenfresser erschlagen sind und der Junge außer Gefahr, zu deinen Leuten zurück?«

»Das waren keine Menschenfresser, Herrin, das waren überhaupt keine Wesen, wie man sie in dieser Gegend hier je erblickt hat. Dass sie nicht länger draußen vor unserem Tor herumschleichen, ist eine große Erleichterung. Der Junge hingegen ist eine ganz andere Sache. Er mag zurück sein, aber außer Gefahr ist er ganz und gar nicht.« Ivor beugte sich über den Tisch und senkte, obwohl sie wieder allein waren, die

Stimme. »Du hast recht, Herrin, ich wundere mich selber, wie ich unter solchen Wilden leben kann. Besser lebt man doch in einem Rattenloch. Was wird dieser tapfere Fremde nach allem, was er letzte Nacht für uns getan hat, von uns denken?«

»Warum, Herr, was ist passiert?«, fragte Axl. »Wir waren letzte Nacht auch am Feuer, aber als wir mitbekamen, dass ein erbitterter Streit in der Luft lag, machten wir uns schnell aus dem Staub. Was danach kam, wissen wir nicht.«

»Das war eine weise Entscheidung, in Deckung zu gehen, Freunde. Diese Heiden waren heute Nacht derart außer sich, dass sie es fertiggebracht hätten, sich gegenseitig die Augen auszukratzen. Was sie mit zwei Fremden gemacht hätten, zwei Britanniern unter ihnen, wage ich mir nicht vorzustellen. Der Knabe Edwin wurde zwar zurückgebracht, aber noch während das Dorf deswegen zu jubeln anfing, entdeckten die Frauen eine kleine Wunde bei ihm. Ich nahm sie selbst in Augenschein, wie die anderen Ältesten. Ein kleines Mal unterhalb des Brustkorbs, nicht schlimmer als ein Kratzer, wie ihn sich ein Kind bei einem Sturz zuzieht. Aber die Frauen, die noch dazu aus seiner Sippe sind, erklärten es sofort zu einem Biss, und heute Morgen heißt es im ganzen Dorf, der Junge sei gebissen worden. Um seiner eigenen Sicherheit willen musste ich ihn in eine Scheune einsperren, und jetzt schleudern seine Kameraden und sogar seine eigenen Angehörigen Steine gegen das Tor und wollen, dass er herausgeholt und getötet wird.«

»Wie kann das denn sein, Ivor?«, fragte Beatrice. »Ist das ebenfalls das Werk des Nebels, der sie vergessen lässt, was das Kind in letzter Zeit für Gräuel erleben musste?«

»Wäre das nur der Fall, Herrin. Diesmal scheinen sie sich allzu gut zu erinnern. Die Heiden halten eisern an ihren abergläubischen Überzeugungen fest, und dazu zählt eben auch die Gewissheit, dass der Junge, wenn er von einem Unhold gebissen wurde, über kurz oder lang selber zum Unhold wird und hier, innerhalb unserer Tore, Gräueltaten begeht. Sie fürchten ihn, und wenn er hierbleibt, wird er ein so entsetzliches Schicksal erleiden wie jene, vor denen Herr Wistan ihn letzte Nacht gerettet hat.«

»Aber, Herr«, sagte Axl, »es wird hier doch sicher auch Menschen geben, die klug genug sind, um solche Hohlköpfe zur Vernunft zu bringen?«

»Falls es sie gibt, sind wir eine Minderheit, und selbst wenn wir für einen oder zwei Tage Zurückhaltung erzwingen können, wird es nicht lang dauern, bis die Hohlköpfe sich durchsetzen.«

»Was ist also zu tun, Herr?«

»Der Krieger ist so entgeistert wie ihr; wir haben den ganzen Morgen darüber diskutiert. Ich habe ihm vorgeschlagen, den Knaben mitzunehmen, wenn er sich wieder auf den Weg macht, obwohl es eine Zumutung für ihn ist, und das Kind dann, wenn er weit genug entfernt ist, in einem Dorf zu lassen, wo es womöglich ein neues Leben beginnen kann. Ich schäme mich zutiefst, dass ich derlei von einem Mann verlange, der sein Leben für uns aufs Spiel gesetzt hat, aber eine andere Lösung sehe ich nicht. Wistan denkt jetzt über meinen Vorschlag nach. Allerdings hat er für seinen König einen Auftrag zu erledigen und ist wegen seines Pferds und der Unannehmlichkeiten der vergangenen Nacht ohnehin schon im Verzug. Übrigens muss ich gleich nachsehen, ob der Junge noch unversehrt ist, und danach muss ich den Krieger fragen, ob er zu einem Entschluss gelangt ist.« Ivor stand auf und bückte sich nach seinem Stock. »Kommt euch noch verabschieden, bevor ihr aufbrecht, Freunde. Obwohl ich verstehen kann, wenn ihr nach allem, was ihr jetzt gehört habt, das Dorf möglichst schnell hinter euch lassen wollt, ohne euch noch einmal danach umzudrehen.«

★ ★ ★

Axl sah ihm nach, wie er durch die Tür trat und durch den sonnigen Hof davonmarschierte. »Düstere Neuigkeiten, Prinzessin«, sagte er.

»Das stimmt, Axl, aber sie gehen uns nichts an. Lass uns nicht noch mehr Zeit hier verschwenden. Wir haben einen mühseligen Weg vor uns.«

Speisen und Milch waren sehr frisch, und eine Zeit lang aßen sie wieder schweigend. Dann sagte Beatrice:

»Glaubst du, es ist etwas Wahres dran, Axl? Ich meine, an dem, was Ivor gestern über den Nebel sagte: dass es Gott selbst ist, der uns vergessen lässt?«

»Ich weiß nicht, was ich davon halten soll, Prinzessin.«

»Axl, heute Morgen beim Aufwachen ist mir dazu etwas eingefallen.«

»Was denn, Prinzessin?«

»Nur ein Gedanke. Dass Gott vielleicht wegen irgendetwas, das wir getan haben, wütend ist. Oder nicht wütend, sondern beschämt.«

»Merkwürdiger Gedanke, Prinzessin. Angenommen, es ist, wie du denkst: Warum bestraft er uns nicht? Warum lässt er uns innerhalb einer Stunde alles wieder vergessen, was passiert ist, als wären wir Idioten?«

»Vielleicht schämt sich Gott wegen unserer Untat dermaßen für uns, dass er sie selber vergessen will. Und wie der Fremde zu Ivor gesagt hat: Wenn Gott sich nicht erinnert, ist es kein Wunder, dass auch wir es nicht können.«

»Aber was, um alles in der Welt, können wir getan haben, dass Gott sich derart schämt?«

»Ich weiß es nicht, Axl. Ganz bestimmt ist es nichts, was wir beide getan haben, denn uns hat er doch immer geliebt. Aber sag – wenn wir jetzt zu ihm beten und wirklich darum bitten, dass er sich zumindest an das eine oder andere erinnert, das uns am kostbarsten ist, erhört er uns vielleicht und erfüllt uns den Wunsch, wer weiß.«

Von draußen drang ein vielstimmiges Gelächter herein, und als Axl den Hals reckte, sah er im Hof mehrere Kinder auf den Trittsteinen im Bach balancieren, und in genau diesem Moment fiel eines aufkreischend ins Wasser.

»Wer kann das sagen, Prinzessin«, sagte Axl. »Vielleicht erklärt es uns der weise Mönch im Gebirge. Aber wenn du schon vom Erwachen heute Morgen sprichst: Auch mir ist etwas eingefallen, vielleicht im selben Moment, in dem du diesen Gedanken hattest. Es war eine Erinnerung, eine ganz einfache, aber mir hat sie sehr gefallen.«

»Oh, Axl! Was für eine Erinnerung?«

»Mir ist wieder eingefallen, wie wir einmal über einen Markt gegangen sind, vielleicht war es auch ein Fest. Wir waren in einem Dorf, aber das war nicht unseres, und du hattest deinen hellgrünen Kapuzenumhang an.«

»Das muss ein Traum gewesen sein, oder es ist sehr lang her, Mann. Ich habe doch gar keinen grünen Umhang.«

»Ja, es muss wohl lang her sein, Prinzessin. Es war im Sommer, aber dort, wo wir waren, ging ein kalter Wind, und du hattest diesen grünen Umhang an. Allerdings ohne die Kapuze aufzusetzen. Ein Markt, vielleicht ein Fest. Es war jedenfalls ein Dorf an einem Hang mit Ziegen in einem Pferch, den du zuerst betreten hast.«

»Und was haben wir da gemacht, Axl?«

»Wir sind einfach Arm in Arm herumgelaufen, und plötzlich stand uns ein Fremder im Weg, ein Mann aus dem Dorf. Und der warf nur einen Blick auf dich und konnte dann nicht mehr aufhören, dich anzustarren wie eine Göttin. Erinnerst du dich, Prinzessin? Ein junger Mann, aber ich nehme an, wir waren damals ebenfalls jung. Und er rief laut, er habe niemals eine so schöne Frau erblickt. Und streckte die Hand aus und berührte deinen Arm. Hast du eine Erinnerung daran, Prinzessin?«

»Möglich. Aber wirklich nicht besonders klar. Kann es sein, dass der Mann, von dem du sprichst, betrunken war?«

»Vielleicht ein bisschen, ich weiß nicht, Prinzessin. Es war ja, wie gesagt, ein Tag, an dem etwas gefeiert wurde. Jedenfalls sah er dich und war betört. Sagte, du seist das schönste Wesen, das er je erblickt habe.«

»Das muss dann aber wirklich sehr lang her sein! War das nicht der Tag, an dem du eifersüchtig geworden bist und mit dem Mann gestritten hast, sodass wir beinahe aus dem Dorf gejagt wurden?«

»Daran erinnere ich mich jetzt wieder nicht, Prinzessin. An dem Tag, an den ich denke, hast du deinen grünen Umhang getragen, und es war irgendein Festtag, und als dieser Fremde sah, dass ich dein Beschützer war, sagte er zu mir: Sie ist die liebreizendste Erscheinung, die mir je vor die Augen gekommen ist, also pass du bloß gut auf sie auf, mein Freund. Das sagte er.«

»Irgendwie erinnere ich mich doch, sehr dunkel. Aber ich bin sicher, du hast dich aus Eifersucht mit ihm gestritten.«

»Wie kann das sein, wenn ich sogar jetzt noch den Stolz verspüre, den ich bei den Worten des Fremden empfand? Die liebreizendste Erscheinung, die ihm je vor die Augen gekommen war. Und er schärfte mir ein, nur ja gut auf dich aufzupassen.«

»Wenn du stolz warst, Axl, dann warst du auch eifersüchtig. Hast du ihn nicht zur Rede gestellt, obwohl er betrunken war?«

»So weiß ich es nicht mehr, Prinzessin. Vielleicht tat ich auch nur so, als sei ich eifersüchtig, aus Spaß. Ich muss doch gewusst haben, dass es der Bursche nicht böse meinte. Wie auch immer: Das ist die Erinnerung, mit der ich heute Morgen aufgewacht bin, obwohl es wirklich sehr, sehr lang her ist.«

»Wenn du es so in Erinnerung hast, Axl, dann soll es so bleiben. Seitdem uns der Nebel verfolgt, ist jede Erinnerung etwas Kostbares, und wir müssen sie unbedingt festhalten.«

»Was wohl aus dem Umhang geworden ist? Du hast ihn doch immer gehütet wie deinen Augapfel.«

»Es war nur ein Umhang, Axl, und wie jeder Umhang ist er im Lauf der Jahre wohl fadenscheinig geworden.«

»Haben wir ihn irgendwo verloren? Auf einem sonnigen Felsen liegen lassen?«

»Ja! Jetzt fällt es mir wieder ein. Und ich habe dir bittere Vorwürfe gemacht.«

»Das scheint mir auch so, Prinzessin, aber ich weiß nicht mehr, ob das gerecht war oder nicht.«

»Oh, Axl, was für eine Erleichterung, dass wir uns immer noch an manches erinnern können, Nebel hin oder her. Kann es sein, dass Gott uns schon erhört hat und uns zu Hilfe geeilt ist?«

»Und wir werden uns noch an viel mehr erinnern, Prinzessin, wenn wir es uns wirklich ernsthaft vornehmen. Dann kann uns kein hinterhältiger Fährmann hinters Licht führen – sofern jemals der Tag kommt, an dem wir uns etwas aus seinem törichten Geschwätz machen. Aber lass uns fertig essen, die Sonne steht hoch, und es ist höchste Zeit zum Gehen, wir haben einen steilen Aufstieg vor uns.«

★ ★ ★

Sie gingen noch einmal zu Ivors Haus, und als sie zu der Stelle kamen, an der sie am Abend zuvor beinahe angegriffen worden wären, hörten sie von oben jemanden rufen. Sie hoben den Kopf und entdeckten Wistan hoch über ihnen auf der Ausguckswarte.

»Gut, dass ihr noch da seid, Freunde«, rief er herab.

»Immer noch hier«, gab Axl zurück und ging ein paar Schritte auf den Zaun zu. »Aber wir machen uns gleich auf den Weg. Und du, Herr? Ruhst du dich heute noch aus?«

»Ich muss ebenfalls bald weiter. Aber wenn du mir noch eine kurze Unterredung gewährst, Herr, wäre ich sehr dankbar. Ich will euch auch nicht lang aufhalten.«

Axl und Beatrice wechselten einen Blick, und sie sagte leise: »Sprich nur mit ihm, wenn du willst, Axl. Ich gehe zu Ivor und packe Proviant für die Reise ein.«

Axl nickte und rief zu Wistan hinauf: »Sehr gern, Herr. Soll ich hinaufkommen?«

»Wie du willst, Herr, ich komme auch gern herunter, aber es ist ein prachtvoller Morgen, und die Aussicht ist grandios. Wenn dir die Leiter keine Schwierigkeiten bereitet, rate ich dir unbedingt, zu mir heraufzukommen.«

»Geh und hör dir an, was er will, Axl«, sagte Beatrice leise. »Aber sei vorsichtig, und damit meine ich nicht nur die Leiter.«

Axl nahm jede Sprosse behutsam und vorsichtig, bis er oben beim Krieger anlangte, der ihm die Hand entgegenstreckte. Axl kletterte auf die schmale Plattform und warf einen Blick zu Beatrice hinab, die ihn von unten beobachtete. Erst als er ihr fröhlich zuwinkte, ging sie, fast widerstrebend, zu Ivors Haus davon – das von diesem luftigen Aussichtspunkt aus deutlich zu sehen war. Er sah ihr noch eine Weile nach, dann drehte er sich um und hielt über den Staketenzaun hinweg Ausschau.

»Siehst du, Herr, ich habe nicht gelogen«, sagte Wistan, als sie nebeneinander dort oben standen und sich den Wind ins Gesicht wehen ließen. »Ist doch grandios, oder? Eine Pracht, so weit das Auge reicht.«

Die Aussicht an diesem Morgen dürfte nicht so anders gewesen sein, als sie heute etwa von den Fenstern im obersten Stock eines englischen Landhauses ist. Rechter Hand blickten die beiden Männer auf den in fast gleichmäßigen grünen Stufen abfallenden Talhang, während die andere, linke Seite, der kiefernbestandene Hang gegenüber, trüber, schemenhafter erschien, was an der größeren Entfernung liegen mochte; er verschmolz mit den Umrissen der Gipfel am Horizont. Sie hatten einen guten Blick auf den Talboden direkt unter ihren Füßen und auf den Fluss, der sanft durch diesen Korridor mäanderte, bis er außer Sichtweite war, und, weiter in der Ferne, auf ein Moorgebiet, das hier und dort von Tümpeln und Seen unterbrochen wurde. Nahe dem Wasser dürften Ulmen und Weiden gestanden haben, und natürlich muss es viel Wald gegeben haben, dichten Wald, dessen Anblick damals düstere Vorahnungen weckte. Und am linken Flussufer, genau dort, wo sich Sonne und Schatten trafen, könnten die letzten Ruinen eines lange verlassenen Dorfs gestanden haben.

»Gestern bin ich diesen Abhang hinuntergeritten«, sagte Wistan, »und meine Stute verfiel fast von allein in Galopp, wie aus reiner Lebenslust. Wir flogen über Felder dahin, an Seen und Flüssen vorbei, und es war ein Jauchzen in mir. Seltsam war das – als kehrte ich an den Schauplatz eines früheren Lebens zurück, obwohl ich meines Wissens nie in der Gegend hier gewesen bin. Kann es sein, dass ich als kleiner Junge hier war, zu jung, um zu wissen, wo ich bin, aber alt genug, um diese Bilder zu behalten? Die Bäume und das Moor hier, sogar der Himmel scheinen an irgendeiner versunkenen Erinnerung zu rütteln.«

»Möglich ist es«, sagte Axl. »Die Gegend hier und das Land weiter im Westen, in dem du geboren bist, haben viel Ähnlichkeit miteinander.«

»Das wird es sein. Im Marschland, wo ich lebe, haben wir keine Hügel, die diesen Namen verdienen, und Bäume und Gras sind farbloser als hier. Aber es war ebendieser Freudengalopp, bei dem ein Hufeisen meiner Stute gebrochen ist, und sie wurde zwar heute Morgen von den guten Leuten hier neu beschlagen, aber ich muss vorsichtiger reiten, denn sie hat sich dabei leicht am Huf verletzt. Die Wahrheit ist, Herr, dass ich dich nicht hier heraufgebeten habe, damit du die Landschaft bewunderst, sondern damit wir vor unliebsamen Lauschern sicher sind. Ich nehme an, du hast inzwischen gehört, was dem Knaben Edwin zugestoßen ist?«

»Herr Ivor hat uns davon berichtet, und wir dachten, was für schlechte Nachrichten doch auf dein beherztes Eingreifen folgen.«

»Dann wirst du auch wissen, dass mich die Ältesten aus Verzweiflung darüber, was aus dem Jungen hier werden soll, angefleht haben, ihn heute mitzunehmen. Sie bitten mich, den Jungen unter irgendeinem Vorwand – dass ich ihn verirrt und hungrig unterwegs aufgelesen hätte – in einem Dorf abzusetzen, das weit genug entfernt ist. Dazu wäre ich natürlich gern bereit, nur habe ich Sorge, dass dieser Plan ihn nicht retten wird. Wie schnell spricht sich immer alles herum, und schon in einem Monat, einem Jahr könnte er in derselben misslichen Lage sein wie heute, in einer schlimmeren noch, weil er ja ein Neuankömmling aus unbekannter Sippe wäre. Das siehst du ein, Herr?«

»Es ist klug, einen solchen Ausgang vorherzusehen, Herr Wistan.«

Der Krieger, der den Blick in die Ferne gerichtet hatte,

während er sprach, strich sich eine zerzauste Locke aus der Stirn, die ihm der Wind ins Gesicht geweht hatte, und auf einmal war ein Erkennen in seiner Miene – als hätte er in Axls Gesicht etwas gesehen. Einen kurzen Moment lang vergaß er, was er hatte sagen wollen. Wie gebannt starrte er Axl an. Dann lachte er kurz auf und sagte:

»Verzeihung, Herr. Ich habe mich eben an etwas erinnert. Aber um auf mein Argument zurückzukommen. Bis gestern Abend wusste ich nichts von diesem Jungen, bin aber beeindruckt von der gelassenen Art, mit der er sich jedem neuen Schrecken, der ihm begegnet ist, gestellt hat. Meine Gefährten von letzter Nacht – so tapfer es von ihnen war, dass sie sich überhaupt auf den Weg gemacht haben – waren gelähmt vor Furcht, als wir zum Lager der Unholde kamen. Der Junge hingegen, obwohl ihnen viele Stunden lang ausgeliefert, wahrte eine Ruhe, über die ich mich nur wundern konnte. Es täte mir sehr weh, wenn ich wüsste, dass sein Schicksal jetzt besiegelt ist. Deshalb dachte ich über einen Ausweg nach, und wenn ihr, du und deine gute Frau, gewillt seid, mir beizuspringen, könnte noch alles gut ausgehen.«

»Wir wollen gern alles tun, was wir können, Herr. Lass mich deinen Vorschlag hören.«

»Als die Ältesten mich baten, den Jungen in ein fernes Dorf zu bringen, hatten sie zweifellos ein *sächsisches* Dorf im Sinn. Aber gerade in einem sächsischen Dorf wäre der Junge seines Lebens niemals mehr sicher, denn die Sachsen sind es ja, die wegen seiner Verletzung dem ärgsten Aberglauben anhängen. Käme er hingegen bei Britanniern unter, die solchen Unsinn eben als Unsinn ansehen, so bestünde keine Gefahr, selbst wenn die Geschichte ihn irgendwann einholen würde. Er ist stark und besitzt, wie gesagt, bemerkenswerten Mut, auch wenn er wenig spricht. Er wird jeder Gemeinschaft vom ersten

Tag an willkommen sein, weil er tüchtig zupackt. Du, Herr, sagtest vorhin, ihr seid auf dem Weg nach Osten zum Dorf eures Sohnes. Ich nehme an, das ist ein christliches Dorf, wie wir es suchen. Wenn du und deine Frau euch für ihn einsetzen könntet, vielleicht mit Unterstützung eures Sohnes, ginge die ganze Angelegenheit sicherlich gut aus. Natürlich ist denkbar, dass dieselben guten Menschen den Jungen auch von mir entgegennähmen, aber fremd, wie ich bin, wecke ich leicht Argwohn und Furcht. Mehr noch, der Auftrag, der mich hier in diese Gegend gebracht hat, gestattet mir nicht, so weit nach Osten zu reiten.«

»Du schlägst also vor«, sagte Axl, »dass meine Frau und ich diejenigen sein sollen, die den Jungen von hier fortbringen.«

»So ist es, das ist mein Vorschlag. Hingegen kann ich – das erlaubt mir mein Auftrag wohl – wenigstens einen Teil der Strecke mit euch gemeinsam zurücklegen. Du sagst, ihr nehmt den Weg durchs Gebirge. Ich würde euch und den Jungen gern begleiten, jedenfalls bis auf die andere Seite. Meine Gesellschaft ist zwar eine lästige Zumutung, doch sind die Berge bekanntlich ein Hort vieler Gefahren, und vielleicht kann euch mein Schwert gute Dienste leisten. Auch könnte euer Gepäck getragen werden, denn meine Stute wird sich nicht beklagen, auch wenn ihr Huf noch empfindlich ist. Was sagst du dazu, Herr?«

»Ich halte es für einen hervorragenden Plan. Meine Frau und ich waren sehr betrübt, als wir von der schwierigen Lage des Jungen hörten, und wir sind froh, wenn wir zu einer Lösung beitragen können. Und was du sagst, Herr, ist weise. Gewiss ist er jetzt unter Britanniern am sichersten. Ich bezweifle nicht, dass ihn das Dorf meines Sohnes freundlich aufnehmen wird, denn mein Sohn steht selbst in hohem Ansehen, ist praktisch ein Ältester, wenn auch nicht an Jahren. Er wird sich für den Jungen verwenden, das weiß ich, und ihm einen guten Empfang bereiten.«

»Ich bin sehr erleichtert. Ich werde Herrn Ivor unseren Plan mitteilen und mir überlegen, wie wir den Jungen heimlich aus der Scheune fortschaffen können. Seid ihr, du und deine Frau, schon bereit zum Aufbruch?«

»Meine Frau richtet eben den Proviant für unsere Reise.«

»Dann wartet bitte am Südtor auf mich. Ich komme gleich mit der Stute und dem Knaben Edwin dorthin. Ich bin dir dankbar, Herr, dass du diese Sorge mit mir teilst. Und freue mich, dass wir einen oder zwei Tage miteinander unterwegs sein werden.«

4. KAPITEL

Nie in seinem ganzen Leben hatte er das Dorf aus solcher Höhe und Entfernung gesehen, und er kam aus dem Staunen nicht heraus. Es lag tief unter ihm im Nachmittagsdunst wie ein Gegenstand, den er mit einer Hand greifen und aufheben konnte, und er krümmte versuchsweise die Finger. Die alte Frau, die bang seinen Aufstieg verfolgt hatte, stand noch am Fuß des Baumes und rief ihm zu, er solle auf keinen Fall höher klettern. Doch Edwin beachtete sie nicht; er kannte die Bäume besser als irgendwer sonst. Als der Krieger ihn angewiesen hatte, Wache zu halten, hatte er sich absichtlich genau diese Ulme ausgesucht, denn trotz ihrer kränklichen Erscheinung besaß sie im Kern große Stabilität und Kraft und würde ihn gut aufnehmen, das wusste er. Außerdem bot sie den besten Ausblick auf die Brücke und die Bergstraße, die zu ihr hinaufführte, und er konnte deutlich die drei Soldaten sehen, die mit dem Reiter sprachen. Der war jetzt abgestiegen, hielt sein rastloses Pferd am Zügel und stritt aufs Heftigste mit den Soldaten.

Edwin kannte seine Bäume – und diese Ulme war genau wie Steffa. »Soll er sich forttragen lassen und im Wald verrotten.« So sprachen die älteren Jungen über Steffa. »Macht man es nicht so mit alten Krüppeln, wenn sie nicht mehr zur Arbeit taugen?« Edwin aber erkannte in Steffa den alten Krieger:

Insgeheim war er noch immer stark und mit einem Verstand gesegnet, der selbst den der Ältesten übertraf. Steffa war der Einzige aus dem Dorf, der einst in Schlachten gekämpft hatte – es war ein Schlachtfeld, auf dem er seine Beine gelassen hatte –, und das war der Grund, weshalb er, Steffa, umgekehrt in der Lage gewesen war, Edwin als das zu erkennen, was er war. Es gab andere Jungen, die stärker waren und sich ein Vergnügen daraus machten, Edwin zu Boden zu drücken und zu verprügeln. Aber es war Edwin und kein anderer, der die Seele eines Kriegers besaß.

»Ich habe dich beobachtet, Junge«, hatte der alte Steffa einmal zu ihm gesagt. »Selbst wenn es Schläge hagelt, sind deine Augen ruhig, als prägten sie sich jeden Hieb ein. Solche Augen habe ich nur bei den größten Kriegern gesehen, jenen, die auch im wildesten Schlachtgetümmel eiskalt bleiben. Eines nicht zu fernen Tages wirst du einer sein, der andere das Fürchten lehrt.«

Und jetzt fing es an. Steffas Prophezeiung ging in Erfüllung.

Ein heftiger Windstoß brachte den Baum ins Wanken. Edwin hielt sich an einem anderen, dickeren Ast fest und versuchte sich noch einmal die Ereignisse des Morgens in Erinnerung zu rufen. Das Gesicht seiner Tante war bis zur Unkenntlichkeit verzerrt gewesen. Mit sich überschlagender Stimme hatte sie ihm eine Verwünschung entgegengeschleudert, doch der Älteste Ivor hatte nicht gewartet, bis sie mit ihm fertig war, er hatte sie vom Scheunentor fortgedrängt, sodass sie aus Edwins Gesichtsfeld verschwand. Seine Tante war immer gut zu ihm gewesen, und jetzt wollte sie ihn verwünschen. Edwin war es egal. Vor nicht allzu langer Zeit hatte sie ihn überreden wollen, dass er sie »Mutter« nannte, aber das wollte er nicht. Seine wahre Mutter, das wusste er, war unterwegs, auf Reisen. Seine wahre Mutter hätte ihn niemals so angeschrien, dass der Älteste Ivor sie hätte wegziehen müssen. Und an diesem Morgen in der Scheune hatte er die Stimme seiner wahren Mutter gehört.

Der Älteste Ivor hatte ihn in das stockfinstere Gebäude geschoben und das Tor hinter ihm zugeschlossen, sodass das verzerrte Gesicht seiner Tante verschwand – wie alle anderen Gesichter. Zuerst war ihm das Fuhrwerk nur als gestaltlose, hoch aufragende Schwärze in der Scheunenmitte erschienen. Als seine Augen sich nach und nach an die Dunkelheit gewöhnten, erschienen ihm die Umrisse, und er streckte die Hand danach aus und ertastete – Holz, das sich feucht und morsch anfühlte. Draußen schrien wieder Stimmen durcheinander, dann ertönte ein krachender Schlag, gefolgt von etlichen weiteren. Erst waren es vereinzelte Einschläge, dann mehrere fast gleichzeitig, begleitet von einem Knacken und Splittern, und danach erschien ihm die Scheune schon etwas weniger finster.

Er kannte die Ursache dieser Geräusche: Es waren Steine, die gegen die windigen Holzwände flogen; er ignorierte sie aber. Stattdessen konzentrierte er sich auf das Fuhrwerk. Wann war es zuletzt benutzt worden? Warum stand es so schief? Warum wurde es aufbewahrt, wenn niemand es mehr brauchte?

Und in dem Moment hörte er ihre Stimme: Wegen des Stimmengewirrs und der Steinschläge erst schwer zu unterscheiden, wurde sie nach und nach kenntlicher. »Achte nicht drauf, Edwin«, sagte sie. »Das ist nichts. Das erträgst du leicht.«

»Aber die Ältesten werden sie nicht ewig zurückhalten können«, flüsterte er in die Dunkelheit, während seine Hand über die Flanke des Fuhrwerks strich.

»Achte nicht drauf. Das ist nichts, Edwin.«

»Die dünnen Wände halten den Steinen vielleicht nicht lang stand.«

»Keine Sorge, Edwin. Weißt du nicht? Du hast doch die Macht über diese Steine. Schau, was steht da vor dir?«

»Ein altes, kaputtes Fuhrwerk.«

»Ganz genau. Geh jetzt immer wieder rundherum, Edwin. Geh rund um das Fuhrwerk, immer wieder rundherum, denn du bist das Maultier, das in den Göpel eingespannt ist. Immer rundherum, Edwin. Der Göpel dreht sich nur, wenn du ihn anschiebst, und nur wenn du ihn anschiebst, können die Steine fliegen. Immer rundherum, Edwin. Immer rundherum um das Fuhrwerk.«

»Aber warum muss ich den Göpel anschieben, Mutter?« Noch während er sprach, begann er das Fuhrwerk zu umkreisen.

»Weil du das Maultier bist, Edwin. Immer rundherum. Dieses böse Splittern, das du hörst. Sie können nur weitermachen, solange du den Göpel anschiebst. Immer vorwärts, rundherum. Rundherum um das Fuhrwerk.«

Er gehorchte ihrem Befehl, ließ die Hände, die eine über der anderen, die Oberkanten der Seitenbretter entlanggleiten, um seinen Schwung zu bewahren, und marschierte rund um das Fuhrwerk. Wie oft? Hundertmal? Zweihundert? Immer wieder sah er in einer Ecke der Scheune einen rätselhaften Erdhügel; in einer anderen, wo ein schmaler Streif Sonnenlicht schräg über den Boden fiel, eine tote Krähe, auf der Seite liegend, die Federn noch nicht verwest. Immer wieder begegneten ihm diese beiden Anblicke im Halbdunkel, der Erdhügel und die tote Krähe, und einmal fragte er laut: »Hat meine Tante mich wirklich verwünscht?«, aber es kam keine Antwort, und er fragte sich, ob seine Mutter gegangen war. Doch auf einmal war ihre Stimme wieder da und sagte: »Tu deine Pflicht, Edwin. Du bist das Maultier. Bleib noch nicht stehen. Du hast alles in der Hand. Wenn du stehen bleibst, hören auch die Steinschläge auf. Also hast du nichts zu fürchten.«

Manchmal umrundete er das Fuhrwerk drei-, sogar viermal, ohne dass draußen ein einziger Stein flog, doch wie zum Ausgleich schlugen dann gleich mehrere gleichzeitig ein, und das Geschrei draußen schwoll zu neuer Lautstärke an.

»Wo bist du, Mutter?«, fragte er einmal. »Bist du noch auf Reisen?«

Es kam keine Antwort; mehrere Runden später aber sagte sie: »Ich hätte dir Geschwister geschenkt, Edwin, viele. Aber du bist auf dich gestellt. Bring du die Kraft für mich auf. Du bist zwölf Jahre alt, fast erwachsen. Du musst allein vier, fünf starke Söhne sein. Bring die Kraft auf und komm mich retten.«

Als ein weiterer Windstoß in die Ulme fuhr, fragte sich Edwin, ob er wohl in derselben Scheune war, in der sich die Leute versteckt hatten, als damals die Wölfe ins Dorf gekommen waren. Der alte Steffa hatte ihm die Geschichte oft genug erzählt.

»Du warst damals noch sehr klein, Junge, vielleicht zu klein, um dich zu erinnern. Wölfe, am helllichten Tag, drei waren es, und sie schlenderten seelenruhig mitten durchs Dorf.« In Steffas Stimme schwang Verachtung mit. »Und das ganze Dorf zitterte vor Angst und versteckte sich. Gut, manche Männer waren draußen auf dem Feld. Aber es waren auch sehr viele hier. Sie flohen in die Scheune, auf die Tenne, nicht nur die Frauen und Kinder, sondern auch die Männer. Die Wölfe hätten merkwürdige Augen, behaupteten sie. Die reizte man lieber nicht. Und weil niemand sie aufhielt, nahmen sich die Wölfe, was sie wollten. Sie rissen die Hühner. Fraßen sich an den Ziegen satt. Während das Dorf sich versteckte. Manche in den Häusern. Die meisten auf der Tenne. Krüppel, der ich bin, haben sie mich gelassen, wo ich war, am Graben neben

Frau Mindreds Haus im Schubkarren, die kaputten Beine standen heraus. Die Wölfe trotteten auf mich zu. Kommt und fresst mich, sagte ich, fällt mir nicht ein, mich wegen eines Wolfs in einer Scheune zu verkriechen. Aber sie machten sich nichts aus mir, sie trotteten direkt an mir vorbei, so dicht, dass sie mit dem Pelz meine Beinstümpfe streiften. Sie nahmen sich, was sie wollten, und erst als sie längst wieder fort waren, wagten sich all die tapferen Männer aus ihren Verstecken hervor. Drei Wölfe am helllichten Tag, und kein einziger Mann hier, der sich ihnen in den Weg stellt.«

Steffas Geschichte war ihm wieder eingefallen, als er das Fuhrwerk umrundet hatte. »Bist du immer noch auf Reisen, Mutter?«, fragte er noch einmal, und wieder erhielt er keine Antwort. Seine Beine wurden allmählich müde, und er war es von Herzen leid, immer wieder denselben Erdhügel und die tote Krähe zu sehen, schließlich aber sagte sie:

»Es reicht, Edwin. Du hast hart gearbeitet. Ruf jetzt deinen Krieger herbei, wenn du willst. Bring es zu Ende.«

Edwin vernahm es mit Erleichterung, umrundete aber weiter das Fuhrwerk. Um Wistan herbeizurufen, brauchte es, das wusste er, noch einmal eine gewaltige Anstrengung. Wie in der Nacht zuvor musste er ihn aus der Tiefe seines Herzens heraufbeschwören.

Aber irgendwie fand er die Kraft dazu, und als er überzeugt war, dass der Krieger sich auf den Weg gemacht hatte, verlangsamte er seinen Schritt – selbst mit Maultieren übt man am Ende des Tages mehr Nachsicht – und vermerkte befriedigt, dass die Steinschläge seltener wurden. Doch erst als schon eine ganze Weile Stille eingekehrt war, blieb er stehen, lehnte sich an die Flanke des Fuhrwerks und atmete tief durch. Kurz darauf öffnete sich das Scheunentor, und im grellen Sonnenlicht stand der Krieger.

Wistan kam herein, und wie zum Beweis seiner Verachtung gegenüber allen feindlichen Kräften, die sich neuerdings draußen versammelten, ließ er das Tor hinter sich weit offen, sodass die Sonne ein großes Viereck aus Licht in die Scheune warf. Als sich Edwin in der neuen Helligkeit umsah, schien ihm das Fuhrwerk, das im Dunkeln so beherrschend gewirkt hatte, jämmerlich heruntergekommen. Hatte ihn Wistan von Anfang an »junger Kamerad« genannt? Edwin war nicht sicher; doch jetzt, auf dem Baum sitzend, erinnerte er sich, dass ihn der Krieger in diesen Sonnenfleck geführt, sein Hemd angehoben und eingehend die Wunde betrachtet hatte. Dann richtete Wistan sich wieder auf, blickte forschend über seine Schulter und sagte leise:

»So, junger Freund, hast du dein Versprechen von gestern Nacht gehalten? Was diese Wunde betrifft?«

»Ja, Herr. Ich habe es so gemacht, wie du mich angewiesen hast es zu machen.«

»Du hast es niemandem gesagt, nicht einmal deiner guten Tante?«

»Niemandem, Herr. Obwohl sie alle glauben, ein Unhold hat mich gebissen, und mich deswegen hassen.«

»Lass sie in dem Glauben, junger Kamerad. Zehnmal schlimmer, wenn sie erfahren, wo die Wunde wirklich herkommt.«

»Aber was ist mit meinen zwei Onkeln, die dich begleitet haben, Herr? Wissen sie nicht, wo sie wirklich herkommt?«

»Deinen Onkeln, so tapfer sie waren, wurde so übel, dass sie das Lager gar nicht betreten konnten. Also kennen nur wir beide das Geheimnis und müssen es bewahren, aber wenn die Wunde erst verheilt ist, muss sich auch niemand mehr darüber Gedanken machen. Halte sie so sauber, wie es geht, und kratze niemals am Schorf, weder bei Tag noch bei Nacht. Verstanden?«

»Verstanden, Herr.«

Als sie sich dann talaufwärts auf den Weg gemacht hatten und nach einer Weile stehen geblieben waren, um auf die zwei älteren Britannier zu warten, hatte Edwin versucht, sich zu erinnern, welche Umstände die Wunde verursacht hatten. Als er im stoppeligen Heidekraut stand und Wistans Pferd am Zügel hielt, war in seiner Erinnerung noch kein klares Bild entstanden. Erst jetzt, als er im Ulmenlaub saß und zu den winzigen Gestalten auf der Brücke hinunterblickte, tauchte nach und nach die feuchtkalte Finsternis wieder auf, der starke Geruch des Bärenfells, das den kleinen Holzkäfig verhüllte, die winzigen Käfer, die ihm bei jedem Rucken des Käfigs auf Kopf und Schultern rieselten. Er erinnerte sich, wie er sich mehr schlecht als recht in dem beengten Raum eingerichtet und an die windigen Stangen vor ihm geklammert hatte, um nicht herumgeschleudert zu werden, während der Käfig über den Boden gezerrt wurde. Dann war alles wieder still, und er wartete, dass jemand das Bärenfell entfernte, dass ihn die kalte Nachtluft anfuhr und er beim Schein des nahen Feuers einen Blick in die Nacht werfen konnte. Denn das war bereits zweimal in dieser Nacht geschehen, und die Wiederholung hatte seiner Angst ihre Wucht genommen. Auch an anderes erinnerte er sich: an den Gestank der Menschenfresser und an das bösartige kleine Wesen, das sich gegen die klapprigen Käfigstangen geworfen hatte, sodass Edwin so weit zurückwich, wie es ihm möglich war.

Das Wesen bewegte sich so blitzartig, dass man keine klare Vorstellung von ihm bekam. Nach Edwins Eindruck hatte es die Größe und Gestalt eines halbwüchsigen Hahns, allerdings ohne Schnabel und Federn. Es griff mit Zähnen und Krallen an und stieß dabei ununterbrochen ein schrilles Quieken aus. Edwin war recht zuversichtlich, dass die hölzernen Käfigstangen den Attacken schon standhalten würden, hin und wieder aber peitschte der Schwanz des Wesens gegen die Stangen, und dann kam ihm sein Käfig viel weniger robust vor. Zum Glück schien das Wesen, das wahrscheinlich noch im Kindesalter war, keine Ahnung von der Kraft zu haben, die in seinem Schwanz steckte.

Die Zeit, in der es ihn anzugreifen versuchte, kam Edwin endlos vor; im Nachhinein hatte er das Gefühl, dass es gar nicht so lang gedauert hatte, bis das Wesen an seiner Leine zurückgerissen worden war. Dann wurde wieder das Bärenfell über den Käfig geworfen, alles wurde schwarz, und Edwin musste sich an die Stangen klammern, denn er wurde weitergezerrt.

Wie oft hatte er diese Szene über sich ergehen lassen müssen? Nur zwei- oder dreimal? Oder viel öfter – zehn-, zwölfmal womöglich? Vielleicht war er, trotz der widrigen Umstände, nach dem ersten Mal eingeschlafen und hatte alle Wiederholungen nur geträumt.

Beim letzten Mal jedenfalls war das Bärenfell lange nicht entfernt worden. Er war wartend in tiefer Finsternis gekauert, hatte dem Quieken des Wesens gelauscht, das manchmal weit entfernt war, dann wieder ziemlich nah, und dem Knurren und Brummen, aus dem die Unterhaltung der Menschenfresser bestand, und Edwin wusste, dass jetzt etwas anderes, etwas Neues passieren würde. Und in diesen Augenblicken schrecklicher Erwartung flehte er um einen Retter. Die Bitte kam aus dem tiefsten Grund seines Bewusstseins, sie war fast ein Gebet, und als sie in ihm Gestalt angenommen hatte, war er sicher, dass sie ihm erfüllt würde.

In genau diesem Moment erzitterte der Käfig, und Edwin begriff, dass die bewegliche Vorderfront aufgezogen wurde, und während ihn diese Erkenntnis zurückweichen ließ, wurde schon das Bärenfell weggenommen, und das wilde Wesen sprang ihn an. In seiner sitzenden Haltung war Edwins erster Impuls, die Füße zu heben und das Wesen mit einem Tritt hinauszubefördern, doch es war geschickt, und bald wehrte Edwin den Angreifer mit Armen und Fäusten ab. Einmal dachte er, das Wesen habe ihn besiegt, und eine Sekunde lang schloss er die Augen, doch als er sie wieder öffnete, sah er die Klaue des Gegners ins Leere schlagen: Das Wesen wurde abermals an seiner Leine zurückgerissen. Es war eines der wenigen Male, dass er einen mehr als flüchtigen Blick auf das Wesen werfen konnte, und er sah ein, dass sein erster Eindruck unzutreffend gewesen war: Es sah aus wie ein gerupftes Huhn, allerdings mit Schlangenkopf. Wieder ging es auf ihn los, und wieder wehrte sich Edwin, so gut es ging. Dann wurde ziemlich unerwartet die Vorderseite des Käfigs wieder zugeschoben, und das Bärenfell tauchte ihn erneut in Dunkelheit. Und erst Sekunden später, als er zusammengekrümmt in dem kleinen Käfig kauerte, spürte er das Prickeln und Brennen in seiner linken Seite, direkt unter den Rippen, und ertastete eine klebrige Nässe.

Noch einmal überprüfte Edwin seinen Stand in der Ulme und fühlte mit der Rechten vorsichtig nach der Wunde. Der Schmerz war nicht mehr so durchdringend. Während des Marsches talaufwärts war er hin und wieder zusammengezuckt, wenn das grobe Hemd über die empfindliche Stelle scheuerte, aber wenn er sich, wie jetzt, nicht bewegte, war fast nichts mehr zu spüren. Schon am Morgen in der Scheune, als der Krieger die Wunde untersucht hatte, war sie nur noch eine Anhäufung winziger Einstiche gewesen, die nicht mehr als oberflächlich waren – lang nicht mehr so schlimm wie zuvor. Dennoch hatte sie ihm diese ganzen Scherereien eingebrockt – weil die Leute glaubten, es sei der Biss eines Menschenfressers.

Hätte er das Wesen mit noch größerer Entschlossenheit abgewehrt, hätte es ihn vielleicht überhaupt nicht verletzt.

Allerdings hatte er sich wacker geschlagen, so viel stand fest. Nie hatte er vor Entsetzen aufgeschrien, nie hatte er die Menschenfresser um Gnade angefleht. Nach den ersten Überraschungsangriffen, die das kleine Wesen gegen ihn geführt hatte und die ihn noch überrumpelt hatten, hatte sich ihm Edwin erhobenen Hauptes entgegengeworfen. Er war sogar geistesgegenwärtig genug, um zu erkennen, dass das Wesen noch ein Kind war und dass man es aller Wahrscheinlichkeit nach in Furcht versetzen konnte wie einen noch ungezogenen jungen Hund. Und deshalb hielt er die Augen offen und versuchte es mit dem Blick zu bezwingen. Seine wahre Mutter wäre deswegen besonders stolz auf ihn gewesen. Jetzt, da er darüber nachdachte, wurde ihm bewusst, dass die Angriffe des Wesens nicht lang nach seinen ersten Attacken an Gehässigkeit verloren hatten, während Edwin mehr und mehr die Oberhand gewann. Wieder stand ihm das Bild vor Augen, wie das Wesen in die Luft hieb, und jetzt schien ihm sogar, dass die Geste nicht ungebrochenem Kampfgeist entsprang, sondern schlicht Panik war, weil ihm die Leine die Luft abschnürte. Es war sogar denkbar, dass die Menschenfresser Edwin zum Sieger gekürt und die Auseinandersetzung deshalb beendet hatten.

»Ich habe dich beobachtet, Junge«, hatte der alte Steffa gesagt. »Du hast ein seltenes Talent. Eines Tages findest du jemanden, von dem du die Fertigkeiten lernen kannst, die deiner Kriegerseele entsprechen. Dann wirst du derjenige sein, der den anderen Furcht einflößt. Du bist keiner, der sich in einer Scheune versteckt, während die Wölfe ungehindert durchs Dorf streifen.«

Nun also sollte dies alles, sollten all diese Verheißungen wahr werden. Der Krieger hatte ihn erwählt; miteinander würden sie einen Auftrag erfüllen. Was aber war ihre Aufgabe? Wistan hatte sich nicht klar geäußert, hatte lediglich gesagt, dass sein König, der im fernen Marschland weile, schon jetzt auf deren erfolgreichen Abschluss warte. Und weshalb hatten sie diese zwei betagten Britannier bei sich, die an jeder Wegbiegung Rast einlegen mussten?

Edwin blickte zu ihnen hinab. Sie führten eine ernste Unterredung mit dem Krieger. Die alte Frau hatte es aufgegeben, auf ihn einzureden; jetzt beobachteten alle drei aus der Deckung zweier mächtiger Kiefern die Soldaten auf der Brücke. Von seiner erhöhten Position aus konnte Edwin sehen, dass der Reiter wieder aufgesessen war und heftig gestikulierte. Im nächsten Moment schienen sich die drei Soldaten von ihm fortzubewegen, der Reiter wendete sein Pferd und galoppierte von der Brücke und talwärts davon.

Edwin hatte sich schon gefragt, weshalb der Krieger derart unwillig war, das Gebirge auf der Hauptstraße zu durchqueren, und auf die steile Abkürzung hangaufwärts bestand: Er wollte Begegnungen wie die eben beobachtete unbedingt vermeiden. Es schien jedoch ausgeschlossen, dass sie ihren Weg fortsetzten, ohne zur Straße hin abzusteigen und die Brücke neben dem Wasserfall zu überqueren; dort aber waren noch immer die Soldaten. Hatte Wistan von seinem Standort aus sehen können, dass der Reiter davongaloppiert war? Edwin wollte ihm diese neue Entwicklung gern mitteilen, wagte aber nicht, vom Baum herunterzurufen und damit womöglich die Soldaten auf sich aufmerksam zu machen. Er würde hinunterklettern und es Wistan sagen müssen. Vielleicht hatte der Krieger die Konfrontation mit vier möglichen Gegnern gescheut und dachte jetzt, da nur noch drei auf der Brücke standen, dass seine Chancen nicht so schlecht waren? Wären sie nur zu zweit gewesen, Edwin und der Krieger, wären sie sicher längst auf die Soldaten zugegangen; dieses ältere Paar aber, das sie mitnehmen mussten, hatte offensichtlich Wistans Vorsicht geweckt. Bestimmt gab es einen guten Grund, weshalb sie dabei waren, und bisher waren sie ja auch ganz freundlich gewesen; trotzdem empfand Edwin sie als Belastung.

Wieder erinnerte er sich an die verzerrten Gesichtszüge seiner Tante. Kreischend hatte sie zu einer Verwünschung gegen ihn angesetzt, aber das zählte jetzt alles nicht mehr: Jetzt war er mit dem Krieger zusammen, und er war unterwegs, wie seine wahre Mutter. War es denn ausgeschlossen, dass sie ihr begegneten? Ach, wäre sie stolz, wenn sie ihn dort stehen sähe, Seite an Seite mit dem Krieger. Und die Männer in ihrer Begleitung würden zittern.

5. KAPITEL

Nach einem strapaziösen Aufstieg, der den größten Teil des Vormittags in Anspruch genommen hatte, standen die Wanderer auf einmal vor einem reißenden Fluss, der ihnen den Weg versperrte. Durch unwegsamen Wald mussten sie wieder ein Stück absteigen und nach der Hauptstraße suchen, an der es sicher eine Brücke über das Wasser gäbe.

Die Überlegung war richtig; doch als sie nicht nur die Brücke erspähten, sondern auch die dort stehenden Soldaten, beschlossen sie, erst einmal im Schutz der Kiefern zu rasten, bis die Männer abgezogen wären. Denn zuerst sah es so aus, als seien die Soldaten nicht als Wache postiert worden, sondern hätten lediglich sich und ihre Pferde am Wasserfall erfrischt. Doch die Zeit verstrich, und die Soldaten machten keine Anstalten weiterzuziehen, im Gegenteil: Sie legten sich abwechselnd bäuchlings auf die Brücke und streckten die Hände hinab, um sich Wasser ins Gesicht zu spritzen; oder sie lehnten sich ans hölzerne Geländer und würfelten miteinander. Irgendwann kam ein Vierter herbeigeritten, woraufhin die drei sogleich aufsprangen und seine Anweisungen entgegennahmen.

Zwar hatten Axl, Beatrice und der Krieger nicht den Überblick, den Edwin von seiner Baumkrone aus hatte, doch auch in ihrem Versteck im Dickicht konnten sie alles beobachten, und sobald der Reiter wieder abgezogen war, wechselten sie untereinander fragende Blicke.

»Könnte sein, dass sie noch sehr lange bleiben«, sagte Wistan. »Und ihr wollt ja möglichst bald zu diesem Kloster.«

»Es wäre gut, wenn wir vor Einbruch der Nacht dort ankämen, Herr«, sagte Axl. »Wir haben gehört, dass die Drachin Querig in der Gegend hier unterwegs ist, und nur ein Narr triebe sich nachts im Freien herum. Was mögen das für Soldaten sein?«

»Das lässt sich aus der Ferne schwer sagen, zumal ich von der lokalen Tracht nicht viel weiß. Aber ich halte sie für Britannier, und zwar für Getreue von Lord Brennus. Vielleicht wird Frau Beatrice mich korrigieren.«

»Die Entfernung ist zu groß für meine alten Augen«, sagte Beatrice, »aber du dürftest recht haben, Herr Wistan. Sie tragen die dunklen Uniformen, die ich häufig bei den Mannen des Lord Brennus gesehen habe.«

»Wir haben doch nichts zu verbergen«, sagte Axl. »Wenn wir bereitwillig Auskunft geben, lassen sie uns bestimmt friedlich die Brücke passieren.«

»Ganz bestimmt«, sagte der Krieger, und eine Zeit lang starrte er stumm zur Brücke hinunter. Die Soldaten hatten sich wieder niedergelassen und schienen ihr Spiel fortzusetzen. »Dennoch«, fuhr er fort, »hätte ich einen Vorschlag zu machen, wie wir vor ihren Augen die Brücke überqueren können. Du, Herr Axl, und Frau Beatrice, ihr geht voraus und redet vernünftig mit den Männern. Der Junge kann mit der Stute hinter euch hergehen, und neben ihm gehe ich, mit aufgesperrtem Maul und irrem Blick, als wäre ich nicht bei Trost. Ihr müsst den Soldaten sagen, dass ich stumm und ein Trottel bin und dass der Junge und ich Brüder sind, die euch jemand, der in eurer Schuld steht, geliehen hat. Mein Schwert und meinen

Gürtel verstaue ich tief in der Satteltasche des Pferds. Sollten sie die Sachen finden, müsst ihr sagen, es sind eure.«

»Ist diese Maskerade wirklich notwendig, Herr Wistan?«, fragte Beatrice. »Gewiss, Soldaten haben oft raue Umgangsformen, aber wir sind doch schon vielen begegnet, ohne dass es zu einem Zwischenfall kam.«

»Sicher, Herrin. Aber Bewaffneten darf man nicht ohne Weiteres trauen, zumal wenn ihre Vorgesetzten weit fort sind. Und hier bin ich, ein Fremder, der ihnen womöglich als leichtes Opfer für Spott und Provokation erscheint. Lasst uns den Jungen von seinem Baum holen und es so machen, wie ich vorschlage.«

★ ★ ★

Ein ganzes Stück vor der Brücke traten sie aus dem Wald, die Soldaten aber sahen sie sofort, trotz der Entfernung, und sprangen auf.

»Herr Wistan«, sagte Beatrice leise, »ich fürchte, das wird schlecht ausgehen. Du magst eine noch so idiotische Miene aufsetzen – es ist doch etwas an dir, das dich unverkennbar als Krieger ausweist.«

»Ich bin kein erfahrener Schauspieler, Herrin. Wenn du mir hilfst, meine Tarnung zu verbessern, nehme ich deine Hilfe gern an.«

»Es ist dein Gang, Herr«, sagte Beatrice. »Du gehst wie ein Krieger. Mach lieber kleine Schritte und zwischendurch einen großen, so als könntest du jeden Moment stolpern.«

»Das ist ein sehr guter Rat, danke, Herrin. Jetzt aber sage ich nichts mehr, sonst sehen sie, dass ich nicht stumm bin. Herr Axl, führ du uns mit klugen Worten an diesen Kameraden vorbei.«

Je näher sie der Brücke kamen, desto lauter rauschte das

Wasser über die Felsen und unter den Füßen der drei wartenden Soldaten hindurch und klang Axl bedrohlich in den Ohren. Er ging voraus, lauschte den dumpfen Schritten des Pferds auf dem moosbewachsenen Boden, und als sie in Rufweite der drei waren, hielt er an und brachte damit auch die anderen zum Stehen.

Die Soldaten trugen keinen Kettenpanzer und keinen Helm, doch der identische dunkle Waffenrock mit dem Riemen von der rechten Schulter zur linken Hüfte kündete von ihrem Gewerbe. Ihre Schwerter steckten in der Scheide, zwei von ihnen aber hatten die Hand auf den Schwertgriff gelegt: der eine war klein, untersetzt und muskulös; der andere, ein ganz junger, nicht viel älter als Edwin, war ebenfalls von recht kleiner Statur, und beide hatten kurz geschorenes Haar. Der dritte aber war groß und trug sein graues, sorgfältig gepflegtes Haar lang. Er hatte sich eine dunkle Schnur um den Schädel gebunden, damit es ihm nicht ins Gesicht fiel. Nicht nur in seiner Erscheinung, auch in seinem Auftreten unterschied er sich deutlich von seinen Kameraden, denn während diese breit und steif den Weg über die Brücke versperrten, war er etliche Schritte zurückgeblieben und lehnte lässig, die Arme verschränkt, an einem Brückenpfosten, als lauschte er einer Erzählung am nächtlichen Feuer.

Der Untersetzte machte einen Schritt auf sie zu, sodass er es war, an den Axl seine Worte richtete. »Guten Tag, die Herren. Wir kommen in friedlicher Absicht und wollen nur weiter unseres Weges ziehen.«

Der Untersetzte gab keine Antwort. Unsicherheit stand in seiner Miene, und er starrte Axl mit einer Mischung aus Schrecken und Verachtung an. Er warf einen Blick zurück zu dem jungen Soldaten hinter ihm, doch da von dem nichts Hilfreiches kam, drehte er sich wieder zu Axl.

Der erkannte nun, dass es wohl zu einer Verwechslung gekommen war: dass die Soldaten eine ganz andere Reisegesellschaft erwartet und ihren Irrtum noch nicht erkannt hatten. Daher sagte er: »Wir sind nur schlichte Bauern, Herr, auf dem Weg ins Dorf unseres Sohnes.«

Der Untersetzte nahm sich jetzt zusammen und antwortete Axl mit unnötig lauter Stimme: »Wer sind die, mit denen du unterwegs bist, Bauer? Ihrem Aussehen nach Sachsen.«

»Zwei Brüder, die uns vor Kurzem in Obhut gegeben wurden und die wir jetzt nach Möglichkeit anlernen müssen. Obwohl der eine, wie ihr seht, noch ein Kind ist und der andere ein begriffsstutziger Narr, der nicht spricht, und die Unterstützung, die wir uns von ihnen erhoffen, deshalb eher gering sein dürfte.«

Bei diesen Worten stieß sich der Grauhaarige vom Brückenpfosten ab, als sei ihm auf einmal etwas eingefallen, und neigte konzentriert den Kopf zur Seite. Der Untersetzte aber blickte unterdessen zornig über Axl und Beatrice hinweg, marschierte dann, die Hand noch immer auf dem Schwertgriff, an ihnen vorbei und nahm die beiden anderen genauer in Augenschein. Edwin hielt die Stute am Zügel fest und blickte dem Herankommenden ausdruckslos entgegen. Wistan hingegen lachte laut, mit weit aufgerissenem Mund, vor sich hin und rollte wild mit den Augen.

Der Untersetzte blickte zwischen den beiden hin und her, als erhoffte er sich Aufschluss. Sein Zorn schien sich vollends seiner zu bemächtigen. Er packte Wistan am Haar und zog wütend daran. »Schneidet dir niemand die Haare, Sachse?«, schrie er dem Krieger ins Ohr und riss ihn noch einmal an den Haaren, wie um ihn in die Knie zu zwingen. Wistan stolperte, konnte sich aber auf den Beinen halten und stieß nur ein klägliches Wimmern aus.

»Er spricht doch nicht, Herr«, sagte Beatrice. »Wie du siehst, ist er einfältig. Grobe Behandlung macht ihm nichts aus, aber er gerät leicht ihn Wut, der wir erst noch Herr werden müssen.«

Während seine Frau sprach, bemerkte Axl eine kleine Bewegung und drehte sich zu den Soldaten um, die noch auf der Brücke standen. Jetzt sah er, dass der große Grauhaarige den Arm gehoben hatte und mit allen fünf Fingern eine deutende Geste machte, die sich aber gleich wieder auflöste und sich in einer ziellosen Bewegung verlor. Schließlich sank sein Arm herab, doch in seinem scharfen Blick stand deutliches Missfallen. Axl, der diesen Ablauf beobachtete, meinte auf einmal zu verstehen, ja zu erkennen, was in diesen wenigen Augenblicken in dem grauhaarigen Soldaten vorgegangen war: Es hatte ihm schon ein zorniger Tadel auf den Lippen gelegen, doch im letzten Moment war ihm wieder eingefallen, dass er über den untersetzten Kollegen ja keinerlei Machtbefugnis hatte. Und Axl war sich auf einmal vollkommen sicher, dass er selbst irgendwo etwas sehr Ähnliches erlebt hatte. Doch er schob den Gedanken beiseite und sagte in versöhnlichem Ton:

»Ihr seid gewiss von euren Pflichten sehr in Anspruch genommen, gute Herren, und es tut uns leid, dass wir euch davon ablenken. Wenn ihr uns freundlicherweise hinübergehen lasst, seid ihr uns auch gleich wieder los.«

Der Untersetzte aber hatte Wistan noch nicht genug gepeinigt. »Das wäre sehr unklug von ihm, wenn er seine Wut ausgerechnet an mir ausließe!«, schrie er. »Soll er es versuchen – er wird schon sehen, was er davon hat!«

Endlich ließ er Wistan los und marschierte zurück an seinen Platz auf der Brücke. Er sagte nichts, sondern blickte drein wie ein Zorniger, der den Grund seines Zorns vollkommen vergessen hat.

Das Getöse des rauschenden Wassers schien die angespannte Stimmung noch zu verschärfen, und Axl fragte sich, wie die Soldaten wohl reagieren würden, wenn er jetzt kehrtmachte und seine Gefährten in den Wald zurückführte. Genau in dem Moment trat der Grauhaarige vor, bis er auf gleicher Höhe mit den anderen stand, und machte zum ersten Mal den Mund auf.

»An dieser Brücke sind etliche Planken gebrochen, Onkel. Das dürfte der Grund sein, weshalb wir hier stehen – um gute Leute wie euch zu warnen: Geht mit äußerster Vorsicht hinüber, sonst stürzt ihr ins Wasser und werdet bis ins Tal hinunter mitgerissen.«

»Das ist sehr freundlich von dir, Herr. Ja, wir werden vorsichtig sein.«

»Das Pferd, das du da hast, Onkel. Ich meinte es hinken zu sehen, als es auf uns zukam.«

»Das stimmt, meine Stute hat sich am Fuß verletzt; wir hoffen, dass es nichts Ernstes ist. Wie du siehst, sitzen wir vorsichtshalber lieber nicht auf.«

»Diese Bretter da sind morsch geworden, weil sie ständig überspült werden, und deshalb sind wir hier. Meine Kameraden allerdings glauben, wir hätten noch einen weiteren Auftrag. Daher frage ich dich, Onkel, ob du und deine gute Frau auf eurem Weg wohl Fremden begegnet seid.«

»Wir sind hier selber Fremde, Herr«, sagte Beatrice, »und könnten andere Fremde daher nicht leicht erkennen. Aber in den zwei Tagen, die wir unterwegs sind, ist uns nichts Ungewöhnliches aufgefallen.«

Bei Beatricens Anblick schien der Blick des Grauhaarigen weicher zu werden, und er lächelte ein wenig. »Ein weiter Weg für eine Frau in deinen Jahren, um das Dorf ihres Sohnes zu besuchen, Herrin. Wär's nicht besser, du lebtest dort mit ihm, wo er jeden Tag für dein Wohl sorgen kann, statt dass du diesen weiten Weg gehst und dich allen Gefahren der Straße aussetzt?«

»Das wünschte ich mir auch sehr, Herr, und wenn wir ihn wiedersehen, werden mein Mann und ich mit ihm darüber sprechen. Aber wir haben ihn lang nicht gesehen, und natürlich fragen wir uns, wie er uns wohl empfangen wird.«

Der Grauhaarige musterte sie wohlwollend. »Könnte sein, Herrin«, sagte er, »dass ihr euch gar keine Sorgen machen müsst. Ich lebe selbst weit weg von meinen Eltern und habe sie lange nicht gesehen. Vielleicht sind einmal harte Worte zwischen uns gefallen, wer weiß? Aber bräche mir nicht vor lauter Wiedersehensfreude das Herz, wenn sie morgen zu mir kämen, nachdem sie einen so weiten Weg zurückgelegt haben wie jetzt ihr? Ich weiß nicht, was für ein Mann euer Sohn ist, Herrin, aber ich bin sicher, er ist nicht so verschieden von mir und wird Freudentränen vergießen, kaum dass er euch erblickt.«

»Das ist sehr freundlich von dir, Herr«, sagte Beatrice. »Wahrscheinlich hast du recht; wir haben es uns ja auch oft zueinander gesagt, mein Mann und ich, aber es ist doch ein Trost, es von jemand anderem zu hören, noch dazu von einem Sohn, der fern der Heimat lebt.«

»Setzt euren Weg in Frieden fort, Herrin. Und sollten euch unterwegs zufällig meine Eltern begegnen, sprecht freundlich mit ihnen und ermutigt sie, ihren Weg fortzusetzen; er wird nicht umsonst gewesen sein.« Der Grauhaarige trat zur Seite, um sie vorbeizulassen. »Und denkt bitte an die morschen Planken. Onkel, du führst die Stute am besten selbst hinüber. Das ist nichts für Kinder oder Gottesnarren.«

Der Untersetzte, der die ganze Zeit mit verdrossener Miene zugesehen hatte, schien sich dennoch der natürlichen Autorität seines Kollegen zu fügen. Er kehrte ihnen allen den Rücken, beugte sich gekränkt über das Brückengeländer und starrte ins Wasser. Der junge Soldat zögerte erst, stellte sich dann aber neben den Grauhaarigen, und beide nickten höflich, als Axl, mit einem letzten Dank an sie, die Stute über die Brücke führte und ihr dabei die Augen beschirmte, um ihr den Blick in den Abgrund zu ersparen.

★ ★ ★

Als Soldaten und Brücke außer Sichtweite waren, blieb Wistan stehen. Er fand, sie sollten von der Hauptstraße abbiegen und stattdessen einem schmalen Pfad folgen, der hangaufwärts durch den Wald führte.

»Für Wege durch den Wald hatte ich immer ein gutes Gespür«, sagte er. »Und ich bin sicher, dass wir auf diesem Pfad ein ordentliches Stück abkürzen können. Außerdem sind wir abseits einer Straße wie dieser, auf der Soldaten und Räuber unterwegs sind, viel sicherer.«

Danach ging der Krieger eine Weile voraus und bahnte mit einem Stock, den er unterwegs aufgelesen hatte, einen Weg durch Dornengestrüpp und Dickicht. Edwin, der die Stute am Halfter führte und ihr häufig ins Ohr flüsterte, folgte ihm dicht auf den Fersen, sodass der Weg, als Axl und Beatrice schließlich kamen, schon viel leichter begehbar war. Dennoch wurde die Abkürzung – falls es denn eine war – zunehmend steil und mühselig: Immer enger standen die Bäume, und ein Wurzelgewirr und Disteldickicht machte jeden einzelnen Schritt zur Gefahr. Wie üblich sprachen sie wenig, solange sie gingen, doch irgendwann, als Axl und Beatrice ein Stück zurückgefallen waren, rief Beatrice über ihre Schulter: »Bist du noch da, Axl?«

»Noch da, Prinzessin.« Tatsächlich war Axl nur wenige Schritte hinter ihr. »Keine Sorge, Prinzessin, dieser Wald ist nicht für seine Gefahren bekannt, und bis zur Großen Ebene ist es weit.«

»Ich dachte nur, Axl. Unser Krieger ist gar kein schlechter Schauspieler. Seine Tarnung hätte beinahe auch mich getäuscht, und nie ist er aus der Rolle gefallen, nicht einmal, als dieser Grobian ihn an den Haaren riss.«

»Das stimmt, er hat es wirklich gut gemacht.«

»Ich habe nachgedacht, Axl. Wir werden lange aus unserem Dorf fort sein. Hältst du's nicht für ein Wunder, dass sie uns haben gehen lassen, wo doch noch so viel zu pflanzen und so viele Zäune und Tore zu reparieren gewesen wären? Glaubst du, sie beschweren sich, dass wir fort sind, wenn man uns brauchen würde?«

»Sie werden uns sicher vermissen, kein Zweifel, Prinzessin. Aber so lang werden wir nicht fort sein, und der Pfarrer versteht, wie sehr wir uns wünschen, unseren Sohn wiederzusehen.«

»Hoffentlich stimmt das auch, Axl. Ich möchte nicht, dass sie sagen, wir seien ausgerechnet dann gegangen, als sie uns am dringendsten gebraucht hätten.«

»Ein paar sind es doch immer, die so reden. Die meisten aber werden unser Bedürfnis verstehen und würden es an unserer Stelle nicht anders machen.«

Eine Zeit lang gingen sie schweigend dahin. Dann fragte Beatrice noch einmal: »Bist du noch da, Axl?«

»Noch da, Prinzessin.«

»Es war nicht richtig von ihnen. Ich meine: uns die Kerze wegzunehmen.«

»Ach, wen kümmert das jetzt noch, Prinzessin? Es steht doch der Sommer bevor.«

»Ich habe mich eben dran erinnert, Axl. Und ich dachte, es liegt vielleicht genau am Fehlen einer Kerze, dass ich dieses Leiden bekommen habe.«

»Was sagst du da, Prinzessin? Wie kann das sein?«

»Ich denke, dass womöglich die Dunkelheit schuld ist.«

»Vorsicht in diesem Schlehendickicht. Hier sollte man besser nicht hinfallen.«

»Ich bin schon vorsichtig, Axl, und du bitte ebenfalls.«

»Wie kann es sein, dass die Dunkelheit an deinem Leiden schuld ist, Prinzessin?«

»Weißt du noch, Axl, dass letzten Winter von einem Kobold die Rede war, der in der Nähe unseres Dorfs gesichtet worden war? Wir haben ihn nie mit eigenen Augen gesehen, aber es hieß doch, er sei einer, der es gern dunkel hat. Jetzt denke ich, er könnte in den vielen Stunden Dunkelheit, die wir aushalten mussten, ohne unser Wissen bei uns gewesen sein, in unserer Kammer, und mir diese Beschwerden verursacht haben.«

»Das hätten wir doch gemerkt, Prinzessin, Dunkelheit hin oder her. Selbst bei schwärzester Finsternis hätten wir eine Bewegung gehört oder einen Laut von ihm, ein Atmen.«

»Jetzt, wo ich darüber nachdenke, Axl, glaube ich schon, dass ich letzten Winter ein paarmal nachts aufgewacht bin, du tief schlafend neben mir, und ganz sicher war, dass mich ein seltsames Geräusch im Raum aufgeweckt hat.«

»Zum Beispiel eine Maus oder sonst ein Wesen, Prinzessin.«

»Nein, das war es nicht, und ich dachte auch, ich hätte es mehr als einmal gehört. Und jetzt fällt mir auch ein, dass um dieselbe Zeit die Schmerzen zum ersten Mal aufgetreten sind.«

»Ja, aber selbst wenn es der Kobold war, Prinzessin, was hieße das denn? Dein Leiden ist doch nur ein kleines Unbehagen, das Werk eines Wesens, das mehr Unsinn als Böses im

Kopf hat – so wie einmal ein schlimmes Kind Frau Enid einen Rattenkopf in den Webkorb gelegt hat, nur um sie in hellem Entsetzen flüchten zu sehen.«

»Was du sagst, ist schon richtig, Axl. Mehr Unsinn als Böses im Kopf. Sicher hast du recht. Trotzdem, Mann ...« Sie verstummte, denn nun musste sie sich zwischen zwei uralten Stämmen hindurchzwängen, die fast zusammengewachsen waren. Danach sagte sie: »Trotzdem. Wenn wir zurückkommen, möchte ich nachts eine Kerze. Ich möchte nicht, dass uns dieser Kobold oder irgendein anderes Wesens etwas noch Schlimmeres bringt.«

»Dafür sorgen wir, Prinzessin, keine Angst. Wir reden mit dem Pfarrer, sobald wir zurück sind. Aber die Mönche im Kloster dort oben haben bestimmt guten Rat für dich, was dein Leiden betrifft, und es wird kein anhaltendes Unheil sein, was der Kobold da angerichtet hat.«

»Ich weiß, Axl. Es ist auch nichts, was mich besonders beunruhigt.«

★ ★ ★

Ob Wistan mit der Abkürzung recht gehabt hatte, war schwer zu sagen; jedenfalls traten sie kurz nach Mittag wieder aus dem Wald auf die Hauptstraße. Hier konnten sie sich, obgleich die Straße von Wagenrädern tief gefurcht und stellenweise morastig war, immerhin freier bewegen, und mit der Zeit wurde der Weg sogar ebener und trockener. Durch das überhängende Gezweig drang eine angenehm warme Sonne, und die ganze Gesellschaft war guter Dinge.

Dann aber blieb Wistan unvermittelt stehen und deutete auf den Boden vor ihren Füßen. »Hier war nicht lang vor uns ein einzelner Reiter in derselben Richtung unterwegs«, sagte er. Und wirklich dauerte es nicht lang, bis sie zu einer Lichtung am Straßenrand kamen, zu der frische Hufspuren abbogen. Sie tauschten untereinander Blicke aus und gingen vorsichtig weiter.

Als die Lichtung deutlicher zu sehen war, zeigte sich, dass sie von ansehnlicher Größe war: Vielleicht hatte sich in wohlhabenderen Zeiten jemand hier ein Haus bauen und ringsum einen Gemüsegarten anlegen wollen. Der Pfad, der von der Hauptstraße abzweigte, war zwar inzwischen recht zugewachsen, einst aber, das sah man noch, mit Sorgfalt angelegt worden, und er führte zu ebenjener Lichtung, einer weiten runden Fläche, die zum Himmel hin offen war; nur in der Mitte stand eine ausladende Eiche. Von ihrem Standpunkt aus konnten sie eine Gestalt erkennen, die unter dem Baum saß und sich an den Stamm lehnte. Es war ein Mann; er zeigte sich ihnen im Profil, und er schien eine Rüstung zu tragen: In fast kindlicher Art flach ausgestreckt, lagen zwei Metallbeine steif im Gras. Das Gesicht aber war von einigen aus dem Stamm sprießenden Zweigen verdeckt; zu sehen war lediglich, dass er keinen Helm trug. Ein gesatteltes Pferd stand grasend in seiner Nähe.

»Sagt, wer ihr seid!«, rief der Sitzende unter dem Baum. »Allen Räubern und Dieben trete ich mit dem Schwert in der Faust entgegen!«

»Antworte du ihm, Herr Axl«, flüsterte Wistan. »Finde heraus, was er im Sinn hat.«

»Wir sind einfache Wanderer, Herr«, rief Axl zurück. »Wir wollen nur friedlich unseres Weges ziehen.«

»Wie viele seid ihr? Und ist das ein Pferd, was ich da höre?«

»Ein hinkendes, Herr. Ansonsten sind wir vier. Meine Frau und ich sind ältere Britannier, und mit uns sind ein bartloser Jüngling und ein stummer Idiot; Brüder, die uns neulich von ihrer sächsischen Verwandtschaft anvertraut wurden.«

»Dann kommt zu mir herüber, Freunde! Ich habe euch Brot anzubieten, und ihr sehnt euch sicher nach Ruhe wie ich mich nach eurer Gesellschaft.«

»Sollen wir zu ihm gehen, Axl?«, fragte Beatrice flüsternd.

»Ich würde sagen, ja«, sagte Wistan, ehe Axl antworten konnte. »Er ist keine Gefahr für uns und hört sich an wie ein Mann von reifen Jahren. Trotzdem halten wir uns an unser bereits erprobtes Theater. Ich lasse wieder den Kiefer hängen und rolle mit den Augen.«

»Aber dieser Mann ist gepanzert und bewaffnet, Herr«, sagte Beatrice. »Wirst du denn deine Waffe rasch genug zur Hand haben, wenn sie zwischen Decken und Honigtöpfen auf einem Pferd verstaut ist?«

»Es ist gut, dass mein Schwert vor argwöhnischen Blicken geschützt ist, Herrin. Und sollte ich es brauchen, so finde ich es schnell. Knabe Edwin hält den Zügel und sorgt dafür, dass die Stute sich nicht zu weit von mir entfernt.«

»Kommt näher, Freunde!«, rief der Fremde, ohne seine starre Haltung zu verändern. »Es geschieht euch kein Leid! Ich bin ein Ritter und ein Britannier wie ihr. Bewaffnet zwar, doch seht ihr gleich, wenn ihr näher kommt, dass ich nur ein bärtiger alter Narr bin. Schwert und Harnisch trage ich noch aus Treue zu meinem König, dem großen, geliebten Artus, der jetzt seit vielen Jahren im Himmel weilt, und fast ebenso lang ist es her, seitdem ich das Schwert im Zorn gezogen. Mein altes Schlachtross Horaz seht ihr dort. Er musste die Last dieses ganzen Metalls ertragen. Seht ihn an mit seinen krummen Beinen, seinem eingesunkenen Rücken. Ah, ich weiß, was er leidet, sobald ich aufsitze. Aber er hat ein großes Herz, mein Horaz, und ich weiß, er litte es nicht anders. So sind wir unterwegs, in vollem Harnisch, im Namen unseres großen Königs, und daran ändert sich nichts, solange wir noch einen Schritt gehen können. Also kommt, Freunde, fürchtet euch nicht!«

Sie bogen in die Lichtung ein, und als sie sich der Eiche näherten, sah Axl, dass der Ritter wirklich gar nichts Bedrohliches an sich hatte. Er schien sehr groß zu sein, unter seiner Rüstung aber war er sicher mager, vielleicht sehnig. Sein Harnisch war schartig und rostfleckig, obwohl sein Besitzer gewiss alles getan hatte, um ihn zu pflegen. Sein Waffenrock, einstmals weiß, war vergilbt und vielfach geflickt. Das aus der Halsberge ragende Gesicht war freundlich und faltig, und etliche lange schneeweiße Strähnen hingen von seinem ansonsten kahlen Schädel. Er hätte einen betrüblichen Anblick abgeben können, wie er da auf dem Boden festsaß und die Beine vor sich ausstreckte, doch die Sonne, die durchs Geäst über ihm fiel, sprenkelte ihn mit einem Muster aus Lichtern und Schatten, das ihn fast aussehen ließ wie einen König auf seinem Thron.

»Der arme Horaz hatte heute Morgen kein Frühstück, denn wir erwachten auf felsigem Boden. Dann wollte ich unbedingt den ganzen Vormittag durchreiten und war, ich gebe es zu, obendrein schlechter Laune. Ich erlaubte ihm nicht, stehen zu bleiben. Seine Schritte wurden immer langsamer, aber ich kenne seine Tricks gut genug und ließ mich nicht überlisten. Ich weiß, dass du nicht müde bist!, sagte ich zu ihm und gab ihm ein wenig die Sporen. Diese Streiche, die er mir spielt, Freunde, dulde ich nicht! Aber er wird langsamer und langsamer, und ich, weichherziger Narr, der ich bin, gebe nach, obwohl ich weiß, dass er insgeheim darüber lacht, ich gebe nach und sage, gut, Horaz, bleib stehen und friss. Hier bin ich also, habe mich wieder einmal zum Narren halten lassen. Kommt, Freunde, gesellt euch zu mir.« Er beugte sich vor, dass sein Harnisch quietschte, und zog einen Laib Brot aus dem Sack vor ihm im Gras. »Frisch gebacken«, sagte er, »es ist von einer Mühle, an der ich vorbeikam, keine Stunde ist es her. Kommt, Freunde, setzt euch zu mir und esst.«

Axl hielt Beatricens Arm, als sie sich auf der knorrigen Eichenwurzel niederließ, setzte sich ebenfalls, zwischen seine Frau und den alten Ritter, und empfand auf der Stelle Dankbarkeit für die moosige Rinde in seinem Rücken und die in der Krone zwitschernden Singvögel, und als ihm das Brot gereicht wurde, war es weich und frisch. Beatrice lehnte den Kopf an seine Schulter, und ihre Brust hob und senkte sich eine Zeit lang, ehe auch sie mit Genuss zu essen begann.

Wistan indessen hatte sich nicht gesetzt. Nach einigem Gekicher und anderweitiger Zurschaustellung seines Schwachsinns war er davongeschlendert und hatte sich zu Edwin gestellt, der im hohen Gras stand und die Stute hielt. Als Beatrice ihr Brot aufgegessen hatte, beugte sie sich vor und sprach den Fremden an.

»Verzeih mir, Herr, dass ich dich nicht eher begrüßt habe«, sagte sie. »Aber wir bekommen nicht häufig einen Ritter zu sehen, und der Gedanke hat mich mit Ehrfurcht erfüllt. Ich hoffe, ich habe dich nicht gekränkt.«

»Ganz und gar nicht, Herrin, ich freue mich über eure Gesellschaft. Habt ihr noch eine weite Reise vor euch?«

»Seitdem wir hier auf der Gebirgsstraße sind, ist es noch ein weiterer Tag bis zum Dorf unseres Sohnes. Wir wollen einen weisen Mönch aufsuchen, der hier oben in den Bergen im Kloster lebt.«

»Ah, die Heiligen vom Berg. Gewiss werden sie euch freundlich empfangen. Sie waren Horaz eine große Hilfe, als er letztes Frühjahr einen entzündeten Huf hatte und ich um sein Leben fürchtete. Und auch mir haben ihre Salben, als ich mich vor ein paar Jahren von einem Sturz erholte, viel Gutes

getan. Aber wenn ihr eine Kur für euren stummen Begleiter sucht, so kann wohl nur Gott selbst ihm die Rede wie-
dergeben.«

Der Ritter hatte dabei zu Wistan geblickt und musste nun
verdutzt feststellen, dass der auf ihn zukam und gar nichts
Närrisches mehr an sich hatte.

»Erlaube mir, dich zu überraschen, Herr«, sagte er. »Die
Rede ist mir schon wiedergegeben.«

Der alte Ritter erschrak; mit knirschendem Harnisch und
fragender Miene drehte er sich zu Axl um.

»Nimm es meinen Freunden nicht übel, Herr Ritter«, sagte
Wistan. »Sie erfüllten nur meine Bitte. Jetzt, da es keinen
Grund gibt, dich zu fürchten, will ich meine Tarnung aufge-
ben. Bitte verzeih mir.«

»Meinetwegen, Herr«, sagte der alte Ritter, »in dieser Welt
soll man lieber vorsichtig sein. Aber sag mir doch, was für
einer du bist, damit ich meinerseits keinen Grund habe, dich
zu fürchten.«

»Mein Name ist Wistan, Herr, aus dem Marschland im Osten, und ich bin im Auftrag meines Königs in der Gegend
hier unterwegs.«

»Ah. Von weit her also kommst du.«

»Von weit her, Herr, und diese Straßen sollten mir fremd
sein. Doch bei jeder Wegbiegung ist mir, als regte sich eine
ferne Erinnerung in mir.«

»Dann wird es wohl so sein, dass du schon einmal dieses
Weges gekommen bist, Herr.«

»So wird es sein, und ich hörte, ich sei nicht im Marschland
geboren, sondern in einem Land weiter westlich von hier.
Umso größer mein Glück, dass ich dir begegne, Herr, sofern
du wirklich Herr Gawain bist, aus demselben westlichen Land
stammend und in der Umgegend wohlbekannt.«

»Ganz recht, ich bin Gawain, Neffe des großen Artus, der einst mit Weisheit und Güte über dieses Land herrschte. Viele Jahre lang war ich im Westen sesshaft, doch heutzutage sind Horaz und ich unterwegs, wohin es uns eben verschlägt.«

»Wäre ich Herr über meine Zeit, so ritte ich noch heute nach Westen, um die Luft jenes Landes zu atmen. Leider bin ich gezwungen, meinen Auftrag zu erfüllen und möglichst rasch mit der Kunde von seinem Vollzug zurückzukehren. Doch ist es mir eine Ehre, einem Ritter des großen Artus zu begegnen, einem Neffen des Königs zumal. Zwar bin ich Sachse, doch bringe ich seinem Namen größte Hochachtung entgegen.«

»Das freut mich zu hören, Herr.«

»Herr Gawain, nachdem meine Rede so wundersam wiederhergestellt ist, möchte ich dir eine kleine Frage stellen.«

»Nur zu.«

»Dieser Herr, der jetzt neben dir sitzt, ist der gute Herr Axl, ein Bauer aus einem christlichen Dorf zwei Tagesmärsche entfernt. Ein Mann aus einer dir vertrauten Zeit. Herr Gawain, ich bitte dich jetzt, dreh dich um und sieh ihn genau an. Ist sein Gesicht eines, das du schon gesehen hast, und sei's vor langer Zeit?«

»Du lieber Himmel, Herr Wistan!« Beatrice, die ihr Mann schlafend wähnte, beugte sich unversehens vor. »Was fragst du denn da?«

»Ich will nichts Böses, Herrin. Da Herr Gawain aus dem Westen stammt, könnte er deinem Mann schon begegnet sein. Was wäre schlimm daran?«

»Herr Wistan«, sagte Axl, »mir ist aufgefallen, dass du mich seit unserer ersten Begegnung von Zeit zu Zeit seltsam musterst, und warte seither auf eine Erklärung. Für was oder wen hältst du mich?«

Wistan, der gestanden hatte, wo die anderen zu dritt nebeneinander unter der großen Eiche saßen, hockte sich jetzt auf die Fersen – vielleicht um auf diese Weise weniger herausfordernd zu wirken; Axl jedoch hatte den Eindruck, der Krieger wolle nur ihre Gesichter genauer studieren.

»Lassen wir doch Herrn Gawain den Vortritt«, sagte Wistan, »denn es kostet ihn nur eine kleine Drehung des Kopfes. Seht es als kindisches Spiel, wenn ihr so wollt. Ich bitte dich, Herr, betrachte den Mann neben dir und sag mir, ob du ihn schon gesehen hast.«

Herr Gawain lachte leise in sich hinein und beugte sich vor, geradezu begierig nach Unterhaltung, schien es, als sei er tatsächlich zu einem Spiel aufgefordert. Doch als er Axl angestrengt ins Gesicht starrte, veränderte sich seine Miene: Überraschung zeichnete sich darin ab, sogar Erschrecken. Instinktiv wandte Axl sich ab, und im selben Moment wich auch der alte Ritter zurück, ja er schien sich eigens gegen den Eichenstamm zu drücken.

»Nun, Herr?«, fragte Wistan, der interessiert zusah.

»Ich glaube nicht, dass dieser Herr und ich einander vor dem heutigen Tag je begegnet sind«, sagte Herr Gawain.

»Bist du sicher? Die Jahre können manches verschleiern.«

»Herr Wistan«, unterbrach Beatrice, »was suchst du denn im Gesicht meines Mannes? Warum stellst du diesem freundlichen Ritter, der allen bis zu diesem Moment ein Fremder war, solche Fragen?«

»Vergib mir, Herrin. Dieses Land weckt so viele Erinnerungen, und doch scheint mir jede einzelne wie ein unruhiger Spatz, der jeden Moment, das weiß ich, in den Wind davonflattern kann. Das Gesicht deines Mannes hat mir den ganzen Tag eine wichtige Erinnerung verheißen, und offen gestanden, es war dies einer der Gründe, weshalb ich euch anbot, mit euch diese Reise zu machen, allerdings habe ich nebenbei auch den aufrichtigen Wunsch, euch beide sicher über diese unwegsamen Straßen zu geleiten.«

»Warum aber solltest du meinen Mann aus dem Westen kennen, wenn er doch immer nur hier in der Gegend gelebt hat und nirgendwo sonst?«

»Lass gut sein, Prinzessin. Herr Wistan hat mich einfach mit einem früheren Bekannten verwechselt.«

»Das wird es sein, Freunde!«, rief Herr Gawain aus. »Horaz und ich meinen häufig ein Gesicht aus der Vergangenheit zu erkennen, täuschen uns aber. Schau, Horaz, sage ich, dort vorn auf der Straße, ist das nicht unser alter Freund Tudur, und wir dachten, er sei am Berg Badon gefallen. Dann kommen wir näher, und Horaz schnaubt, als wollte er mir sagen, was bist du bloß für ein Tropf, Gawain, dieser Bursche hier ist jung genug, um Tudurs Enkel zu sein, und obendrein sieht er ihm keine Spur ähnlich!«

»Herr Wistan«, sagte Beatrice, »sag mir doch eines. Erinnert dich mein Mann an jemanden, den du als Kind geliebt hast? Oder an einen, der dir Angst machte?«

»Jetzt lass doch, Prinzessin.«

Doch Wistan, der sich sanft auf den Fersen hin und her wiegte, sah Axl unverwandt an. »Ich glaube, es war einer, den ich geliebt habe, Herrin. Denn als wir uns heute Morgen trafen, machte mein Herz einen Freudensprung. Dennoch wird bald …« Er unterbrach sich und sah Axl mit fast verträumtem Blick an. Dann verdüsterte seine Miene sich jäh; er stand auf und wandte sich ab. »Ich kann es dir nicht sagen, Frau Beatrice, denn ich weiß es selbst nicht. Ich dachte, mit euch unterwegs zu sein würde meiner Erinnerung auf die Sprünge helfen, aber nichts dergleichen ist geschehen. Herr Gawain, geht es dir gut?«

Tatsächlich war Gawain vornübergesunken. Bei der Frage richtete er sich rasch wieder auf und stieß einen Seufzer aus. »Recht gut, danke. Es ist nur so, dass Horaz und ich seit vielen Nächten kein weiches Lager mehr hatten, ja nicht einmal einen ordentlichen Unterstand, und wir sind beide müde. Weiter ist nichts.« Er hob die Hand und strich sich über eine Stelle an seiner Stirn, doch Axl dachte, der eigentliche Grund dieser Geste mochte der Wunsch sein, das Gesicht neben ihm zu verdecken.

»Herr Wistan«, sagte Axl, »da wir nun offen miteinander sprechen, darf ich dich jetzt vielleicht etwas fragen. Du sagst, du bist im Auftrag deines Königs in dieser Gegend unterwegs. Warum ist dir denn deine Tarnung so wichtig? In diesem Land herrscht doch schon lange Frieden. Wenn meine Frau und dieser arme Knabe mit dir reisen sollen, würden wir gern wissen, wer unser Gefährte ist und welche Freunde und Feinde er haben mag.«

»Da hast du recht, Herr. Dieses Land ist, wie du sagst, befriedet und ruhig. Aber hier bin ich, ein Sachse und in einer Gegend unterwegs, die von Britanniern und, in diesem Teil hier, von Lord Brennus regiert wird, dessen Wächter ungehindert umherstreifen, um ihren Zehnten an Getreide und Vieh einzutreiben. Ich wünsche nicht, dass aus einem Missverständnis womöglich ein Streit erwächst. Daher meine Tarnung, Herr; mit ihr werden wir alle gefahrloser unterwegs sein.«

»Du magst recht haben, Herr Wistan«, sagte Axl. »Doch sah ich auf der Brücke die Wächter von Lord Brennus, die nicht ihre Zeit totzuschlagen schienen, sondern zu einem bestimmten Zweck dort postiert waren, und wäre nicht der Nebel, der ihnen den Sinn trübt, hätten sie dir vielleicht genauer auf den Zahn gefühlt. Kann es sein, Herr, dass du ein Feind des Lord Brennus bist?«

Einen Moment lang schien sich Wistan in Gedanken zu verlieren, denn er folgte mit versonnenem Blick dem Verlauf einer knorrigen Eichenwurzel vom Stamm an seinen Füßen vorbei bis dorthin, wo sie sich in die Erde grub. Endlich trat er wieder näher, und diesmal setzte er sich ins stoppelige Gras.

»Gut, Herr«, sagte er, »ich will alles sagen. Es macht mir nichts aus, vor dir und diesem tapferen Ritter offen zu sprechen. Wir haben im Osten Gerüchte vernommen, dass unsere sächsischen Landsleute hier von den Britanniern schlecht behandelt würden. Mein König sandte mich aus Sorge um seine Leute aus, damit ich ihm den wahren Stand der Dinge berichte. Das ist alles, was ich tue, Herr, und ich war im Begriff, friedlich meinen Auftrag zu erfüllen, als mein Pferd sich am Fuß verletzte.«

»Ich verstehe deine Lage, Herr«, sagte Gawain. »Horaz und ich geraten oft in sächsisch regiertes Land und empfinden dasselbe Bedürfnis, Vorsicht walten zu lassen. Dann wär's mir recht, ich wäre diese Rüstung los und würde für einen einfachen Bauern gehalten. Aber wie fänden wir dieses ganze Metall jemals wieder, wenn wir es irgendwo liegen ließen? Und ist es nicht unsere Pflicht, stolz und weithin sichtbar Artus' Wappen zu tragen, auch wenn es schon viele Jahre her ist, seit er gefallen ist? Also ziehen wir unerschrocken durchs Land, und ich freue mich, sagen zu können, dass wir, wenn die Menschen sehen, dass ich ein Ritter der Tafelrunde bin, freundliche Aufnahme finden.«

»Dass du in dieser Gegend hier willkommen bist, wundert mich nicht, Herr Gawain«, sagte Wistan. »Aber ist es in Ländern, in denen Artus einmal ein gefürchteter Feind war, wirklich genauso?«

»Horaz und ich erleben immer wieder, dass der Name unseres Königs überall wohlgelitten ist, auch in solchen Ländern, wie du sie erwähnst. Denn Artus war zu den Besiegten stets so großmütig, dass sie ihn mit der Zeit wie ihresgleichen liebten.«

Schon seit einer ganzen Weile – eigentlich seitdem der Name Artus zum ersten Mal gefallen war – empfand Axl ein bohrendes Unbehagen, das ihm zu schaffen machte. Jetzt, während er Wistan und dem alten Ritter zuhörte, kam ihm endlich eine Erinnerung, ein Erinnerungsfetzen nur: Viel war es nicht, aber es war doch eine Erleichterung, etwas habhaft geworden zu sein, das er festhalten und betrachten konnte. Er sah sich in einem Zelt stehen, einem großen Zelt, wie es ein Heer in der Nähe eines Schlachtfelds errichtet. Es war später Abend, eine große Kerze flackerte, und die Zeltwände wurden vom Wind abwechselnd nach innen gedrückt und aufgebläht. Es waren andere mit ihm im Zelt; vielleicht viele, doch er entsann sich keiner Gesichter. Er, Axl, war wegen irgendetwas zornig, wusste aber, dass es wichtig war, seinen Zorn wenigstens vorläufig zu verbergen.

»Herr Wistan«, sagte Beatrice neben ihm, »lass mich dir sagen, dass in unserem Dorf mehrere sächsische Familien leben, die zu den angesehensten zählen. Und du hast selbst das sächsische Dorf erlebt, von dem wir heute aufgebrochen sind. Den Leuten geht es gut, und auch wenn sie manchmal unter Unholden zu leiden haben, wie du heute Nacht einen so tapfer erlegt hast, so leiden sie doch nicht unter Britanniern.«

»Die gute Herrin spricht die Wahrheit«, sagte Herr Gawain. »Unser geliebter Artus hat dauerhaften Frieden zwischen Britanniern und Sachsen gestiftet, und wir hören zwar noch von Kriegen an fernen Orten, doch hier sind wir seit langem Freunde und Verwandte.«

»Alles, was ich gesehen habe, stimmt mit euren Worten überein«, sagte Wistan, »und ich brenne darauf, mit froher

Kunde nach Hause zurückzukehren, doch muss ich noch das Land hinter diesen Hügeln bereisen. Herr Gawain, ich weiß nicht, ob ich je wieder so frei sein werde, einem weisen Mann wie dir diese Frage zu stellen, daher erlaube mir, es jetzt zu tun. Welche außerordentliche Gabe hat deinen großen König befähigt, die Wunden des Krieges in diesem Land so gut zu heilen, dass ein Reisender heute kaum noch eine Narbe, ja kaum einen Schatten davon wahrnimmt?«

»Deine Frage ehrt dich, Herr. Meine Antwort ist, dass mein Onkel ein Herrscher war, der sich nie für größer als Gott hielt und immer um Rat zu ihm betete. So kam es, dass die Eroberten, nicht weniger als seine Kampfgefährten, seine Gerechtigkeit erkannten und ihn sich als König wünschten.«

»Aber ist es nicht seltsam, wenn einer einen anderen, der noch gestern seine Kinder gemetzelt hat, seinen Bruder nennt? Und doch scheint Artus genau dies fertiggebracht zu haben.«

»Da legst du den Finger in die Wunde, Herr Wistan. Kinder metzeln, sagst du. Artus hat uns allezeit eingeschärft, die unschuldig in die Mühlen des Krieges Geratenen zu schonen. Mehr noch, Herr, er befahl uns, alle Frauen, Kinder und Alte zu retten und ihnen Schutz und Zuflucht zu gewähren, wann immer wir konnten, seien sie Britannier oder Sachsen. Aus solchen Taten entstanden Bande des Vertrauens, noch während die Schlachten tobten.«

»Was du sagst, klingt wahr. Dennoch wundere ich mich«, sagte Wistan. »Herr Axl, scheint es dir nicht bemerkenswert, wie Artus sein Land geeint hat?«

»Herr Wistan, noch einmal«, rief Beatrice aus, »für wen hältst du meinen Mann? Er weiß doch nichts von den Kriegen!«

Doch auf einmal hörte niemand mehr zu, denn Edwin, der langsam zur Straße zurückgeschlendert war, schrie auf, und es folgte das Getrappel rasch nahender Hufe. Später, als er zurückdachte, kam Axl in den Sinn, dass Wistan sich von seinen merkwürdigen Spekulationen über die Vergangenheit offenbar sehr hatte in Anspruch nehmen lassen, denn der sonst so wachsame Krieger hatte sich gerade erst erhoben, als der Reiter bereits auf die Lichtung zusprengte. Dann zügelte der Fremde sein Pferd mit bewundernswerter Kraft, sodass er in gemächlichem Schritttempo auf die große Eiche zuritt.

Axl erkannte augenblicklich den großen, grauhaarigen Soldaten von der Brücke, der so höflich mit Beatrice gesprochen hatte. Noch immer stand ein leichtes Lächeln in seinem Gesicht, dennoch ritt er mit gezogenem Schwert auf sie zu – auch wenn die Spitze nach unten zeigte und der Griff auf dem Sattelknauf ruhte. Als nur noch wenige Schritte sein Pferd von dem Baum trennten, hielt er an. »Guten Tag, Herr Gawain«, sagte er und neigte ein wenig den Kopf.

Der alte Ritter warf ihm von unten einen verächtlichen Blick zu. »Was fällt dir ein, Herr, mit gezücktem Schwert hierherzukommen?«

»Verzeih mir, Herr Gawain. Ich möchte nur deinen Gefährten hier ein paar Fragen stellen.« Er blickte auf Wistan hinab, der wieder mit herabhängendem Kiefer idiotisch vor sich hin kicherte. Ohne den Blick von dem Krieger zu wenden, rief der Soldat: »Knabe, bleib, wo du bist!« Tatsächlich hatte sich Edwin mit Wistans Stute von hinten genähert. »Hör mich an, Knabe! Lass den Zügel los und stell dich hier vor mich hin, neben deinen idiotischen Bruder. Ich warte, Knabe.«

Edwin schien die Wünsche des Soldaten zu begreifen, wenn auch nicht seine Worte, denn er ließ die Stute, wo sie war, und trat neben Wistan. Währenddessen veränderte der Soldat leicht die Position seines Pferds. Axl, dem dies nicht entging, begriff auf der Stelle, dass der Soldat bemüht war, zu seinen möglichen Widersachern einen bestimmtem Winkel und Abstand einzuhalten, die ihm im Fall eines plötzlichen Konflikts den größten Vorteil verschafften. Denn da Wistan stand, wo er stand, hätten Kopf und Hals seines Pferds seinen ersten Schwerthieb behindert, und Wistan hätte die entscheidende Zeit gehabt, entweder das Pferd zu beunruhigen oder auf dessen blinde Seite zu laufen, wo die Reichweite und Wucht eines Schwerthiebs eingeschränkt gewesen wären, weil sie quer über den Körper hätten geführt werden müssen. Mit der kleinen Positionsveränderung des Pferds aber wurde es für einen Unbewaffneten wie Wistan zum geradezu selbstmörderischen Unterfangen, den Reiter anzugreifen. Die neue Position des Soldaten schien auch Wistans Stute, die in gewissem Abstand hinter dem Soldaten stand, klug zu berücksichtigen: Wistan war es jetzt vollkommen unmöglich, sein Pferd zu erreichen, ohne einen großen Bogen um die Schwertseite des Reiters zu machen; noch ehe er sein Ziel erreicht hätte, wäre er mit hoher Wahrscheinlichkeit von hinten durchbohrt worden.

Dies alles bemerkte Axl voller Bewunderung für das strategische Geschick des Soldaten und Bestürzung über dessen Auswirkungen. Ihm war dieses Denken vertraut – er hatte einmal selbst sein Pferd zu einer leichten Positionsänderung genötigt, um in einer Linie mit einem anderen Reiter zu stehen. Was hatte er an jenem Tag sonst noch getan? Sie beide, er und der andere Reiter, hatten gewartet und dabei vom Sattel aus auf ein weites graues Moor hinausgeblickt. Bis zu diesem Augenblick hatte das Pferd seines Gefährten vor ihm gestanden – Axl erinnerte sich an den zuckenden, wedelnden Schweif, und er fragte sich, wie viel davon durch die Reflexe des Tiers zustande gekommen und wie weit der Wind beteiligt gewesen war, der über das leere Land fegte.

Axl schob die rätselhaften Gedanken von sich, während er sich aufrappelte, dann seiner Frau auf die Beine half. Herr Gawain blieb sitzen wie am Eichenstamm festgeschraubt und starrte finster auf den Neuankömmling. Dann sagte er leise zu Axl: »Herr, hilf mir auf.«

Es brauchte sowohl Axl wie auch Beatrice, die an je einem Arm zogen, um den alten Ritter auf die Füße zu holen, doch als er sich schließlich in seiner Rüstung zu voller Höhe aufgerichtet hatte und den Rücken durchdrückte, war er eine überaus imposante Erscheinung. Dennoch begnügte sich Herr Gawain damit, den Soldaten übellaunig anzustarren, und schließlich war es Axl, der sprach.

»Warum überrumpelst du uns, Herr, die wir doch nur einfache Wanderer sind? Weißt du nicht mehr, wie du uns erst vor einer Stunde am Wasserfall befragt hast?«

»Ich erinnere mich sehr genau, Onkel«, antwortete der grauhaarige Soldat. »Allerdings standen wir Brückenwächter bei unserer letzten Begegnung unter einem seltsamen Zauber, sodass wir den eigentlichen Grund, weshalb wir hierher abkommandiert wurden, vergessen hatten. Erst jetzt, als meine Ablösung da war und ich schon auf dem Rückweg zu unserem Lager, fällt mir plötzlich alles wieder ein. Und ich dachte an dich, Onkel, und deine Begleiter, die ihr einfach an uns vorbeigehuscht seid, und wendete mein Pferd, um euch eilends zu verfolgen. Knabe! Bleib stehen, sage ich! Bleib bei deinem schwachsinnigen Bruder!«

Edwin trottete verdrossen zu Wistan zurück und blickte fragend zu dem Krieger auf. Der kicherte immer noch leise vor sich hin und ließ einen Speichelfaden aus einem Mundwinkel rinnen. Seine Augen rollten wild, doch Axl vermutete, dass der Krieger in Wahrheit sorgfältig die Entfernung zu seinem Pferd und zu seinem Gegner abschätzte und aller Wahrscheinlichkeit nach zu denselben Schlüssen gelangte wie Axl.

»Herr Gawain«, flüsterte Axl. »Wenn es jetzt zu einer Auseinandersetzung kommt, bitte ich dich um Hilfe, um meine liebe Frau zu schützen.«

»Bei meiner Ehre, Herr. Sei versichert.«

Axl nickte dankbar, doch jetzt saß der grauhaarige Soldat ab, und wieder bewunderte Axl das Geschick, mit dem er sich bewegte: Als er vor Wistan und dem Jungen stand, hielt er wieder genau den richtigen Abstand und Winkel zu ihnen ein, überdies trug er sein Schwert so, dass er den Arm nicht anstrengte, während sein Pferd ihn vor jedem unerwarteten Angriff von hinten schützte.

»Ich sage dir, was mir bei unserer letzten Begegnung entfallen war, Onkel. Wir hatten eben Kunde von einem sächsischen Krieger empfangen, der von einem Dorf in der Nähe kam und einen verwundeten Knaben bei sich hatte.« Mit einer Kopfbewegung deutete der Soldat zu Edwin hinüber. »Einen Knaben, der im selben Alter ist, wie jener. Nun weiß ich nicht, Onkel, was du und die gute Frau hier mit der Angelegenheit zu schaffen habt; ich suche nur den Sachsen und seinen Knaben. Sprich offen, und es geschieht euch kein Leid.«

»Hier ist kein Krieger, Herr. Und wir sind nicht im Streit mit dir, so wenig wie mit Lord Brennus, der, vermute ich, dein Herr ist.«

»Weißt du, was du da sagst, Onkel? Leih unseren Feinden eine Maske, und du wirst uns Rechenschaft ablegen, gleichgültig, wie viele Jahre du zählst. Wer sind die zwei, mit denen du unterwegs bist, dieser Stumme hier und der Knabe?«

»Wie ich schon sagte, Herr, sie wurden uns von Schuldnern anstelle von Getreide und Blech überlassen. Sie werden ein Jahr arbeiten, um die Schuld ihrer Angehörigen abzutragen.«

»Du irrst dich ganz bestimmt nicht, Onkel?«

»Ich weiß nicht, wen du suchst, Herr, aber diese zwei armen Sachsen sind es nicht. Und während du mit uns deine Zeit verschwendest, streifen deine Feinde unbehelligt anderswo umher.«

Der Soldat überlegte – Axls Tonfall hatte eine Bestimmtheit angenommen, mit der er nicht gerechnet hatte –, und seine Selbstgewissheit begann ihn zu verlassen. »Herr Gawain«, fragte er. »Was weißt du über diese Leute?«

»Sie sind uns zufällig begegnet, als Horaz und ich hier rasteten. Ich halte sie für schlichte Wesen.«

Der Soldat starrte noch einmal forschend in Wistans Gesicht. »Ein stummer Idiot, ja?« Er trat zwei Schritte näher und hob das Schwert, sodass seine Spitze auf Wistans Kehle zeigte. »Aber gewiss fürchtet er den Tod wie wir alle.«

Axl sah, dass der Soldat zum ersten Mal einen Fehler gemacht hatte. Er war seinem Gegner zu nahe gekommen, und für Wistan war es, trotz des erheblichen Risikos, zum ersten Mal denkbar, mit einem Ausfallschritt zu verhindern, dass der Schwertarm den Streich führte. Wistan aber kicherte nur und lächelte Edwin närrisch an. Herr Gawain hingegen schien jetzt in Zorn zu geraten.

»Noch vor einer Stunde mögen sie Fremde für mich gewesen sein«, donnerte er. »Aber ich dulde nicht, dass sie unhöflich behandelt werden.«

»Diese Angelegenheit betrifft dich nicht, Herr Gawain. Ich möchte dich bitten, still zu sein.«

»Was unterstehst du dich, mit einem Ritter der Tafelrunde so zu sprechen, Herr?«

»Kann es sein«, sagte der Soldat, ohne im Geringsten auf Herrn Gawain zu achten, »dass dieser Idiot hier ein Krieger ist, der sich verstellt? Solange er unbewaffnet ist, spielt es keine Rolle. Was immer er sein mag – die Klinge meines Schwerts ist scharf genug.«

»Was untersteht er sich!«, murmelte Herr Gawain vor sich hin.

Der grauhaarige Soldat, der vielleicht auf einmal seinen Fehler begriff, trat zwei Schritte zurück, bis er genau dort stand, wo er zuvor gestanden hatte, und senkte sein Schwert bis auf Höhe der Taille. »Knabe«, sagte er. »Komm zu mir her.«

»Er spricht nur Sächsisch, Herr, und er ist ein schüchterner Junge«, sagte Axl.

»Er muss nicht sprechen, Onkel. Er muss nur sein Hemd hochheben, und schon wissen wir, ob er derjenige ist, der mit dem Krieger aus dem Dorf fortgegangen ist. Knabe, komm her.«

Als Edwin auf den Soldaten zutrat, streckte der seine freie Hand nach ihm aus. Es kam zum Gerangel, als ihn Edwin abzuwehren versuchte – ohne Erfolg: Sehr schnell wurde ihm das Hemd hochgezogen, und Axl sah ein kleines Stück unterhalb des Brustkorbs eine geschwollene Stelle in einem Kreis aus winzigen getrockneten Blutströpfchen. Beatrice und Gawain beugten sich beide vor, um die Wunde besser sehen zu können, der Soldat aber, der Wistan sichtlich nicht aus den Augen lassen wollte, schenkte der Wunde eine ganze Weile keine Aufmerksamkeit. Als er es endlich doch tat, musste er kurz den Kopf drehen, und in genau diesem Moment gab Edwin einen ohrenbetäubend schrillen Laut von sich – es war nicht eigentlich ein Schrei: eher ein Geräusch, das Axl an einen verzweifelten Fuchs erinnerte. Für einen kurzen Moment ließ der Soldat sich ablenken, und Edwin ergriff die Gelegenheit, um sich loszureißen. Erst jetzt begriff Axl, dass der Laut gar nicht von dem Jungen kam, sondern von Wistan; und dass die Stute des Kriegers, die bis dahin träge das Gras abgeweidet hatte, jäh herumgefahren war und jetzt direkt auf ihren Herrn zustürmte.

Das Pferd des Soldaten hatte unterdessen einen erschrockenen Satz gemacht und damit weitere Verwirrung gestiftet, und bis es sich wieder beruhigt hatte, war Wistan schon aus der Reichweite des Schwerts, während seine Stute mit beängstigendem Tempo auf ihn zu galoppierte. Wistan, in die eine Richtung antäuschend und sich dann in die andere bewegend, stieß abermals seinen schrillen Ruf aus, woraufhin seine Stute in einen kurzen Kanter verfiel und sich zwischen Wistan und seinen Gegner schob, sodass der Krieger, fast gemächlich, eine Position etliche Schritte von der Eiche entfernt einnehmen konnte. Die Stute wendete abermals und setzte klug ihrem Herrn nach. Axl vermutete, dass Wistan aufzuspringen plante, sobald sie bei ihm wäre, denn der Krieger stand wartend und mit ausgestreckten Armen, und Axl sah ihn sogar noch nach dem Sattel greifen, bevor ihm die Stute den Blick verstellte. Doch gleich darauf galoppierte sie wieder davon und kehrte dorthin zurück, wo sie geweidet hatte. Wistan stand an derselben Stelle wie zuvor, jetzt aber mit seinem Schwert in der Hand.

Beatrice entfuhr ein kleiner Schrei, und Axl legte einen Arm um sie und zog sie an sich. Gawain, der auf der anderen Seite stand, entfuhr ein Schnauben, das Anerkennung für Wistans Manöver auszudrücken schien. Der alte Ritter hatte einen Fuß auf eine aus der Erde ragende Eichenwurzel gestellt und sah mit gespanntem Interesse zu, eine Hand auf dem Knie.

Der Grauhaarige hatte ihnen jetzt den Rücken zugekehrt; es blieb ihm allerdings auch nichts anderes übrig, denn er musste sich ja Wistan zuwenden. Überrascht stellte Axl fest, dass dieser Soldat, der noch vor einem Augenblick so beherrscht und erfahren gewirkt hatte, jetzt recht verwirrt schien. Gleichsam um Verstärkung heischend blickte er zu seinem Pferd – das sich in seiner Panik ein ganzes Stück entfernt hatte – und hob dann das Schwert mit beiden Händen hoch, sodass die Spitze ein Stück über seine Schulter hinausragte. Diese Haltung, das wusste Axl, war voreilig, sie strengte die Armmuskeln unnötig an. Wistan hingegen wirkte ruhig, beinahe lässig, wie am Abend zuvor, als er vom Dorf aufgebrochen war. Langsam ging er auf den Soldaten zu und blieb ein paar Schritte vor ihm stehen, das Schwert gesenkt in einer Hand.

»Herr Gawain«, sagte der Soldat in neuem Ton, »ich höre, dass du dich hinter mir bewegst. Stehst du auf meiner Seite gegen diesen Feind?«

»Ich stehe hier, um dieses gute Paar zu beschützen, Herr. Davon abgesehen, betrifft mich euer Streit nicht, wie du ja selbst eben festgestellt hast. Dieser Krieger mag dein Feind sein, meiner ist er noch nicht.«

»Dieser Bursche ist ein sächsischer Krieger, Herr Gawain, und er ist hier, um Unheil zu stiften. Hilf mir, ihm entgegenzutreten, denn ich bin zwar willig, meine Pflicht zu tun, doch ist dieser, falls er der ist, den wir suchen, ein in jeder Hinsicht Furcht einflößender Mann.«

»Welchen Grund hätte ich, die Waffen gegen einen Mann zu erheben, nur weil er ein Fremder ist? Du, Herr, bist derjenige, der mit seinen schlechten Manieren unseren Frieden gestört hat.«

Eine Zeit lang sprach niemand ein Wort. Dann sagte der

Soldat zu Wistan: »Bleibst du stumm, Herr? Oder gibst du dich jetzt, da wir einander gegenüberstehen, zu erkennen?«

»Ich bin Wistan, Herr, ein Krieger aus dem Osten, der zu Besuch hier weilt. Anscheinend ist mir euer Lord Brennus nicht wohlgesinnt, auch wenn ich den Grund nicht weiß, denn ich bin friedlich im Auftrag meines Königs unterwegs. Und es ist meine Überzeugung, dass du gegen diesen unschuldigen Knaben nichts Gutes im Schilde führst, und da ich dies erkenne, muss ich mich dir in den Weg stellen.«

»Herr Gawain«, rief der Soldat, »ich frage dich noch einmal: Kommst du einem britannischen Landsmann zu Hilfe? Wenn dies Wistan ist, so sind allein durch seine Hand angeblich mehr als fünfzig Seeräuber gefallen.«

»Wenn fünfzig grimmige Räuber durch ihn fielen, Herr, was vermag ein müder alter Ritter daran noch zu ändern?«

»Bitte scherze nicht, Herr Gawain. Das ist ein mörderischer Bursche, und er wird jeden Moment zuschlagen. Ich sehe es in seinem Auge. Ich sage dir, er ist hier, um uns allen Unheil zuzufügen.«

»Nenne das Unheil, das ich bringe«, sagte Wistan, »wenn ich friedlich euer Land bereise und nur ein einziges Schwert bei mir führe, um mich gegen wilde Geschöpfe und Wegelagerer zu verteidigen. Kannst du mein Verbrechen benennen, so tu es jetzt, denn dann wüsste ich die Anklage, ehe ich zuschlage.«

»Welcher Art das Unheil ist, weiß ich nicht, Herr. Mir reicht Lord Brennus' Wunsch, euch los zu sein.«

»Es gibt keine Anklage, und doch eilst du hierher, um mich zu erschlagen?«

»Herr Gawain, ich bitte dich, mir beizuspringen! So grimmig er ist, könnten wir beide ihn besiegen, wenn wir es sorgfältig planen.«

»Herr, lass mich dich daran erinnern, dass ich ein Ritter des Königs Artus bin, kein Fußsoldat deines Lord Brennus. Ich erhebe meine Waffe auf ein bloßes Gerücht hin oder wegen ihres Blutes nicht gegen Fremde. Und mir scheint, du bist nicht imstande, einen guten Grund zu nennen, weshalb du gegen ihn vorgehst.«

»Du zwingst mich also zu sprechen, Herr, obwohl dies Vertraulichkeiten sind, die sonst kein Mann meines niederen Ranges wissen darf, in diesem Fall aber hat mich Lord Brennus persönlich eingeweiht. Dieser Mann hier ist mit dem Auftrag in unser Land gekommen, die Drachin Querig zu erschlagen. Dies ist der Grund, der ihn herführt!«

»Querig erschlagen?« Herr Gawain klang aufrichtig verblüfft. Er trat vom Baum einige Schritte auf Wistan zu und starrte ihn an, als sähe er ihn zum ersten Mal. »Stimmt das, Herr?«

»Lass es mich erklären, denn ich will keinen Ritter der Tafelrunde belügen. Außer mit der zuvor genannten Pflicht wurde ich von meinem König beauftragt, die Drachin zu erschlagen, die in diesem Land herumstreicht. Was wäre dagegen einzuwenden? Es ist ein böser Drache, der allen gefährlich ist. Sag mir, Soldat, warum macht mich dieser Auftrag zu deinem Feind?«

»Querig erschlagen?! Du hast wahrhaftig die Absicht, Querig zu erschlagen?!« Herr Gawain schrie jetzt. »Aber Herr, mit dieser Aufgabe wurde *ich* betraut! Weißt du das nicht? Von König Artus persönlich bin ich beauftragt!«

»Das ist ein Streit für einen späteren Zeitpunkt, Herr Gawain. Lass mich erst mit diesem Soldaten verhandeln, der aus mir und meinen Freunden Feinde machen will, wo wir doch in Frieden leben könnten.«

»Herr Gawain, wenn du mir nicht zu Hilfe kommst, so

wird dies, fürchte ich, meine letzte Stunde sein! Ich flehe dich an, Herr, erinnere dich der Zuneigung, die Lord Brennus für Artus und sein Andenken hegt, und erhebe das Schwert gegen diesen Sachsen!«

»Es ist *meine* Pflicht, Querig zu erschlagen, Herr Wistan! Horaz und ich haben sorgfältige Pläne geschmiedet, um sie aus ihrem Versteck zu locken, und wir brauchen dabei keine Unterstützung!«

»Leg dein Schwert nieder, Herr«, sagte Wistan zu dem Soldaten, »dann verschone ich dich vielleicht. Oder du beendest dein Leben auf diesem Boden.«

Der Soldat zögerte; dann sagte er: »Ich war ein Narr, dass ich mich für stark genug hielt, dich allein zu besiegen, Herr, das sehe ich jetzt. Ich mag für meine Eitelkeit bestraft werden. Aber mein Schwert niederlegen wie ein Feigling werde ich nicht, niemals.«

»Mit welchem Recht«, schrie Herr Gawain, »befiehlt dir dein König, aus einem anderen Land herzukommen und dir eine Aufgabe anzumaßen, mit der ein Ritter der Tafelrunde betraut wurde?«

»Verzeih, Herr Gawain, aber die Aufgabe, Querig zu erschlagen, hast du seit vielen Jahren; in der Zeit wurden aus kleinen Kindern erwachsene Männer. Weshalb zürnen, wenn ich dem Land einen Dienst erweisen und es von dieser Geißel befreien kann?«

»Weshalb ich zürne, Herr? Du weißt nicht, was dich erwartet! Du denkst, es sei ein Kinderspiel, Querig zu erschlagen? Sie ist ebenso schlau wie bösartig! Mit deinem närrischen Vorgehen ärgerst du sie nur, sodass das ganze Land wieder unter ihrem Zorn zu leiden haben wird, nachdem sie sich in den letzten paar Jahren kaum bemerkbar gemacht hat. Hier ist das allerbehutsamste Vorgehen erforderlich, Herr, sonst widerfährt den Unschuldigen im ganzen Land Unheil! Warum, glaubst du, haben Horaz und ich so lange auf den rechten Augenblick gewartet? Ein einziger falscher Schritt hat verhängnisvolle Folgen, Herr!«

»Dann hilf mir, Herr Gawain«, rief der Soldat, der aus seiner Furcht keinen Hehl mehr machte. »Lass uns dieser Bedrohung gemeinsam ein Ende setzen!«

Herr Gawain blickte den Soldaten verdutzt an, als hätte er für einen Moment dessen Existenz vergessen. Dann aber sagte er in ruhigerem Ton: »Nein, Herr, ich werde dir nicht helfen. Ich bin kein Freund deines Herrn, denn ich fürchte seine dunklen Beweggründe. Ich fürchte auch das Leid, das du den anderen hier zufügen willst – Menschen, die mit den Ränken zwischen uns nichts zu schaffen haben.«

»Herr Gawain, ich schwebe hier zwischen Leben und Tod wie eine Fliege im Spinnennetz. Ich richte meinen letzten Appell an dich, und auch wenn ich den vollen Umfang dieser Angelegenheit nicht ermesse, bitte ich dich zu bedenken, welchen Grund er hätte, in unser Land zu kommen, wenn nicht den, uns Unheil zu bringen!«

»Er erklärt hinreichend, was ihn hergeführt hat, Herr, und obwohl er mich mit seinem leichtfertigen Vorhaben verärgert, besteht wohl kaum Anlass, gemeinsam mit dir die Waffen gegen ihn zu erheben.«

»Kämpfe jetzt, Soldat«, sagte Wistan und klang dabei fast versöhnlich. »Kämpfe und bring es hinter dich.«

»Wird es schaden, Herr Wistan«, fragte Beatrice unerwartet, »wenn du diesen Soldaten sich ergeben und davonreiten lässt? Vorhin auf der Brücke war er freundlich zu mir, und vielleicht ist er kein schlechter Mann.«

»Wenn ich deinem Rat folge, Frau Beatrice, wird er über uns Meldung machen und über kurz oder lang mit dreißig und mehr Soldaten wiederkommen. Es wird dann wohl kaum Barmherzigkeit walten. Und bedenke – dem Jungen will er tatsächlich Böses zufügen.«

»Vielleicht legt er freiwillig ein Gelübde ab, uns nicht zu verraten.«

»Deine Freundlichkeit geht mir zu Herzen, Herrin«, sagte der grauhaarige Soldat, ohne dabei den Blick von Wistan zu wenden. »Aber ich bin kein Schuft und werde nicht Schindluder damit treiben. Was der Sachse sagt, ist wahr. Verschont mich, und ich werde tun, wie er prophezeit, denn die Pflicht lässt mir keine andere Wahl. Doch danke ich dir für deine freundlichen Worte, und sollte jetzt meine letzte Stunde geschlagen haben, so gehe ich um ihretwillen ein wenig friedlicher aus dieser Welt.«

»Und überdies, Herr«, sagte Beatrice, »habe ich deine zuvor getane Bitte bezüglich deiner Eltern nicht vergessen. Du hast sie im Scherz geäußert, ich weiß, und es ist nicht wahrscheinlich, dass wir ihnen begegnen. Aber sollten wir sie dennoch treffen, so werden sie erfahren, dass du sehnsüchtig auf ein Wiedersehen mit ihnen gewartet hast.«

»Ich danke dir auch dafür, Herrin. Doch ist jetzt nicht die Zeit, mein Herz mit solchen Gedanken zu erweichen. Es könnte mir bei diesem Wettkampf noch einmal das Glück lächeln, welchen Ruf auch immer dieser Mann haben mag, und dann bereust du vielleicht, dass du mir jemals Güte erwiesen hast.«

»Höchstwahrscheinlich«, sagte Beatrice seufzend. »Dann, Herr Wistan, musst du um unseretwillen dein Bestes geben. Ich werde wegsehen, denn Gemetzel stößt mich ab. Und bitte fordere auch den jungen Herrn Edwin auf, den Blick abzuwenden, denn er wird sicher nur deinen Befehlen gehorchen.«

»Verzeih mir, Herrin«, sagte Wistan, »aber ich möchte, dass der Junge alles sieht, was geschieht, wie auch ich in seinem Alter oft angewiesen wurde, zuzuschauen. Ich weiß, er wird weder zurückweichen noch sich übergeben, wenn er den Kampf zweier Krieger beobachtet.« Er sagte nun mehrere Sätze auf Sächsisch, und Edwin, der in kurzer Entfernung allein gestanden hatte, trat zu Axl und Beatrice unter den Baum. Sein wachsamer Blick schien niemals auszuweichen.

Axl hörte den Atem des grauhaarigen Soldaten, der jetzt deutlicher vernehmbar war, weil ein leises Knurren jeden Atemzug begleitete. Als er vorwärtsstürmte, hielt er sein Schwert hoch über den Kopf erhoben, was eine primitive, ja selbstmörderische Form des Angriffs zu sein schien; doch kurz bevor er Wistan erreicht hatte, änderte er jäh seine Bahn und machte, das Schwert auf Hüfthöhe gesenkt, einen Ausfallschritt nach links, und Axl begriff mit einem Anflug von Mitleid, dass der Grauhaarige um seine Chancenlosigkeit, falls der Kampf sich zuspitzte, wissend, alles auf diese eine durchschaubare List gesetzt hatte. Und Wistan hatte sie vorhergesehen oder reagierte instinktiv: Der Sachse machte einen eleganten Schritt zur Seite und zog mit einer einzigen, simplen Bewegung sein Schwert quer über den herankommenden Mann. Der Soldat gab einen Laut von sich, der klang wie ein in den Brunnenschacht fallender Eimer beim ersten Aufprall auf das Wasser; dann fiel er vornüber zu Boden. Herr Gawain murmelte ein Gebet, und Beatrice fragte: »Ist es vorbei, Axl?«

»Es ist vorbei, Prinzessin.«

Edwin starrte mit kaum veränderter Miene auf den Gefallenen. Axl, dem Blick des Jungen folgend, sah eine Schlange im Gras, die vom Sturz des Soldaten aufgestört worden war; dunkel, aber mit gelben und weißen Flecken gesprenkelt, wand sie sich unter der Leiche hervor, und als sie geschwind über den Boden dahinglitt und dabei mehr von sich zeigte, nahm Axl den starken Geruch menschlicher Eingeweide wahr. Instinktiv trat er zur Seite und zog dabei Beatrice mit sich, falls es die Schlange auf ihre Füße abgesehen haben sollte. Sie kam weiter auf sie zu, teilte sich an einem Distelstrauch, wie sich ein Bach an einem Felsen teilt, ehe sie sich wieder vereinigte und dabei immer näher kam.

»Komm weg, Prinzessin«, sagte Axl und führte sie fort. »Es ist vorbei, und es ist gut so. Dieser Mann war uns nicht wohlgesinnt, obwohl der Grund dafür noch immer nicht klar ist.«

»Lasst mich euch aufklären, soweit ich kann, Herr Axl«, sagte Wistan. Er hatte sein Schwert im Gras abgewischt; jetzt stand er auf und kam auf sie zu. »Es stimmt, dass unsere sächsischen Verwandten hier in Eintracht mit eurem Volk leben. Aber zu Hause wird uns von Lord Brennus' Ehrgeiz berichtet, dieses Land zu erobern und gegen alle hier lebenden Sachsen Krieg zu führen.«

»Dasselbe höre auch ich, Herr«, sagte Herr Gawain. »Es war einer der Gründe, weshalb ich mich nicht auf die Seite dieses Elenden stellen wollte, der jetzt ausgeweidet wie eine Forelle hier liegt. Ich fürchte, dieser Lord Brennus ist einer, der den von Artus errungenen großen Frieden gern bräche.«

»Wir zu Hause hören noch mehr«, sagte Wistan. »Nämlich dass Brennus in seinem Schloss einen gefährlichen Gast beherbergt. Einen Nordmann, der angeblich die Gabe besitzt, Drachen zu zähmen. Mein König fürchtet nun, dass Lord Brennus die Absicht hat, Querig gefangen zu nehmen und in seine Armee einzugliedern. Diese Drachin wäre wahrhaftig ein furchterregender Soldat, und Brennus' Streben verständlich. Aus diesem Grund bin ich ausgesandt, die Drachin zu vernichten, ehe ihre Grausamkeit sich gegen alle Gegner von

Lord Brennus richtet. Herr Gawain, du siehst bestürzt aus. Aber ich spreche aufrichtig.«

»Wenn ich bestürzt bin, Herr, dann deshalb, weil deine Worte vernünftig klingen. Als junger Mann stand ich einmal einem Drachen in einer gegnerischen Armee gegenüber, und es war entsetzlich. Meine Kameraden, die gerade noch siegeshungrig gewesen waren, erstarrten vor Furcht bei seinem Anblick, und dabei konnte dieses Wesen Querig in Stärke und Durchtriebenheit nicht annähernd das Wasser reichen. Wenn es Lord Brennus gelingt, Querig in Dienst zu nehmen, wird dies sicherlich neue Kriege herausfordern. Meine große Hoffnung ist, dass sie zu wild ist, um von irgendeinem Menschen gezähmt zu werden.« Er hielt inne, warf einen Blick auf den gefallenen Soldaten und schüttelte den Kopf.

Wistan ging mit großen Schritten zu Edwin hinüber, ergriff den Jungen am Arm und führte ihn sanft zu dem Toten hin. Eine Zeit lang standen sie Seite an Seite vor dem Soldaten, Wistan sprach leise, streckte hin und wieder deutend die Hand aus und blickte Edwin forschend ins Gesicht. Irgendwann, sah Axl, zeichnete Wistans Finger eine glatte Linie in die Luft – vielleicht erklärte er dem Jungen den Weg, den seine Klinge genommen hatte. Währenddessen starrte Edwin immerfort ausdruckslos auf den gefallenen Soldaten.

Herr Gawain, der jetzt neben Axl hintrat, sagte: »Es ist sehr traurig, dass dieser friedliche Fleck, gewiss ein Geschenk Gottes an alle müden Reisenden, jetzt mit Blut besudelt ist. Lasst uns diesen Mann rasch begraben, ehe ein anderer des Weges kommt; ich bringe dann sein Pferd in Lord Brennus' Lager und werde berichten, wie ich ihn von Räubern überfallen fand und wo seine Freunde sein Grab besuchen können. Unterdessen, Herr« – er wandte sich zu Wistan – »rate ich dir dringend, so rasch wie möglich in den Osten zurückzukehren. Denk nicht mehr an Querig, denn du kannst versichert sein, dass Horaz und ich nach allem, was wir heute erfahren haben, unsere Anstrengungen, sie zu erschlagen, verdoppeln werden. Nun kommt, Freunde, lasst uns diesen Mann bestatten, auf dass er friedlich zu seinem Schöpfer zurückkehre.«

TEIL II

6. KAPITEL

Trotz aller Müdigkeit fand Axl keinen Schlaf. Die Mönche hatten ihnen ein Zimmer im oberen Stockwerk zur Verfügung gestellt, und so hoch über dem Boden hatte er noch nie gut geschlafen – auch wenn es eine Erleichterung war, nicht mit der aus der Erde aufsteigenden Kälte fertigwerden zu müssen. Sogar wenn er in Scheunen und Ställen genächtigt hatte und über eine Leiter auf einen Heuboden geklettert war, hatte ihm die gähnende Leere unter ihm den Schlaf geraubt. Hier im Kloster mochte seine Unruhe auch mit der Anwesenheit der Vögel in der Dunkelheit über ihm zu tun haben. Zwar waren sie jetzt weitgehend still, erinnerten aber mit einem leisen Gefiederrascheln oder kurzem Aufflattern gelegentlich an ihre Anwesenheit, und Axl verspürte dann immer den Impuls, einen Arm um Beatricens schlafende Gestalt zu werfen, um sie vor den herabschwebenden schmutzigen Federn zu schützen.

Die Vögel waren schon da gewesen, als sie Stunden zuvor zum ersten Mal hier hereingekommen waren. Und hatte er nicht schon bei diesem ersten Mal an der Art, wie die Krähen, Amseln, Ringeltauben von den Dachbalken herabspähten, etwas Heimtückisches an ihnen wahrgenommen? Oder hatten einfach die nachfolgenden Ereignisse seine Erinnerung eingefärbt?

Vielleicht konnte er auch deshalb nicht schlafen, weil Wistan irgendwo auf dem Klostergelände Brennholz hackte und der Lärm von weither hallte. Das hatte Beatrice nicht davon abgehalten, schnell in den Schlaf zu sinken, und von der anderen Seite des Raums, hinter der dunklen Silhouette, in der er den Tisch erkannte, an dem sie gegessen hatten, tönte Edwins leises Schnarchen. Wistan hatte, soweit Axl wusste, überhaupt nicht geschlafen. Er hatte in der entferntesten Ecke des Zimmers gesessen und gewartet, bis der letzte Mönch unten den Innenhof verlassen hatte, dann war er in die Nacht hinausgegangen. Und jetzt hackte er wieder Holz – Pater Jonus' Warnung zum Trotz.

Es hatte eine Weile gedauert, bis die Mönche sich nach der Versammlung zerstreut hatten. Mehrmals war Axl beinahe eingeschlafen, nur um von den Stimmen unten wieder aufgeschreckt zu werden. Manchmal hörte er vier oder fünf gleichzeitig, aber immer gedämpft, und oft schwang Wut oder Furcht darin mit. Nun war schon seit einer Weile alles still, und doch wurde Axl, als er wieder dem Schlaf entgegentrieb, das Gefühl nicht los, dass draußen im Hof, unterhalb des Fensters, noch Mönche waren, nicht nur ein paar, sondern Dutzende verhüllter Gestalten, die stumm im Mondlicht standen und Wistans weithin hallenden Schlägen lauschten.

Am Nachmittag, als die Sonne ins Zimmer gedrungen war, hatte Axl aus dem Fenster geblickt und gesehen, dass wahrscheinlich die ganze Gemeinschaft – mehr als vierzig Mönche – in kleinen Gruppen wartend im Innenhof zusammenstand. Es herrschte eine seltsam verstohlene Stimmung unter ihnen, als achteten alle darauf, dass niemand ihre Gespräche mithörte, auch nicht in den eigenen Reihen, und Axl entging nicht, wie feindselig die Blicke waren. Gekleidet waren die Mönche alle in dasselbe braune Tuch; manchem fehlte ein

Ärmel oder die Kapuze. Alle schienen es eilig zu haben, das große Steingebäude gegenüber zu betreten, doch irgendeine Verzögerung hinderte sie daran; ihre Ungeduld war deutlich zu spüren.

Axl hatte schon eine ganze Weile den Innenhof betrachtet, als ihn ein Geräusch bewog, sich weiter aus dem Fenster zu beugen und in die Tiefe zu blicken. Er sah die Außenwand des Gebäudes, den blassen Stein, der jetzt ein sonnenhelles Gelb angenommen hatte, und die in den Stein geschlagene Treppe, die von unten heraufführte. Auf halber Höhe war ein Mönch – Axl sah seinen Kopf von oben –, der ein Tablett mit allerlei Essen und einem Krug Milch brachte. Der Mönch hielt kurz inne, um das Tablett wieder ins Gleichgewicht zu bringen, und Axl beobachtete das Manöver besorgt: Die Stufen waren schmal und ungleichmäßig ausgetreten, und da es außen kein Geländer gab, musste man sich an die Wand drücken, um nicht auf das Steinpflaster unten zu stürzen. Zu allem Überfluss schien der Mönch zu hinken; dennoch kam er herauf, langsam und stetig.

Axl ging zur Tür, um dem Mann das Tablett abzunehmen, doch der Mönch – Pater Brian, wie sie bald erfuhren – bestand darauf, es persönlich zum Tisch zu tragen: »Ihr seid unsere Gäste«, sagte er, »also lasst mich euch auch wie Gäste bedienen.«

Wistan und der Junge waren zu dem Zeitpunkt schon fort, und vielleicht klangen bereits ihre Axtschläge durch den Hof. Daher hatten sich nur Axl und Beatrice nebeneinander an den hölzernen Tisch gesetzt und dankbar Brot, Obst und Milch verspeist. Währenddessen hatte Pater Brian vergnügt, manchmal verträumt geplaudert – über frühere Besucher, über den Fisch, der in den nahen Bächen gefangen wurde, einen herrenlosen Hund, der bis zu seinem Tod im letzten Winter bei ihnen gelebt hatte. Manchmal stand der Pater, ein älterer, aber rüstiger Mann, vom Tisch auf und schlurfte, sein krankes Bein nachziehend, durch den Raum, dabei sprach er aber ununterbrochen weiter und trat nur hin und wieder ans Fenster, um einen Blick auf seine Kollegen unten zu werfen.

Unterdessen flatterten die Vögel an der Unterseite des Dachs über ihnen hin und her und ließen gelegentlich eine Feder fallen, die herabschwebte und auf der Milchoberfläche landete. Axl hätte die Vögel liebend gern verscheucht, hielt sich aber zurück – es war ja denkbar, dass die Mönche ihnen zugetan waren. Daher war er recht verdattert, als unerwartet rasche Schritte die Treppe heraufpolterten, gleich darauf ein großer Mönch mit dunklem Bart und zornrotem Gesicht ins Zimmer platzte und »Dämonen! Dämonen!« zu den Dachbalken hinaufschrie. »In Blut sollt ihr schwimmen!«

Der Neuankömmling trug eine Strohtasche, aus der er jetzt einen Stein hervorholte. Er schleuderte ihn nach den Vögeln und schrie wieder: »Dämonen! Stinkende Dämonen, Dämonen, Dämonen!«

Der erste Stein prallte vom Dach ab und fiel auf den Boden, und der Mönch warf einen zweiten, dann einen dritten. Die Steine landeten abseits des Tisches, dennoch hielt sich Beatrice beide Arme schützend über den Kopf, und Axl stand auf und ging auf den Bärtigen zu. Pater Brian aber war zuerst bei ihm, hielt ihm beide Arme fest und sagte: »Bruder Irasmus, bitte hör auf damit und beruhige dich!«

Die Vögel kreischten jetzt und flatterten kreuz und quer durcheinander, und der bärtige Mönch schrie über das Durcheinander hinweg: »Ich kenne sie! Ich kenne sie!«

»Beruhig dich doch, Bruder!«

»Halt du mich nicht auf, Pater! Sie sind Handlanger des Teufels!«

»Sie könnten auch Gesandte Gottes sein, Irasmus. Das wissen wir noch nicht.«

»Ich weiß, dass sie vom Teufel kommen! Sieh dir ihre Augen an! Wie könnten sie uns mit solchen Augen anschauen, wenn sie von Gott kämen?«

»Irasmus, so beruhige dich doch. Wir haben Gäste hier.«

Erst bei diesen Worten wurde der bärtige Mönch auf Axl und Beatrice aufmerksam. Zornig starrte er sie an, dann sagte er zu Pater Brian: »Warum lassen wir in einer Zeit wie dieser Gäste ins Haus? Was wollen sie hier?«

»Es sind einfach gute Menschen, die auf der Durchreise sind, Bruder, und wir freuen uns, ihnen unsere Gastfreundschaft anbieten zu können, wie es der Brauch ist.«

»Pater Brian, du bist ein Narr, wenn du Fremden von unseren Angelegenheiten erzählst! Schau, sie spionieren uns aus!«

»Sie spionieren niemanden aus, auch interessieren sie sich keineswegs für unsere Probleme, sie haben zweifellos genug eigene.«

Mit einer heftigen Bewegung holte der Bärtige einen weiteren Stein hervor und wollte ihn werfen, doch Pater Brian konnte ihn davon abhalten. »Geh wieder nach unten, Irasmus, und lass diese Tasche stehen. Lass sie hier bei mir. Das geht doch nicht, dass du sie überallhin mitnimmst.«

Der Bärtige schüttelte den Älteren ab und drückte eifersüchtig seinen Sack an die Brust. Pater Brian gönnte ihm seinen kleinen Sieg und führte ihn zur Tür, und Irasmus, der einen letzten zornigen Blick zum Dach warf, ließ sich auf die Treppe hinausschieben.

»Geh wieder hinunter, Irasmus«, sagte Pater Brian. »Unten vermissen sie dich schon. Geh hinunter und pass auf, dass du nicht fällst.«

Als der Mann endlich fort war, kam Pater Brian ins Zimmer

zurück und vertrieb mit wedelnder Hand die schwebenden Federn.

»Ich bitte euch um Entschuldigung. Er ist ein guter Mann, aber er eignet sich nicht mehr für unsere Lebensweise. Bitte setzt euch wieder und esst in Ruhe fertig.«

»Aber in einem, Pater«, sagte Beatrice, »könnte der Mann doch recht haben, nämlich darin, dass wir zu einem ungünstigen Zeitpunkt hier eindringen. Wir wollen auf keinen Fall eure Last noch vergrößern, und wenn ihr uns nur rasch Pater Jonus konsultieren ließet, der für seine Weisheit ja weithin berühmt ist, sind wir auch schon wieder fort. Weiß man denn schon, ob wir ihn sehen können?«

Pater Brian schüttelte den Kopf. »Es ist so, wie ich euch vorhin sagte, Herrin. Jonus ist seit einiger Zeit bettlägerig, und der Abt hat strenge Anweisungen erteilt, dass niemand ihn stören darf, es sei denn mit Erlaubnis des Abtes persönlich. Da ich euer Anliegen kenne und weiß, was ihr alles auf euch genommen habt, um hierherzukommen, bemühe ich mich seit eurer Ankunft, beim Abt Gehör zu finden. Aber wie ihr seht, seid ihr in einer unruhigen Zeit gekommen, und jetzt ist auch noch ein recht wichtiger Besucher hier, der den Abt sprechen will, was unsere Versammlung verzögert. Denn der Abt ist in sein Arbeitszimmer zurückgekehrt, um seinen Besucher zu empfangen, und wir warten auf ihn.«

Beatrice hatte am Fenster gestanden und dem bärtigen Mönch nachgeblickt, der die Treppe hinunterstieg; jetzt deutete sie in den Hof und fragte: »Lieber Pater, ist das nicht der Abt, der dort kommt?«

Axl, der neben sie trat, sah eine hagere Gestalt, die mit dem energischen Schritt der Macht zur Mitte des Hofs strebte. Die Mönche beendeten jäh ihre Gespräche und strömten zu ihm.

»Ah ja, da ist er ja wieder, unser Abt. Jetzt esst in Ruhe fertig. Und was Jonus betrifft, so habt Geduld, ich fürchte, ich kann euer Anliegen dem Abt erst vortragen, wenn unsere Versammlung vorbei ist. Aber ich vergesse es nicht, das verspreche ich, und ich werde ein gutes Wort für euch einlegen.«

Sicher hallten auch schon zu dem Zeitpunkt, wie jetzt, die Axtschläge des Kriegers durch den Hof. Tatsächlich erinnerte sich Axl deutlich, wie er die Mönche, die nacheinander in das Gebäude gegenüber einzogen, beobachtet und sich dabei überlegt hatte, ob er einen oder zwei Holzhacker hörte; denn es folgte auf den ersten Schlag stets so knapp ein zweiter, dass sich schwer sagen ließ, ob es ein Echo war oder ein echter Laut. Als er jetzt in der Dunkelheit lag und darüber nachdachte, war Axl sicher, dass Edwin gemeinsam und im selben Rhythmus mit Wistan Holz gehackt hatte. Höchstwahrscheinlich war der Junge bereits ein erfahrener Holzhacker. Nachmittags, bevor sie im Kloster eingetroffen waren, hatte er sie alle verblüfft, weil er mit nichts weiter als zwei in der Nähe gefundenen flachen Steinen schnell wie der Wind gegraben hatte.

Axl hatte zu diesem Zeitpunkt schon zu graben aufgehört, denn der Krieger hatte ihm zugeredet, seine Kräfte für den Aufstieg zum Kloster zu schonen. Daher hatte er neben dem blutigen Leichnam des Soldaten gestanden und ihn vor den Vögeln geschützt, die sich ringsum auf den Ästen versammelten. Wistan, entsann sich Axl, hatte das Schwert des Toten benutzt, um das Grab auszuheben, weil es ihm widerstrebte, sein eigenes dafür zu verwenden und womöglich stumpf zu machen. Herr Gawain hingegen sagte: »Welche Pläne auch immer sein Herr verfolgt – dieser Soldat ist ehrenhaft gestorben, und das Schwert eines Ritters ist gut verwendet, wenn ihm damit ein Grab geschaufelt wird.« Beide Männer aber hatten verwundert innegehalten und gestaunt, wie schnell Edwin mit seinen Behelfswerkzeugen vorankam. Und als sie die Arbeit wieder aufnahmen, sagte Wistan:

»Ich fürchte, Herr Gawain, Lord Brennus wird diese Geschichte nicht glauben.«

»Doch, das wird er bestimmt, Herr«, antwortete Gawain, ohne mit dem Graben aufzuhören. »Zwar herrscht Kühle zwischen uns, doch hält er mich für einen ehrlichen Narren, der nie den Witz hätte, Lügengeschichten zu erfinden. Vielleicht erzähle ich ihm, dass der Soldat von Räubern gesprochen hat, während er in meinen Armen verblutete. Mancher wird so eine Lüge für eine schwere Sünde halten, doch ich weiß, dass Gott barmherzig auf sie blickt: Dient sie nicht dazu, weiteres Blutvergießen zu verhindern? Ich werde Brennus schon zu überzeugen wissen, Herr. Dennoch bist du nach wie vor in Gefahr und tust gut daran, eilends nach Hause zurückzukehren.«

»Das werde ich unverzüglich tun, Herr Gawain, sobald mein Auftrag hier beendet ist. Wenn der Huf meiner Stute nicht bald heilt, tausche ich sie womöglich gegen eine andere, denn es ist ein weiter Weg bis zum Marschland. Aber es wird mir leidtun, denn sie ist ein Pferd, wie es nicht viele gibt.«

»Das ist sehr richtig! Mein Horaz besitzt leider nicht mehr ihre Behändigkeit, doch ist auch er in vielen Notlagen zu mir gekommen wie deine Stute vorhin zu dir. Ein außergewöhnliches Pferd, das ist wahr, und eines, das du nur ungern verlieren wirst. Dennoch, Geschwindigkeit ist jetzt entscheidend! Mach du dich schnell auf den Weg und denk nicht mehr an deinen Auftrag. Um die Drachin kümmern sich Horaz und ich, du brauchst keinen Gedanken mehr an sie zu verschwenden. Ohnehin sehe ich jetzt, nachdem ich Zeit hatte, darüber nachzudenken, dass es Lord Brennus nie und nimmer gelingen wird, Querig in seine Armee einzugliedern. Sie ist das wildeste, unbezähmbarste Geschöpf auf Erden und würde nicht nur auf Brennus' Feinde Feuer speien, sondern ohne Weiteres auch auf dessen eigene Reihen. Die Idee ist vollkommen aberwitzig, Herr. Denk nicht mehr daran und eile nach Hause, ehe deine Feinde dich in die Enge treiben.« Als Wistan keine Antwort gab, sondern stumm weitergrub, fragte Herr Gawain: »Habe ich dein Wort darauf, Herr Wistan?«

»Worauf, Herr Gawain?«

»Dass du nicht mehr an die Drachin denkst, sondern schleunigst nach Hause zurückkehrst.«

»Du scheinst ja sehr erpicht auf meine Zusage zu sein.«

»Ich denke dabei nicht nur an dich und deine Sicherheit, Herr, sondern auch an jene, gegen die sich Querig wendet, wenn du sie erzürnst. Und was wird aus deinen Reisegefährten?«

»Das ist wahr, die Sicherheit meiner Freunde macht mir Sorgen. Ich begleite sie noch bis zu diesem Kloster – ich kann sie ja nicht gut schutzlos auf diesen unwegsamen Straßen zurücklassen. Dort aber sollen unsere Wege sich trennen.«

»Nach dem Kloster kehrst du also nach Hause zurück.«

»Ich mache mich auf den Rückweg, sobald ich so weit bin, Herr Ritter.«

Axl hatte sich unterdessen durch den Geruch, der aus den Innereien des Toten aufstieg, genötigt gesehen, sich ein paar Schritte zu entfernen, und dies verschaffte ihm unerwartet eine bessere Sicht auf Herrn Gawain. Der Ritter stand jetzt mit schweißnasser Stirn bis zum Bauch in der Grube, und vielleicht hatte die Anstrengung die gewohnte Güte aus seiner Miene vertrieben: Tatsächlich musterte er Wistan mit unverhohlener Feindseligkeit. Der jedoch merkte nichts davon, sondern grub einfach weiter.

Beatrice hatte der Tod des Soldaten aus der Fassung gebracht. Während das Grab entstand, war sie langsam zur Eiche zurückgekehrt und hatte sich, den Kopf gesenkt, wieder in den Schatten des Baums gesetzt. Axl hätte sich am liebsten zu ihr gesellt, und wären nicht immer mehr Krähen herbeigeflogen, so wäre er seinem Wunsch nachgekommen. Jetzt, in der dunklen Klosterzelle, empfand auch er Trauer um den Erschlagenen. Er dachte daran, wie höflich der Soldat auf der kleinen Brücke zu ihnen gewesen war und wie freundlich er mit Beatrice gesprochen hatte. Und er dachte daran, wie präzise der Mann sein Pferd positioniert hatte, als er auf die Lichtung geritten kam. Zu dem Zeitpunkt hatte sich in Axls Erinnerung etwas geregt, und jetzt, in der Stille der Nacht, sah er sanft ansteigendes und abfallendes Moorland vor sich, schwarze Wolken am Himmel und eine Schafherde, die durch das Heidekraut kam.

Er saß auf dem Pferd, und vor ihm ritt sein Gefährte, ein gewisser Harvey, dessen Körpergeruch den der Pferde um einiges überbot. Mitten in der windgepeitschten Wildnis hatten sie angehalten, weil sie in der Ferne eine Bewegung wahrgenommen hatten, und als klar wurde, dass keine Gefahr bestand, hatte Axl die Arme gereckt – sie waren lang geritten – und den Schweif von Harveys Pferd beobachtet, der hin und her schwang, wie um zu verhindern, dass sich Fliegen auf seinem Hinterteil niederließen. Obwohl sein Gefährte das Gesicht vor ihm verbarg, ließ die Form seines Rückens, ja seine ganze Körperhaltung die Gehässigkeit erkennen, die der Anblick der näherkommenden Gruppe in ihm auslöste. An Harvey vorbeiblickend, erkannte Axl jetzt die dunklen Gesichter der Schafe und zwischen ihnen vier Männer – einer auf einem Esel, die anderen zu Fuß. Hunde hatten sie offenbar nicht. Die Schäfer hatten sie ihrerseits bestimmt schon längst entdeckt – die klar sich abzeichnenden Silhouetten zweier Reiter am Horizont –, aber falls ihnen die Begegnung nicht geheuer gewesen sein sollte, so war ihrem gemächlichen, stetigen Dahintrotten nichts davon anzumerken. Ohnehin gab es nur diesen einen langen Pfad durchs Moor, und die Schäfer hätten, um die Begegnung zu vermeiden, allenfalls kehrtmachen können.

Als die Gruppe näher kam, sah Axl, dass alle vier, obwohl noch lange nicht alt, kränklich und mager waren. Bei dieser Beobachtung sank ihm das Herz, denn er wusste, dass die Verfassung der Männer die Brutalität seines Gefährten nur noch mehr herausfordern würde. Axl wartete, bis die vier fast in Rufweite waren, und trieb dann behutsam sein Pferd so weit vorwärts, bis es neben Harvey stand, wo die Schäfer, aber auch der größte Teil ihrer Herde zwangsläufig vorbeimussten. Er sorgte dafür, dass sein Pferd eine Nasenlänge hinter Harvey zurückblieb, damit der sich die Illusion, der Anführer zu sein, bewahren konnte. Dennoch befand sich Axl jetzt in günstiger Position, um die Schäfer abschirmen zu können, sollte Harvey plötzlich auf die Idee kommen, sie mit der Peitsche oder dem Knüppel, der an seinem Sattel hing, anzugreifen. Oberflächlich aber wäre ihm sein Manöver als reine Kameradschaft ausgelegt worden; ohnehin besaß Harvey nicht den Scharfsinn, um Axls Absicht auch nur zu ahnen. Tatsächlich hatte ihm sein Gefährte, als er mit ihm gleichzog, nur zerstreut zugenickt und gleich wieder mürrisch über das Moor hinweggeblickt.

Besondere Sorgen um die Schäfer machte sich Axl wegen eines Vorfalls, der sich einige Tage zuvor in einem sächsischen Dorf ereignet hatte. Es war ein sonniger Morgen gewesen, und Axl war nicht weniger erschrocken als jeder andere Dorfbewohner. Denn Harvey hatte plötzlich sein Pferd angespornt und ohne Vorwarnung auf die Leute eingeschlagen, die am Brunnen um Wasser anstanden. Hatte Harvey dazu die Peitsche oder seinen Knüppel benutzt? An jenem Tag im Moor hatte sich Axl daran zu erinnern versucht. Falls Harvey die vorbeiziehenden Schäfer mit der Peitsche angriff, wäre die Reichweite größer und würde weniger Hebelkraft des Armes erfordern, womöglich kam er sogar auf die Idee, sie über den Kopf von Axls Pferd hinweg zu schwingen. Wenn er hingegen lieber den Knüppel benutzte, müsste Harvey, seitdem Axl neben ihm stand, sein Pferd ein, zwei Schritte weitergehen und eine halbe Wendung vollführen lassen, ehe er zuschlagen könnte. Ein solches Manöver aber wäre zu gewitzt für ihn: Harvey war der Typ, der seine Brutalität gern impulsiv und mühelos erscheinen ließ.

Axl wusste momentan nicht, ob sein überlegtes Handeln die Schäfer gerettet hatte. Undeutlich entsann er sich der Schafe, die arglos an ihnen vorbeitrotteten, doch seine Erinnerung an die Schäfer hatte sich auf verwirrende Weise mit der an den Angriff auf die Dorfbewohner am Brunnen vermischt. Was hatte sie beide an jenem Morgen in jenes Dorf geführt? Axl erinnerte sich an die Schreie der Empörung, an weinende Kinder, hasserfüllte Blicke und an seine eigene Wut, weniger auf Harvey als auf jene, die ihn mit einem solchen Gefährten belastet hatten. Ihr Auftrag war, falls er erfüllt würde, zweifellos eine einzig- und neuartige Leistung, so erhaben, dass er Gott selbst als ein Moment erschiene, in dem ihm die Menschen einen Schritt näher kamen. Wie aber konnte Axl hoffen, irgendetwas zuwege zu bringen, solange er an einen Rohling wie diesen gekettet war?

Der grauhaarige Soldat kam ihm wieder in den Sinn, seine kleine Geste auf der Brücke. Sein untersetzter Kollege hatte geschrien und Wistan an den Haaren gezogen, und der Grauhaarige hatte langsam den Arm gehoben, seine Finger schienen im Begriff gewesen zu sein, ein Zeichen zu formen, und auf den Lippen lag ihm ein Tadel, den er aber hinunterschluckte. Dann hatte er den Arm wieder sinken lassen. Und Axl hatte genau verstanden, was der andere in diesem Moment empfand. Dann hatte der Soldat auffällig freundlich mit Beatrice gesprochen, und Axl war ihm dankbar dafür. Er dachte an ihren Gesichtsausdruck: Der zurückhaltende Ernst darin war jenem weichen Lächeln gewichen, das ihm so lieb war. Auch jetzt ging ihm das Bild zu Herzen, zugleich aber stimmte es ihn sorgenvoll. Ein Fremder – ein potenziell gefährlicher obendrein – hatte nur ein paar freundliche Worte sagen müssen, und schon war sie bereit, wieder in die Welt zu vertrauen. Der Gedanke machte ihm zu schaffen, und er empfand das Bedürfnis, mit der Hand sacht über die Schulter neben ihm zu streichen. Aber war sie nicht immer so gewesen? War sie ihm nicht zuletzt deshalb so teuer? Und hatte sie nicht diese vielen Jahre überstanden, ohne dass ihr größeres Leid widerfahren war?

»Es kann kein Rosmarin sein, Herr«, hatte sie zu ihm gesagt, und ihr Tonfall war angespannt und beklommen gewesen. Er kauerte auf dem Boden, ein Knie auf der Erde, denn es war ein schöner, trockener Tag. Beatrice musste hinter ihm gestanden haben, denn er hatte, das wusste er noch, ihren Schatten auf dem Waldboden vor sich gesehen, als er mit beiden Händen das Heidekraut auseinanderbog. »Es kann kein Rosmarin sein, Herr. Denn wer hätte jemals Rosmarin gelb blühen sehen?«

»Dann verwechsle ich den Namen, Maid«, hatte Axl gesagt. »Aber ich weiß bestimmt, dass es eine ziemlich verbreitete Pflanze ist und keine, die dir Unheil bringt.«

»Bist du wirklich einer, der sich mit Pflanzen auskennt,

Herr? Meine Mutter hat mich alles gelehrt, was in diesem Land wild wächst, aber dieses hier ist mir fremd.«

»Dann ist es wahrscheinlich etwas Fremdes, das erst kürzlich in unsere Gegend gelangt ist. Warum macht es dir so zu schaffen, Maid?«

»Es macht mir zu schaffen, Herr, weil es wahrscheinlich zu den Kräutern gehört, die man mich zu fürchten gelehrt hat.«

»Warum sollte man ein Kraut fürchten? Es sei denn, es wäre giftig. Aber dann genügt es ja, wenn man es nicht anrührt. Genau das hast du jedoch getan, hast es mit beiden Händen berührt und bringst mich jetzt dazu, dasselbe zu tun!«

»Oh, giftig ist es nicht, Herr! Jedenfalls nicht so, wie du denkst. Aber meine Mutter hat mir einmal eine Pflanze genau beschrieben und mich vor ihr gewarnt: Sie in der Heide zu entdecken bringt einem jeden jungen Mädchen Unglück, sagte sie.«

»Was für ein Unglück, Maid?«

»Ich habe nicht den Mut dazu, es zu sagen, Herr.«

Aber noch während sie sprach, hatte sich die junge Frau – denn das war Beatrice damals – neben ihm niedergekauert, sodass beider Ellenbogen sich für einen kurzen Moment berührten, und hatte ihm voller Vertrauen ins Gesicht gelächelt.

»Wenn der Anblick so ein Unglück ist«, hatte Axl gesagt, »gehört es sich dann, mich eigens von der Straße herzuholen, nur um meinen Blick darauf zu lenken?«

»Ach, *dir* bringt es doch kein Unglück, Herr! Nur unverheirateten Mädchen. Die Pflanze, die Männern wie dir Unglück bringt, ist doch eine ganz andere.«

»Dann sag mir lieber, wie die aussieht, damit ich sie fürchten lerne, wie du diese hier fürchtest.«

»Du machst dich über mich lustig, Herr. Aber eines Tages

fällst du hin und landest mit der Nase genau davor. Dann wirst du ja sehen, ob dir zum Lachen zumute ist oder nicht.«

Er erinnerte sich daran, wie sich das Heidekraut angefühlt hatte, als er mit der Hand hindurchgefahren war, an den Wind in den Zweigen und die Nähe der jungen Frau neben ihm. War dies das erste Mal, dass sie miteinander gesprochen hatten? Gewiss hatten sie einander vom Sehen gekannt; gewiss hätte nicht einmal Beatrice gegenüber einem völlig fremden Mann so vertrauensselig sein können: unvorstellbar.

Der Holzhackerlärm, der eine Zeit lang verstummt war, setzte jetzt wieder ein, und Axl kam der Gedanke, dass der Krieger womöglich die ganze Nacht draußen bliebe. Wistan wirkte ruhig und besonnen selbst im Kampf, und doch war es denkbar, dass die Anspannungen des Tages und der vergangenen Nacht auch seine Nerven angegriffen hatten und er sie auf diese Weise abzuschütteln suchte. Dennoch war sein Benehmen merkwürdig. Pater Jonus hatte ausdrücklich von weiterem Holzhacken abgeraten, und doch war er wieder dabei, sogar jetzt noch, tief in der Nacht. Als sie nachmittags eingetroffen waren, hatte es wie schlichte Höflichkeit des Kriegers ausgesehen. Inzwischen aber hatte Axl festgestellt, dass Wistan seine privaten Gründe hatte, Holz zu hacken.

»Der Holzschuppen steht günstig«, hatte der Krieger erklärt. »Der Junge und ich hatten während der Arbeit gut im Blick, wer kam und wer ging. Noch besser war, dass wir, wenn wir die Scheite dorthin brachten, wo sie gebraucht wurden, frei umherstreifen und die Umgebung inspizieren konnten, auch wenn ein paar Türen für uns verriegelt blieben.«

Sie hatten bei diesem Gespräch auf der hohen Klostermauer gestanden und auf den Wald ringsum geblickt. Die Mönche hielten ihre Versammlung ab, und über das Gelände hatte sich Stille gesenkt. Axl hatte die in der Kammer dösende Beatrice zurückgelassen, war in die Spätnachmittagssonne hinausgegangen und die ausgetretenen Stufen zu Wistan hinaufgeklettert, der ins dichte Laub zu seinen Füßen blickte.

»Aber warum sich solche Umstände machen, Herr Wistan?«, hatte Axl gefragt. »Kann es sein, dass du einen Verdacht gegen diese guten Mönche hier hegst?«

Der Krieger antwortete, sich mit einer Hand die Augen beschirmend: »Als wir vorhin den Weg zum Kloster heraufkamen, wollte ich nichts anderes als mich in einer Ecke zusammenrollen und in meine Träume versinken. Und jetzt, da wir hier sind, werde ich das Gefühl nicht los, dass uns dieser Ort gefährlich ist.«

»Es wird die Erschöpfung sein, die dich so argwöhnisch stimmt, Herr Wistan. Was könnte dir hier schon geschehen?«

»Nichts, worauf ich mit Überzeugung den Finger legen könnte. Aber bedenke dies: Als ich vorhin zu den Stallungen ging, um nach meiner Stute zu sehen, hörte ich aus dem Stall dahinter Geräusche. Ich meine, Herr, es war eine Wand zwischen mir und diesem anderen Stall, und durch die Wand hörte ich, dass da noch ein Pferd stand, doch als ich die Stute bei unserer Ankunft hingebracht hatte, war dort noch nichts, kein Pferd. Und als ich auf die andere Seite ging, fand ich die Stalltür mit einem großen Schloss abgesperrt, für das man einen Schlüssel braucht.«

»Dafür kann es doch eine ganz harmlose Erklärung geben, Herr Wistan. Das Pferd kann auf der Weide gewesen und erst spät zurückgeholt worden sein.«

»Genau darüber sprach ich mit einem Mönch und erfuhr, dass sie hier gar keine Pferde halten, um sich zu kasteien und sich ihre Lasten nicht über Gebühr zu erleichtern. Anscheinend ist seit unserer Ankunft noch ein Besucher gekommen, und der legt offenbar Wert darauf, seine Anwesenheit geheim zu halten.«

»Jetzt, wo du es sagst, Herr Wistan, fällt mir ein, dass Pater Brian vorhin einen wichtigen Besucher erwähnte, der zum Abt wollte: Seinetwegen wurde die Versammlung verschoben. Wir haben keine Ahnung, was hier vor sich geht, und aller Wahrscheinlichkeit nach berührt uns nichts davon.«

Wistan nickte nachdenklich. »Vielleicht hast du recht, Herr Axl. Ein bisschen Schlaf würde meinen Argwohn beschwichtigen. Trotzdem habe ich den Jungen auf weitere Erkundungsgänge geschickt, weil ich annehme, dass ihm eine natürliche Neugier eher zugebilligt wird als einem erwachsenen Mann. Vorhin kam er zurück und berichtete, er habe aus den Unterkünften dort drüben« – Wistan drehte sich um und deutete auf eines der Gebäude – »ein Stöhnen gehört, wie von einem, der starke Schmerzen leidet. Und als er sich daraufhin ins Haus schlich, entdeckte der junge Edwin vor einer geschlossenen Zellentür sowohl getrocknetes als auch frisches Blut.«

»Das ist gewiss merkwürdig. Aber es wäre doch nicht ungewöhnlich, wenn einem Mönch irgendein Unglück zustößt, und sei es, dass er auf diesen Stufen hier stolpert und fällt.«

»Zugegeben, Herr, ich habe keinen plausiblen Grund für die Annahme, dass hier irgendetwas nicht mit rechten Dingen zugeht. Vielleicht ist es der Instinkt des Kriegers, der mich wünschen lässt, ich hätte mein Schwert im Gürtel stecken und müsste nicht länger so tun, als sei ich ein Bauernjunge. Vielleicht rühren meine Befürchtungen auch nur von dem, was mir die Wände von vergangenen Zeiten zuflüstern.«

»Wie das, Herr?«

»Ich meine, dass dieser Ort hier vor nicht allzu langer Zeit gewiss kein Kloster war, sondern eine Bergfeste, die sehr gut gerüstet war, um Feinde abzuwehren. Erinnerst du dich an den anstrengenden Weg hier herauf? Der sich hin und her wand, als sei er eigens angelegt, um unsere Kräfte aufzuzehren? Wirf jetzt einen Blick hinunter, Herr, und sieh dir den Wehrgang an, der genau über diesem Pfad verläuft. Von dort empfingen die Verteidiger ihre Gäste mit einem Pfeilhagel, mit Steinen, mit siedendem Wasser. Wer es bis zum Tor schaffte, hatte eine Meisterleistung vollbracht.«

»Verstehe. Es dürfte kein leichter Aufstieg gewesen sein.«

»Außerdem, Herr Axl, würde ich wetten, dass diese Festung einst in sächsischer Hand war, denn ich entdecke zahlreiche Spuren von meinen Leuten, die dir vielleicht verborgen bleiben. Schau dort« – Wistan deutete hinab in einen kopfsteingepflasterten, ummauerten Innenhof – »ich denke, dass dort ein zweites Tor war, viel stärker als das erste, aber für Angreifer, die den Weg heraufkamen, unsichtbar. Sie sahen nur das äußere Tor und strengten sich an, um es zu erstürmen, doch es war nur das, was wir Sachsen nach den Bauwerken, die einen Flusslauf regeln, eine Schleuse nennen. Durch diese Schleuse ließ man wohlüberlegt eine genau bemessene Anzahl von Feinden. Dann schloss sich das Schleusentor vor den Nachkommenden. Die zwischen den Toren Eingeschlossenen waren natürlich heillos unterlegen und wurden abermals von oben angegriffen und abgeschlachtet, ehe die nächste Gruppe hereingelassen wurde. Du siehst, wie es ging, Herr. Heute ist es ein Ort des Friedens und des Gebets, aber man muss nicht sehr tief blicken, um Blut und Schrecken zu finden.«

»Du liest die Spuren gut, Herr Wistan, und mich schaudert, was du mir alles zeigst.«

»Ich wette auch, dass sächsische Familien hier waren, geflohen aus nah und fern, um in dieser Festung Schutz zu suchen.

Frauen, Kinder, Verwundete, Alte, Kranke. Schau dort drüben im Hof, wo sich vorhin die Mönche versammelt haben. Bis auf die Allerschwächsten dürften sie alle hier herausgekommen sein, um zu erleben, wie die Angreifer in der Schleuse schrien wie Mäuse in der Falle.«

»Das kann ich nicht glauben, Herr. Sicher hätten sie sich unten versteckt und um Erlösung gebetet.«

»Nur die Feigsten unter ihnen. Die meisten werden dort im Hof gestanden haben, oder vielleicht kamen sie sogar hier herauf, wo wir jetzt stehen, und riskierten, von einem Pfeil oder Speer getroffen zu werden, nur um den Todeskampf unten mitzuerleben.«

Axl schüttelte den Kopf. »Das kann nicht sein, dass Menschen, wie du sie beschreibst, solches Vergnügen am Blutvergießen empfanden, auch wenn es das Blut des Feindes war.«

»Im Gegenteil, Herr. Ich spreche von Menschen, die am Ende eines grausamen Weges angelangt waren, die erlebt hatten, wie ihre Kinder und ihre Sippe verstümmelt und geschändet worden waren. Diesen Ort hier, ihre Zuflucht, hatten sie erst nach langen Qualen erreicht, den Tod immer vor Augen. Und jetzt, wo sie sich in Sicherheit wähnen, taucht eine angreifende Armee auf, die ihnen an Zahl haushoch überlegen ist. Die Festung wird ein paar Tage halten, vielleicht eine Woche, vielleicht sogar zwei. Aber am Ende werden sie abgeschlachtet, das wissen sie. Sie wissen, dass die Kleinkinder, die sie in den Armen halten, über kurz oder lang blutige Lumpenbündel sind, die auf diesen Pflastersteinen hier mit Fußtritten hin und her befördert werden. Sie wissen es, weil sie's schon erlebt haben; davor sind sie geflohen. Sie haben erlebt, wie der Feind brandschatzte und mordete, Schlange stand, um junge Mädchen zu vergewaltigen, auch solche, die so schwer verwundet waren, dass sie im Sterben lagen. Sie wissen, was ihnen bevorsteht, und deshalb genießen sie die ersten Tage der Belagerung, wenn der Feind erst einmal zahlt für das, was er später anrichten wird. Mit anderen Worten, Herr Axl, es ist eine Rache, die *im Voraus* genossen werden muss, denn nachher gibt es dazu keine Gelegenheit mehr. Deshalb sage ich, Herr, dass meine sächsischen Vettern gewiss hier standen und jubelten und klatschten, und je grausamer der Tod war, desto fröhlicher dürften sie gewesen sein.«

»Ich will das nicht glauben, Herr. Wie kann man für Taten, die noch gar nicht begangen wurden, derart tief hassen? Die guten Menschen, die einst hier Obdach fanden, ließen ihre Hoffnung bis zuletzt nicht fahren, und sicher sahen sie alles Leiden, ob aufseiten des Freundes oder des Feindes, mit Entsetzen und Mitgefühl.«

»Du bist mir an Jahren weit voraus, Herr Axl, aber was das Kriegshandwerk angeht, so bin ich womöglich der Alte und du der Junge. Ich habe in den Gesichtern alter Frauen und zarter Kinder einen schwarzen Hass gesehen, der so bodenlos war wie das Meer, und an manchen Tagen habe ich diesen Hass selber empfunden.«

»Ich will es nicht glauben, Herr! Außerdem reden wir von einer barbarischen Vergangenheit, die hoffentlich für immer vorbei ist. Gott sei Dank werden wir nie überprüfen müssen, wer von uns beiden recht hat.«

Der Krieger musterte Axl befremdet. Er schien etwas antworten zu wollen, besann sich aber. Er drehte sich um und betrachtete das steinerne Gebäude hinter ihnen. »Als ich vorhin mit den Armen voller Brennholz über das Gelände wanderte, entdeckte ich an jeder Ecke faszinierende Spuren dieser Vergangenheit. Tatsache ist, Herr, dass diese Festung zahlreiche weitere Fallen für den Feind bereithielt, wenn er schon durch das zweite Tor eingedrungen war, und manche waren teuflisch schlau ausgedacht. Aber genug davon. Während wir hier einen Moment der Ruhe genießen, lass mich dich um Verzeihung bitten für das Unbehagen, das ich dir vorhin verursacht habe, Herr Axl. Als ich nämlich jenen guten Ritter über dich ausfragte.«

»Denk nicht mehr daran, Herr. Ich bin nicht gekränkt, nur ein bisschen überrascht, und meine Frau ist es ebenso. Du hast mich mit jemandem verwechselt – das kommt vor.«

»Danke für dein Verständnis. Ich habe dich für einen gehalten, dessen Gesicht ich niemals vergessen kann, aber ich war ein kleiner Knabe, als ich es zuletzt sah.«

»Im Westen also.«

»Das stimmt, Herr, bevor ich fortgebracht wurde. Der Mann, von dem ich spreche, war kein Krieger, aber er trug ein Schwert und ritt einen schönen Hengst. Er kam häufig in unser Dorf, und für uns Knaben, die wir nur Bauern und Bootsleute kannten, war er etwas ganz Wunderbares.«

»Ja, das kann ich mir vorstellen.«

»Ich weiß noch genau, wie wir ihm durchs Dorf nachliefen, allerdings immer scheu Abstand haltend. An manchen Tagen war er in dringlichen Angelegenheiten unterwegs, sprach mit den Ältesten oder berief eine Versammlung auf dem Platz ein. An anderen Tagen schlenderte er gemächlich dahin und plauderte mit den Leuten, wie um sich die Zeit zu vertreiben. Er verstand wenig von unserer Sprache, aber da unser Dorf am Fluss lag und immer viel Bootsverkehr herrschte, konnten viele seine Sprache, und es fehlte ihm nie an Gesellschaft. Manchmal wandte er sich uns mit einem Lächeln zu, aber klein, wie wir waren, rannten wir immer davon und versteckten uns vor ihm.«

»Und in diesem Dorf hast du unsere Sprache so gut gelernt?«

»Nein, das kam später. Als ich fortgebracht wurde.«

»Fortgebracht, Herr Wistan?«

»Von Soldaten wurde ich geraubt und von zartem Alter an zu dem Krieger ausgebildet, der ich heute bin. Es waren Britannier, die mich mitnahmen, und ich lernte bald nach ihrer Art zu sprechen und zu kämpfen. Das ist lang her, und die Erinnerung verzerrt manches zu seltsamen Formen. Als ich dich heute Morgen in jenem Dorf zum ersten Mal sah, hatte ich auf einmal das Gefühl, ich sei wieder der Knabe und äugte scheu dem großen Mann mit seinem wehenden Umhang nach, der sich wie ein Löwe zwischen Schweinen und Kühen bewegte. Aber das mag eine List des Morgenlichts gewesen sein. Vielleicht lag es daran, wie du den Mundwinkel zu einem Lächeln hochgezogen hast, oder es war etwas an deiner Art, mit leicht gesenktem Kopf Fremde zu begrüßen. Jetzt sehe ich, dass ich mich geirrt habe, du kannst es nicht gewesen sein. Aber genug davon. Wie geht es deiner guten Frau, Herr? Sie ist hoffentlich nicht erschöpft?«

»Ist schon wieder bei Atem, danke für die Nachfrage, aber ich habe ihr vorsichtshalber geraten, sich noch länger auszuruhen. Ohnehin müssen wir warten, bis die Mönche von ihrer Versammlung zurück sind und der Abt uns erlaubt, den klugen Arzt Jonus zu besuchen.«

»Eine resolute Frau, Herr. Bewundernswert, wie klaglos sie hier heraufgeklettert ist. Ah, hier ist der Junge ja wieder.«

»Schau, wie er sich trotz seiner Verletzung hält, Herr Wistan. Wir müssen ihn ebenfalls zu Pater Jonus bringen.«

Wistan schien diese Bemerkung nicht zu hören. Er stieg von der Mauer hinab zu Edwin, und die beiden besprachen sich leise, die Köpfe zusammengesteckt. Der Junge wirkte erregt, und der Krieger lauschte mit gerunzelter Stirn, ab und zu nickend. Als Axl zu ihnen herunterkam, sagte Wistan leise:

»Der junge Herr Edwin berichtet von einer merkwürdigen Entdeckung, die wir uns mit eigenen Augen ansehen sollten. Folgen wir ihm; aber für den Fall, dass der alte Mönch dort drüben eigens postiert wurde, um ein Auge auf uns zu haben, lass uns so gehen, als schlenderten wir ohne bestimmte Absicht herum.«

Es fegte nämlich ein einsamer Mönch den Innenhof, und als sie sich ihm näherten, fiel Axl auf, dass sich seine Lippen bewegten und er tief in seiner eigenen Welt versunken schien. Er blickte kaum auf, als Edwin durch den Innenhof vorausging und auf einen Spalt zwischen zwei Gebäuden zusteuerte. Die beiden Männer folgten dem Jungen, und heraus kamen sie auf leicht abfallendem, mit dünnem Gras bewachsenem Boden, wo eine Reihe kümmerlicher, kaum mannshoher Bäume einen Pfad säumten, der vom Kloster fortführte. Es begann zu dämmern, und Wistan sagte leise:

»Ich bin von diesem Jungen sehr angetan, Herr Axl, vielleicht überdenken wir unser Vorhaben noch einmal, ihn im Dorf eures Sohnes zu lassen. Mir wäre es recht, könnte ich ihn noch eine Weile bei mir behalten.«

»Deine Worte bekümmern mich, Herr.«

»Warum? Er hat wohl kaum den Wunsch, Schweine zu hüten und den kalten Erdboden umzugraben.«

»Aber was soll schließlich aus ihm werden, wenn er an deiner Seite bleibt?«

»Wenn mein Auftrag abgeschlossen ist, nehme ich ihn mit ins Marschland.«

»Und was soll er dort tun, Herr? Bis ans Ende seiner Tage gegen Nordmänner kämpfen?«

»Du runzelst die Stirn, Herr, aber der Junge hat ein ungewöhnliches Temperament. Er kann ein guter Krieger werden. Aber still! Lass uns sehen, was er uns zu zeigen hat.«

Sie waren bei drei hölzernen Schuppen angelangt, die nebeneinander am Wegesrand standen und derart baufällig waren, dass jeder nur dank seines Nachbarn aufrecht zu stehen schien. Der feuchte Boden war von Wagenrädern gefurcht, und darauf deutete Edwin, ehe er den letzten Schuppen in der Reihe betrat.

Es gab keine Tür, und das Dach war zum großen Teil eingestürzt. Als sie eintraten, flatterten etliche Vögel aufgeschreckt davon, und in dem jetzt frei gewordenen düsteren Raum sah Axl einen grob gezimmerten Karren – vielleicht das Werk der Mönche –, dessen zwei Räder tief in den weichen Boden eingesunken waren. Was aber sofort die Aufmerksamkeit fesselte, war ein großer Käfig, der auf diesem Karren montiert war, und als Axl nähertrat, sah er, dass die Käfigstäbe aus Eisen waren, sein Rückgrat aber bildete ein dicker Holzpfosten, der den Käfig fest mit den Brettern des Karrens darunter verband. Dieser Pfosten war mit Ketten und Fesseln behängt, und auf Kopfhöhe befand sich noch etwas anderes, das wie eine schwarze eiserne Maske aussah, allerdings ohne Augenlöcher und mit lediglich einer kleinen Öffnung für den Mund. Der Karren und der Boden ringsum waren übersät mit Federn und Vogelkot. Edwin zog die Käfigtür auf und ließ sie an ihrem kreischenden Scharnier hin und her schwingen. Wieder sprach er aufgeregt, und wieder antwortete Wistan, suchende Blicke durch den Schuppen werfend, mit einem gelegentlichen Nicken.

»Wie merkwürdig«, sagte Axl, »dass die Mönche so einen Gegenstand brauchen. Sicher ein Hilfsmittel für irgendein frommes Ritual.«

Auf die Pfützen achtend, begann der Krieger den Karren zu umrunden. »So etwas habe ich schon einmal gesehen«, sagte er. »Man könnte annehmen, dass dieses Ding dazu dient, den Menschen darin der Grausamkeit der Elemente auszusetzen. Aber schau, die Stangen sind gerade weit genug auseinander, dass meine Schulter hindurchpasst. Und hier, schau, wie diese Federn mit verkrustetem Blut an den Eisenstangen haften. Offenbar wird ein Mann, der hier eingesperrt ist, auf diese Weise den Vögeln der Berge dargeboten. Wenn ihm seine Hände mit diesen Schellen gefesselt sind, ist er den hungrigen Schnäbeln wehrlos ausgeliefert. Und die Eisenmaske sieht zwar entsetzlich aus, ist aber eigentlich ein Akt der Gnade, denn wenigstens bleiben seine Augen verschont.«

»Es kann doch auch einen harmloseren Zweck erfüllen«, sagte Axl, doch Edwin hatte wieder zu reden begonnen, und Wistan drehte sich um und spähte ins Freie.

»Der Junge sagt, er ist den Spuren bis zu einer Stelle am Rand eines Felsvorsprungs gefolgt«, sagte der Krieger schließlich. »Er sagt, der Boden ist dort tief gefurcht und zeigt, dass der Karren dort häufig stand. Das heißt, es spricht sehr viel für meine Vermutung, und ich sehe auch, dass der Karren noch vor Kurzem in Gebrauch war.«

»Ich verstehe nicht, was das bedeutet, Herr Wistan, aber ich muss zugeben, dass ich dein Unbehagen zu teilen beginne. Der Anblick dieses Dings jagt mir einen Schauder über den Rücken, und ich möchte zu meiner Frau zurück.«

»Das tun wir, Herr. Bleiben wir nicht länger hier.«

Doch als sie aus dem Schuppen traten, blieb Edwin, der wieder vorausging, jäh stehen. Axl, der an ihm vorbei ins Abenddunkel blickte, erkannte eine verhüllte Gestalt, die nicht weit von ihnen im hohen Gras stand.

»Wahrscheinlich ist das der Mönch, der vorhin den Hof gekehrt hat«, sagte der Krieger zu Axl.

»Sieht er uns?«

»Wahrscheinlich sieht er uns und weiß, dass wir ihn sehen.

Und doch steht er da wie ein Baum. Na gut, gehen wir zu ihm hinüber.«

Der Mönch stand an einer Stelle abseits des Wegs, wo ihm das Gras bis zu den Knien reichte. Auch als die drei näher kamen, rührte er sich nicht, nur der Wind zerrte an seiner Kutte und zauste sein langes weißes Haar. Er war hager, fast ausgemergelt, und seine vorstehenden Augen starrten ihnen ausdruckslos entgegen.

»Du beobachtest uns, Herr«, sagte Wistan, stehenbleibend, »und du weißt, was wir hier entdeckt haben. Deshalb verrätst du uns vielleicht den Zweck, zu welchem ihr Mönche diesen Apparat verwendet?«

Schweigend deutete der Mönch zum Kloster.

»Vielleicht hat er ein Schweigegelübde abgelegt«, sagte Axl. »Oder er ist so stumm, wie du dich neulich gestellt hast, Herr Wistan.«

Der Mönch trat aus dem Gras auf den Weg. Seine befremdlichen Augen hefteten sich nacheinander auf jeden von ihnen, dann deutete er wieder zum Kloster und machte sich auf den Weg. Sie folgten ihm in kurzem Abstand, und der Mönch blickte immer wieder über die Schulter zu ihnen zurück.

Die Klostergebäude waren jetzt schwarze Umrisse vor dem zunehmend dunkler werdenden Himmel. Als sie näher kamen, blieb der Mönch stehen, legte den Zeigefinger an die Lippen und ging dann mit vorsichtigerem Schritt weiter. Er schien großen Wert darauf zu legen, dass sie ungesehen blieben, und vermied deshalb den zentralen Innenhof. Er führte sie durch den engen Durchgang zwischen zwei Gebäuden, wo der Boden abschüssig und voller Löcher war. Einmal, als sie mit gesenktem Kopf eine Wand entlanggingen, drang aus den Fenstern direkt über ihnen das Stimmengewirr von der Versammlung der Mönche. Eine Stimme überschrie das

Tohuwabohu, dann erhob sich eine zweite Stimme – vielleicht die des Abtes, denn sie rief die anderen zur Ordnung. Aber es war keine Zeit, um zu lauschen, der Mönch blieb nicht stehen, und bald standen sie vor einem Torbogen, durch den sie in den Innenhof blickten. Der Mönch forderte sie mit dringenden Gebärden auf, so schnell und leise wie möglich zu sein.

Wie sich zeigte, war es nicht nötig, den Hof zu durchqueren, in dem jetzt Fackeln brannten; sie mussten lediglich im Schatten einer Säulenreihe um eine Ecke biegen. Als der Mönch abermals stehen blieb, flüsterte Axl ihm zu:

»Guter Herr, nachdem es deine Absicht ist, uns irgendwohin zu führen, bitte ich dich, mich erst meine Frau holen zu lassen, denn mir ist nicht wohl bei dem Gedanken, sie allein zurückzulassen.«

Der Mönch, der herumgefahren war und Axl anstarrte, schüttelte den Kopf und deutete ins Halbdunkel. Erst jetzt sah Axl, dass ein Stück weiter im Kreuzgang Beatrice in einer Tür stand. Erleichtert winkte er ihr, und während die Gruppe auf sie zuging, erscholl hinter ihnen ein vielstimmiges Wutgeschrei, das von der Mönchsversammlung kam.

»Wie geht's dir, Prinzessin?«, fragte Axl und griff nach ihren ausgestreckten Händen.

»Ich habe friedlich geschlafen, Axl, als dieser schweigsame Mönch plötzlich vor mir stand, sodass ich ihn für ein Gespenst hielt. Aber er will uns unbedingt irgendwohin bringen, und wir sollten wohl mitgehen.«

Der Mönch wiederholte seine Aufforderung, still zu sein, winkte ihnen und trat an Beatrice vorbei über die Schwelle.

Die Flure wurden jetzt tunnelartig, ähnlich wie in dem Bau, der ihr Zuhause war, und die flackernden Lichter in den kleinen Wandnischen vermochten die Dunkelheit kaum zu vertreiben. Axl, den Beatrice am Arm hielt, hatte eine Hand vor sich ausgestreckt. Einen Moment lang waren sie wieder im Freien, überquerten einen schlammigen Hof zwischen gepflügten Parzellen und betraten dann ein weiteres niedriges Gebäude aus Stein. Hier war der Korridor breiter und von größeren Flammen erhellt, und von dem Mönch schien allmählich die Angespanntheit zu weichen. Tief durchatmend, musterte er sie alle noch einmal, bedeutete ihnen dann zu warten und verschwand durch einen Bogen. Kurze Zeit später war er wieder da und forderte sie auf einzutreten. Im gleichen Moment sagte von drinnen eine matte Stimme: »Kommt herein, Gäste. Es ist eine armselige Kammer, um euch zu empfangen, doch ihr seid mir willkommen.«

* * *

Während Axl auf den Schlaf wartete, dachte er wieder daran, wie sie sich zu fünft, den stummen Mönch eingeschlossen, in die enge Zelle gequetscht hatten. Neben dem Bett brannte eine Kerze, und er hatte gespürt, wie Beatrice neben ihm zurückfuhr, als sie die liegende Gestalt erblickte. Aber sie fing sich gleich wieder, holte tief Luft und trat weiter in den Raum hinein. Es war kaum Platz für sie alle, dennoch hatten sie sich bald vollzählig um das Bett aufgestellt, der Krieger und der Junge in der entferntesten Ecke. Axls Rücken war an die kalte Steinmauer gedrückt, und Beatrice, die direkt vor ihm stand und sich gleichsam Halt suchend an ihn lehnte, stieß beinahe an das Krankenbett. Ein leichter Geruch nach Erbrochenem und Urin lag im Raum. Der stumme Mönch nahm sich unterdessen des Kranken an und half ihm, sich aufzurichten.

Es war ein weißhaariger Mann fortgeschrittenen Alters

und von breiter Statur – noch vor Kurzem war er gewiss kräftig gewesen; jetzt schien ihm allein das Sitzen vielfältige Qualen zu bereiten. Eine grobe Decke fiel von seinen Schultern, als er sich mühsam aufrichtete, und zum Vorschein kam ein blutbeflecktes Nachthemd. Was Beatrice aber hatte zurückschrecken lassen, waren Gesicht und Hals des Mannes, auf die jetzt schonungslos das Licht der Kerze fiel. Eine gewaltige Beule seitlich unter dem Kinn, rot-violett und an den Rändern zu Gelb verblassend, zwang den Kopf zu einer leichten Neigung. An der höchsten Stelle war die Beule aufgeplatzt und mit blutigem Eiter verkrustet. Im Gesicht aber war das Fleisch vom unteren Rand des Wangenknochens bis hinab zum Kiefer aufgerissen, sodass durch den Spalt der Mundinnenraum und das Zahnfleisch zu sehen waren. Es muss für den Kranken eine übermenschliche Anstrengung bedeutet haben zu lächeln, und doch tat er es, als er seine neue Haltung eingenommen hatte. Er lächelte.

»Willkommen, willkommen. Ich bin Jonus, den ihr sprechen wolltet, und ich weiß, dass ihr dafür einen weiten Weg auf euch genommen habt. Meine lieben Gäste, seht mich nicht mit solchem Mitgefühl an. Meine Wunden sind nicht mehr frisch und verursachen mir kaum noch solche Schmerzen wie am Anfang.«

»Wir sehen jetzt, Pater Jonus«, sagte Beatrice, »warum euer guter Abt nicht zulassen will, dass sich Fremde dir aufdrängen. Wir hätten auf seine Erlaubnis gewartet, aber dieser freundliche Mönch hat uns zu dir geführt.«

»Ninian ist mein vertrautester Freund, und auch wenn er immerwährendes Schweigen gelobt hat, verstehen wir einander ausgezeichnet. Er hat euch seit eurer Ankunft beobachtet und mir häufig berichtet, und ich fand es an der Zeit, dass wir uns sehen. Der Abt weiß nichts davon.«

»Was hat dir nur diese schlimmen Verletzungen zugefügt, Pater?«, fragte Beatrice. »Einem Mann, der für seine Güte und Weisheit berühmt ist?«

»Lassen wir dieses Thema, Herrin, denn meine schwindenden Kräfte erlauben mir kein langes Gespräch. Ich weiß, dass zwei der hier Anwesenden, du und dieser tapfere Knabe, meinen Rat suchen. Lass mich zuerst den Jungen ansehen, der eine Wunde hat, wie ich höre. Komm näher ans Licht, lieber Junge.«

Die Stimme des Mönchs war leise und sanft und besaß doch eine natürliche Autorität, die Edwin augenblicklich gehorchen ließ. Doch Wistan streckte sogleich die Hand aus und hielt den Jungen am Arm fest. Es mochte die Wirkung der Kerzenflamme sein, oder es lag am flackernden Schatten, den der Krieger an die Wand hinter ihm warf – Axl hatte den Eindruck, dass Wistans Blick einen Moment lang mit eigenartiger Eindringlichkeit, ja mit Hass auf dem verletzten Mönch ruhte. Der Krieger zog den Jungen zur Wand zurück und trat dann selbst einen Schritt vor, wie um seinen Schutzbefohlenen abzuschirmen.

»Was ist los, Schäfer?«, fragte Pater Jonus. »Fürchtest du, dass Gift von meinen Wunden auf deinen Bruder übergeht? Meine Hand muss ihn nicht berühren. Lass ihn nähertreten; meine Augen allein werden seine Verletzung untersuchen.«

»Die Wunde des Jungen ist sauber«, sagte Wistan. »Nur diese gute Frau hier sucht noch deine Hilfe.«

»Herr Wistan«, wandte Beatrice ein, »wie kannst du das sagen? Du musst doch wissen, dass eine Wunde, die im einen Moment sauber ist, sich schon im nächsten entzünden kann. Der Junge braucht den Rat dieses klugen Mönchs.«

Wistan schien Beatrice nicht zu hören; er starrte unverwandt auf den Mönch. Pater Jonus wiederum betrachtete den

Krieger, als sei er von ihm in Bann geschlagen. Nach einer Weile sagte er:

»Für einen bescheidenen Schafhirten stehst du mit bemerkenswerter Kühnheit vor mir.«

»Das wird eine Angewohnheit sein, die mit meinem Gewerbe einhergeht. Ein Schäfer muss stundenlang stehen und Wache halten, wenn nachts Wölfe die Herde umschleichen.«

»Zweifellos. Auch wird ein Schafhirt, wenn er im Dunkeln ein Geräusch hört, sehr schnell beurteilen müssen, ob es Gefahr ankündigt oder einen nahenden Freund. Von der Fähigkeit, solche Entscheidungen rasch und richtig zu treffen, hängt gewiss viel ab.«

»Nur ein dummer Schäfer glaubt bei einem knackenden Zweig, einer Gestalt im Dunkeln, es nahe ein Gefährte, der kommt, um ihn abzulösen. Wir sind von einem argwöhnischen Schlag, und außerdem, Herr, habe ich vorhin mit eigenen Augen den Apparat in eurer Scheune gesehen.«

»Ah. Das dachte ich mir schon, dass du früher oder später darauf stößt. Wie denkst du darüber, Schafhirt?«

»Es erzürnt mich.«

»Erzürnt dich?«, krächzte Pater Jonus mit einer gewissen Heftigkeit, als sei er selbst auf einmal erzürnt. »Wieso denn?«

»Sag mir, wenn ich mich irre, Herr. Meine Vermutung ist, dass die Mönche hier sich abwechselnd in jenem Käfig den wilden Vögeln aussetzen, weil sie hoffen, auf diese Weise für die in diesem Land begangenen und lange ungesühnt gebliebenen Untaten Buße zu tun. Selbst die hässlichen Wunden, die ich an dir sehe, wurden auf diese Weise erworben, und soweit ich es beurteilen kann, erleichtert dir deine Frömmigkeit das Leiden. Aber lass mich dir sagen, dass der Anblick deiner klaffenden Wunden bei mir kein Mitgefühl weckt. Wie kannst du es als Buße bezeichnen, Herr, einen Schleier über die abscheulichsten Verbrechen zu breiten? Ist dein christlicher Gott einer, der sich so leicht mit selbst verursachtem Schmerz und ein paar Gebeten abspeisen lässt? Kümmert ihn das Fehlen von Gerechtigkeit wirklich so wenig?«

»Unser Gott ist ein Gott der Barmherzigkeit, Schäfer, den zu verstehen dir, einem Heiden, womöglich schwerfällt. Es ist nicht töricht, von einem Gott wie ihm Vergebung zu erflehen, so groß das Vergehen auch sein mag. Das Erbarmen unseres Gottes ist grenzenlos.«

»Wozu braucht es einen Gott mit grenzenlosem Erbarmen, Herr? Du verspottest mich als Heiden, aber die Götter meiner Ahnen teilen sich unmissverständlich mit und strafen uns schwer, wenn wir gegen ihre Gesetze verstoßen. Dein christlicher Gnadengott gibt den Menschen die Erlaubnis, ihrer Gier nach Eroberung und Blutvergießen nachzugeben, denn sie wissen ja, dass ein paar kleine Gebete und ein bisschen Buße Verzeihung und Segen erwirken.«

»Es stimmt, Schäfer, dass es hier in diesem Kloster Männer gibt, die noch immer solchen Überzeugungen anhängen. Aber lass mich dir versichern, dass Ninian und ich diesen Irrglauben längst haben fahren lassen, und wir sind nicht die Einzigen hier. Wir wissen, dass das Erbarmen unseres Gottes nicht missbraucht werden darf. Aber viele meiner Mitbrüder, der Abt eingeschlossen, sind damit noch nicht einverstanden. Sie glauben noch immer, dass jener Käfig und unsere ununterbrochenen Gebete genug sind. Dennoch künden diese schwarzen Krähen und Raben vom Zorn Gottes. Sie waren noch nie hier. Sogar im vergangenen Winter, als der Wind auch dem Stärksten unter uns die Tränen in die Augen trieb, waren die Vögel nicht mehr als mutwillige Kinder, und ihre Schnäbel fügten nur geringen Schmerz zu. Ein Rasseln mit den Ketten, ein Schrei genügte, um sie in Schach zu halten.

Jetzt sucht uns eine neue Art von Rabenvögeln heim, die größer und dreister ist, in deren Blick Raserei liegt. Sie zerfetzen unser Fleisch in stiller Wut, egal wie sehr wir uns wehren oder schreien. In den letzten Monaten haben wir drei liebe Freunde verloren, und viele andere tragen tiefe Wunden. Dies sind gewiss Zeichen.«

Wistans Ärger hatte sich ein wenig gelegt, aber noch immer stand er vor dem Jungen und wich nicht zur Seite. »Willst du damit sagen, Herr«, fragte er, »dass ich Freunde hier im Kloster habe?«

»In diesem Raum, Schäfer, ja. Anderswo sind wir nach wie vor gespalten, und auch jetzt wird mit großer Leidenschaft darüber gestritten, wie wir künftig verfahren wollen. Der Abt besteht darauf, weiterzumachen wie bisher. Andere, die unserer Ansicht sind, finden es an der Zeit aufzuhören. Sie meinen, dass wir am Ende des Wegs nicht auf Vergebung hoffen dürfen. Sondern dass wir Verborgenes aufdecken und der Vergangenheit ins Auge blicken müssen. Aber ich fürchte, diese Stimmen sind nur wenige, und sie werden sich nicht durchsetzen. Schäfer, traust du mir jetzt und lässt mich die Wunde dieses Knaben sehen?«

Einen Moment lang rührte sich Wistan nicht. Dann machte er einen Schritt zur Seite und forderte Edwin mit einer Geste auf vorzutreten. Augenblicklich half der stumme Mönch Pater Jonus in eine aufrechtere Haltung – beide Mönche waren mit einem Mal recht lebhaft geworden –, nahm dann den Kerzenhalter vom Nachttisch, zog Edwin näher zum Bett und hob ungeduldig das Hemd des Jungen hoch, damit Pater Jonus besser sehen konnte. Beide Mönche blickten lange, sehr lange, wie es den anderen schien, auf die Wunde des Jungen – Ninian bewegte dabei das Licht hin und her –, als stünden sie vor einem Teich, in dem eine Miniaturwelt lebte. Schließlich wechselten sie einen Blick, der Axl triumphierend vorkam, doch im nächsten Augenblick fiel Pater Jonus erschöpft in seine Kissen zurück, und in seinem Gesicht stand eher Resignation oder auch Trauer. Als Ninian hastig die Kerze abstellte, um ihm Beistand zu leisten, zog sich Edwin in den Schatten und an Wistans Seite zurück.

»Pater Jonus«, sagte Beatrice, »nun hast du die Wunde des Jungen gesehen. Sag uns doch, ob sie sauber ist und von allein heilen wird.«

Pater Jonus hatte die Augen geschlossen und atmete angestrengt, antwortete aber einigermaßen ruhig: »Ich glaube, sie wird heilen, wenn er sehr vorsichtig ist. Ehe er von hier fortgeht, wird ihm Pater Ninian eine Salbe zubereiten.«

»Pater«, fuhr Beatrice fort, »dein Gespräch mit Herrn Wistan habe ich nicht ganz verstanden. Aber es interessiert mich brennend.«

»Tatsächlich?« Pater Jonus, noch immer schwer atmend, schlug die Augen auf und sah sie an.

»In einem Dorf im Tal«, sagte Beatrice, »habe ich gestern Abend mit einer Frau gesprochen, die sich mit Medizin gut auskennt. Sie hatte mir viel über meine Krankheit zu sagen, doch als ich sie nach diesem Nebel fragte, der uns die letzte Stunde so leicht vergessen macht wie einen beliebigen Morgen vor vielen Jahren, gestand sie mir, dass sie keine Ahnung habe, was er sei oder wessen Werk. Sie sagte aber, wenn es einen Menschen gebe, der es wisse, dann seist das du, Pater Jonus, hier oben in diesem Kloster. Daher kamen mein Mann und ich hier herauf, obwohl es nicht der leichteste oder kürzeste Weg zum Dorf unseres Sohnes ist, in dem wir ungeduldig erwartet werden. Meine Hoffnung war, du könntest uns etwas über diesen Nebel sagen und vielleicht auch, wie Axl und ich uns womöglich davon befreien könnten. Mag sein, dass ich eine dumme Frau bin, aber ich hatte jetzt den Eindruck, dass du und Herr Wistan, trotz allem Gerede über Schäfer, von ebenjenem Nebel gesprochen habt und dass es euch sehr beunruhigt, was von unserer Vergangenheit alles verloren ist. Darf ich dich – und auch Herrn Wistan – daher dies fragen: Wisst ihr denn, woher der Nebel kommt, der sich über uns senkt?«

Pater Jonus und Wistan tauschten einen Blick. Dann sagte Wistan leise:

»Es ist die Drachin Querig, Frau Beatrice, die hier in den Bergen umherstreift. Sie ist die Urheberin des Nebels, von dem du sprichst. Aber die Mönche hier schützen sie, und das schon seit Jahren. Wenn sie wüssten, wer ich bin, würden sie Männer aussenden, die mich vernichten. Da bin ich sehr sicher.«

»Pater Jonus, das kann doch nicht wahr sein?«, fragte Beatrice. »Der Nebel ist das Werk der Drachin?«

Der Mönch schien einen Moment lang weit fort gewesen zu sein. »Der Schäfer sagt die Wahrheit«, antwortete er jetzt. »Es ist Querigs Atem, der sich über das Land legt und uns die Erinnerung raubt.«

»Axl, hörst du? Die Drachin ist schuld an dem Nebel! Wenn Herr Wistan oder jemand anders, vielleicht sogar der alte Ritter, den wir unterwegs getroffen haben, dieses Wesen erschlagen kann, finden wir unser Gedächtnis wieder! Axl, warum so still?«

Tatsächlich hatte Axl tief in Gedanken versunken danebengestanden und zwar gehört, was seine Frau sagte, hatte auch ihre Aufregung wahrgenommen, doch er konnte nichts weiter tun, als stumm nach ihrer Hand zu greifen; kein Wort brachte er heraus.

»Schäfer«, sagte Pater Jonus zu Wistan, »warum vertust du hier deine Zeit, wenn du weißt, in welcher Gefahr du bist?

Warum nimmst du nicht diesen Jungen und machst dich schleunigst auf den Weg?«

»Der Junge braucht eine Rast und ich ebenso.«

»Aber du rastest nicht, Schäfer. Du hackst Holz und wanderst herum wie ein hungriger Wolf.«

»Als wir ankamen, war euer Brennholzvorrat stark geschrumpft. Und die Nächte sind kalt im Gebirge.«

»Noch etwas gibt mir zu denken, Schäfer. Warum verfolgt dich Lord Brennus? Schon seit vielen Tagen durchstreifen seine Soldaten das Land und suchen dich. Letztes Jahr kam ein anderer Mann aus dem Osten, um Querig zu jagen, und Brennus dachte, das seist du, und sandte seine Männer aus. Sie kamen auch hier herauf und fragten nach dir. Schäfer, wer bist du für Brennus?«

»Wir kannten einander als Knaben, als wir noch jünger waren als dieser Junge hier.«

»Du bist doch mit einem Auftrag in dieses Land gekommen, Schäfer. Warum gefährdest du ihn, um alte Rechnungen zu begleichen? Ich rate dir, nimm jetzt diesen Jungen und mach dich auf den Weg, bevor die Mönche aus ihrer Versammlung kommen.«

»Wenn Lord Brennus mir die Höflichkeit erweist, meinetwegen heute Nacht herzukommen, werde ich bleiben und mich ihm stellen müssen.«

»Herr Wistan«, sagte Beatrice, »ich weiß nicht, was zwischen dir und Lord Brennus ist. Aber wenn es dein Auftrag ist, den großen Drachen Querig zu erschlagen, dann bitte ich dich: Lass dich nicht davon abbringen. Später ist auch noch Zeit, um alte Rechnungen zu begleichen.«

»Die Herrin hat recht, Schäfer. Ich fürchte, ich kenne auch den Zweck deines emsigen Holzhackens. Hör, was wir dir sagen, Herr. Dieser Junge bietet dir eine einzigartige Gelegenheit, wie sie dir vielleicht nie wieder begegnet. Nimm ihn und mach dich auf den Weg.«

Wistan sah Pater Jonus nachdenklich an, dann senkte er höflich den Kopf. »Ich bin froh, dich getroffen zu haben, Pater. Und ich bitte dich um Verzeihung, wenn ich vorhin unhöflich zu dir war. Lass mich und diesen Jungen uns jetzt von dir verabschieden. Ich weiß, dass Frau Beatrice dich noch um deinen Rat bitten möchte, und sie ist eine tapfere und gute Frau. Bitte bewahre dir noch ein wenig Kraft für sie auf. Ich danke dir für deinen Rat und sage dir Lebwohl.«

Als Axl im Dunkeln lag und noch immer auf Schlaf hoffte, versuchte er sich zu erinnern, weshalb er die meiste Zeit in Pater Jonus' Zelle so merkwürdig stumm gewesen war. Es hatte doch einen Grund dafür gegeben, und selbst als sich Beatrice mit einem triumphierenden Ausruf, weil sie endlich die Ursache des Nebels kannte, zu ihm umgedreht hatte, war er noch immer sprachlos gewesen und hatte ihr nur die Hand hinstrecken können, denn es hatte ihn ein mächtiges, befremdliches Gefühl gepackt, ein Empfinden, das ihm alles wie einen Traum erscheinen ließ, obwohl jedes ringsum gesprochene Wort klar und deutlich an sein Ohr drang. Er hatte sich gefühlt wie einer, der auf einem winterlichen Fluss in einem Boot steht und in undurchdringlichen Nebel starrt, aber weiß, dass der jeden Moment aufreißen wird, um ein klares Bild vom Ufer zu enthüllen. Und er empfand ein gewisses Entsetzen, zugleich aber Neugier – oder etwas Stärkeres, Dunkleres –, und er sagte sich mit Nachdruck: »Was immer es ist – lass es mich sehen, lass es mich sehen.«

Hatte er diese Worte wirklich ausgesprochen? Vielleicht ja; genau in diesem Augenblick hatte Beatrice sich umgedreht und ausgerufen: »Axl, hörst du? Die Drachin ist schuld an dem Nebel!«

Er entsann sich nicht mehr genau, wie es weitergegangen war, nachdem Wistan und der Junge die Zelle von Pater Jonus verlassen hatten. Ninian, der stumme Mönch, war offenbar mit ihnen gegangen, vielleicht um die Salbe für die Wunde des Jungen zuzubereiten oder um die beiden ungesehen fortzubringen. Jedenfalls waren er und Beatrice allein mit Pater Jonus zurückgeblieben, und der hatte Beatrice trotz seiner schweren Wunden und seiner Erschöpfung gründlich untersucht. Sie hatte kein einziges Kleidungsstück ablegen müssen – worum Axl froh war –, und obwohl auch hier seine Erinnerung nur nebelhaft war, stand ihm ein Bild vor Augen: Jonus, der ein Ohr an Beatricens Seite drückte, die Augen konzentriert geschlossen, als vernähme er eine schwache Botschaft aus ihrem Inneren. Axl erinnerte sich auch, dass der Mönch, blinzelnd, Beatrice eine Reihe von Fragen gestellt hatte. Ob ihr übel werde, nachdem sie Wasser getrunken habe? Ob sie jemals Nackenschmerzen habe? Es folgten weitere Fragen, an die Axl sich nicht erinnerte, doch Beatrice hatte jede mit Nein beantwortet, und je öfter sie Nein sagte, desto froher war Axl geworden. Nur einmal, als Jonus fragte, ob sie Blut im Urin bemerkt habe, und sie geantwortet hatte, ja, manchmal, war Axl beunruhigt. Der Mönch aber hatte genickt, als sei dies normal und nicht anders zu erwarten, und gleich die nächste Frage gestellt. Wie hatte diese Untersuchung geendet? Er entsann sich, dass Pater Jonus gelächelt und gesagt hatte: »Du kannst also beruhigt deinen Sohn besuchen, du hast nichts zu fürchten«, und Axl hatte gesagt: »Siehst du, Prinzessin, ich hab's doch immer gesagt, es ist nichts.« Der Mönch hatte sich vorsichtig wieder zurücksinken lassen und ohne sich zu rühren in seinem Bett gelegen, um neuen Atem zu schöpfen. Weil Ninian nicht mehr da war, hatte Axl sich beeilt, ihm Wasser aus dem Krug nachzuschenken, und als er dem Kranken den Becher an den Mund hielt, hatte er gesehen, dass sich von der Unterlippe winzige Blutströpfchen lösten und im Wasser ausbreiteten. Pater Jonus hatte zu Beatrice aufgeblickt und gesagt: »Herrin, du scheinst froh zu sein, dass du die Wahrheit über diese Erscheinung, die ihr Nebel nennt, jetzt kennst.«

»Ja, sehr, Pater, denn nun wissen wir, was wir zu tun haben.«

»Seid vorsichtig; es ist ein Geheimnis, das von manchen eifersüchtig gehütet wird, obwohl es wahrscheinlich das Beste ist, wenn es nicht länger geheim bleibt.«

»Es ist nicht an mir, das Geheimnis zu wahren oder nicht, Pater, aber ich bin froh, dass Axl und ich es jetzt kennen und uns entsprechend verhalten können.«

»Bist du so sicher, gute Herrin, dass du von diesem Nebel befreit sein willst? Ist es nicht besser, wenn uns manches verborgen bleibt?«

»Für einige mag das so sein, Pater, aber nicht für uns. Axl und ich sehnen uns zurück nach den glücklichen Momenten, die wir miteinander hatten. Dass wir sie nicht mehr haben, ist so, als sei nachts ein Dieb bei uns eingestiegen und habe uns das Wertvollste geraubt.«

»Aber dieser Nebel überdeckt alle Erinnerungen, nicht nur die guten, sondern auch die schlechten. Ist es nicht so, Herrin?«

»Dann mögen auch die schlechten zurückkehren, selbst wenn sie uns zum Weinen bringen oder zornig machen. Sind sie nicht unser gemeinsames Leben?«

»Du fürchtest dich nicht vor schlimmen Erinnerungen, Herrin?«

»Was gäbe es da zu fürchten, Pater? Was Axl und ich heute füreinander im Herzen empfinden, ist der Beweis, dass der Weg, der uns hierhergeführt hat, keine Gefahr für uns bergen kann, auch wenn ihn jetzt der Nebel zudeckt. Es ist wie eine Geschichte, die gut ausgeht: Sogar ein Kind weiß dann, dass es die Drehungen und Wendungen vor dem Ende nicht zu fürchten hat. Wie auch immer unser gemeinsames Leben war – Axl und ich könnten uns wieder daran erinnern, und es ist uns lieb und kostbar, in jeder Gestalt.«

Anscheinend war ein Vogel über ihm an der Decke entlanggeflogen. Das Geräusch hatte ihn erschreckt, und nun erkannte Axl, dass er tatsächlich eine Weile geschlafen hatte. Auch fiel ihm auf, dass nicht mehr Holz gehackt wurde; draußen war alles still. War der Krieger in ihre Kammer zurückgekehrt? Axl hatte nichts gehört, und hinter dem dunklen Umriss des Tisches wies nichts darauf hin, dass dort drüben, auf Edwins Seite, noch jemand lag. Was hatte Pater Jonus gesagt, nachdem er Beatrice untersucht und mit seinen Fragen zu Ende war? Ja, hatte sie gesagt, sie habe Blut im Urin bemerkt, er aber hatte gelächelt und etwas anderes gefragt. Siehst du, Prinzessin, hatte Axl gesagt, ich hab's doch immer gesagt, es ist nichts. Und Pater Jonus hatte gelächelt, trotz seiner Wunden und seiner Erschöpfung, und gesagt, du kannst deinen Sohn besuchen, du hast nichts zu fürchten. Dabei war dies gar nicht die Frage gewesen, die Beatrice gefürchtet hatte. Sie fürchtete, das wusste er, die Fragen des Fährmanns, die schwerer zu beantworten waren als die von Pater Jonus, und deshalb hatte sie sich ja so gefreut, dass sie jetzt wusste, woher der Nebel kam. Axl, hörst du? Triumphierend. Axl, hörst du?, hatte sie gesagt und gestrahlt.

7. KAPITEL

Jemand hatte an ihm gerüttelt, doch als Axl wach war und sich aufgesetzt hatte, beugte sich die Gestalt bereits auf der anderen Seite des Raums über Edwin und flüsterte: »Aufstehen, Junge, schnell! Und keinen Laut!« Neben ihm war Beatrice ebenfalls aufgewacht. Axl stand leicht schwankend auf und schauderte vor Kälte; dann griff er nach der ausgestreckten Hand seiner Frau.

Es war noch tief in der Nacht, doch draußen riefen schon Stimmen, und gewiss brannten unten im Hof Fackeln, denn an der Wand gegenüber flackerte der Widerschein von Flammen. Der Mönch, der sie geweckt hatte, zerrte jetzt den noch halb schlafenden Edwin zu ihnen herüber, und Axl erkannte Pater Brian an seinem hinkenden Gang, ehe sein Gesicht aus der Dunkelheit auftauchte.

»Ich versuche euch zu retten, Freunde«, sagte Pater Brian, noch immer flüsternd, »aber ihr müsst euch beeilen und mir ohne Widerrede gehorchen. Es sind Soldaten gekommen, zwanzig, vielleicht dreißig, mit dem festen Willen, euch zur Strecke zu bringen. Der ältere sächsische Bruder ist ihnen schon in die Falle gegangen, aber der lässt sich nicht so leicht unterkriegen und hält sie in Atem, sodass ihr eine Chance habt zu entkommen. Bleib hier, Knabe, keinen Schritt weiter!« Edwin war auf dem Weg zum Fenster, doch Pater Brian hielt ihn mit festem Griff am Arm. »Ich will euch in Sicherheit bringen, aber zuerst müssen wir ungesehen aus dieser Kammer herauskommen. Soldaten patrouillieren unten im Hof und lassen vor allem den Turm nicht aus den Augen, in dem sich der Sachse verschanzt hat. So Gott will, sehen sie uns nicht, wenn wir draußen die Treppe hinuntergehen, und dann ist das Schlimmste überstanden. Aber gebt ja keinen Laut von euch, mit dem ihr auf euch aufmerksam machen könntet, und passt unbedingt auf, dass ihr nicht auf der Treppe stolpert. Ich gehe als Erster und gebe euch ein Zeichen, wenn die Luft rein ist. Nein, Herrin, du musst dein Bündel hierlassen. Seid froh, wenn ihr mit dem Leben davonkommt!«

Sie duckten sich neben der Tür und horchten auf Pater Brians Schritte, die quälend langsam die Stufen hinabstiegen. Als Axl schließlich vorsichtig hinausspähte, sah er am anderen Ende des Innenhofs sich bewegende Fackeln, doch ehe er Genaueres erkennen konnte, wurde er auf Pater Brian aufmerksam, der direkt unter ihm stand und ungestüm mit den Händen fuchtelte.

Die Treppe, die diagonal zur Mauer verlief, lag weitgehend im Schatten, mit Ausnahme einer Stelle knapp über dem Boden, wohin das helle Licht des Vollmonds fiel.

»Bleib dicht hinter mir, Prinzessin«, sagte Axl. »Schau nicht in den Hof hinaus, sondern pass auf, wo du hintrittst, es könnte sonst ein schmerzhafter Sturz werden, und zu Hilfe kommen dir dann nur Feinde. Sag dem Jungen dasselbe. Bringen wir's hinter uns.«

Seinen eigenen Anweisungen zum Trotz warf Axl unwillkürlich einen Blick in den Hof, während er die Treppe hinunterschlich. Auf der anderen Seite umzingelten Soldaten den zylindrischen Steinturm neben dem Gebäude, in dem die Mönche Stunden zuvor ihre Versammlung abgehalten hatten. Lodernde Fackeln wurden geschwenkt, und in ihren Reihen schien Unordnung zu herrschen. Als Axl die Hälfte der Treppe hinabgestiegen war, scherten zwei Soldaten aus und rannten quer durch den Hof; und Axl sank das Herz, denn er war sicher, dass sie gleich entdeckt würden. Doch die beiden verschwanden in einem Durchgang, und kurz darauf führte Axl Beatrice und Edwin dankbar in den Schatten des Kreuzgangs, wo Pater Brian sie erwartete.

Sie folgten dem Mönch durch enge, dunkle Flure, von denen sie den einen oder anderen schon mit Pater Ninian gegangen sein mochten. Häufig durchquerten sie pechschwarze Finsternis, in der ihr einziger Anhaltspunkt das Schleifen von Pater Brians nachgezogenem Fuß war. Schließlich kamen sie in einen Raum, dessen Decke teilweise eingestürzt war; Mondlicht fiel auf gestapelte Holzkisten und kaputte Möbel. Axl nahm den Geruch von Schimmel und uraltem stehendem Wasser wahr.

»Fasst Mut, Freunde«, sagte Pater Brian, jetzt ohne zu flüstern. In einer Ecke des Raums schaffte er Gegenstände beiseite. »Ihr seid beinahe in Sicherheit.«

»Pater«, sagte Axl, »wir sind dir dankbar für unsere Rettung, aber bitte sag uns, was passiert ist.«

Ohne in seiner Tätigkeit innezuhalten oder aufzublicken, sagte Pater Brian: »Es ist uns selbst ein Rätsel, Herr. Sie kamen ohne Einladung heute Nacht, stürmten durch die Tore und durch unser Zuhause, als wäre es ihres. Sie forderten die Auslieferung der zwei jungen Sachsen, die kürzlich hier eingetroffen seien, und obwohl sie dich und deine Frau nicht erwähnten, wären sie mit euch gewiss auch nicht zimperlich umgesprungen. Diesen Jungen hier wollen sie eindeutig tot sehen, genauso wie jetzt seinen Bruder. Ihr müsst euch schleunigst in Sicherheit bringen; um über die Beweggründe der Soldaten nachzudenken, ist später noch genug Zeit.«

»Herr Wistan war für uns heute Morgen noch ein Fremder«, sagte Beatrice, »doch ist uns ganz und gar nicht wohl bei der Vorstellung, dass wir entkommen, während ihm ein entsetzliches Schicksal droht.«

»Vielleicht heften sich die Soldaten auch noch an unsere Fersen, Herrin, wir haben hinter uns keine Türen verriegelt. Und wenn dieser mutige Mann eure Flucht erkauft und vielleicht sogar mit seinem Leben bezahlt, müsst ihr dankbar sein und es annehmen. Unter dieser Falltür ist ein geheimer Gang, der vor Urzeiten angelegt wurde. Er führt euch unterirdisch in den Wald, wo ihr fernab von euren Verfolgern herauskommt. Jetzt hilf mir bitte, Herr, für mich allein ist die Klappe zu schwer.«

Auch zu zweit kostete es viel Kraft, die Falltür so weit anzuheben, dass sie in steilem Winkel aufragte und ein klaffendes viereckiges Loch vollkommener Schwärze offenbarte.

»Lasst den Jungen zuerst hinuntersteigen«, sagte der Mönch. »Es ist Jahre her, seit einer von uns diesen Geheimgang benutzt hat, und wer weiß, ob die Stufen nicht eingestürzt sind. Der Junge ist leichtfüßig und könnte einen Sturz leichter verkraften.«

Doch Edwin sagte jetzt etwas zu Beatrice, und sie übersetzte: »Der junge Herr Edwin möchte Herrn Wistan zu Hilfe kommen.«

»Sag ihm, Prinzessin, wir helfen Wistan womöglich am meisten, indem wir durch diesen unterirdischen Gang fliehen. Sag dem Jungen, was du willst, aber mach ihm klar, dass er mitkommen muss, schnell.«

Während Beatrice mit ihm sprach, schien mit dem Jungen eine Veränderung vor sich zu gehen. Er starrte unverwandt auf das Loch im Boden, und im Mondlicht hatte Axl den Eindruck, dass in diesem Moment ein befremdlicher Blick in seine Augen trat – als geriete er langsam, aber stetig unter einen Zauberbann. Beatrice hatte noch nicht geendet, als Edwin auf die Falltür zuging und ohne einen Blick zurück in die Schwärze hinunterstieg. Dann war er verschwunden; nach und nach verklangen auch seine Schritte. Axl nahm Beatrice an der Hand und sagte:

»Gehen wir ebenfalls, Prinzessin. Bleib dicht bei mir.«

Die Stufen waren flach – Steinplatten, die in die Erde getrieben worden waren – und fühlten sich recht solide an. Im Mondlicht, das durch die Falltür fiel, konnten sie ein Stück des vor ihnen liegenden Weges erkennen, und Axl drehte sich um und wollte zu Pater Brian etwas sagen, doch im selben Moment fiel oben mit Donnerlärm die Tür zu.

Alle drei erstarrten und standen eine Weile reglos da. Es roch hier unten nicht so abgestanden, wie Axl erwartet hatte; tatsächlich meinte er sogar einen leichten Lufthauch zu spüren. Irgendwo vor ihnen begann Edwin zu sprechen, und Beatrice antwortete flüsternd. Zu Axl sagte sie leise:

»Der Junge fragt, warum Pater Brian die Tür hinter uns hat zufallen lassen. Ich sagte, wahrscheinlich deshalb, weil er den Soldaten nichts von der Existenz des Geheimgangs verraten wollte, die vielleicht im selben Moment oben den Raum betreten haben. Trotzdem, Axl, auch mir kommt das recht merkwürdig vor. Und das ist doch er, der jetzt oben wieder Sachen über die Falltür schiebt? Wenn der Weg ins Freie verschüttet oder mit Wasser vollgelaufen ist, und der Pater sagt ja selbst, dass der Gang seit Jahren nicht benutzt wurde, wie sollen wir dann wieder zurückfinden und die Tür aufstemmen, so schwer, wie sie ist, und jetzt ist sie ja auch noch verstellt.«

»Das ist wirklich sehr merkwürdig. Aber es steht außer Zweifel, dass Soldaten im Kloster sind – haben wir sie nicht mit eigenen Augen gesehen? Wir haben doch keine andere Wahl als weiterzugehen und zu beten, dass dieser Gang uns sicher in den Wald hinausführt. Sag dem Jungen, er soll weitergehen, aber langsam, und dabei immer eine Hand an der Felswand hier entlangführen, denn ich fürchte, es wird nicht so bald heller.«

Doch bald stellten sie fest, dass sie einem matten Lichtschein entgegengingen; zeitweilig konnten sie sogar die Umrisse der anderen erkennen. Hin und wieder überraschte sie das Platschen einer Pfütze, in die sie unweigerlich hineingetreten waren, und mehr als einmal meinte Axl über ihnen ein Geräusch zu hören, aber nachdem weder Edwin noch Beatrice reagierten, schob er die Wahrnehmung auf seine überreizte Fantasie. Doch plötzlich blieb Edwin so unvermittelt stehen, dass Axl beinahe mit ihm zusammenstieß. Beatrice war dicht hinter ihm, und er spürte ihren warmen Atem im Nacken, als sie ihm kaum hörbar zuflüsterte: »Hörst du das, Axl?«

»Was, Prinzessin?«

Edwins Hand berührte ihn warnend, und sie verstummten alle drei. Schließlich flüsterte ihm Beatrice ins Ohr: »Etwas ist bei uns, Axl.«

»Vielleicht eine Fledermaus, Prinzessin. Oder eine Ratte.«

»Nein, Axl. Ich höre es jetzt. Es ist ein menschliches Atmen.«

Axl horchte angestrengt. Auf einmal ertönte ein raues, trockenes Geräusch, wie ein Schlagen; es wiederholte sich dreimal, viermal und kam aus unmittelbarer Nähe. Dann zuckte helles Licht, und schließlich glomm ein winziges Flämmchen auf, das für einen Moment anwuchs und den Umriss eines sitzenden Mannes zeigte; dann war wieder alles finster.

»Fürchtet euch nicht, Freunde«, sagte eine Stimme. »Es ist nur Gawain, der Ritter der Tafelrunde. Und wenn dieser Zunder endlich Feuer fängt, sehen wir einander besser.«

Wieder wurden Feuersteine aneinandergeschlagen, und nach längerem Manöver flammte eine Kerze auf, die bald gleichmäßig brannte.

Herr Gawain saß auf einem Erdhügel. Es war offensichtlich kein idealer Platz, denn er saß in merkwürdig schrägem Winkel, wie eine riesige Puppe, die im nächsten Moment umkippen wird. Die Kerze in seiner Hand erhellte sein Gesicht und den Oberkörper und warf zuckende Schatten; er atmete schwer. Wie zuvor trug er Harnisch und Waffenrock; sein Schwert lag blank auf dem Boden vor dem Erdhügel. Er starrte ihnen trübsinnig entgegen, während er die Kerze von einem Gesicht zum anderen bewegte.

»Ihr seid also alle hier unten«, sagte er schließlich. »Ich bin erleichtert.«

»Du überraschst uns, Herr Gawain«, antwortete Axl. »Wie kommt es, dass du dich hier versteckst?«

»Ich bin schon eine ganze Weile hier unten und vor euch hergegangen, Freunde. Aber mit diesem Schwert und der Rüstung und bei meiner Körpergröße, die mich zwingt, mit gesenktem Kopf dahinzustolpern, komme ich nur langsam vorwärts, und jetzt habt ihr mich entdeckt.«

»Das ist eigentlich keine Erklärung, Herr. Warum gehst du vor uns her?«

»Um euch zu verteidigen! Die traurige Wahrheit ist, dass die Mönche euch hintergangen haben. Hier unten haust ein Untier, und das sollte euer Verderben sein. Zum Glück denkt nicht jeder Mönch so. Ninian, der Stumme, hat mich unbemerkt hier heruntergeführt, und ich wiederum werde euch in die Sicherheit führen.«

»Deine Nachricht überwältigt uns, Herr Gawain«, sagte Axl. »Aber erzähl uns erst von diesem Untier, von dem du sprichst. Welcher Art gehört es an, und bedroht es uns, sogar während wir hier stehen?«

»Höchstwahrscheinlich, Herr. Die Mönche hätten euch nicht hier heruntergeschickt, wenn sie euch die Begegnung mit ihm hätten ersparen wollen. So machen sie's immer. Als Männer Christi ist es für sie undenkbar, ein Schwert in die Hand zu nehmen, selbst Gift kommt nicht infrage. Deshalb schicken sie jene, denen sie den Tod wünschen, in diesen unterirdischen Gang, und nach ein, zwei Tagen ist ihre Tat vergessen. Ja, so gehen sie immer vor, zumal der Abt diese Methode bevorzugt. Bis zum nächsten Sonntag wird er sich schon davon überzeugt haben, dass er euch vor den Soldaten gerettet hat. Und was das Wesen treibt, das hier unten herumschleicht, geht ihn nichts an; er leugnet es, sofern es ihm überhaupt in den Sinn kommt, oder nennt es den Willen Gottes. Na gut, warten wir ab, was heute Nacht Gottes Wille ist, wenn ein Ritter von König Artus vor euch hergeht!«

»Was sagst du da, Herr Gawain?«, fragte Beatrice. »Die Mönche wünschen uns den Tod?«

»Auf jeden Fall diesem Jungen hier, Herrin. Ich versuchte ihnen klarzumachen, dass es nicht notwendig ist, gab ihnen sogar das feierliche Versprechen, dass ich ihn aus dem Land fortbringen werde, aber nein, sie hören nicht auf mich! Sie wagen nicht, den Jungen laufen zu lassen, selbst wenn Herr Wistan gefangen oder sogar tot sein sollte, denn wer sagt, dass nicht eines Tages ein anderer kommt und ihn sucht. Ich bringe ihn weit fort, sagte ich, aber sie fürchten die Folgen, die dies haben könnte, und wünschen ihm den Tod. Du und dein guter Mann hättet vielleicht damit rechnen können, verschont zu werden, aber ihr wärt natürlich Zeugen ihrer Tat.

Wäre ich zu diesem Kloster geritten, wenn ich das alles vorausgesehen hätte? Wer weiß. Es war doch meine Pflicht, oder? Aber was sie mit dem Knaben vorhaben, und mit einem unschuldigen christlichen Paar obendrein, das kann ich nicht zulassen! Zum Glück sind die Mönche verschieden, wie gesagt, und Ninian hat mich heimlich hier heruntergebracht. Ich wollte mit großem Vorsprung vor euch hergehen, aber diese Rüstung und meine Größe – ach, wie oft habe ich in all den Jahren meine Größe verflucht! Welchen Vorteil hat es, wenn ein Mann derart riesig wird? Auf jede hoch hängende Birne, nach der ich griff, kommt ein Pfeil, der mich bedrohte – über einen kleineren Mann wäre er einfach hinweggeflogen.«

»Herr Gawain«, sagte Axl, »was für ein Ungeheuer ist es, das, wie du sagst, hier unten haust?«

»Ich habe es nie gesehen, Herr, ich weiß nur, dass keiner, der von den Mönchen heruntergeschickt wird, dem Scheusal entkommt.«

»Kann es von einem gewöhnlichen Schwert in der Hand eines Sterblichen getötet werden?«

»Was sagst du da, Herr? Ich bin ein Sterblicher, das leugne ich nicht, aber ich bin ein bestens ausgebildeter Ritter und wurde in meiner Jugend viele Jahre lang vom großen König Artus erzogen, der mich lehrte, mich jeglicher Herausforderung bereitwillig zu stellen, selbst wenn mir die Furcht bis ins Mark dringt, denn wenn wir schon sterblich sind, wollen wir wenigstens in Gottes Augen vor Schönheit glänzen, solange wir auf dieser Erde wandeln! Wie alle, die in Artus' Diensten standen, Herr, stellte ich mich Dämonen und Ungeheuern ebenso wie den finstersten Absichten der Menschen, und stets folgte ich dabei dem Beispiel meines großen Königs, auch im erbittertsten Kampf. Was unterstellst du mir, Herr? Was unterstehst du dich? Warst du dabei? Ich *war* dabei, Herr, ich habe alles mit ebendiesen Augen gesehen, die jetzt dich anstarren! Aber was soll's, Freunde, was soll's, dies ist eine Diskussion, die wir ein andermal führen. Verzeiht, aber jetzt haben wir dringendere Anliegen, natürlich. Was war noch deine Frage, Herr? Ach ja, dieses Ungeheuer, ja, ich verstehe. Es ist ein wildes Ungetüm, aber kein Dämon oder Geist, und dieses Schwert reicht völlig aus, um es zu erschlagen.«

»Aber Herr Gawain«, sagte Beatrice, »denkst du wirklich, wir sollten weiter mit dir durch diesen unterirdischen Gang gehen, nach allem, was wir jetzt wissen?«

»Was bleibt uns anderes übrig, Herrin? Wenn ich nicht irre, ist uns der Rückweg ins Kloster versperrt, und dabei kann sich dieselbe Falltür jederzeit wieder öffnen, um Soldaten auf unsere Spur zu hetzen. Es hilft nichts, wir müssen weiter, und wäre nicht dieses Untier, das hier haust, könnten wir uns schon bald im Wald wiederfinden, weit entfernt von euren Verfolgern, denn wie Ninian mir versichert, ist dies ein echter Geheimgang und gut erhalten. Also gehen wir, ehe diese Kerze niederbrennt; es ist die einzige, die ich habe.«

»Vertrauen wir ihm, Axl?«, fragte Beatrice und machte gar keinen Versuch, Herrn Gawain ihre Frage zu verheimlichen. »Mir ist von alldem richtig schwindlig geworden, und es widerstrebt mir zutiefst zu glauben, dass unser freundlicher Pater Brian uns hintergangen hat. Andererseits klingt es wahr, was dieser Ritter sagt.«

»Folgen wir ihm, Prinzessin. Herr Gawain, wir danken dir für deine Mühe. Bitte bring uns jetzt in Sicherheit; hoffen wir, dass dieses Untier schläft oder vielleicht ein nächtlicher Streuner ist.«

»So viel Glück werden wir nicht haben, fürchte ich. Aber kommt, Freunde, machen wir uns mutig auf den Weg.« Der alte Ritter rappelte sich mühsam auf und hielt die Kerze auf Armeslänge von sich. »Herr Axl, vielleicht trägst du die Flamme für uns; ich werde beide Hände brauchen, um mein Schwert kampfbereit zu halten.«

Sie gingen weiter den unterirdischen Gang entlang, Herr Gawain voraus, Axl mit der Kerze hinterher, dann Beatrice, die von hinten seinen Arm umfasst hielt, und als Nachhut Edwin. Man konnte nur im Gänsemarsch gehen, denn breiter wurde der Gang nicht, sondern im Gegenteil immer niedriger, bis sogar Beatrice sich ducken musste. Von oben hingen Wurzelstränge herab, kleine Erdbrocken lösten sich, und Axl bemühte sich, die Kerze möglichst hoch zu halten, doch der Luftzug im Gang nahm zu, und häufig musste er sie senken und die Flamme mit der anderen Hand schützen. Herr Gawain beklagte sich nie, und sein schemenhafter Umriss mit dem über die Schulter erhobenen Schwert ging unverdrossen vor ihnen her. Plötzlich kam ein Ausruf von Beatrice, und sie umklammerte Axls Arm.

»Was ist los, Prinzessin?«

»Oh, Axl, bleib stehen! Ich habe mit dem Fuß etwas berührt, aber ich konnte es nicht genau sehen, du hast die Kerze zu schnell wegbewegt.«

»Lass gut sein, Prinzessin. Wir müssen weiter.«

»Axl, ich glaube, es war ein Kind! Mein Fuß hat es berührt, ich hab es ganz kurz gesehen, dann war es wieder dunkel. Oh, ich glaube, es war ein kleines Kind, seit Ewigkeiten tot!«

»Komm, Prinzessin, reg dich nicht auf. Wo war es, wo hast du's gesehen?«

»Kommt weiter, kommt weiter, Freunde«, sagte Herr Gawain im Dunkeln. »Hier unten ist manches, das besser ungesehen bleibt.«

Beatrice schien den Ritter gar nicht zu hören. »Dort drüben

war es, Axl. Komm näher mit der Flamme. Da unten, Axl, dorthin musst du leuchten. Aber ich habe Angst, noch mal sein armes Gesicht zu sehen!«

Ungeachtet seines eigenen Rates machte Herr Gawain kehrt und kam zurück, und jetzt war auch Edwin an Beatricens Seite. Axl beugte sich vor und bewegte die Kerze hierhin und dorthin, doch es kamen nur feuchte Erde, Baumwurzeln, Steine zum Vorschein. Dann aber fiel der Feuerschein auf eine große Fledermaus, die mit ausgebreiteten Flügeln auf dem Rücken lag, als schliefe sie friedlich. Ihr Pelz wirkte nass und verklebt. Das schweineähnliche Gesicht war haarlos, und in den Hohlräumen der aufgespannten Flügel hatten sich kleine Pfützen gebildet. Das Wesen hätte tatsächlich schlafen können – wäre nicht die Vorderseite seines Oberkörpers gewesen. Als Axl die Flamme noch näher hielt, starrten alle auf das kreisrunde Loch, das von der unteren Kante des Brustbeins bis zum Bauch reichte und das sich zu beiden Seiten hin auch in Teile des Brustkorbs gefressen hatte. Die Wunde hatte auffällig saubere Ränder – fast als hätte jemand in einen knackigen Apfel gebissen.

»Wer mag so etwas tun?«, fragte Axl.

Anscheinend hatte er die Kerze zu schnell bewegt, denn im selben Moment flackerte sie kurz und verlöschte.

»Keine Sorge, Freunde«, sagte Herr Gawain. »Ich finde gleich meinen Zunder wieder.«

»Hab ich's nicht gesagt, Axl?« Beatrice war den Tränen nahe. »In dem Moment, als mein Fuß es berührt hat, wusste ich, es ist ein Kind.«

»Was sagst du da, Prinzessin? Das ist doch gar kein Kind. Wie kommst du drauf?«

»Das arme Kind! Was mag ihm passiert sein? Und was ist mit seinen Eltern?«

»Prinzessin, das ist nur eine Fledermaus, wie sie häufig in dunklen Höhlen hausen.«

»Nein, Axl, es war ein Kind, ich bin ganz sicher!«

»Es tut mir leid, dass die Flamme ausgegangen ist, Prinzessin, ich würde es dir gleich noch einmal zeigen. Eine Fledermaus ist es, nichts weiter, aber ich würde selber gern noch einmal sehen, worauf sie eigentlich liegt. Herr Gawain, hast du gesehen, auf welchem Bett dieses Wesen liegt?«

»Ich weiß nicht, was du meinst, Herr.«

»Mir kam es so vor, als läge diese Fledermaus auf lauter Knochen; einem Bett aus Knochen. Ich dachte, ich hätte einen Schädel gesehen, vielleicht zwei. Menschliche Schädel.«

»Was sagst du da, Herr!« Herr Gawain war unvorsichtig laut geworden. »Was denn für Schädel? Ich habe keine Schädel gesehen, Herr! Nur eine verunglückte Fledermaus!«

Beatrice schluchzte leise, und Axl richtete sich auf, um die Arme um sie zu legen.

»Es war kein Kind, Prinzessin«, sagte er, sanfter. »Reg dich nicht auf.«

»So ein einsamer Tod. Wo waren seine Eltern, Axl?«

»Was sagst du denn da, Herr? Schädel? Ich habe keine Schädel gesehen! Und wenn schon, was soll's – dass hier unten alte Knochen liegen, ist ja nichts Besonderes. Sind wir nicht unter der Erde? Aber ich habe keine Knochen unter der Fledermaus gesehen, und ich weiß nicht, was du meinst, Herr Axl. Warst du dabei? Hast du neben dem großen Artus gestanden? Ich schon, Herr, das kann ich mit Stolz behaupten, und er war ein Feldherr, der ebenso barmherzig war wie beherzt. Jawohl, richtig, ich war derjenige, der zum Abt kam, um ihm zu sagen, wer Herr Wistan ist und welche Absichten er hegt, was hätte ich denn für eine Wahl gehabt? Hätte ich ahnen können, wie sich die Herzen heiliger Männer verfinstern können?

Deine Andeutungen sind aus der Luft gegriffen, Herr! Eine Beleidigung für alle, die je an der Seite des großen Artus standen! Hier unten gibt es keine Betten aus Knochen! Und bin ich nicht hier, um euch zu retten?«

»Herr Gawain, deine Stimme dröhnt zu laut – wer weiß, wo die Soldaten jetzt sind.«

»Was hätte ich denn tun sollen, Herr, nachdem ich nun einmal Bescheid wusste? Ja, es stimmt, ich bin hergeritten und habe mit dem Abt gesprochen, aber woher hätte ich wissen sollen, was für ein schwarzes Herz der Mann hat? Und die besseren Männer, der arme Jonus, dessen Leber zerhackt ist und dessen Tage gezählt sind, während der Abt kaum einen Kratzer von diesen Vögeln davongetragen hat ...«

Irgendwoher aus dem Gang kam ein Geräusch, und Herr Gawain brach ab. Es ließ sich schwer feststellen, wie nah oder fern es war, unverkennbar aber war es der Schrei eines Tieres; er erinnerte an das Heulen eines Wolfes, und noch etwas anderes schwang darin mit, das tiefere Brummen eines Bären. Der Schrei war nicht lang gewesen, hatte aber bewirkt, dass sich Beatrice an Axl klammerte und Herr Gawain sich rasch nach seinem am Boden liegenden Schwert bückte. Eine Weile standen alle reglos und schweigend und horchten. Doch der Schrei wiederholte sich nicht, und Herr Gawain brach unvermittelt in ein leises, atemloses Gelächter aus. Als er nicht aufhören wollte, sagte Beatrice ihrem Mann ins Ohr: »Gehen wir rasch fort von hier, Axl. Ich möchte nicht länger an dieses einsame Grab erinnert werden.«

Herrn Gawains Lachen erstarb, und er sagte: »Vielleicht haben wir ja jetzt das Untier gehört. Dennoch bleibt uns nichts anderes übrig als weiterzugehen. Also Freunde, beenden wir unseren Streit. Gleich zünden wir die Kerze wieder an, aber lasst uns noch ein Stück im Dunkeln gehen, damit das Licht das Scheusal nicht eigens anlockt. Seht, hier ist ein fahler Lichtschimmer, das genügt doch. Kommt, Freunde, kein Streit mehr. Mein Schwert ist bereit, gehen wir weiter.«

Der Gang wand sich jetzt, und sie bewegten sich vorsichtiger und warteten bang, was hinter der nächsten Biegung zum Vorschein käme. Aber es kam nichts, und es war auch kein Schrei mehr zu hören. Dann führte der Gang ein gutes Stück steil bergab und mündete endlich in einen weiten unterirdischen Raum.

Sie hielten inne, um erst einmal zu verschnaufen und sich in ihrer neuen Umgebung umzusehen. Nach dem langen Weg durch den niedrigen Geheimgang, in dem ihre Köpfe ständig die Erde über ihnen gestreift hatten, empfanden sie den hohen Raum und den soliden Stoff, aus dem er bestand, als Erleichterung. Als Herr Gawain die Kerze wieder angezündet hatte, erkannte Axl, dass sie sich in einer Art Mausoleum befanden: Die Wände trugen Spuren einstiger Bemalung und römischer Buchstaben; zwei mächtige Säulen vor ihnen bildeten das Tor zu einer zweiten Kammer vergleichbaren Ausmaßes, und direkt auf die Schwelle fiel ein nahezu greller Strahl Mondlicht. Woher es kam, war nicht klar: Vielleicht war irgendwo hinter dem hohen Bogen, der auf den beiden Säulen ruhte, eine Öffnung, durch die, wie es der Zufall wollte, genau in diesem Moment der Mond hereindrang. Sein Licht ließ auch viel von dem Moos- und Flechtenbewuchs an den Säulen und einen Teil des nächsten Raums erkennen, dessen Boden auf den ersten Blick schuttübersät zu sein schien, aber es war, wie Axl bald erkannte, eine dicke Schicht Knochen. Erst jetzt fiel ihm auf, dass sie auch auf Knochen standen, auf zerfallenen Skeletten; und dass dieser befremdliche Fußboden sich über die gesamte Fläche beider Kammern erstreckte.

»Das muss wohl eine alte Begräbnisstätte sein«, sagte er laut. »Aber so viele sind hier begraben …«

»Ein Bestattungsort«, murmelte Herr Gawain. »Ja, ein Bestattungsort.« Er hatte sich langsam, das Schwert in der einen Hand, die Kerze in der anderen, durch den Raum bewegt und ging jetzt auf den Bogen zu, doch kurz vor der Schwelle blieb er stehen, wie eingeschüchtert von dem hellen Licht. Er stieß sein Schwert in den Boden, und Axl beobachtete seinen Umriss. Auf das Schwert gestützt, bewegte Herr Gawain mit müder Geste die Kerze auf und ab.

»Wir müssen nicht streiten, Herr Axl. Hier sind tatsächlich Menschenschädel, ich leugne es nicht. Dort ist ein Arm, hier ein Bein, aber das sind nur noch Knochen. Ein uralter Begräbnisplatz. So mag es sein. Ich wage zu sagen, Herr, dass unser ganzes Land so ist. Ein freundliches grünes Tal. Ein hübsches Gehölz im Frühling. Aber fang an zu graben, und gleich unter den Margeriten und Butterblumen kommen die Toten zum Vorschein. Und, Herr, ich rede nicht nur von denen, die christlich bestattet wurden. In unserer Erde liegen auch die sterblichen Überreste, die uralte Gemetzel hinterlassen haben. Horaz und ich sind es leid geworden. Wirklich leid. Und wir sind ja auch nicht mehr jung.«

»Herr Gawain«, sagte Axl, »wir haben zusammen nur ein einziges Schwert. Ich bitte dich – werde jetzt nicht trübsinnig, und vergiss nicht, dass das Ungeheuer in der Nähe ist.«

»Ich habe das Ungeheuer nicht vergessen, Herr. Ich betrachte lediglich dieses Tor vor uns. Schau hinauf, siehst du das?« Herr Gawain hielt die Kerze hoch, um Axl darauf aufmerksam zu machen, dass aus der Bogenlaibung Zacken ragten; wie abwärts zeigende Speerspitzen sahen sie aus.

»Ein Fallgatter«, sagte Axl.

»Ganz genau, Herr. Dieses Tor ist nicht so alt. Jünger als wir beide, würde ich sagen. Jemand hat das Gatter für uns hoch-gezogen, damit wir hindurchgehen können. Schau dort, die Seile, die es halten. Und hier die Rollen. Jemand kommt häufig hierher, um das Gatter hochzuziehen und herunterzu-lassen und vielleicht auch das Ungeheuer zu füttern.« Herr Gawain ging auf die eine Säule zu; unter seinen Schritten knirschten die Knochen. »Wenn ich dieses Seil durchtrenne, fällt das Gatter sicher herunter und versperrt uns den Aus-weg. Aber wenn das Untier auf der anderen Seite ist, sind wir vor ihm sicher. Ist das dieser sächsische Junge, den ich höre, oder ein Kobold, der sich hier eingeschlichen hat?«

Tatsächlich hatte Edwin, der irgendwo im Schatten stand, zu singen begonnen; schwach zuerst, sodass Axl dachte, er wolle nur seine Nerven beruhigen; doch seine Stimme war nach und nach lauter geworden, unüberhörbar. Es schien ein langsames Schlaflied zu sein; singend stand der Junge mit dem Gesicht zur Wand und wiegte seinen Körper dabei sacht hin und her.

»Dieser Knabe benimmt sich wie einer, der verhext worden ist«, sagte Herr Gawain. »Aber egal, wir müssen jetzt entschei-den, Herr Axl. Gehen wir weiter? Oder schneiden wir das Seil durch, damit wir wenigstens eine Zeit lang abgeschirmt sind?«

»Ich meine, wir schneiden es durch, Herr. Sicher können wir das Gatter wieder aufziehen, wenn wir wollen. Lass uns erst bei geschlossenem Gatter herausfinden, was uns erwartet.«

»Kluger Rat, Herr. Ich tue, wie du sagst.«

Herr Gawain reichte Axl die Kerze, trat einen Schritt vor, hob sein Schwert und schwang es gegen die Säule. Metall schlug gegen Stein, und der untere Teil des Gatters erbebte, es blieb aber, wo es war. Herr Gawain seufzte mit einem An-flug von Verlegenheit. Er veränderte seinen Stand, hob das Schwert abermals und schlug zu.

Diesmal ertönte ein Schnappen, und gleich darauf fiel das Gatter krachend herab. Staub wölkte sich im Mondlicht. In der Stille war der Lärm gewaltig – Edwins Singen verstummte jäh –, und Axl starrte durch das herabgelassene Eisengitter, gespannt auf das, was sie dahinter erwarten mochte. Nichts geschah; kein Anzeichen des Untiers, und nach einer Weile stießen alle den angehaltenen Atem aus.

Unabhängig davon, dass sie jetzt fraglos in der Falle saßen, bedeutete das herabgelassene Fallgatter eine gewisse Erleichterung, und wie befreit begannen alle vier in diesem Mausoleum umherzugehen. Herr Gawain, der sein Schwert in die Scheide zurückgesteckt hatte, trat an die Gitterstäbe und berührte sie behutsam.

»Gutes Eisen«, sagte er. »Es wird halten.«

Beatrice, die eine Weile wie erstarrt gewesen war, trat zu Axl und drückte den Kopf an seine Brust. Als er den Arm um sie legte, merkte er, dass ihre Wange tränennass war.

»Na komm, Prinzessin«, sagte er, »verzage nicht. Es wird nicht lang dauern, und wir sind endlich draußen im nächtlichen Wald.«

»Diese ganzen Schädel, Axl. So viele! Ob dieses Untier sie wirklich alle umgebracht hat?«

Sie hatte leise gesprochen; dennoch drehte Herr Gawain sich zu ihnen um. »Was sagst du da, Herrin? *Ich* hätte dieses Gemetzel angerichtet?« Es klang müde; aller Zorn, den er zuvor im Geheimgang geäußert hatte, war gewichen, doch es lag eine eigenartige Eindringlichkeit in seinem Ton. »So viele Schädel, sagst du. Sind wir nicht unter der Erde? Was meinst du denn? Kann ein einzelner Ritter der Tafelrunde so viele erschlagen haben?« Er wandte sich wieder zum Tor und fuhr mit einem Finger die Stäbe entlang. »Einmal, vor Jahren, sah ich mich im Traum den Feind erschlagen. Ich schlief, und es ist lang her. Der Feind, das waren Hunderte, vielleicht so viele wie hier. Ich kämpfte endlos. Nur ein dummer Traum, aber ich erinnere mich.« Er seufzte, dann sah er Beatrice an. »Ich weiß kaum, wie ich dir antworten soll, Herrin. Ich handelte so, wie ich glaubte, es sei Gott gefällig. Wie hätte ich ahnen sollen, wie schwarz die Herzen dieser erbärmlichen Mönche geworden sind? Horaz und ich kamen zu diesem Kloster, als die Sonne noch am Himmel stand, nicht lang nach euch, denn zu dem Zeitpunkt dachte ich noch, ich müsse dringend mit dem Abt sprechen. Dann ging mir auf, was er gegen euch im Schild führte, und ich täuschte Zustimmung vor. Ich nahm von ihm Abschied, und alle wähnten mich fort, doch ich ließ Horaz im Wald zurück und kam zu Fuß, im Schutz der Dunkelheit wieder her. Gottlob denken nicht alle Mönche gleich. Ich wusste, dass mich der gute Jonus empfängt. Und als ich durch ihn von den Plänen des Abtes erfuhr, ließ ich mich von Ninian ungesehen in diesen Geheimgang führen, um hier auf euch zu warten. Verflucht, der Junge fängt schon wieder an!«

Und wirklich sang Edwin wieder vor sich hin, nicht so laut wie zuvor, doch in einer sehr seltsamen Haltung. Er hatte sich vorgebeugt, hielt sich beide Fäuste an die Schläfen und bewegte sich langsam durch den Schatten, als würde er tanzend ein Tier darstellen.

»Sicher sind die Ereignisse der letzten Tage zu viel für ihn«, sagte Axl. »Es ist ein Wunder, dass er sich bisher so tapfer gehalten hat, und wir müssen uns gut um ihn kümmern, wenn wir von hier fort sind. Aber Herr Gawain, sag uns doch: Warum versuchen die Mönche einen unschuldigen Knaben wie Edwin zu töten?«

»Der Abt war taub für meine Argumente, Herr, er will den Jungen vernichten. Daher ließ ich Horaz im Wald und kehrte zurück …«

»Herr Gawain, bitte erkläre uns eines. Hat dies mit seiner Wunde zu tun, die er von einem Menschenfresser hat? Dabei sind diese Mönche doch christlich gebildete Männer.«

»Was der Junge da hat, ist nicht der Biss eines Menschenfressers. Sondern der eines Drachen. Das erkannte ich sofort, als der Soldat gestern sein Hemd hochhob. Wer weiß, wie er an einen Drachen geriet, aber das ist ohne Zweifel ein Drachenbiss, und jetzt gerät sein Blut in Wallung, es drängt ihn, mit der Drachin zusammenzukommen. Deshalb hat ja Herr Wistan seinen Schützling so gern. Er glaubt, dass ihn der junge Herr Edwin zu Querig führen wird. Und aus demselben Grund wollen die Mönche und diese Soldaten ihn töten. Schau, der Junge wird immer wilder!«

»Woher kommen all diese Schädel, Herr?«, fragte Beatrice den Ritter unvermittelt. »Warum so viele? Stammen sie wirklich alle von Kleinkindern? Manche sind so klein, dass sie in eine Handfläche passen.«

»Prinzessin, quäl dich doch nicht. Das ist eine Begräbnisstätte, weiter nichts.«

»Was sagst du, Herrin? Kinderschädel? Ich habe gegen Männer gekämpft, Dämonen, Drachen. Aber ein Kinderschlächter? Was unterstehst du dich, Herrin!«

Unversehens drängte sich Edwin, immer noch singend, an ihnen vorbei bis ans Fallgatter und drückte sich an die Stangen.

»Zurück, Junge«, sagte Herr Gawain und ergriff ihn an den Schultern. »Es ist gefährlich hier, und gesungen hast du jetzt lang genug!«

Edwin umklammerte mit beiden Händen die Stangen, und sie rangen kurz miteinander, der Junge und der alte Ritter, bis beide ganz plötzlich voneinander abließen und vom Gatter zurückwichen. Beatrice, die an Axls Brust gelehnt stand, schnappte nach Luft, Axl selbst aber sah zuerst gar nichts, weil ihm Edwin und Herr Gawain den Blick verstellten. Doch das Untier kam in den Lichtkreis und zeigte sich.

»Gott schütze uns«, sagte Beatrice. »Das Wesen ist direkt der Großen Ebene entkommen, und schon wird es kälter.«

»Keine Angst, Prinzessin. Diese Gitterstäbe kann es nicht durchbrechen.«

Herr Gawain, der sogleich sein Schwert gezogen hatte, begann wieder leise zu lachen. »Nicht annähernd so schlimm wie befürchtet«, sagte er, und sein Lachen wurde ein wenig lauter.

»Aber schlimm genug, Herr«, sagte Axl. »Sicher ist es ohne Weiteres imstande, uns alle zu verschlingen, einen nach dem anderen.«

Was vor ihnen stand, sah aus wie ein großes gehäutetes Tier: Eine halb durchsichtige Membran, ähnlich der Wand eines Schafsmagens, spannte sich straff über Sehnen und Gelenke. Im Wechselspiel aus Mondlicht und Schatten schien es ungefähr die Größe und Gestalt eines Stiers zu haben, sein Kopf aber war eindeutig wolfsähnlich und von dunklerer Färbung als der Rest – aber auch hier hatte man eher den Eindruck, dass die Schwärzung durch Feuer zustande gekommen war, als dass das Fell oder Fleisch von Natur aus dunkler gewesen wäre. Der Kiefer war wuchtig, die Augen reptilienähnlich.

Herr Gawain lachte immer noch in sich hinein. »Auf dem Weg durch diesen finsteren Gang hatten mich meine wilden Vorstellungen auf Schlimmeres vorbereitet. Einmal, Herr, in den Sümpfen von Dumum, stand ich Wölfen mit widerlichen Hexenfratzen gegenüber! Und am Berg Culwich traf ich zweiköpfige Menschenfresser, die einen mit Blut bespien, während sie ihren Schlachtruf brüllten! Dies hier ist kaum mehr als ein wütender Hund.«

»Aber das Untier versperrt uns den Weg in die Freiheit, Herr Gawain.«

»Das ist allerdings wahr. Wir können es also eine Stunde lang anstarren, bis hinter uns die Soldaten den Geheimgang herabkommen, oder dieses Gatter wieder aufziehen und kämpfen.«

»Ich neige zu der Ansicht, dass es sich hier um einen unheimlicheren Feind handelt, als ein wilder Hund es wäre, Herr Gawain. Bitte werde nicht selbstgefällig.«

»Ich bin ein alter Mann, Herr, und diese Klinge habe ich viele Jahre lang im Zorn geführt. Doch bin ich noch immer ein bestens ausgebildeter Ritter, und wenn das ein Vieh von dieser Welt ist, so werde ich es überwältigen.«

»Siehst du, Axl«, sagte Beatrice, »wie sein Blick Herrn Edwin folgt.«

Edwin, jetzt sonderbar ruhig, war gleichsam suchend hin und her gegangen, erst nach links, dann nach rechts und ohne das Untier aus dem Blick zu lassen, und das Untier starrte unverwandt zurück.

»Der Hund hungert nach dem Jungen«, sagte Herr Gawain nachdenklich. »Könnte sein, dass das Ungeheuer Drachenbrut in sich trägt.«

»Was immer seine Natur sein mag«, sagte Axl, »es erwartet seltsam geduldig, was wir als Nächstes tun.«

»Dann lasst mich einen Vorschlag machen, Freunde«, sagte Herr Gawain. »Es widerstrebt mir, diesen sächsischen Knaben als Köder zu benutzen, als wäre er ein Zicklein für den Wolf. Aber er scheint ein tapferer Junge zu sein und nicht weniger in Gefahr, wenn er waffenlos hier herumwandert. Er soll die Kerze nehmen und sich dort hinten hinstellen. Wenn du, Herr Axl, es dann zuwege bringst, das Gatter irgendwie zu heben, vielleicht mithilfe deiner guten Frau, ist das Untier frei, hier hereinzukommen. Ich stelle mir vor, dass es direkt auf den

Jungen zusteuert. Seinen Angriffsweg vorwegnehmend, stehe ich hier und schlage es nieder, wenn es an mir vorbeikommt. Was sagst du zu diesem Plan, Herr?«

»Er entspringt der Verzweiflung. Aber auch ich fürchte, dass die Soldaten bald diesen Geheimgang entdecken werden. Also versuchen wir's, Herr, und selbst wenn meine Frau und ich uns gemeinsam ans Seil hängen müssen, tun wir alles, um dieses Gatter wieder aufzubekommen. Prinzessin, erklär Herrn Edwin unseren Plan, und schauen wir, ob er bereit ist, mitzumachen.«

Edwin aber schien Herrn Gawains Strategie auch ohne Worte begriffen zu haben. Er nahm die Kerze entgegen und ging zehn lange Schritte über den knochenbedeckten Boden bis tief in den Schatten, und als er sich wieder umdrehte, brannte die Kerzenflamme fast ohne ein Zittern unter seinem Gesicht und beleuchtete glänzende Augen, die auf das Wesen jenseits des Gatters starrten.

»Also schnell, Prinzessin«, sagte Axl. »Steig auf meinen Rücken und versuch das Ende des Seils zu erwischen. Schau, dort baumelt es.«

Zuerst wären sie beinahe gemeinsam gefallen. Dann benutzten sie die Säule als Halt, und nach einigem Herumtasten hörte er sie sagen: »Ich hab es, Axl. Lass mich herunter und das Seil mit mir. Aber halt mich, damit ich nicht falle.«

»Herr Gawain«, rief Axl leise. »Bist du bereit, Herr?«

»Wir sind bereit.«

»Wenn dir das Vieh entkommt, ist dies bestimmt das Ende dieses tapferen Jungen.«

»Ich weiß, Herr. Und es entkommt mir nicht.«

»Lass mich langsam herunter, Axl. Wenn ich noch in der Luft bin und am Seil hänge, greif hinauf und zieh mich herunter.«

Axl ließ Beatrice los, und einen Moment lang hing sie tatsächlich baumelnd in der Luft, denn ihr Gewicht reichte nicht aus, um das Gatter hochzuhieven. Doch Axl bekam ein Stück Seil in der Nähe ihrer Hände zu fassen, und als sie gemeinsam zogen, geschah erst nichts, dann gab etwas plötzlich nach, und das Gatter setzte sich mit einem Ruck in Bewegung. Axl zog weiter, und weil er nicht sah, welchen Erfolg seine Bemühungen zeitigten, rief er: »Ist es schon hoch genug, Herr?«

Es dauerte eine Weile, bis Herrn Gawains Stimme erklang. »Der Hund starrt in unsere Richtung, und nichts trennt uns mehr.«

Axl bog sich zur Seite und spähte genau in dem Moment um die Säule, als das Untier einen Satz vorwärts machte. Das Mondlicht beleuchtete das entgeisterte Gesicht des alten Ritters, der sein Schwert schwang, doch zu spät: Das Wesen war schon an ihm vorbei und steuerte zielsicher auf Edwin zu.

Die Augen des Jungen weiteten sich, doch er ließ die Kerze nicht fallen. Stattdessen machte er einen Schritt zur Seite, wie aus Höflichkeit, um das Untier vorbeizulassen. Und zu Axls Überraschung geschah genau das: Es rannte an Edwin vorbei in die schwarze Finsternis des Geheimgangs, aus dem sie alle gekommen waren.

»Ich halte das Gatter noch«, rief Axl. »Kommt über die Schwelle und rettet euch!«

Doch weder Beatrice noch Herr Gawain, der sein Schwert hatte sinken lassen, nahmen ihn zur Kenntnis. Selbst Edwin schien kein Interesse mehr an dem schrecklichen Geschöpf zu haben, das an ihm vorbeigestürmt war und sicher gleich wiederkäme. Der Junge, die Kerze vor sich hertragend, trat zu dem alten Ritter, und beide starrten zu Boden.

»Lass das Gatter fallen, Herr Axl«, sagte Herr Gawain, ohne aufzublicken. »Wir ziehen es bald wieder auf.«

Wie gebannt starrten der alte Ritter und der Junge auf etwas, das vor ihnen auf dem Boden lag. Er ließ das Gatter fallen, und in dem Moment sagte Beatrice:

»Das ist etwas Fürchterliches, Axl, und ich muss es nicht sehen. Aber geh du und sieh's dir an, wenn du willst, und sag mir, was du siehst.«

»Ist das Untier nicht in den Gang gerannt, Prinzessin?«

»Ein Teil von ihm; ich habe gehört, wie seine Schritte verebbten. Jetzt geh, Axl, und sieh dir das Ding an, das vor dem Ritter liegt.«

Als Axl zu ihnen trat, fuhren Herr Gawain und Edwin zusammen, als habe er sie aus einer Trance gerissen. Aber sie traten zur Seite, und Axl sah im Mondlicht den Kopf des Untiers liegen.

»In diesem Kiefer ist noch Leben«, sagte Herr Gawain verstört. »Ich würde ja mein Schwert noch einmal benutzen, doch fürchte ich, dies wäre eine Schändung, die noch größeres Unheil über uns brächte. Aber lieber wär's mir, das Ding hörte auf sich zu bewegen.«

Tatsächlich fiel es schwer zu glauben, der abgetrennte Kopf sei nicht mehr lebendig. Er lag auf der Seite, das eine sichtbare Auge glänzte wie ein Geschöpf aus dem Meer, und der Unterkiefer bewegte sich rhythmisch mit seltsamer Energie, sodass die Zunge, die schlaff zwischen den Zähnen steckte, von Leben erfüllt schien.

»Wir sind dir zu Dank verpflichtet, Herr Gawain«, sagte Axl.

»Nur ein Hund, Herr, ich träte gern gegen Schlimmeres an. Aber dieser sächsische Knabe beweist einen seltenen Mut, und ich bin froh, ihm einen gewissen Dienst erwiesen zu haben. Aber jetzt müssen wir weitereilen und dabei sehr vorsichtig sein, denn wer weiß, was über uns geschieht oder ob nicht hinter dieser Kammer ein zweites Untier lauert.«

Sie entdeckten jetzt eine Kurbel hinter der einen Säule, und als sie das Seilende daran befestigten, ließ sich das Gatter mühelos heben. Der abgeschlagene Kopf blieb dort liegen, wohin er gefallen war; sie durchschritten das Fallgitter, Herr Gawain ging mit gezogenem Schwert wieder voraus, und Edwin bildete die Nachhut.

Die zweite Kammer des Mausoleums ließ klar erkennen, dass sie dem Untier als Unterschlupf gedient hatte: Zwischen alten Knochen lagen frischere Gerippe, die von Schafen und Wild stammen mochten, sowie weitere dunkle, faulig riechende Gebilde, deren ursprüngliche Gestalt nicht mehr zu erraten war. Dann gingen sie wieder, alle vier gebeugt und kurzatmig, einen sich schlängelnden unterirdischen Gang entlang. Sie begegneten keinen Ungeheuern mehr, und irgendwann vernahmen sie Vogelgezwitscher. In der Ferne schimmerte es hell, und kurze Zeit später traten sie in den Wald hinaus. Ringsum begann der Tag.

Leicht benommen entdeckte Axl ein Gewirr aus Wurzeln, die zwischen zwei hohen Bäumen aus der Erde ragten, und er nahm Beatrice bei der Hand und führte sie dorthin, damit sie sich setzte. Beatrice war erst so außer Atem, dass sie kein Wort herausbrachte; nach einer Weile aber blickte sie auf und sagte:

»Es ist Platz neben mir, Mann. Wenn wir nun in Sicherheit sind, lass uns hier sitzen und zusehen, wie die Sterne verblassen. Ich bin froh, dass wir beide wohlauf sind und dieser schreckliche Geheimgang hinter uns liegt.« Dann sagte sie: »Wo ist der junge Herr Edwin? Ich sehe ihn nicht.«

Axl sah sich im Dämmerlicht des Morgens um und entdeckte Herrn Gawain, eine dunkle Silhouette vor dem Himmel; den Kopf gesenkt, stützte sich der Ritter mit einer Hand an einen Baumstamm, um zu verschnaufen. Von dem Jungen aber war keine Spur.

»Eben war er noch hinter uns«, sagte Axl. »Ich hörte ihn sogar rufen, als wir ins Freie traten.«

»Ich sah ihn weitereilen, Herr«, sagte Herr Gawain, noch immer schwer atmend, ohne sich umzudrehen. »Da er nicht betagt ist wie wir, hat er es nicht nötig, sich keuchend und stöhnend an Eichen zu lehnen. Wahrscheinlich läuft er zurück zum Kloster, um Herrn Wistan zu retten.«

»Bist du nicht auf die Idee gekommen, ihn aufzuhalten, Herr? Bestimmt begibt er sich in große Gefahr, und Herr Wistan ist inzwischen längst tot oder gefangen.«

»Was hätte ich denn tun sollen, Herr? Ich habe getan, was ich konnte. Habe mich in diesem stickigen Geheimgang versteckt. Habe das Untier besiegt, das schon zahlreiche tapfere Männer vor uns verschlungen hat. Und am Ende rennt der Junge ins Kloster zurück! Soll ich ihm vielleicht nachlaufen, bewaffnet und gerüstet, wie ich bin? Ich bin am Ende meiner Kraft, Herr. Vollkommen erschöpft. Was ist meine nächste Pflicht? Ich muss rasten und nachdenken. Was würde Artus von mir erwarten?«

»Verstehen wir das richtig, Herr Gawain«, fragte Beatrice, »dass du derjenige warst, der dem Abt überhaupt verraten hat, wer Herr Wistan in Wahrheit ist, nämlich ein sächsischer Krieger aus dem Osten?«

»Warum müssen wir das alles jetzt noch einmal durchkauen, Herrin? Habe ich euch nicht in Sicherheit gebracht? So viele Schädel, über die unsere Schritte uns geführt haben, bis wir in diesen lieblichen Morgen traten! So viele! Man muss gar nicht den Blick senken – man hört die Knochen knacken bei jedem Schritt. Wie viele Tote, Herr? Hundert? Tausend? Hast du sie gezählt, Herr Axl? Oder warst du nicht dabei, Herr?« Er war noch immer eine Silhouette neben dem Baum, und seine Worte waren jetzt, da der Morgenchor der Vögel eingesetzt hatte, manchmal schwer zu verstehen.

»Was immer heute Nacht passiert ist«, sagte Axl, »wir sind dir zu großem Dank verpflichtet, Herr Gawain. Dein Mut und dein Geschick sind ganz offensichtlich unbeeinträchtigt. Aber auch ich habe eine Frage an dich.«

»Verschone mich, Herr. Wie sollte ich einen flinken Knaben diese Waldhänge hinauf verfolgen? Ich bin nicht nur außer Atem, Herr, ich bin erschöpft!«

»Herr Gawain, waren wir nicht einmal Kameraden, vor langer Zeit?«

»Verschone mich, Herr. Ich habe heute Nacht meine Pflicht getan. Reicht das nicht? Jetzt muss ich mich auf die Suche nach meinem armen Horaz machen, der an einem Ast festgebunden ist, damit er nicht herumstreunt, aber was, wenn ihn ein Wolf oder Bär findet?«

»Der Nebel hängt schwer über meiner Vergangenheit«, sagte Axl. »Doch in letzter Zeit fühle ich mich an irgendeine Aufgabe erinnert, eine bedeutsame zumal, mit der ich einst betraut war. War es ein Gesetz, ein großes Gesetz, das alle Menschen näher zu Gott bringen sollte? Deine Gegenwart und deine Erwähnungen von König Artus rühren an lang versunkene Gedanken, Herr Gawain.«

»Mein armer Horaz, Herr, hasst den nächtlichen Wald. Der hohle Eulenruf, das Gebell eines Fuchses reichen aus, um ihm Angst einzujagen, obwohl er wiederum einen Pfeilhagel aushalten kann, ohne auch nur mit einem Muskel zu zucken. Ich gehe jetzt zu ihm, und ihr beide verweilt nicht zu lang hier, das lasst mich euch guten Leuten dringend raten. Vergesst die zwei jungen Sachsen. Denkt jetzt an euren geliebten Sohn, der euch in seinem Dorf erwartet. Beeilt euch, rate ich euch, denn ihr seid jetzt ohne eure Decken und euren Proviant. Der Fluss ist nahe und fließt rasch Richtung Osten. Ein freundliches Wort zu einem Kahnführer verschafft euch womöglich eine Fahrt stromabwärts. Aber trödelt nicht lang hier herum, wer weiß, ob nicht bald schon die Soldaten auftauchen und euch nachstellen. Gott schütze euch, Freunde.«

Mit ein paar schweren Schritten und einem Rascheln und Knacken von Laub und Gezweig war Herr Gawain im Dickicht verschwunden. Nach einem Moment sagte Beatrice:

»Jetzt haben wir uns gar nicht von ihm verabschiedet, Axl, das bedaure ich sehr. Allerdings hat er sich auf seltsame Weise empfohlen, und sehr plötzlich dazu.«

»Das scheint mir auch so, Prinzessin. Aber vielleicht ist sein Rat klug. Eilen wir zu unserem Sohn und vergessen unsere jüngsten Gefährten. Es beunruhigt mich, was aus dem armen Herrn Edwin wird, falls er tatsächlich zum Kloster zurückkehrt, aber was können wir für ihn tun?«

»Lass uns noch eine Weile rasten, Axl. Gleich gehen wir weiter, nur wir zwei, und wir tun gut daran, einen Kahn zu suchen, der uns schneller voranbringt. Unser Sohn fragt sich gewiss schon, wo wir so lang bleiben.«

8. KAPITEL

Der junge Mönch war ein dünner, kränklich wirkender Pikte, der Edwins Sprache gut beherrschte. Sicher war er froh, Gesellschaft zu haben, die ihm im Alter näher war; während des ersten Teils der Wanderung durch offene Landschaft und Morgendunst hatte er genüsslich geplaudert. Doch seitdem sie im Wald unterwegs waren, war der junge Mönch schweigsam geworden, und Edwin fragte sich jetzt, ob er seinen Geleitsmann in irgendeiner Weise gekränkt hatte. Nein, wahrscheinlich wollte der Mönch einfach keine Waldbewohner auf sie beide aufmerksam machen, wer immer sie sein mochten: Neben dem gefälligen Vogelgesang waren auch manches befremdliche Gezisch und Gemurmel zu hören. Als Edwin, weniger der Beruhigung halber als aus dem Wunsch heraus, das Schweigen zu brechen, noch einmal fragte: »Dann sind die Wunden meines Bruders also wohl nicht tödlich?«, war die Antwort beinahe barsch:

»Pater Jonus sagt Nein. Einen Klügeren als ihn gibt es nicht.«

Wistan konnte also nicht so schlimm verletzt sein. Eigentlich musste er ja vor nicht allzu langer Zeit denselben Weg bergab bewältigt haben, noch dazu im Dunkeln. Hatte er sich schwer auf den Arm seines Gefährten stützen müssen? Oder hatte er gar auf seiner Stute reiten können, vielleicht mit der Hilfe eines Mönchs, der sie am Halfter führte?

»Zeig dem Jungen den Weg zur Hütte des Fassbinders. Und pass auf, dass euch keiner sieht, wenn ihr das Kloster verlasst.« Mit dieser Anweisung habe Pater Jonus ihn losgeschickt, sagte der junge Mönch. Edwin wäre also bald wieder mit dem Krieger zusammen. Wie aber würde er wohl empfangen? Schon bei der ersten Herausforderung, die sich ihnen stellte, hatte er Wistan im Stich gelassen. Statt beim ersten Anzeichen eines bevorstehenden Kampfes mannhaft an seiner Seite zu stehen, war Edwin in den langen Geheimgang geflüchtet. Aber seine Mutter war doch nicht dort unten gewesen, und erst als in der Ferne, wie ein fahler Mond inmitten von Schwärze, das Ende des Gangs in Sicht gekommen war, hatte er gefühlt, dass die schweren Traumwolken von ihm wichen, und mit Grauen erkannt, was geschehen war.

Zumindest hatte er, kaum war er in den morgenkalten Wald hinausgetreten, sein Bestes gegeben und war den ganzen Weg zurück zum Kloster gerannt; nur auf den steilsten Wegstücken war er langsamer geworden. Im größten Waldesdickicht hatte er manchmal gefürchtet, er habe sich verirrt, doch als die Bäume spärlicher wurden, hatte er vor dem bleichen Himmel wieder das Kloster aufragen sehen. Also war er weitergeklettert und endlich keuchend und mit schmerzenden Beinen vor dem großen Tor gestanden.

Die kleine Pforte neben dem Tor war unversperrt, und irgendwann hatte er sich so weit beruhigt, dass er sich mit Bedacht und Vorsicht auf das Klostergelände schleichen konnte. Schon während des Aufstiegs hatte er Rauch gewittert, der ihn jetzt schmerzhaft in die Brust stach, sodass er Mühe hatte, nicht laut zu husten. Nun wusste er jedenfalls, dass es bereits zu spät war, um den Heuwagen dorthin zu bringen, wo er von Wistan gebraucht wurde, und eine große Leere tat sich in ihm auf. Doch dieses Gefühl schob er vorläufig beiseite und drang weiter aufs Klostergelände vor.

Eine Zeit lang begegnete er niemandem, weder Mönchen noch Soldaten. Doch als er geduckt, damit man ihn nicht von einem fernen Fenster aus erspähte, auf der hohen Mauer dahinschlich, sah er unter sich die Pferde der Soldaten, die sich in dem kleinen Innenhof innerhalb des Haupttors drängten. Auf allen Seiten von hohen Mauern umschlossen, gingen die noch gesattelten Tiere nervös im Kreis herum, obwohl es hier so eng war, dass sie kaum aneinander vorbeikamen, ohne zusammenzustoßen. Als er zu den Unterkünften der Mönche kam, wäre ein anderer seines Alters womöglich unbedacht zum zentralen Innenhof gerannt, Edwin aber besaß die Geistesgegenwart, sich die Geografie des Geländes in Erinnerung zu rufen und mithilfe dessen, was er von den rückwärtigen Passagen wusste, einen Umweg drumherum zu suchen. Noch als er am Ziel war, verbarg er sich hinter einer steinernen Säule und sah sich vorsichtig um.

Der Innenhof war kaum wiederzuerkennen. Drei Gestalten in Mönchskutten fegten müde das Pflaster, und während Edwin sie beobachtete, kam ein Vierter mit einem Eimer und goss Wasser über die Steine, sodass mehrere Krähen erschrocken aufflatterten. Stellenweise war der Boden mit Stroh und Sand bestreut, und Edwins Blick fiel auf mehrere Gebilde unter Sackleinen. Das waren sicher Leichen, dachte er. Über allem ragte der alte steinerne Turm auf, in dem Wistan sich verschanzt hatte, doch auch der Turm hatte sich verändert und war an vielen Stellen schwarz verkohlt, besonders um die bogenförmige Eingangspforte und um jedes schmale Fenster. Der ganze Turm schien geschrumpft. Mit gerecktem Hals spähte Edwin hinter der Säule hervor, um festzustellen, ob die

Pfützen unter den zugedeckten Gestalten Blut oder Wasser waren, und in dem Moment legten sich ihm zwei knochige Hände von hinten auf die Schultern.

Er fuhr herum und erblickte Pater Ninian vor sich, den stummen Mönch, der ihm in die Augen starrte. Es entfuhr ihm kein Schrei; mit gesenkter Stimme sagte Edwin, auf die Leichen deutend: »Herr Wistan, mein sächsischer Bruder. Liegt er dort?«

Der stumme Mönch schien zu verstehen und schüttelte nachdrücklich den Kopf. Doch während er, wie es seine Art war, einen Finger an die Lippen legte, starrte er warnend in Edwins Gesicht. Dann sah er sich verstohlen um und zog Edwin mit sich fort aus dem Innenhof.

»Können wir sicher sein, Krieger«, hatte er Wistan tags zuvor gefragt, »dass die Soldaten auch kommen? Wer wird ihnen verraten, dass wir hier sind? Die Mönche hier halten uns doch gewiss für schlichte Schäfer?«

»Wer weiß, Junge. Vielleicht lassen sie uns in Ruhe. Aber einen gibt es, von dem ich mir vorstellen kann, dass er unsere Anwesenheit hier nicht für sich behalten kann, und vielleicht erteilt der gute Brennus gerade in diesem Augenblick seine Befehle. Sei bitte ganz gründlich, junger Kamerad. Die Britannier pflegen einen Heuballen von innen her mit Holzlatten zu stützen. Wir aber brauchen einen, der rein aus Heu besteht.«

Er und Wistan hatten in der Scheune hinter dem alten Turm gesessen. Das Holzhacken hatten sie vorläufig beendet, und der Krieger hielt es für notwendig, den windschiefen Wagen so hoch wie möglich mit dem im hinteren Teil des Schuppens gelagerten Heu zu beladen. Sie machten sich ans Werk, und Edwin musste in regelmäßigen Abständen auf die Ballen klettern und mit einem Stock hineinstechen. Der

Krieger, der ihn vom Boden aus scharf beobachtete, ließ ihn manchmal einen Abschnitt wiederholen oder wies ihn an, ein Bein an einer bestimmten Stelle so weit wie möglich nach unten zu strecken.

»Die heiligen Männer hier neigen zur Zerstreutheit«, sagte Wistan zur Erklärung. »Kann sein, dass sie eine Heugabel oder einen Spaten vergessen haben. In dem Fall erweisen wir ihnen sogar einen Dienst, wenn wir etwas finden, denn Werkzeug ist hier oben ja eine Seltenheit.«

Der Krieger hatte zu dem Zeitpunkt noch mit keinem Wort verraten, was er mit dem Heu vorhatte; Edwin aber war sicher, dass es mit dem bevorstehenden Kampf zu tun hatte, und deshalb hatte er, während er Heuballen übereinandertürmte, die Frage nach den Soldaten gestellt.

»Wer soll uns verraten, Krieger? Die Mönche hegen keinen Verdacht gegen uns. Sie sind so vertieft in ihre heiligen Streitereien, dass sie uns kaum eines Blickes würdigen.«

»Mag sein, Junge. Aber sieh auch dort drüben nach. Ja, dort, genau.«

»Kann es sein, Krieger, dass das alte Paar uns verrät? Nein, die sind bestimmt zu dumm und ehrlich.«

»Von ihnen fürchte ich keinen Verrat. Obwohl sie Britannier sind. Aber du irrst, wenn du glaubst, sie seien dumm, Junge. Herr Axl zum Beispiel ist ein sehr kluger Bursche. Tiefsinnig.«

»Krieger, warum sind wir mit ihnen unterwegs? Sie halten uns doch ungemein auf.«

»Das ist wahr, und unsere Wege werden sich auch bald trennen. Aber heute Morgen, als wir aufgebrochen sind, war mir an Herrn Axls Gesellschaft sehr gelegen. Und vielleicht wünsche ich sie mir noch länger. Wie gesagt, er ist ein tiefsinniger Mann. Möglicherweise haben wir beide noch das eine oder andere zu besprechen. Aber jetzt konzentrieren wir uns auf das, was vor uns liegt. Wir müssen diesen Wagen so beladen, dass die Last stabil ist und hält. Und wir brauchen reines Heu. Es darf kein Holz oder Eisen darunter sein. Du siehst, Junge, ich bin auf dich angewiesen.«

Doch Edwin hatte ihn im Stich gelassen. Wie hatte er nur so lang schlafen können? Es war ein Fehler gewesen, sich überhaupt niederzulegen. Er hätte sich aufrecht in seine Ecke setzen und vielleicht eine Zeit lang dösen sollen, wie er es bei Wistan gesehen hatte: bereit, beim ersten Geräusch aufzuspringen. Stattdessen hatte er wie ein Kleinkind von der alten Frau eine Tasse Milch angenommen und war in seiner Zimmerecke in Tiefschlaf gefallen.

Hatte seine echte Mutter ihn im Traum gerufen? Vielleicht hatte er deshalb so lang geschlafen. Und warum, um Himmels willen, war er, nachdem der lahme Mönch ihn wach gerüttelt hatte, nicht sofort zum Krieger geeilt, sondern war mit den anderen in diesen seltsamen, endlosen Gang hinuntergestiegen, als hielte ihn noch ein Traum umfangen?

Es war bestimmt die Stimme seiner Mutter gewesen, dieselbe Stimme, die in der Scheune zu ihm gesprochen hatte. »Bring du die Kraft für mich auf, Edwin. Bring die Kraft auf und komm mich retten. Komm mich retten. Komm mich retten.« Es lag ein Drängen darin, das er am Morgen zuvor noch nicht wahrgenommen hatte. Und da war noch mehr: Als er in der offenen Falltür gestanden und auf die Stufen gestarrt hatte, die in die Finsternis hinabführten, hatte er ein derart heftiges Zerren verspürt, dass ihm schwindelte, ja beinahe übel wurde.

Der junge Mönch bog mit einem Stock ein Schlehengestrüpp zur Seite und ließ Edwin vorausgehen. Jetzt sprach er endlich wieder, wenngleich in gedämpftem Ton.

»Das ist eine Abkürzung. Bald sehen wir das Dach der Fass-binderhütte.«

Als sie aus dem Wald kamen und das Gelände vor ihnen abfiel und der Nebel im Tal sich allmählich lichtete, hörte es Edwin noch immer im Farndickicht rascheln und zischeln. Und er dachte an den sonnigen Abend im Spätsommer, als er mit dem Mädchen gesprochen hatte.

Den Tümpel hatte er zuerst gar nicht gesehen, denn ringsherum wuchsen Binsen, die seinen Blick verstellten. Eine Wolke farbenfroher Insekten war vor ihm aufgestoben, was normalerweise sofort seine Aufmerksamkeit erregt hätte; diesmal aber beschäftigte ihn das Geräusch, das vom Rand des Wassers herkam. Ein Tier in einer Falle? Da war es noch einmal, halb übertönt vom Vogelgezwitscher und dem Wind. Das Geräusch folgte einem Muster: ein jähes, heftiges Geraschel wie von einem Kampf, gefolgt von Stille. Kurz darauf setzte das Rascheln abermals ein. Als er vorsichtig nähertrat, hörte er angestrengtes Atmen. Und schließlich sah er das Mädchen.

Sie lag auf dem Rücken im struppigen Gras, der Oberkörper war seitlich verdreht. Sie war ein paar Jahre älter als er – fünfzehn oder sechzehn – und ihr Blick war furchtlos auf ihn geheftet. Er brauchte eine Weile, um zu begreifen, woher ihre merkwürdige Körperhaltung kam: Ihre Hände waren auf dem Rücken gefesselt. Das zerdrückte Gras ringsum zeigte, wo sie sich gewälzt und, mit den Beinen ausschiebend, vorwärts bewegt hatte. Der Kittel, den sie trug, war in der Taille gegürtet und entlang einer Seite verfärbt – vielleicht war er nass –, und an den Beinen, die ungewöhnlich dunkelhäutig waren, hatte sie frische Kratzer von den Disteln.

Es kam ihm in den Sinn, dass sie eine Erscheinung sein könnte oder ein Kobold, doch als sie sprach, fehlte ihrer Stimme der Nachhall.

»Was willst du? Warum bist du hergekommen?«

Als Edwin sich von seiner Überraschung erholt hatte, sagte er: »Ich könnte dir helfen, wenn du willst.«

»Das sind keine komplizierten Knoten. Sie haben sie nur fester geschnürt als sonst.«

Erst jetzt sah er, dass ihr Gesicht und Hals schweißüberströmt waren, und noch während sie sprach, versuchte sie ungestüm, ihre gefesselten Hände zu befreien.

»Bist du verletzt?«, fragte er.

»Nein, nicht verletzt. Aber vorhin ist ein Käfer auf meinem Knie gelandet. Er hat sich daran festgeklammert und mich gebissen. Jetzt wird es anschwellen. Ich sehe, dass du noch zu sehr Kind bist, um mir helfen zu können. Macht nichts. Ich schaffe es allein.«

Auch während sie sich wand und das Gesicht verzog und den Oberkörper ein Stück vom Boden hob, blieb ihr Blick auf ihn geheftet. Er sah wie gebannt zu und erwartete jeden Moment, ihre befreiten Hände hervorkommen zu sehen. Doch sie sank besiegt ins Gras zurück, keuchend, und starrte ihn zornig an.

»Ich könnte helfen«, sagte Edwin. »Ich kenne mich mit Knoten aus.«

»Du bist nur ein Kind.«

»Bin ich nicht. Ich bin fast zwölf.«

»Sie kommen bald zurück. Wenn sie feststellen, dass du mich losgebunden hast, schlagen sie dich.«

»Sind es Erwachsene?«

»Das bilden sie sich ein, aber es stimmt nicht. Allerdings sind sie älter als du, und sie sind zu dritt. Nichts wäre ihnen lieber, als dich zu verprügeln. Sie tauchen dich mit dem Kopf ins Schlammwasser, bis du das Bewusstsein verlierst. Das hab ich schon gesehen.«

»Sind sie aus dem Dorf?«

»Aus welchem Dorf?« Sie musterte ihn verächtlich. »*Deinem* Dorf? Wir kommen ständig an Dörfern vorbei, jeden Tag. Was kümmert uns dein Dorf? Bald sind sie zurück, und dann steckst du in der Klemme.«

»Ich fürchte mich nicht vor ihnen. Ich könnte dich befreien, wenn du willst.«

»Ich befreie mich immer selber«, sagte sie und fing wieder an, sich zu winden.

»Warum fesseln sie dich?«

»Warum? Wahrscheinlich damit sie zuschauen können. Zuschauen, wie ich mich zu befreien versuche. Aber jetzt sind sie unterwegs, um Essen zu stehlen.« Dann sagte sie: »Ich dachte, ihr Dorfbewohner schuftet den ganzen Tag. Warum lässt deine Mutter dich herumstreunen?«

»Das darf ich, weil ich heute schon allein drei Ecken fertig gekriegt habe.« Er fügte hinzu: »Meine echte Mutter ist nicht mehr im Dorf.«

»Wo ist sie hin?«

»Weiß ich nicht. Sie wurde entführt. Ich wohne jetzt bei meiner Tante.«

»Als ich ein Kind war wie du«, sagte sie, »habe ich auch in einem Dorf gelebt. Jetzt bin ich unterwegs.«

»Mit wem bist du unterwegs?«

»Ach … mit ihnen. Wir kommen ziemlich oft hier vorbei. Sie haben mich schon einmal gefesselt hier liegen lassen, genau an dieser Stelle, das weiß ich noch. Letztes Frühjahr.«

»Ich befreie dich«, sagte er unvermittelt. »Und wenn sie zurückkommen, hab ich keine Angst vor ihnen.«

Aber irgendetwas hielt ihn ab. Er hatte erwartet, dass sie den Blick abwandte oder dass sie ihm bei der Aussicht auf seine Hilfe irgendwie entgegenkäme, doch sie starrte ihn nur unverwandt an, während ihre Hände sich unter ihrem durchgedrückten Rücken verzweifelt zu befreien versuchten. Erst als sie einen langen Seufzer ausstieß, wurde ihm bewusst, dass sie eine Zeit lang den Atem angehalten hatte.

»Ich schaffe es sonst immer allein«, sagte sie. »Wenn du nicht da wärst, wäre ich längst frei.«

»Fesseln sie dich, damit du nicht wegläufst?«

»Weglaufen? Wohin soll ich weglaufen? Ich bin doch mit ihnen unterwegs.« Dann fügte sie hinzu: »Warum bist du zu mir gekommen? Warum gehst du nicht lieber zu deiner Mutter und hilfst ihr?«

»Zu meiner Mutter?« Er war völlig überrascht. »Warum sollte meine Mutter meine Hilfe brauchen?«

»Du sagst, sie wurde entführt, oder?«

»Ja, aber das ist lang her. Jetzt geht's ihr gut.«

»Wie kann es ihr gut gehen? Glaubst du nicht, sie wünscht sich, dass jemand kommt und ihr hilft?«

»Sie ist unterwegs. Sie wird nicht wollen, dass ich …«

»Früher wollte sie nicht, dass du kommst, weil du ein Kind warst. Aber jetzt bist du fast ein Mann.« Sie verstummte und strengte noch einmal alle ihre Kräfte an. Doch es half nichts, sie sank zurück und war noch immer nicht frei. »Wenn sie zurückkommen«, sagte sie, »und ich es nicht geschafft habe, mich zu befreien, machen sie mich manchmal nicht los. Sondern beobachten mich und sagen kein Wort, bis ich es irgendwann doch allein geschafft habe. Die ganze Zeit sitzen sie da und schauen und schauen, und zwischen ihren Beinen wächst ihnen das Teufelshorn. Es wäre weniger schlimm, wenn sie reden würden. Aber sie starren und starren und sagen gar nichts.« Dann sagte sie: »Als du aufgetaucht bist, dachte ich, du willst dasselbe. Ich dachte, du wirst auch nur hier sitzen und starren und kein Wort sagen.«

»Soll ich dich losbinden? Ich fürchte mich nicht vor ihnen, und mit Knoten kenne ich mich aus.«

»Du bist doch noch ein Kind.« Auf einmal liefen ihr Tränen übers Gesicht. Das kam sehr überraschend, und weil ihre Miene sonst kein Anzeichen einer Gefühlsregung zeigte, dachte Edwin zuerst, es seien Schweißtröpfchen. Doch er merkte bald, dass es Tränen waren, und weil ihr Gesicht halb nach oben gewandt war, schlugen die Tränen einen seltsamen Weg ein, sie flossen über den Nasensattel und dann über die Wange gegenüber. Und während der ganzen Zeit wandte sie den Blick nicht von ihm. Die Tränen verwirrten ihn so, dass er sich wie gelähmt fühlte.

»Also gut«, sagte sie schließlich. Zum ersten Mal drehte sie sich zur Seite, und ihr Blick lag jetzt nicht mehr auf ihm, sondern auf den Binsen im Wasser.

Edwin sprang sofort auf, wie ein Dieb, der eine Gelegenheit wittert, kauerte sich neben sie ins Gras und begann an den Knoten zu zerren. Die Schnur war dünn und derb und schnitt ihr tief in die Handgelenke; die Handflächen hingegen, offen aufeinanderliegend, waren klein und zart. Zuerst gaben die Knoten nicht nach, doch er zwang sich zur Besonnenheit und studierte sorgfältig den Verlauf der Schlingen. Als er es dann von Neuem versuchte, löste sich der erste Knoten, und Edwin ging mit mehr Zuversicht ans Werk. Von Zeit zu Zeit warf er einen Blick auf die weichen Handflächen, die wie zwei folgsame Wesen warteten.

Als er die Schnur entwirrt hatte und abzog, drehte sie sich um und saß ihm jetzt direkt gegenüber, und er verspürte plötzlich eine unangenehme Nähe. Aber ihm fiel auf, dass sie nicht, wie die meisten Menschen, einen leichten Geruch nach Exkrementen an sich hatte: Sie roch wie ein Feuer, das mit feuchtem Holz gemacht worden war.

»Wenn sie kommen«, sagte sie leise, »schleifen sie dich durchs Schilf, bis du halb ertrunken bist. Geh lieber. Kehr in dein Dorf zurück.« Sie streckte eine Hand aus, zögernd, als wäre sie noch immer unsicher und wollte prüfen, ob sie ihr auch gehorchte, und drückte sie gegen seine Brust. »Geh. Schnell.«

»Ich hab keine Angst vor ihnen.«

»Du hast keine Angst. Trotzdem werden sie so mit dir umspringen. Du hast mir geholfen, und jetzt musst du fort. Geh, schnell.«

Als er kurz vor Sonnenuntergang wiederkam, war das Gras dort, wo sie gelegen hatte, noch flachgedrückt, sonst aber fehlte jede Spur von ihr. Dennoch kam ihm der Ort hier fast unheimlich friedlich vor, und er setzte sich eine Weile ins Gras und sah die Binsen im Wind wogen.

Nie erzählte er jemandem von dem Mädchen – weder seiner Tante, die sofort einen Dämon vermutet hätte, noch einem von seinen Freunden. Doch in den folgenden Wochen kam ihm oft unwillkürlich ihr Bild in den Sinn; manchmal nachts im Traum; häufig am helllichten Tag, wenn er den Boden umgrub oder mit anderen ein Dach reparierte, und dann wuchs auch ihm das Teufelshorn zwischen den Beinen. Irgendwann war es wieder verschwunden; zurück blieb aber eine unbestimmte Scham, und ihm fiel wieder ein, was das Mädchen gesagt hatte als es gefesselt vor ihm lag: »Warum bist du zu mir gekommen? Warum gehst du nicht lieber zu deiner Mutter und hilfst ihr?«

Aber wie sollte er zu seiner Mutter gehen? Das Mädchen hatte selbst gesagt, er sei »nur ein Kind«. Allerdings, auch das hatte sie gesagt, wäre er bald ein Mann. Sooft ihm ihre Worte einfielen, empfand er wieder dieses Schamgefühl. Und doch wusste er nicht, wie es weitergehen sollte.

Seit dem Moment aber, als Wistan die Scheunentür aufgerissen und das gleißende Licht eingelassen und erklärt hatte, er, Edwin, sei für den Auftrag auserkoren, war alles anders. Und jetzt waren sie beide, Edwin und der Krieger, miteinander durchs Land unterwegs, und gewiss würden sie ihr über kurz oder lang begegnen. Und dann würden die Männer, mit denen sie auf Reisen war, vor Furcht erzittern.

Aber war es wirklich ihre Stimme gewesen, die ihn fortgeführt hatte? War es nicht die nackte Angst vor den Soldaten? Solche Fragen kamen ihm in den Sinn, als er dem jungen Mönch auf einem wenig begangenen, halb überwucherten Weg entlang einem bergab fließenden Bach folgte. Konnte er sicher sein, dass ihn nicht einfach kopflose Furcht gepackt hatte, nachdem er geweckt worden war und durchs Fenster gesehen hatte, wie die Soldaten den alten Turm einkreisten? Jetzt, da er in Ruhe darüber nachdachte, war er sicher, dass er keine Furcht empfunden hatte. Und davor, noch am Nachmittag, als ihn der Krieger in ebendiesen Turm geführt und mit ihm gesprochen hatte, war Edwin nur ungeduldig gewesen und hatte es nicht erwarten können, sich endlich an Wistans Seite dem angreifenden Feind zu stellen.

Dieser alte Turm hatte Wistan von Anfang an, kaum hatten sie das Klostergelände betreten, sehr beschäftigt. Immer wieder hatte er zu ihm hinaufgeblickt, als sie im Schuppen miteinander Holz hackten. Und als sie den Schubkarren über das Gelände schoben, um die Holzscheite abzuliefern, hatten sie zweimal eigens einen Umweg zum Turm gemacht. Als dann der Innenhof sich geleert hatte, die Mönche zu ihrer Versammlung verschwunden waren, hatte es Edwin nicht weiter überrascht, dass der Krieger die Axt an den Holzstoß lehnte und sagte: »Komm mit, junger Kamerad, jetzt schauen wir uns diesen hohen alten Freund, der auf uns herunterstarrt, einmal genauer an. Mir scheint, er beobachtet uns, wohin wir auch gehen, und ist gekränkt, dass wir ihm noch keinen Besuch abgestattet haben.«

Als sie durch den niedrigen Torbogen in das kalte, dämmrige Innere des Turms eingetreten waren, hatte der Krieger gesagt: »Pass auf. Du denkst, du bist schon drin, aber schau, was vor deinen Füßen ist.«

Edwin blickte zu Boden und sah vor sich eine Art Burggraben, der am Fuß der Mauer entlangführte und somit einen Ring bildete. Er war zu breit, als dass man ihn hätte überspringen können, und der rudimentäre, nur aus zwei Planken bestehende Steg war der einzige Weg auf die andere Seite, wo gestampfter Lehmboden war. Als sie den Steg betraten und in die Dunkelheit hinabstarrten, hörte er den Krieger hinter sich sagen:

»Beachte bitte, junger Kamerad, dass kein Wasser darin ist. Und selbst wenn du hineinfällst, ist es nicht tiefer, als du hoch bist. Seltsam, oder? Warum ein Graben im *Inneren?* Wozu braucht ein kleiner Turm wie dieser überhaupt einen Graben? Wofür soll er gut sein?« Wistan hatte ebenfalls die Planken überquert und prüfte mit der Ferse den Boden im inneren Kreis. »Vielleicht«, fuhr er fort, »haben die Altvorderen diesen Turm gebaut, um hier Tiere zu schlachten. Vielleicht war das einmal ihre Metzgerei. Was sie vom geschlachteten Vieh nicht brauchen konnten, warfen sie einfach in den Graben. Was meinst du, Junge?«

»Das ist möglich, Krieger«, sagte Edwin. »Aber einfach ist es nicht, Schlachtvieh über zwei schmale Planken wie diese zu führen.«

»Vielleicht gab es hier einmal eine bessere Brücke«, sagte Wistan. »Stabil genug für einen Ochsen oder Stier. Wenn das Tier drüben war und ahnte, was ihm bevorstand, oder wenn es nicht der erste Schlag in die Knie gezwungen hatte, sorgte diese Anordnung immerhin dafür, dass es nicht flüchten konnte. Stell dir vor, wie das Tier sich windet, wie es anzugreifen versucht, aber egal, wohin es sich wendet – immer hält der Graben es auf. Und diese eine schmale Brücke, die in der Aufregung kaum zu orten ist. Keine abwegige Vorstellung, dass dies hier einmal ein Schlachtplatz war. Und sag, Junge, was siehst du, wenn du nach oben schaust?«

Edwin, der über sich einen kreisrunden Ausschnitt Himmel sah, sagte: »Der Turm ist oben offen, Krieger. Wie ein Kamin.«

»Da sagst du etwas Interessantes. Lass es noch mal hören.«

»Wie ein Kamin, Krieger.«

»Was denkst du darüber?«

»Wenn die Altvorderen hier geschlachtet haben, Krieger, dann hätten sie genau hier, wo wir jetzt stehen, ein Feuer machen können. Sie hätten das Tier zerlegt, das Fleisch gebraten, und der Rauch wäre nach oben abgezogen.«

»Höchstwahrscheinlich, Junge, ist es so, wie du sagst. Ich frage mich, ob die Mönche auch nur die leiseste Ahnung davon haben, was hier einmal vor sich ging. Die christlichen Herrschaften, stelle ich mir vor, suchen den Turm wegen seiner Ruhe und Abgeschiedenheit auf. Schau, wie dick die Außenmauer ist. Da dringt kaum ein Laut ins Freie, auch wenn die Krähen geschrien haben, als wir eintraten. Und von wie weit her das Licht kommt! Sicher gemahnt es sie an die Gnade ihres Gottes. Was sagst du, Junge?«

»Die Herren hätten sicher hier hereinkommen und beten können, oder? Allerdings ist der Boden zu schmutzig, als dass man darauf knien möchte.«

»Vielleicht beten sie im Stehen und haben keine Ahnung, dass hier einmal geschlachtet und Feuer gemacht wurde. Was fällt dir sonst noch auf, Junge?«

»Nichts, Herr.«

»Nichts?«

»Nur die Stufen, Krieger.«

»Aha, die Stufen. Was sagst du dazu?«

»Sie erheben sich über den Graben und führen dann spiralförmig entlang der Wand aufwärts. Bis sie ganz oben den Himmel erreichen.«

»Gut beobachtet. Jetzt hör genau zu.« Wistan trat näher und senkte die Stimme. »Dieser Ort hier, nicht nur der alte Turm, sondern alles, die ganze Anlage, die wir heute als Kloster kennen, war einmal eine Bergfeste, die unsere sächsischen Vorfahren in Kriegszeiten erbauten. Daher birgt sie viele schlaue Fallen, um angreifende Britannier zu empfangen.« Der Krieger wandte sich ab und schritt, unverwandt in den Graben blickend, langsam den Bodenumfang ab. Schließlich blickte er wieder auf und sagte: »Stell dir hier eine Festung vor, Junge. Nach tagelanger Belagerung bricht die Verteidigung zusammen, der Feind drängt herein. Auf jedem Stück Boden, an jeder Wand wird gekämpft. Jetzt stell dir Folgendes vor. Zwei unserer sächsischen Vettern halten dort draußen im Hof eine große Anzahl Britannier in Schach. Sie schlagen sich wacker, aber der Feind ist ihnen an Zahl weit überlegen, und unsere Helden müssen zurückweichen. Nehmen wir an, sie weichen hierher zurück, in diesen Turm. Sie überqueren die kleine Brücke und erwarten genau hier, an dieser Stelle, den Feind. Die Britannier werden zuversichtlicher. Sie haben unsere Vettern in die Enge getrieben. Mit ihren Schwertern und Äxten stürmen sie herein und über den Steg auf unsere Helden zu. Unsere tapferen Verwandten schlagen die Ersten nieder, müssen aber bald noch weiter zurückweichen. Schau her, Junge. Der Rückzug erfolgt über die Treppenstufen an der Wand. Immer mehr Britannier überqueren den Graben, bis der Platz, auf dem wir jetzt stehen, komplett ausgefüllt ist. Aber die Britannier sind trotz ihrer Überzahl noch immer nicht im Vorteil. Denn unsere mutigen Vettern kämpfen zu zweit nebeneinander auf den Stufen, und die Eindringlinge können auch nur zu zweit gegen sie antreten. Unsere Helden sind gute Kämpfer, und die Eindringlinge können sie nicht überwältigen, auch wenn sie immer weiter nach oben vordringen. Wenn ein Britannier fällt, rückt ein anderer nach, bis er seinerseits fällt. Aber natürlich sind unsere Vettern irgendwann erschöpft. Sie steigen immer höher, die Angreifer rücken Stufe um Stufe nach. Aber was ist das? Was ist das, Edwin? Verlieren unsere Verwandten irgendwann die Nerven? Sie drehen sich um und rennen die letzten umlaufenden Stufen aufwärts und schlagen nur hier und da noch aufs Geratewohl hinter sich. Das Ende scheint nahe. Die Britannier haben gesiegt. Diejenigen, die von unten zusehen, grinsen wie Hungrige vor dem Bankett. Aber schau genauer hin, Junge. Was siehst du? Was siehst du, während unsere sächsischen Vettern sich dem Stück Himmel dort oben nähern?« Wistan packte Edwins Schulter, drehte ihn, deutete zu der kreisrunden Öffnung hinauf. »Sprich, Junge. Was siehst du?«

»Unsere Vettern lassen die Falle zuschnappen. Sie weichen nur deshalb über die Treppe zurück, um die Britannier anzulocken wie der Honigtopf die Ameisen.«

»Sehr gut, Junge! Und worin besteht die Falle?«

Edwin überlegte eine Weile, dann sagte er: »Kurz bevor die Treppe ihren höchsten Punkt erreicht, Krieger, sehe ich etwas, das wie eine Nische aussieht. Oder ist es ein Durchgang irgendwohin?«

»Gut. Und was, glaubst du, verbirgt sich dort?«

»Womöglich ein Dutzend unserer besten Krieger? Dann

kämpfen sie sich wieder abwärts und durchstoßen unten mit vereinten Kräften die Reihen der Britannier.«

»Denk noch mal nach, Junge.«

»Ein wilder Bär vielleicht. Oder ein Löwe.«

»Wann hast du zuletzt einen Löwen gesehen, Junge?«

»Feuer. Hinter dieser Nische ist Feuer.«

»Sehr gut, Junge. Wir können nicht mit Bestimmtheit sagen, was vor so langer Zeit geschehen ist. Aber ich wette, das ist es, was dort oben gewartet hat. In dieser kleinen Nische, von unten kaum zu sehen, brannte eine Fackel, oder vielleicht waren es auch zwei oder drei. Erzähl mir den Rest, Junge.«

»Unsere Vettern schleuderten die Fackeln hinunter.«

»Was – dem Feind auf dem Kopf?«

»Nein, Krieger. In den Graben.«

»In den Graben? Der mit Wasser gefüllt ist?«

»Nein, Krieger. Der Graben ist voller Brennholz. Wie die Scheite, die wir im Schweiß unseres Angesichts gespalten haben.«

»Ganz genau, Junge. Und wir werden noch mehr Holz hacken, bis der Mond hoch am Himmel steht. Und wir müssen viel, sehr viel möglichst trockenes Heu auftreiben. Ein Kamin, sagst du, Junge. Da hast du recht, wir stehen hier tatsächlich in einem Kamin. Unsere Vorväter haben ihn genau zu diesem Zweck errichtet. Wozu sonst braucht es hier einen Turm, wenn man von oben keine bessere Aussicht hat als auf die Außenmauer? Aber stell dir vor, Junge, wie eine Fackel in diesen sogenannten Graben fällt. Dann noch eine. Als wir vorhin den Turm außen umrundet haben, fiel mir auf, dass in Bodennähe mehrere schmale Schlitze sind. Das heißt, ein kräftiger Ostwind, wie wir ihn heute Abend haben, facht die Flammen noch stärker an. Ein Inferno! – wie sollen die Britannier da entkommen? Eine feste Mauer, der einzige Fluchtweg eine schmale Brücke und ringsum ein Ring aus lodernden Flammen. Aber gehen wir lieber wieder, Junge. Wer weiß – vielleicht missfällt es dem alten Turm, wenn wir so viele seiner Geheimnisse aufdecken.«

Wistan wandte sich dem Steg zu, doch Edwin starrte noch zum Rauchabzug des Turms hinauf.

»Aber Krieger«, sagte er. »Unsere beiden tapferen Vettern. Mussten sie mit ihren Feinden zusammen verbrennen?«

»Wenn ja, wäre es nicht ein edles Opfer? Aber so weit muss es vielleicht nicht kommen. Vielleicht rennen unsere zwei Vettern, während die sengende Hitze schlimmer und schlimmer wird, bis ganz hinauf und springen von dort herunter. Tun sie das? Auch wenn sie keine Flügel haben?«

»Flügel nicht«, sagte Edwin, »aber vielleicht haben ihre Kameraden einen Wagen hinter den Turm gestellt. Ein hoch mit Heu beladenes Fuhrwerk.«

»Das ist möglich, Junge. Wer weiß, was in alter Zeit hier alles geschehen ist. Jetzt aber lassen wir das Träumen und hacken noch eine Zeit lang Holz. Denn sicher haben die guten Mönche hier noch manche frostige Nacht vor sich, ehe der Sommer kommt.«

In einer Schlacht ist keine Zeit, um sich ausführlich miteinander zu verständigen. Ein kurzer Blick, ein Wink mit der Hand, ein über den Lärm hinweg gerufenes Wort: Mehr war nicht nötig, damit echte Krieger einander ihre Wünsche offenbaren konnten. In diesem Geist hatte ihm Wistan am Nachmittag seine Gedanken mitgeteilt – und Edwin hatte ihn schmählich im Stich gelassen.

Aber hatte der Krieger nicht zu viel erwartet? Selbst der alte Steffa hatte Edwin nur als vielversprechend bezeichnet: hatte geschwärmt, was aus dem Jungen werden könne, *sobald er im Kriegshandwerk unterwiesen sei.* Wistan hatte seinen Unterricht doch noch lang nicht beendet – wie also sollte Edwin solch wortloses Verständnis aufbringen? Und jetzt war der Krieger anscheinend verwundet, aber dies konnte gewiss nicht allein Edwins Schuld sein.

Der junge Mönch war am Ufer des Bachs stehen geblieben, um seine Schuhe aufzuschnüren. »Hier waten wir hinüber«, sagte er. »Die Brücke ist viel weiter flussabwärts, aber dort ist das Gelände zu einsehbar. Da könnten wir ja noch vom nächsten Hügel aus gesehen werden.« Er deutete auf Edwins Schuhe. »Kunstvoll geschustert«, sagte er. »Hast du die selber gemacht?«

»Herr Baldwin hat sie für mich gemacht. Der erfahrenste Schuhmacher im Dorf, auch wenn er bei Vollmond immer Anfälle hat.«

»Runter damit. Wenn sie nass werden, sind sie bestimmt hinüber. Siehst du die Trittsteine? Duck dich mal ein Stück und versuch unter die Wasseroberfläche zu schauen. Genau – siehst du? Das ist unser Weg. Behalt sie immer im Auge, dann bleibst du trocken.«

Sein Tonfall hatte nun wieder etwas Barsches an sich. Womöglich hatte er sich, seitdem sie gemeinsam unterwegs waren, ausgemalt, welche Rolle Edwin bei den jüngsten Ereignissen gespielt hatte? Zu Beginn ihres Weges war der junge Mönch nicht nur überaus herzlich gewesen, sondern so mitteilsam, dass er kaum den Mund hatte halten können.

Getroffen hatten sie sich im zugigen Gang vor der Zelle von Pater Jonus, wo Edwin gewartet hatte, während drinnen mehrere Stimmen in verhaltenem Ton, aber erbittert gestritten hatten. Edwins Furcht davor, gleich schlechte Nachrichten zu erhalten, war gewachsen – und wie erleichtert war er dann, als er nicht etwa in die Zelle zitiert wurde, sondern dieser junge Mönch mit einem heiteren Lächeln im Gesicht herauskam.

»Ich wurde als dein Geleitsmann auserkoren«, sagte er triumphierend in Edwins Sprache. »Pater Jonus sagt, wir sollen uns sofort auf den Weg machen und ungesehen das Kloster verlassen. Sei tapfer, junger Vetter, du wirst bald bei deinem Bruder sein.«

Der junge Mönch hatte eine merkwürdige Art zu gehen: Er umschlang sich mit beiden Armen wie ein Frierender, und weil er die Arme dabei unter der Kutte verbarg, hatte sich Edwin, als er hinter ihm den Bergpfad hinabging, zuerst gefragt, ob der Mönch wohl einer sei, der mit fehlenden Gliedmaßen zur Welt gekommen war. Doch kaum war das Kloster außer Sichtweite, hatte sich der junge Mönch zu Edwin gesellt und irgendwann sogar einen langen dünnen Arm aus der Kutte gezogen und ihm fürsorglich um die Schultern gelegt.

»Es war dumm von dir, dass du wieder zurückgekommen bist, nachdem du schon einmal entkommen warst. Pater Jonus hat sich sehr darüber geärgert. Aber jetzt bist du tatsächlich noch einmal davongekommen, und mit ein bisschen Glück merkt niemand, dass du zwischendurch wieder da warst. Aber was für eine Geschichte! Ist dein Bruder immer so streitbar? Oder hat ihm einer der Soldaten im Vorbeigehen eine Beleidigung hingeworfen? Wenn du an seinem Krankenlager bist, fragst du ihn vielleicht, junger Vetter, wie alles angefangen hat, denn von uns wird keiner schlau aus der ganzen Sache. Wenn aber er es war, der die Soldaten beleidigt hat, dann muss es etwas Arges gewesen sein, denn sie vergaßen sofort, welcher Zweck sie zum Abt geführt hatte, und verwandelten sich allesamt in einen Haufen Wilder, die Vergeltung für seine Frechheit forderten. Ich bin selber von dem Geschrei wach geworden, obwohl meine Kammer weitab vom

Innenhof liegt. Dann lief ich beunruhigt herbei, stand hilflos bei meinen Mitbrüdern und sah mit Grauen, was geschah. Dein Bruder, erfuhr ich, war in den alten Turm gelaufen, um dem Zorn der Soldaten zu entgehen, und obwohl sie ihm nachsetzten und die Absicht hatten, ihm sämtliche Gliedmaßen einzeln auszureißen, begann er offenbar zu kämpfen, so gut er es verstand. Und er scheint ein überraschender Gegner gewesen zu sein – sie waren doch dreißig oder mehr und er nur ein einzelner sächsischer Schäfer. Wir standen da und erwarteten, dass jeden Moment seine blutigen Überreste herausgetragen würden, doch stattdessen rennt ein Soldat nach dem anderen kopflos aus diesem Turm oder taumelt mit einem verwundeten Kameraden über der Schulter heraus. Wir trauten unseren Augen nicht! Wir beteten darum, dass die Auseinandersetzung bald aufhörte, denn in welcher Beleidigung auch immer sie ihren Ursprung gehabt haben mag, so viel Gewalt ist sicherlich unangemessen. Aber es ging weiter und weiter, und dann, junger Vetter, passierte dieser schreckliche Unfall. Wer weiß, ob es nicht Gott selbst war, der aus Missfallen über so eine schreckliche Zwietracht innerhalb seiner heiligen Mauern den Finger ausstreckte und dieses Feuer über sie brachte? Wahrscheinlicher ist, dass einer der Soldaten, die mit Fackeln hin und her rannten, stolperte und einen großen Fehler beging. Was für ein Grauen! Mit einem Schlag stand der ganze Turm in Flammen! Und wer hätte gedacht, dass ein alter feuchter Turm so viel Brennbares enthält? Er loderte taghell, und Lord Brennus' Männer waren darin gefangen, zusammen mit deinem Bruder. Besser hätten sie ihren Streit auf der Stelle vergessen und wären geflohen, so schnell sie konnten, aber ich fürchte, sie wollten stattdessen die Flammen löschen und erkannten zu spät, dass sie selber vom Feuer verschlungen wurden. Ein Unglück von scheußlichster Grausamkeit, und den wenigen, die noch lebend herauskamen, nützte es nichts, denn sie wanden sich kurz darauf sterbend auf dem Boden. Aber Wunder über Wunder, junger Vetter – dein Bruder, stellt sich heraus, ist entkommen! Pater Ninian traf ihn, wie er zwar verwirrt und verwundet, aber lebendig im Dunkeln über das Gelände irrte, während wir Übrigen auf den lodernden Turm starrten und für die darin gefangenen Männer beteten. Dein Bruder lebt, aber Pater Jonus, der ihn persönlich versorgt hat, riet uns wenigen, die wir von dem Vorfall wissen, strengstes Stillschweigen zu wahren, auch gegenüber dem Abt. Denn er fürchtet, dass Lord Brennus, sollte die Kunde sich verbreiten, nur weitere Soldaten schickt, um sich zu rächen, und dass es ihn nicht schert, ob die meisten durch ein Unglück starben oder durch deines Bruders Hand. Du tust gut daran, kein Wort darüber verlauten zu lassen, zu niemandem, solang ihr nicht beide dieses Land weit hinter euch gelassen habt. Pater Jonus war zornig, dass du dich in Gefahr gebracht hast und tatsächlich noch einmal zurückgekommen bist, aber jetzt ist er froh, dass er dich auf diese Weise umso leichter mit deinem Bruder zusammenbringen kann. ›Sie müssen gemeinsam das Land verlassen‹, sagte er. Der beste Mensch ist Pater Jonus und immer noch der Weiseste von uns allen, auch nach dem, was ihm die Vögel angetan haben. Ich wage zu behaupten, dass er und Pater Ninian deinem Bruder das Leben gerettet haben.«

Aber das war früher gewesen. Jetzt war der junge Mönch kühl und distanziert, und seine Arme waren wieder in seiner Kutte verschwunden. Als Edwin hinter ihm den Bach überquerte und sich bemühte, unter dem rasch dahinfließenden Wasser die Trittsteine zu erkennen, kam ihm der Gedanke, dem Krieger alles zu gestehen; ihm von seiner Mutter zu erzählen und zu sagen, dass sie ihn gerufen hatte. Wenn er alles von Anfang an offen und ehrlich erklärte, war es doch möglich, dass Wistan verstand und ihm eine zweite Chance gab.

In jeder Hand einen Schuh, sprang Edwin leichtfüßig zum nächsten Stein, und er lächelte ein wenig bei dieser Vorstellung.

TEIL III

9. KAPITEL

Gawain sinniert

Diese finsteren Witwen. Auf diesem Gebirgspfad! Wozu hat sie mir Gott in den Weg gestellt? Will er meine Demut auf die Probe stellen? Reicht es nicht, wenn er mich beobachtet, wie ich dieses liebenswürdige Paar rette, auch den verletzten Jungen, wie ich einen Teufelshund erschlage, nicht einmal eine Stunde auf taufeuchtem Laub schlafe, ehe ich wieder aufstehen und erfahren muss, dass meine Pflichten noch lang nicht erfüllt sind, dass Horaz und ich abermals aufbrechen müssen, nicht hinunter ins Tal und in ein schützendes Dorf, sondern einen weiteren steilen Pfad unter grauem Himmel bergauf? Und doch hat er mir diese Witwen in den Weg gestellt, kein Zweifel; ein Glück, dass ich ihnen höflich begegnet bin. Selbst als sie so tief sanken, dumme Beleidigungen gegen mich auszustoßen und Erdbrocken gegen Horazens Hinterteil zu schleudern – als ließe sich Horaz so in panischen Galopp versetzen! –, warf ich ihnen nicht einmal einen letzten Blick über die Schulter zu, sondern sprach in Horazens Ohr und erinnerte ihn daran, dass wir all diese Anfeindungen aushalten müssen, denn dort oben auf jenen fernen Gipfeln, wo sich jetzt Gewitterwolken türmen, erwartet uns eine noch viel größere Prüfung. Im Übrigen waren diese verwitterten Weiber in ihren flatternden Lumpen einst unschuldige Maiden, von denen manche wohl Schönheit und Anmut besaßen, oder wenigstens jene Frische, die dem Manne ebenso ins Auge fällt und ihnen gute Dienste erweist. War sie nicht auch so, sie, an die ich mich bisweilen erinnere, wenn sich vor mir so viel ödes, karges, einsames Land erstreckt, wie ich an einem trüben Herbsttag erreiten könnte? Keine Schönheit war sie, für mich aber über die Maßen reizend. Ich erblickte sie nur ein einziges Mal, als ich jung war, und sprach ich damals überhaupt mit ihr? Und doch steht sie mir manchmal wieder vor Augen, und ich glaube, sie hat mich im Schlaf besucht, denn oft erwache ich, während mein Traum schon zu schwinden beginnt, mit geheimnisvollem Behagen.

Genau diese nachhallenden Freuden empfand ich, als mich Horaz heute Morgen durch ein Stampfen auf den weichen Waldboden, auf dem ich mich nach den nächtlichen Strapazen niedergelegt hatte, aus dem Schlaf holte. Er weiß ganz genau, dass ich nicht mehr mein früheres Stehvermögen habe, dass es nach einer Nacht wie dieser keine Kleinigkeit für mich ist, nur ein kurzes Stündchen zu ruhen, ehe ich wieder aufbrechen muss, doch als er sah, dass die Sonne schon hoch über dem schattigen Dach des Waldes stand, ließ er mich nicht weiterschlafen. Er stampfte so lange, bis ich mit ächzendem Panzerhemd aufstand. Ich verfluche diese Rüstung täglich mehr. Hat sie mir wirklich so viel erspart? Eine kleine Wunde vielleicht, bestenfalls zwei. Dem Schwert, nicht der Rüstung habe ich für meine unverwüstliche Gesundheit zu danken. Ich stand auf und betrachtete das Laub ringsum. Warum waren so viele Blätter abgefallen, der Sommer ist doch noch ganz jung? Kränkeln die Bäume, die uns beschirmen? Ein Sonnenstrahl fiel durch die Baumkronen auf Horazens Schnauze, und ich sah zu, wie er die Nüstern hin und her bewegte, als wäre der Strahl eine Fliege, die ihm geschickt wurde, damit er sich damit herumquälte. Auch er hatte keine angenehme Nacht hinter sich – hatte den Geräuschen des Waldes ringsum lauschen und sich fragen müssen, in welche Gefahren sich sein Ritter wohl wieder begeben hatte. Zwar war ich verärgert, dass er mich so früh geweckt hatte, doch trat ich zu ihm, um behutsam mit beiden Händen seinen Hals zu umfassen und kurz den Kopf an seine Mähne zu lehnen. Einen harten Herrn hat er, das weiß ich. Ich treibe ihn an, auch wenn ich weiß, wie müde er ist, verfluche ihn, wenn er nichts Böses getan hat. Und dieses viele Metall, das ihm eine so große Last ist wie mir. Wie weit werden wir noch zusammen reiten? Ich tätschelte ihn und sagte: »Bald kommen wir in ein freundliches Dorf, und dann kriegst du ein besseres Frühstück als das, was du eben hattest.«

So sprach ich, weil ich das Problem mit Herrn Wistan für gelöst hielt. Doch kaum waren wir ein paar Schritte auf dem Pfad gegangen und noch nicht aus dem Wald, da sahen wir vor uns einen zerlumpten Mönch mit aufgerissenen Schuhen, der auf das Lager von Lord Brennus zueilte, und was erzählt uns der Mann? Nichts anderes als dass Herr Wistan dem Kloster entflohen sei, nachdem er seine nächtlichen Verfolger tot zurückgelassen habe, viele nur noch verkohlte Gerippe. Was für ein Bursche! Seltsam, welche Herzensfreude ich bei dieser Nachricht empfinde – obwohl sie mir eine schwere Aufgabe zurückbringt, die ich überstanden wähnte. Also schieben Horaz und ich unsere Gedanken an Heu und gebratenes Fleisch und gute Gesellschaft von uns, und jetzt steigen wir wieder bergan. Ein Glück immerhin, dass wir jenes verfluchte Kloster weiter und weiter hinter uns lassen. Insgeheim, das ist wahr, bin ich erleichtert, dass Herr Wistan nicht durch die Hand jener Mönche und des elenden Brennus umkam. Aber was für ein Bursche! Das Blut, das er täglich vergießt, brächte den Severn zum Überfließen! Der zerlumpte Mönch glaubte ihn verwundet, doch wer wollte darauf setzen, dass sich einer wie Herr Wistan sang- und klanglos zum Sterben niederlegt? Wie töricht von mir, dass ich den Knaben Edwin laufen ließ – wie sollten die beiden jetzt nicht zueinanderfinden? Wirklich unklug von mir; aber ich war so müde, und ich hätte mir doch im Traum nicht vorgestellt, dass Herr Wistan tatsächlich entkommt. Was für ein Bursche! Wäre er ein Mann unserer Zeit gewesen, so hätte er, obwohl Sachse, Herrn Artus' ganze Bewunderung. Selbst der Beste von uns hätte ihn nicht als Feind haben wollen. Dennoch – als ich ihn gestern mit einem von Brennus' Soldaten im Kampf sah, meinte ich eine kleine Schwäche in seiner linken Seite zu bemerken. Oder war es seine kluge List des Augenblicks? Sollte ich ihn noch einmal im Kampf beobachten, werde ich es besser wissen. Ein geschickter Krieger dennoch, und nur ein Ritter von Herrn Artus hat ein Auge dafür – so dachte ich, als ich den Kampf beobachtete. Und ich sagte mir, sieh an, eine kleine Schwäche der linken Seite. Ein schlauer Gegner könnte sie ausnützen. Doch wer von uns hätte ihm nicht Hochachtung entgegengebracht?

Aber diese finsteren Witwen, warum kreuzen sie unseren Weg? Ist unser Tag nicht ausgefüllt genug? Unsere Geduld nicht ausreichend auf die Probe gestellt? Auf dem nächsten Bergrücken machen wir Rast, sagte ich zu Horaz, als wir uns aufwärtsquälten. Wir halten an und rasten, auch wenn sich schwarze Wolken ballen und wir wahrscheinlich ein Gewitter bekommen. Und sollten dort keine Bäume mehr sein, sitze ich dennoch ab, genau dort auf dem windgebürsteten Heidekraut, und wir rasten auf jeden Fall. Doch als endlich der Weg wieder eben war, sehen wir nichts als große Vögel, die auf Felsbrocken hocken und alle gleichzeitig aufstieben, nicht um in den sich verdunkelnden Himmel zu fliegen, sondern auf uns zu. Dann sah ich, dass es keine Vögel waren, sondern alte Weiber mit flatternden Umhängen, die vor uns auf dem Pfad eine Versammlung abhielten.

Warum sucht man sich einen derart öden Fleck dafür aus? Kein Steinmann, keine Sickergrube als Markierung. Kein dünner Baum und kein Gesträuch, die einem Wandersmann ein wenig Schutz vor Sonne und Regen bieten. Nur diese Kalkfelsen, zu beiden Seiten der Straße in die Erde eingesunken, auf denen sie gesessen hatten. Lass uns sichergehen, sagte ich zu Horaz, lass uns sichergehen, dass mich meine alten Augen nicht trügen und dies keine Wegelagerer sind, die es auf uns abgesehen haben. Aber das Schwert zu ziehen war nicht nötig – die Klinge stinkt noch immer nach dem Schleim dieses Teufelshunds, obwohl ich sie, ehe ich schlafen ging, bis zum Heft in die Erde rammte –, denn natürlich waren es alte Weiber; trotzdem hätten wir einen Schild oder zwei zur Abwehr gut gebrauchen können. Frauen, lass sie uns als Frauen in Erinnerung behalten, Horaz, nachdem wir jetzt endlich an ihnen vorbei sind, denn haben sie nicht unser Mitleid verdient? Nennen wir sie nicht alte Hexen, selbst wenn ihr Benehmen es nahelegt. Lass uns in Erinnerung behalten, dass manche von ihnen einst Schönheit und Anmut besaßen.

»Da kommt er«, schrie eine, »der falsche Ritter, der Hochstapler!« Andere stimmten in ihr Geschrei ein, als ich näher kam, und wir hätten zwischen ihnen hindurchtrotten können, aber ich bin keiner, der vor Ungemach zurückscheut. Daher ließ ich Horaz zwischen ihnen anhalten, allerdings blickte ich dabei zum nächsten Gipfel, als prüfte ich das Gewitter, das im Anzug war. Erst als mich ihre Lumpen umflatterten und ich den Atemhauch ihres Gekreisches verspürte, blickte ich vom Sattel zu ihnen hinab. Waren es fünfzehn? Zwanzig? Hände griffen nach Horazens Flanken, und ich flüsterte ihm beschwichtigende Worte zu. Dann richtete ich mich auf und sagte: »Frauen, wenn wir reden wollen, müsst ihr diesen Lärm einstellen!« Woraufhin sie verstummten, doch ihre Mienen blieben zornig, und ich sagte: »Was wollt ihr von mir, Frauen? Warum fallt ihr derart über mich her?« Woraufhin eine von ihnen ausruft: »Wir kennen dich als den närrischen Ritter, der zu furchtsam ist, um die ihm aufgetragene Queste zu Ende zu bringen.« Und eine andere: »Wenn du vor einer Ewigkeit getan hättest, was Gott dir aufgetragen hat, müssten wir nicht wehklagend durchs Land ziehen!« Und wieder eine andere: »Er fürchtet seine Pflicht! Seht es an seiner Miene! Er fürchtet seine Pflicht!«

Ich zügelte meinen Zorn und forderte sie auf, sich zu erklären. Woraufhin eine, die etwas höflicher war als der Rest, vortrat. »Verzeih uns, Ritter. Wir wandern seit vielen Tagen unter diesem Himmel, und da du nun leibhaftig und kühn unseres Weges reitest, können wir nicht anders, als dir unsere Klage vorzutragen.«

»Herrin«, sagte ich zu ihr, »ich mag an Jahren schwer beladen sein. Aber ich bin und bleibe ein Ritter des großen Herrn Artus. Wenn du mir berichtest, was euch plagt, will ich gern helfen, soweit ich es kann.«

Zu meiner Bestürzung brachen nun alle – auch die Höfliche – in ein Hohngelächter aus, und eine Stimme sagte: »Hättest du vor langer Zeit deine Pflicht getan und die Drachin erschlagen, müssten wir nicht verzweifelt umherirren.«

Dies erschütterte mich, und ich rief aus: »Was wisst ihr denn davon? Was wisst ihr von Querig?«, doch ich sah noch rechtzeitig ein, dass Zurückhaltung geboten war. Daher sagte ich ruhig: »Erklärt mir, Frauen, was euch zwingt, tagelang durchs Land zu wandern.« Woraufhin eine brüchige Stimme von hinten sagte:»Wenn du fragst, warum ich wandere, Ritter, will ich es dir gern sagen. Als der Fährmann mir seine Fragen stellte und mein Liebster bereits im Boot saß und die Hand ausstreckte, um mir hereinzuhelfen, stellte ich fest, dass mir meine kostbarsten Erinnerungen geraubt waren. Damals wusste ich es nicht, heute weiß ich es: dass Querigs Atem der Dieb ist, der mich beraubt hat, und ebenjenes Wesen hättest du vor langer Zeit erschlagen sollen.«

»Woher weißt du das, Herrin?«, fragte ich, nicht länger imstande, meine Bestürzung zu verhehlen. Denn wie kann es sein, dass jeder Landstreicher ein so gut gehütetes Geheimnis kennt? Woraufhin die Höfliche eigenartig lächelt und sagt: »Wir sind jetzt Witwen, Ritter. Uns bleibt nur noch wenig verborgen.«

Erst jetzt merke ich, dass Horaz von einem Zittern befallen ist, und höre mich fragen: »Was seid ihr, Frauen? Lebende oder Tote?« Worauf die Witwen abermals in ein Gelächter ausbrechen, ein Gejohle eigentlich, bei dem Horaz unbehaglich einen Huf hebt. Ich tätschle ihn sanft, während ich frage: »Frauen, warum lacht ihr? Ist das eine so abwegige Frage?« Und von hinten sagt die heisere Stimme: »Seht nur, wie furchtsam er ist! Jetzt hat er vor uns schon so viel Angst wie vor dem Drachen.«

»Was ist denn das für ein Unsinn, Herrin?«, rufe ich, nachdrücklicher, denn Horaz tritt gegen meinen Willen einen Schritt zurück, und ich muss an ihm zerren, damit er Ruhe gibt. »Ich fürchte keinen Drachen, und so grimmig Querig ist, habe ich zu meiner Zeit weitaus schlimmeres Unheil erlebt. Wenn ich sie bisher noch nicht erschlagen konnte, so liegt dies nur daran, dass sie sich derart schlau dort oben im Fels verschanzt. Du tadelst mich, Frau, aber was hören wir jetzt von Querig? Es gab eine Zeit, in der sie nichts anderes im Sinn hatte, als jeden Monat mindestens ein Dorf zu überfallen, aber es sind Knaben zu Männern herangewachsen, seitdem wir zuletzt dergleichen hörten. Sie weiß, dass ich näher komme, und wagt sich nicht aus ihren Bergen heraus.«

Noch während ich sprach, öffnete eine ihren zerlumpten Umhang, und ein Klumpen Dreck traf Horaz am Hals. Unerträglich, sagte ich zu Horaz, wir müssen weiter. Was wissen diese alten Weiber von unserer Queste? Ich musste ihn anstoßen, denn er war seltsam erstarrt, ja erst mit meiner Spore in seiner Flanke rührte er sich vom Fleck. Zum Glück wichen die düsteren Gestalten vor uns auseinander, und mein Blick fiel wieder auf die fernen Gipfel. Beim Gedanken an die trostlosen Höhen sank mir das Herz. Selbst die Gesellschaft dieser heillosen Hexen, dachte ich, wäre womöglich den rauen Winden dort oben vorzuziehen. Doch wie um mich eines Besseren zu belehren, bildeten die Weiber hinter mir einen Sprechchor und schleuderten uns Hände voll Dreck hinterher. Aber was schreien sie? Wagen sie es, »Feigling« zu rufen? Ich war drauf und dran, kehrtzumachen und sie meinen Zorn spüren zu lassen, besann mich aber im letzten Moment. Feigling, Feigling. Was wissen sie schon? Waren sie dabei? Waren sie dabei an jenem Tag vor langer Zeit, als wir ausritten, um Querig zu stellen? Hätten sie mich damals auch Feigling genannt, oder einen von uns fünfen? Und hastete ich nicht nach jenem großen Auftrag, unserer Queste, von welcher nur drei zurückkamen, nach nur kurzer Rast zu jener Stelle oberhalb des Tals, um mein Versprechen gegenüber der jungen Maid zu halten?

Edra hieß sie, wie sie mir später verriet. Sie war keine Schönheit und kleidete sich in schlichtestem Flachs, aber wie jene andere, von der ich zuweilen träume, besaß sie eine rosige

Frische, die mir zu Herzen ging. Ich sah sie am Straßenrand, mit beiden Armen eine Hacke tragend. Sie war klein
und schmächtig und jüngst erst zur Frau geworden, und der
Anblick solcher Unschuld allein und schutzlos so nahe den
Schrecknissen, von welchen ich herkam, machte es mir unmöglich, an ihr vorbeizureiten, auch wenn ich, wie eben an
jenem Tag, zu meiner heiligen Mission unterwegs war.

»Kehr um, Maid«, rief ich von meinem Hengst herab, denn
dies war die Zeit vor Horaz, als sogar ich noch jung war.
»Welche Torheit lässt dich diesen Weg gehen? Weißt du nicht,
dass unten im Tal ein Kampf tobt?«

»Das weiß ich wohl, Herr«, sagt sie und blickt mir ohne
Scheu ins Auge. »Ich habe einen weiten Weg zurückgelegt,
um hierherzugelangen, und bald bin ich unten im Tal und
kämpfe mit.«

»Hat dich ein Kobold verhext, Maid? Ich komme soeben
von der Talsohle her, wo erfahrene Krieger vor Grauen ihren
Magen ausspeien. Ich möchte nicht, dass du auch nur ein fernes Echo davon vernimmst. Und warum diese Hacke, die zu
groß für dich ist?«

»Ein sächsischer Herrscher, den ich kenne, ist jetzt unten
im Tal, und ich bete aus tiefstem Herzen, dass Gott ihn be-
schütze und er nicht gefallen sei. Denn nach dem, was er meiner lieben Mutter und meinen Schwestern angetan hat, darf
er nur durch meine Hand sterben, und diese Hacke trage ich,
um das Werk zu verrichten. Sie bricht an einem Wintermorgen den Boden auf, also wird sie auch an dieses Sachsen Knochen gute Dienste leisten.«

Nun war ich genötigt, abzusteigen und ihren Arm festzuhalten, obgleich sie sich zu entziehen versuchte. Falls sie noch
lebt – Edra, sagte sie später, sei ihr Name –, dürfte sie jetzt bald
euer Alter haben, Frauen. Vielleicht ist sie sogar eine von

euch, wie soll ich das wissen? Keine große Schönheit, aber wie bei jener anderen sprach mich ihre Unschuld an. »Lass mich los, Herr!«, schreit sie, worauf ich sage: »Du gehst nicht in dieses Tal hinunter. Allein der Anblick von oben lässt dir die Sinne schwinden.« »Ich bin kein Schwächling, Herr«, schreit sie. »Lass mich los!« Und da stehen wir am Straßenrand wie zwei streitende Kinder, und ich kann sie nur beruhigen, indem ich sage:

»Maid, ich sehe, dass nichts dich von deinem Vorhaben abbringt. Aber bedenke, wie unwahrscheinlich es ist, dass du aus eigener Kraft die Rache erhältst, nach der es dich verlangt. Mit meiner Hilfe aber steigen deine Aussichten um ein Vielfaches. Also hab Geduld und setz dich hier in den Schatten. Schau, hierher, unter diesen Holunder, hier wartest du, bis ich wiederkomme. Ich will mich vier Kameraden anschließen; wir sind in einem Auftrag unterwegs, der mich, obwohl gefahrvoll, nicht lang in Anspruch nehmen wird. Sollte ich umkommen, wirst du mich wieder diesen Weg entlangkommen sehen, allerdings quer über dem Sattel dieses Pferdes liegend, und dann weißt du, dass ich mein Versprechen nicht halten kann. Anderenfalls werde ich wiederkommen, das schwöre ich: Dann machen wir gemeinsam dort unten deinen Traum von Rache wahr. Hab Geduld, Maid, und wenn deine Sache gerecht ist, wie ich es glaube, wird Gott dafür sorgen, dass jener Herr nicht eher fällt, als bis wir bei ihm sind.«

Waren dies die Worte eines Feiglings, Frauen, gesprochen am selben Tag, an dem ich losritt, um Querig gegenüberzutreten? Und als wir unsere Aufgabe erledigt hatten und ich sah, dass wir verschont geblieben waren – zwei von uns fünfen allerdings nicht –, da eilte ich, so müde ich war, zurück zu jener Stelle über dem Tal und zu dem Holunderstrauch, unter dem noch immer die Maid wartete, die Hacke in beiden

Armen. Sie sprang auf, als sie mich sah, und wieder riss ihr Anblick an meinem Herzen. Doch als ich noch einmal versuchte, sie von ihrer Absicht abzubringen, weil mir graute vor der Vorstellung, sie in jenes Tal absteigen zu sehen, sagte sie zornig: »Bist du falsch, Herr? Willst du dein gegebenes Versprechen zurücknehmen?« Also setzte ich sie in den Sattel – sie nahm die Zügel, hielt dabei ihre Hacke aber immer fest an den Busen gedrückt – und führte zu Fuß Pferd und Maid den Talhang hinab. Erbleichte sie, als wir erstmals das Schlachtgetöse vernahmen? Oder als wir am Rand des Schlachtfelds verzweifelten Sachsen begegneten, die, ihre Verfolger auf den Fersen, zu fliehen versuchten? Sank sie in sich zusammen, als erschöpfte Krieger auf allen vieren vor uns einherkrochen und ihre Wunden über den Boden schleppten? Kleine Tränen standen in ihren Augen, und ich sah die Hacke beben, doch sie wandte sich nicht ab. Denn ihre Augen wussten genau, wonach sie suchten, und schweiften nach rechts und links, nah und fern über das Schlachtfeld. Dann stieg ich selbst aufs Pferd und hielt sie vor mir wie ein zartes Lamm, und wir ritten gemeinsam ins Getümmel. Wirkte ich furchtsam an jenem Tag, wie ich mit dem Schwert auf den Feind einhieb, die Maid mit meinem Schild beschirmte, das Pferd hierhin und dorthin wandte, bis der Kampf uns endlich beide auf den aufgewühlten Erdboden warf? Aber sie war rasch wieder auf den Beinen, hob ihre Hacke auf und bahnte sich den Weg zwischen Bergen zerschlagener und gevierteilter Leichen. Befremdliche Schreie drangen an unser Ohr, doch sie schien nichts zu hören, so wie eine gute christliche Maid sich weigert, die unzüchtigen Bemerkungen roher Rüpel, die ihren Weg kreuzen, zur Kenntnis zu nehmen. Jung war ich damals und geschwind zu Fuß, sprang mit dem Schwert hin und her, schlug jeden nieder, der ihr ein Leid tun wollte, und schützte sie mit meinem Schild vor den Pfeilen, die immerfort zwischen uns einschlugen. Dann erspähte sie endlich den, den sie suchte, und es war, als trieben wir in bewegter See dahin – die Insel scheint nah, doch eine widrige Strömung macht sie unerreichbar. So erging es auch uns an jenem Tag. Ich kämpfte und schlug und schützte sie, und doch schien es eine Ewigkeit, bis wir endlich vor ihm standen, und auch dann hatte er noch eigens drei Männer zu seinem Schutz um sich versammelt. Ich reichte der Maid den Schild und sagte: »Beschirme dich gut, denn deine Beute ist nah«, und obwohl ich drei Gegner vor mir hatte und sah, dass es geübte Krieger waren, schlug ich einen nach dem anderen nieder, bis ich vor dem sächsischen Herrscher stand, den sie so hasste. Seine Knie waren verkrustet vom geronnenen Blut, in dem er gewatet war, doch sah ich gleich, dass dies kein Krieger war, und fällte ihn, sodass er, weil seine Beine ihm nichts mehr nützten, keuchend auf der Erde lag und hasserfüllt zum Himmel starrte. Da trat sie herbei und stand über ihm, hatte den Schild von sich geworfen, und mehr als alles, das auf diesem grässlichen Schlachtfeld zu sehen war, ließ der Blick ihrer Augen mein Blut in den Adern gefrieren. Sie ließ die Hacke auf ihn fallen, nicht mit Schwung, sondern mit einem kleinen Hieb, dann noch einem, als hackte sie den Boden nach Knollen auf, bis ich genötigt bin, ihr Einhalt zu gebieten. »Bring es zu Ende, Maid, oder ich tu es selbst!« Worauf sie sagt: »Lass mich jetzt, Herr. Ich danke dir für deinen Dienst, der ist getan.« »Nur zur Hälfte, Maid«, rufe ich, »solange ich dich nicht heil von hier fortgebracht habe«, doch sie hört nicht, sondern fährt fort mit ihrer schändlichen Arbeit. Wir hätten weiter gestritten, wäre nicht er aus dem Getümmel aufgetaucht, ihn meine ich, Herrn Axl, als den ich ihn jetzt kenne, ein viel jüngerer Mann natürlich, doch schon damals von ruhiger Besonnenheit, und als ich ihn erblickte, war es, als sei der Schlachtlärm ringsum zu einem leisen Rauschen verebbt.

»Warum so ungeschützt, Herr?«, frage ich ihn. »Und dein Schwert noch in der Scheide? Heb wenigstens einen gefallenen Schild auf und bedecke dich.«

Seine Miene aber bleibt versonnen und fern, als stünde er an einem duftenden Morgen in einer Margaritenwiese. »Wenn Gott einen Pfeil zu mir lenken will«, sagt er, »werde ich es nicht verhindern. Herr Gawain, es freut mich, dich wohlauf zu sehen. Bist du später gekommen oder von Anfang an dabei?«

Dies in einem Tonfall, als träfen wir uns auf einem Jahrmarkt, und ich muss wieder rufen: »Schütze dich, Herr! Das Feld starrt noch immer vor Feinden.« Und als er nur weiter das Geschehen beobachtet, sage ich, weil ich mich an seine Frage erinnere: »Ich war zu Beginn der Schlacht hier, doch dann erwählte mich Artus als einen von fünf für eine Aufgabe von höchstem Belang. Von dieser kehre ich jetzt zurück.«

Endlich hatte ich seine Aufmerksamkeit. »Eine Aufgabe von höchstem Belang? Ist sie gut verlaufen?«

»Zwei Kameraden verloren, leider, aber wir haben sie zu Herrn Merlins Zufriedenheit erledigt.«

»Herr Merlin«, sagt er. »Ein Weiser mag er sein, doch der Alte macht mich schaudern.« Dann sieht er sich wieder um und sagt: »Schade um deine zwei gefallenen Freunde. Ehe der Tag um ist, werden noch viel mehr gefallen sein.«

»Aber der Sieg ist gewiss unser«, sage ich. »Diese verfluchten Sachsen. Warum ewig weiterkämpfen, wenn nur der Tod ihnen dafür dankt?«

»Ich glaube, sie tun es aus reiner Wut und aus Hass auf uns«, sagt er. »Denn inzwischen dürfte sich auch bei ihnen herumgesprochen haben, was zu Hause in ihren Dörfern den

Unschuldigen angetan wurde. Ich komme selbst von dort; also müsste die Kunde auch bis in die Reihen der Sachsen vorgedrungen sein.«

»Von welcher Kunde sprichst du, Herr Axl?«

»Davon, dass ihre Frauen und Kinder und Alten, die sie nach unserem feierlichen Versprechen, ihnen kein Leid zuzufügen, schutzlos zurückgelassen haben, jetzt alle durch unsere Hand niedergemetzelt wurden, auch die kleinsten Säuglinge. Wäre unser Hass jemals erschöpft, wenn uns jüngst derlei angetan worden wäre? Würden nicht auch wir kämpfen bis zum letzten Mann wie sie, und jede neue Wunde wäre uns Balsam?«

»Warum darauf herumreiten, Herr Axl? Heute ist uns der Sieg gewiss, und es wird ein großer sein.«

»Warum darauf herumreiten? Herr Gawain, dies sind dieselben Dörfer, mit denen ich in Artus' Namen Freundschaft geschlossen habe. In einem Dorf nannten sie mich den Friedensritter, und heute habe ich zugesehen, wie ein ganzes Dutzend unserer Männer mitten durch die Menschenmenge ritten, ohne eine Spur von Erbarmen, und die Einzigen, die sich ihnen entgegenstellten, waren Knaben, die uns nicht einmal bis zu den Schultern reichten.«

»Es betrübt mich, dies hören zu müssen. Aber ich rate dir noch einmal dringend, Herr, heb doch wenigstens einen Schild auf.«

»Ich kam in ein Dorf nach dem anderen, überall dasselbe, und unsere Leute brüsteten sich mit ihren Taten.«

»Mach dir keinen Vorwurf, Herr, auch nicht meinem Onkel. Das große Gesetz, das du einst ausgehandelt, war etwas wahrhaft Wunderbares, solange es Wirkung zeigte. Wie vielen Unschuldigen, Britanniern oder Sachsen, hat es im Lauf der Jahre das Leben gerettet? Du kannst nichts dafür, dass es nicht für immer Wirkung zeigte.«

»Und doch glaubten sie bis zum heutigen Tag an die Abmachung. Ich war's, der ihr Vertrauen gewann, wo uns erst nur Furcht und Hass entgegenschlugen. Unsere Taten heute machen mich zum Lügner und Schlächter, und Artus' Sieg freut mich nicht.«

»Was planst du mit diesen grimmigen Worten, Herr? Wenn es Verrat ist, was du im Sinn hast, so lass uns unverzüglich gegeneinander antreten!«

»Dein Onkel hat von mir nichts zu fürchten, Herr. Doch wie kannst du dich, Herr Gawain, an einem Sieg zu diesem Preis freuen?«

»Herr Axl, was heute in diesen sächsischen Dörfern geschehen ist, wird mein Onkel nur schweren Herzens befohlen haben, wissend nämlich, dass kein anderer Weg zum Frieden führt. Denk doch, Herr. Diese kleinen sächsischen Knaben, die du beklagst, wären bald Krieger geworden und hätten darauf gebrannt, ihre heute gefallenen Väter zu rächen. Die kleinen Mädchen hätten in ihrem Schoß bald weitere Knaben getragen, und der Kreislauf des Gemetzels wäre nie durchbrochen worden. Sieh doch, wie groß der Durst nach Rache ist! Sieh doch jetzt diese junge blonde Maid, die ich selbst hierhergebracht habe, sieh sie an, wie sie ihr Werk noch immer nicht vollendet! Mit dem heutigen Sieg aber kommt eine seltene Gelegenheit. Vielleicht können wir ein für alle Mal diesen Teufelskreis durchbrechen, und ein großer König muss sie kühn ergreifen! Möge dies ein glorreicher Tag sein, Herr Axl, von dem an unser Land für viele Jahre in Frieden leben kann.«

»Ich kann dich nicht verstehen, Herr. Auch wenn wir heute ein Meer aus Sachsen geschlachtet haben, seien sie Krieger oder Säuglinge, so leben doch zahllose weitere im ganzen Land. Sie kommen vom Osten, sie landen mit Schiffen an unseren Küsten, sie bauen jeden Tag neue Dörfer. Dieser Kreislauf des Hasses ist doch nicht durchbrochen, Herr, sondern nach dem, was heute geschah, aus Eisen geschmiedet. Ich gehe jetzt zu deinem Onkel und berichte, was ich gesehen habe. In seinem Gesicht werde ich lesen, ob er glaubt, dass Gott über solches Tun lächeln wird.«

Kinderschlächter. Waren wir das an jenem Tag? Und was wurde aus der Maid, die ich damals in Obhut nahm? War sie eine von euch, Frauen? Warum bedrängt ihr mich, wenn ich auf dem Weg bin, meine Pflicht zu erfüllen? Lasst einen alten Mann in Frieden ziehen. Einen Kinderschlächter. Aber ich war doch gar nicht dabei, und selbst wenn ich es miterlebt hätte, was hülfe es mir, mit einem großen König zu streiten, und sei er auch mein Onkel? Ich war damals nur ein junger Ritter, und beweist nicht jedes weitere Jahr, dass er recht hatte? Seid ihr nicht alle in einer Zeit des Friedens alt geworden? So lasst uns unseres Weges ziehen, ohne uns Beschimpfungen hinterherzuschicken. Das Gesetz der Unschuldigen, ein wahrhaft mächtiges Gesetz, eines, das den Menschen näher zu Gott bringt – so sagte Artus selbst immer, oder war es Herr Axl, der es so nannte? Wir nannten ihn Axelum oder Axelus damals, heute nennt er sich Axl und hat eine gute Frau. Warum verhöhnt ihr mich, Frauen? Ist es meine Schuld, dass ihr trauert? Meine Zeit ist bald gekommen, und ich werde nicht kehrtmachen, um wie ihr durchs Land zu streifen. Ich werde zufrieden den Fährmann begrüßen, in sein schaukelndes Boot steigen, und vielleicht schlafe ich eine Weile, ringsum plätschert das Wasser, und der Rhythmus seines Ruders dringt an mein Ohr. Und vom Schlummer wechsle ich in den Halbschlaf und sehe die Sonne im Wasser versinken, und das Ufer entfernt sich immer mehr, und ich lasse mich in den Traum zurückgleiten, bis die Stimme des

Fährmanns mich sanft wieder weckt. Und sollte er mir, wie manche behaupten, Fragen stellen, so antworte ich aufrichtig, denn was habe ich zu verbergen? Ich hatte keine Frau, obwohl ich mich zuzeiten nach einer sehnte. Aber ein guter Ritter war ich, der bis zuletzt seine Pflicht tat. Das will ich sagen, und er wird sehen, dass ich nicht lüge. Ich kümmere mich nicht um ihn. Der freundliche Sonnenuntergang und sein Schatten, der auf mich fällt, wenn er von der einen Seite des Kahns zur anderen wechselt. Doch es muss noch warten. Heute müssen Horaz und ich unter grauem Himmel den kahlen Abhang hinauf zum nächsten Gipfel steigen, denn unser Werk ist noch nicht vollendet, und Querig erwartet uns.

10. KAPITEL

Nie hatte er die Absicht gehabt, den Krieger zu täuschen. Es war vielmehr so, dass die Täuschung sich selbst still und leise angeschlichen und sie beide eingewickelt hatte.

Die Hütte des Fassbinders schien in einer tiefen Grube zu stehen, denn das Strohdach reichte so weit zur Erde herab, dass Edwin, als er den Kopf einzog, um darunter einzutreten, das Gefühl hatte, er stiege in ein Loch hinunter. Auf die Dunkelheit war er vorbereitet gewesen, nicht aber auf die atemraubende Hitze und den dichten Rauch, die ihn zurückweichen ließen, und bemerkbar machte er sich zuerst mit einem Hustenanfall.

»Ich bin froh, dich gesund und munter zu sehen, junger Kamerad.«

Wistans Stimme kam aus der Dunkelheit jenseits des glimmenden Feuers, und es dauerte eine Weile, bis Edwin die Umrisse des Kriegers auf einem Bett aus Gras erkannte.

»Bist du schwer verletzt, Krieger?«

Als Wistan sich langsam aufsetzte und der Widerschein des Feuers auf ihn fiel, sah Edwin, dass Gesicht, Hals und Schultern des Kriegers schweißnass waren. Die Hände aber, die sich zum Feuer streckten, zitterten wie vor Kälte.

»Die Wunden sind belanglos. Aber sie brachten dieses Fieber mit. Es war vorhin schlimmer; ich weiß kaum mehr, wie ich hierherkam. Die guten Mönche sagen, sie hätten mich der Stute auf den Rücken gebunden, und wahrscheinlich murmelte ich die ganze Zeit vor mich hin wie vor zwei Tagen im Wald, als ich mit offenem Maul den Idioten spielte. Wie steht's mit dir, Kamerad? Du hast keine Wunden, hoffe ich, außer der einen, die du schon vorher hattest.«

»Mir geht es bestens, Krieger, doch ich stehe schamerfüllt vor dir. Ich bin dir ein armseliger Kamerad, habe geschlafen, während du kämpftest. Verfluche mich und verbanne mich aus deinen Augen, denn nichts anderes habe ich verdient.«

»Nicht so hastig, junger Herr Edwin. Wenn du mich heute Nacht im Stich gelassen hast, so will ich dir gleich sagen, wie du deine Schuld wiedergutmachen kannst.«

Der Krieger stellte behutsam die Füße auf den Erdboden, griff nach unten und warf ein Scheit in die Flammen. Edwin sah jetzt, dass sein linker Arm fest mit Sackleinen umwickelt war und ein Bluterguss sich über die eine Gesichtshälfte breitete, unter dem sich das Auge schon teilweise geschlossen hatte.

»Stimmt«, sagte Wistan, »als ich von dem brennenden Turm schaute und der Heuwagen, den wir so sorgfältig hergerichtet hatten, nicht da war, war ich drauf und dran, dich zu verfluchen. Ein langer Sturz auf steinernen Boden und ringsum schon überall heißer Rauch. Als ich den Schmerzensschreien meiner Feinde unten lauschte, hatte ich die Wahl, entweder gemeinsam mit ihnen zu Asche zu verbrennen oder unten auf den Steinplatten allein unter dem Nachthimmel zerschmettert zu werden. Bevor ich eine Entscheidung getroffen hatte, kam der Wagen doch noch, gezogen von meiner eigenen Stute, und ein Mönch führte sie am Zügel. Ich fragte erst gar nicht, ob der Mönch Freund oder Feind sei, sondern sprang von diesem Kamin herab, und unsere Arbeit war recht gut getan, Kamerad, denn ich durchschlug zwar das Heu, als wäre es Wasser, stieß darin aber auf nichts, was mich stach. Ich erwachte auf einem Tisch, freundliche Mönche, die Pater Jonus treu ergeben sind, standen um mich versammelt, als wäre ich ihr Abendessen, und versorgten mich. Das Fieber muss mich zu dem Zeitpunkt schon gepackt haben, ob wegen der Wunden oder von der großen Hitze, weiß ich nicht; sie sagten, sie hätten mein wildes Gefasel unterdrücken müssen, bis sie mich hier herunter und in Sicherheit gebracht hatten. Aber wenn uns die Götter gewogen sind, geht das Fieber bald vorbei, und wir brechen auf, um unsere Sache zu Ende zu bringen.«

»Krieger, ich stehe dennoch schamerfüllt vor dir. Denn auch nachdem ich erwacht war und die Soldaten den Turm umringen sah, ließ ich es zu, dass irgendein Kobold von mir Besitz ergriff, und floh hinter diesen zwei alten Britanniern her aus dem Kloster. Ich würde dich bitten, mich jetzt zu verfluchen oder zu verprügeln, doch ich hörte dich sagen, es gebe einen Weg, wie ich die Schande der letzten Nacht wiedergutmachen kann. Sag mir, was ich tun kann, Krieger, und ich stürze mich mit Ungeduld auf jede Aufgabe, die du für mich hast.«

Im selben Moment aber, als er dies sagte, rief ihn die Stimme seiner Mutter und tönte derart durch die enge Hütte, dass Edwin auf einmal nicht mehr sicher war, ob er überhaupt laut gesprochen hatte. Anscheinend schon, denn er hörte Wistan sagen:

»Glaubst du, ich hätte dich allein wegen deines Muts ausgesucht, junger Kamerad? Du besitzt einen bemerkenswerten Kampfgeist, und wenn wir unsere Aufgabe erledigt haben und dann noch am Leben sind, sorge ich dafür, dass du die

Kenntnisse erwirbst, die aus dir einen echten Krieger machen. Vorläufig bist du ungeschliffen, noch nicht einmal eine Klinge. Ich habe dich vor anderen ausgewählt, junger Herr Edwin, weil ich sah, dass du neben deinem kriegerischen Geist auch die Begabung des Jägers besitzt. Dass jemand beides hat, ist selten.«

»Wie kann das sein, Krieger? Ich weiß nichts von der Jagd.«

»Ein Wolfswelpe, der die Milch seiner Mutter trinkt, kann in der Wildnis die Witterung eines Beutetiers aufnehmen. Das ist, scheint mir, eine Gabe der Natur. Sobald mich dieses Fieber verlassen hat, gehen wir tiefer ins Gebirge hinein, und ich wette, du stellst fest, dass dir der Himmel selbst zuflüstert, welchen Weg du nehmen musst, damit wir bald genau vor der Höhle der Drachin stehen.«

»Krieger, ich fürchte, du setzt dein Vertrauen dorthin, wo es kein Obdach hat. Kein Verwandter von mir hat sich je solcher Fertigkeiten gebrüstet, und niemand vermutete sie bei mir. Nicht einmal Steffa, der meine Kriegerseele sah, erwähnte jemals solche Gaben.«

»Dann überlass es mir allein, dran zu glauben, junger Kamerad. Ich sage gewiss nicht, du hättest dich je damit gebrüstet. Sobald dieses Fieber von mir weicht, gehen wir nach Osten ins Gebirge, wo allem Vernehmen nach Querig ihre Höhle hat, und an jeder Wegscheide folge ich deinen Schritten.«

Hier, in diesem Moment, hatte die Täuschung ihren Anfang genommen. Er hatte sie nicht geplant, und er begrüßte sie nicht, als sie wie ein Elf aus einer dunklen Ecke trat und sich zu ihnen gesellte. Unterdessen bedrängte ihn seine Mutter: »Bring die Kraft für mich auf, Edwin. Du bist fast erwachsen. Bring die Kraft auf und komm mich retten.« Und es war ebenso sehr der Wunsch, sie zu besänftigen, wie sein

Verlangen, sich vor dem Krieger wieder reinzuwaschen, die ihn sagen ließen:

»Es ist sonderbar, Krieger. Jetzt, wo du davon sprichst, spüre ich fast schon die Anziehung der Drachin. Mehr ein Aroma im Wind als eine Witterung. Es wäre gut, wenn wir uns ohne Zögern auf den Weg machten, denn wer weiß, wie lange ich ihn wahrnehme.«

Noch während er dies sagte, kamen ihm in rascher Folge die Bilder in den Sinn: wie er ihr Lager beträte und die erschreckte, die stumm im Halbkreis saßen und gafften, während seine Mutter sich verzweifelt zu befreien suchte. Inzwischen wären sie erwachsene Männer; bärtig wahrscheinlich und mit schweren Bäuchen, nicht länger die geschmeidigen jungen Männer, die damals ins Dorf stolziert waren. Stämmige, derbe Männer, und kaum griffen sie nach ihren Äxten, sähen sie hinter Edwin den Krieger, und Furcht träte in ihre Augen.

Aber wie konnte er den Krieger täuschen – seinen Lehrer, den Mann, den er mehr bewunderte als jeden anderen? Hier saß er, Wistan, und nickte zufrieden und sagte: »Ich wusste es, als ich dich zum ersten Mal gesehen hatte, junger Herr Edwin. Schon als ich dich aus den Händen dieser Unholde am Fluss befreite.« Er würde ihr Lager betreten. Er würde seine Mutter befreien. Die stämmigen Männer kämen um, oder vielleicht wäre ihnen auch erlaubt, in den Nebel der Berge zu fliehen. Und was dann? Edwin müsste erklären, warum er, während sie in einer dringenden und wichtigen Aufgabe unterwegs waren, den Krieger mutwillig betrogen hatte.

Nicht zuletzt, um sich von solchen Gedanken abzulenken – denn er ahnte jetzt, dass es zu spät war, um noch einmal umzukehren –, sagte er: »Krieger, ich habe eine Frage an dich. Obwohl du sie vielleicht für unverschämt hältst.«

Wistan legte sich wieder auf sein Bett zurück und verschwand dabei im Schatten, sodass Edwin nichts anderes mehr von ihm sah als ein nacktes Knie, das sich langsam hin und her bewegte.

»Heraus damit, junger Kamerad.«

»Ich frage mich, Krieger, ob es eine Fehde zwischen dir und Lord Brennus gibt, die dich bewogen hat, hierzubleiben und gegen seine Soldaten zu kämpfen, während wir aus dem Kloster hätten fliehen und Querig jetzt einen halben Tag näher sein könnten? Es muss doch einen gewichtigen Grund geben, der dich sogar deinen Auftrag verschieben lässt.«

Das Schweigen, das nun folgte, war so lang, dass Edwin dachte, der Krieger habe in der erdrückenden Luft die Besinnung verloren. Doch das Knie bewegte sich nach wie vor, und als aus dem Dunkeln endlich seine Stimme kam, schien sich das leichte Fieberzittern darin verflüchtigt zu haben.

»Ich habe keine Entschuldigung, junger Kamerad. Ich kann nur zugeben, dass ich töricht war, und das, nachdem mir der gute Pater noch eingeschärft hatte, meine Pflicht nicht zu vergessen! Da siehst du, wie schwach die Entschlossenheit deines Meisters ist. Und doch bin ich, mehr als alles andere, ein Krieger, und es ist mir nicht leicht, vor einem Kampf davonzulaufen, den ich, das weiß ich, gewinnen kann. Du hast recht, wir hätten jetzt schon vor der Höhle der Drachin stehen und sie zu uns herausrufen können. Aber Brennus musste es sein, ich hatte die Hoffnung, er käme in Person, und es überstieg meine Kraft, nicht zu bleiben und seine Leute gebührend zu empfangen.«

»Dann habe ich recht, Krieger. Es ist eine Fehde zwischen dir und Lord Brennus.«

»Keine Fehde, die den Namen verdient. Wir kannten einander als Knaben, in dem Alter, in dem du jetzt bist. Das war in einem Land weiter im Westen, in einer gut bewachten Festung, in der wir Knaben, zwanzig oder mehr an der Zahl, zu Kriegern ausgebildet wurden, damit wir in den Reihen der Britannier kämpften, und von morgens bis abends übten. Ich entwickelte eine große Zuneigung zu meinen Gefährten jener Tage, denn es waren prächtige Burschen, und wir lebten wie Brüder. Das heißt, alle außer Brennus, denn er war der Sohn des Lords, und es war ihm zuwider, sich unter uns zu mischen. Doch übte er oft mit uns, und obwohl er nicht viel zustande brachte, wenn einer von uns ihm mit dem Holzschwert entgegentrat oder in der Sandgrube mit ihm rang, mussten wir ihn doch gewinnen lassen. Alles, was nicht ruhmreicher Sieg für den Sohn des Lords war, bedeutete Strafe für uns alle. Kannst du dir das vorstellen, junger Kamerad? Stolze junge Burschen zu sein, wie wir es waren, und einen derart unterlegenen Gegner zu haben, der uns dennoch Tag für Tag zu besiegen schien? Schlimmer, für Brennus war es eine Wonne, seine Gegner mit Demütigungen zu überhäufen, während er gleichzeitig seinen Scheinsieg einsteckte. Es gefiel ihm, uns den Fuß in den Nacken zu stellen oder uns zu treten, wenn wir statt seiner auf dem Boden lagen. Stell dir vor, wie das für uns war, Kamerad!«

»Ich verstehe es gut, Krieger.«

»Aber heute hatte ich allen Grund, Lord Brennus dankbar zu sein, denn er hat mir ein erbärmliches Schicksal erspart. Ich sagte dir schon, junger Herr Edwin, ich hatte begonnen, meine Gefährten in dieser Festung zu lieben wie meine Brüder, obwohl sie Britannier waren und ich Sachse.«

»Aber ist das denn eine Schande, Krieger, wenn ihr miteinander aufgezogen wurdet und gemeinsam schwere Aufgaben bewältigt habt?«

»Natürlich ist es eine Schande, Junge. Noch heute überkommt mich Scham bei der Erinnerung an die Zuneigung, die ich für sie empfand. Aber Brennus führte mir meinen Irrtum vor Augen. Vielleicht weil mein Können schon damals herausstach, wählte er am liebsten mich als Übungsgegner und dachte sich eigens für mich die größten Demütigungen aus. Und er hatte bald herausbekommen, dass ich ein sächsischer Junge war, und daher dauerte es nicht lang, bis er jeden einzelnen meiner Gefährten deswegen gegen mich aufgebracht hatte. Selbst diejenigen, die mir am nächsten gestanden hatten, verbündeten sich gegen mich, spuckten mir ins Essen oder versteckten meine Sachen, wenn wir an einem eisigen Wintermorgen schnell auf dem Übungsplatz antreten mussten und uns vor dem Zorn unseres Lehrers fürchteten. Es war eine großartige Lektion, die Brennus mir da erteilte, und als ich endlich begriff, welche Schmach es war, Britannier zu lieben wie Brüder, da entschloss ich mich, die Festung zu verlassen, obwohl ich außerhalb ihrer Mauern keinen Freund und keinen Angehörigen hatte.«

Wistan verstummte für einen Moment, nur sein Atem war neben dem Knistern des Feuers zu hören.

»Hast du dich also an Lord Brennus gerächt, Krieger, ehe du fortgegangen bist?«

»Entscheide du, ob es Rache war, junger Kamerad, denn ich bin in dieser Angelegenheit unschlüssig. Es war in dieser Festung Brauch, dass wir Lehrlinge am Ende des Tages vor dem Essen eine Stunde freihatten, in der wir faulenzen durften. Wir machten ein Feuer im Hof, saßen im Kreis und redeten und scherzten, wie es Jungen eben tun. Brennus saß natürlich nie bei uns, er hatte sein eigenes Quartier, aber an dem Abend sah ich ihn, wer weiß warum, in der Nähe vorbeigehen. Ich entfernte mich von den anderen, die keinen Verdacht hegten. Nun hatte diese Festung wie jede andere viele geheime Gänge, die ich alle gut kannte, daher dauerte es nicht lang, bis ich in einer unbeobachteten Ecke war, wo die Zinnen schwarze Schatten auf den Boden warfen. Brennus schlenderte gemächlich daher, und als ich aus dem Dunkel hervortrat, blieb er stehen wie angewurzelt und sah mich entsetzt an. Denn er sah sofort, dass dies keine Zufallsbegegnung sein konnte, und er sah ferner, dass er jetzt keine Macht mehr über mich hatte wie sonst. Es war ein merkwürdiger Anblick, wie dieser aufgeblasene junge Herr sich im Handumdrehen in ein Kleinkind verwandelte, das sich vor Angst vor mir fast in die Hose machte. Ich war sehr stark versucht zu sagen: ›Guter Herr, ich sehe dein Schwert an deiner Hüfte, und da ich weiß, wie viel geschickter als ich du es führst, hast du sicher keine Furcht, es gegen das meine zu ziehen.‹ Aber ich sagte nichts dergleichen, denn was wäre aus meinen Träumen vom Leben jenseits der Festungsmauern geworden, hätte ich ihn in dieser finsteren Ecke verwundet? Nichts sagte ich, blieb aber schweigend vor ihm stehen und zog den Augenblick in die Länge, denn er sollte ihn nie vergessen. Und obwohl er zurückwich und sich duckte und um Hilfe gerufen hätte, wenn nicht ein letztes Fünkchen Stolz ihm gesagt hätte, dass ihm dann ewige Schande sicher wäre, sprach keiner von uns ein Wort. Nach einer Weile ließ ich ihn stehen, und siehst du, junger Herr Edwin, es war nichts und doch alles zwischen uns vorgefallen. Ich wusste nun, dass ich gut daran täte, noch in derselben Nacht zu verschwinden, und nachdem zu der Zeit kein Krieg mehr herrschte, war die Festung nicht streng bewacht. Ich huschte lautlos an den Wachen vorbei, sagte niemandem Lebwohl und war bald ein Knabe allein unter dem Mond, meine lieben Gefährten hatte ich zurückgelassen, meine Verwandten waren vor langer Zeit niedergemetzelt worden, und ich hatte nichts als meinen Mut und mein jüngst erworbenes Können, um auf dem vor mir liegenden Weg zu bestehen.«

»Krieger, jagt dich Brennus noch heute, weil er deine Rache für damals fürchtet?«

»Wer weiß, welche Dämonen ihm ins Ohr flüstern. Ein großer Herrscher jetzt, in diesem und im Nachbarland, und doch lebt er in Furcht vor jedem sächsischen Reisenden aus dem Osten, der seine Lande durchwandert. Ob er die Angst jener Nacht wieder und wieder genährt hat, sodass sie ihm jetzt im Bauch sitzt wie ein riesiger Wurm? Oder ist es der Atem der Drachin, der ihn vergessen macht, weshalb er je Grund hatte, mich zu fürchten, aber die Furcht wächst zu umso monströserer Größe, als sie namenlos ist? Erst letztes Jahr wurde ein sächsischer Krieger aus dem Marschland, den ich gut kannte, hier in diesem Land, das er friedlich durchwanderte, umgebracht. Und doch stehe ich in Lord Brennus' Schuld für die Lektion, die er mir erteilte, denn ohne sie würde ich wohl noch heute Britannier als meine Brüder und Kampfgefährten sehen. Was plagt dich, junger Kamerad? Du trittst von einem Fuß auf den anderen, als hätte mein Fieber auch von dir Besitz ergriffen.«

Es war ihm also nicht gelungen, seine Unruhe zu verbergen; doch von seiner Täuschung konnte Wistan gewiss nichts ahnen. Konnte es sein, dass nicht nur er, Edwin, die Stimme seiner Mutter hörte, sondern auch der Krieger? Die ganze Zeit hatte sie ihn gerufen:»Wirst du nicht die Kraft für mich aufbringen, Edwin? Bist du am Ende doch zu jung? Wirst du nicht zu mir kommen, Edwin? Hast du mir damals nicht versprochen, dass du kommst?«

»Es tut mir leid, Krieger. Es ist wohl der Jägerinstinkt, der mich ungeduldig macht, denn ich fürchte die Witterung zu verlieren, und draußen geht schon die Sonne auf.«

»Sobald ich wieder imstande bin, auf den Rücken meiner Stute zu klettern, sind wir unterwegs. Aber lass mich noch eine Weile hier liegen, Kamerad, denn wie sollten wir uns einem Gegner wie diesem Drachen stellen, wenn ich zu fiebrig bin, um ein Schwert zu heben?«

11. KAPITEL

Er sehnte sich nach einem Fleck Sonne, damit Beatrice sich wärmen könnte. Doch während das andere Flussufer oft in Morgenlicht getaucht war, blieb ihre Seite des Flusses schattig und kalt. Axl spürte, wie sie sich beim Gehen an ihn lehnte und mehr und mehr zitterte. Er war schon im Begriff, eine weitere Pause vorzuschlagen, doch in dem Moment erspähten sie hinter den Weiden endlich das Dach, das über den Fluss hinausragte.

Es dauerte eine Weile, bis sie den schlammigen Abhang zum Bootshaus bewältigt hatten, und als sie durch den niedrigen Türbogen eintraten, schien Beatrice angesichts der fast völligen Dunkelheit und der Nähe zum plätschernden Wasser noch mehr zu schlottern. Über feuchte Holzplanken gingen sie tiefer hinein und hatten von dort einen Blick ins Freie: Jenseits des Dachüberhangs sahen sie hohes Gras, Schilf und ein Stück Fluss. Links von ihnen erhob sich ein Mann aus dem Schatten und sagte: »Wer mögt ihr sein, Freunde?«

»Gott sei mit dir, Herr«, antwortete Axl. »Es tut uns leid, wenn wir dich um den Schlaf gebracht haben. Wir sind zwei müde Reisende und wollen flussabwärts zum Dorf unseres Sohnes.«

Ein breiter, bärtiger Mann in mittleren Jahren, in mehrere

Tierfelle gekleidet, trat ans Licht und betrachtete sie prüfend. Schließlich fragte er, nicht unfreundlich:

»Geht es der Frau nicht gut?«

»Sie ist nur müde, Herr, aber sie kann tatsächlich nicht den ganzen restlichen Weg zu Fuß gehen. Wir hatten die Hoffnung, dass du vielleicht ein kleines Boot oder einen Kahn entbehren kannst, der uns mitnimmt. Wir sind auf deine Freundlichkeit angewiesen, denn ein Unglück, das uns kürzlich zugestoßen ist, raubte uns die Bündel mit unserem Reisegepäck und damit auch das Zinn, mit dem wir dich hätten bezahlen können. Ich sehe, Herr, dass du nur ein einziges Boot im Wasser liegen hast. Zumindest kann ich dir die sichere Beförderung der Fracht versprechen, die du uns womöglich anvertraust, solltest du uns erlauben, es zu benutzen.«

Der Bootsmann blickte hinaus zu dem Boot, das unter dem Dach im Wasser schaukelte, dann wieder zu Axl. »Es dauert eine Weile, Freund, bis dieses Boot flussabwärts fährt, denn ich warte auf meinen Gefährten mit der Gerste, mit der es beladen werden soll. Aber ich sehe, dass ihr beide müde seid und dass euch ein Unglück widerfahren ist. Lasst mich also folgenden Vorschlag machen. Schaut her, Freunde. Ihr seht dort diese Körbe.«

»Körbe, Herr?«

»Sie mögen windig aussehen, aber sie schwimmen gut und tragen euch, allerdings muss jeder in seinen eigenen steigen. Wir pflegen sie mit vollen Getreidesäcken zu füllen, manchmal auch mit geschlachtetem Schwein, und wenn man sie hinter einem Boot festbindet, schwimmen sie gefahrlos, selbst auf einem recht bewegten Fluss. Und heute, seht ihr, ist das Wasser ruhig, ihr könnt euch ohne Sorge fortbewegen.«

»Das ist sehr freundlich, Herr. Aber gibt es keinen Korb, der groß genug für uns beide ist?«

»Ihr könnt nur einzeln in einem Korb sitzen, Freunde, andernfalls müsst ihr fürchten zu ertrinken. Aber ich binde euch gern zusammen, dann ist das so gut wie ein einziger Korb. Wenn ihr, auf derselben Seite des Flusses, das untere Bootshaus seht, ist eure Fahrt vorbei. Dort bitte lasst die Körbe, gut festgebunden.«

»Axl«, flüsterte Beatrice, »ich möchte nicht, dass wir uns trennen. Lass uns miteinander zu Fuß gehen, auch wenn wir noch so langsam vorankommen.«

»Gehen kommt nicht mehr infrage, Prinzessin. Wir brauchen beide Wärme und Essen, und der Fluss bringt uns rasch zu unserem Sohn, der uns gut aufnehmen wird.«

»Bitte, Axl, ich möchte nicht, dass wir uns trennen.«

»Aber dieser gute Mann sagt, er bindet die zwei Körbe zusammen, und das ist so gut, als würden wir uns in den Armen halten.« Zum Bootsmann gewandt, sagte er: »Ich bin dir dankbar, Herr. Wir nehmen deinen Vorschlag gern an. Bitte binde die Körbe fest aneinander, damit sie nicht von einer schnellen Strömung auseinandergerissen werden können.«

»Nicht die Schnelligkeit des Flusses ist gefährlich, Freund, sondern seine Langsamkeit. Man verfängt sich leicht im Dicicht am Ufer und bleibt hängen. Aber ich leihe euch auch eine kräftige Stange, mit der ihr euch wieder anschieben könnt, also keine Angst.«

Als der Bootsmann bis zum Ende seines Stegs ging und sich an einem Seil zu schaffen machte, flüsterte Beatrice wieder:

»Axl, bitte lass uns zusammenbleiben.«

»Wir bleiben doch zusammen, Prinzessin. Schau, er macht schon die Knoten, um uns aneinanderzubinden.«

»Vielleicht trennt uns die Strömung, Axl, auch wenn der Mann uns versichert, dass dies nicht passieren kann.«

»Es wird alles gut, Prinzessin, und bald sind wir im Dorf unseres Sohnes.«

Als der Bootsmann sie rief, traten sie vorsichtig hinaus auf die kleinen Steine und gingen bis zu ihm. Er hielt mit einem langen Stab zwei auf und ab tanzende Körbe im Wasser fest. »Sie sind mit Fellen ausgelegt«, sagte er. »Die Kälte des Flusses spürt ihr kaum.«

Obwohl es ihm schwerfiel, sich zu bücken, hielt Axl Beatrice mit beiden Händen fest, bis sie sicher in den ersten Korb hinuntergestiegen war.

»Bleib unten, Prinzessin, versuch nicht aufzustehen, sonst besteht die Gefahr, dass du kenterst.«

»Steigst du nicht ein, Axl?«

»Direkt neben dir. Schau, der gute Mann hat uns fest aneinandergebunden.«

»Lass mich hier nicht allein, Axl.«

Doch noch während sie dies sagte, schien sie sich zu beruhigen und bettete sich in den Korb wie ein Kind, das sich schlafen legt.

»Guter Herr«, sagte Axl. »Sieh, wie meine Frau vor Kälte zittert. Gibt es etwas zum Zudecken, das du ihr leihen kannst?«

Der Bootsmann blickte auf Beatrice, die sich seitlich eingerollt und die Augen geschlossen hatte. Unerwartet zog er eines der Felle aus, die er trug, beugte sich vor und deckte sie damit zu. Sie schien es gar nicht zu bemerken – ihre Augen blieben geschlossen –, sodass sich Axl an ihrer Stelle bedankte.

»Gern, Freund. Lasst alles im unteren Bootshaus liegen.« Der Mann schob sie mit seinem Stab an, bis die Strömung sie erfasste. »Duckt euch tief in den Korb und haltet die Stange griffbereit, falls es euch ins Dickicht treibt.«

Es war bitterkalt auf dem Fluss. Eisschollen trieben hier und dort auf dem Wasser, doch die Körbe bewegten sich mühelos zwischen ihnen hindurch; manchmal stießen sie sanft aneinander. Sie hatten fast die Form eines Bootes, mit Bug und Heck, neigten aber dazu, sich um die eigene Achse zu drehen, sodass Axl bisweilen flussaufwärts zum Bootshaus blickte, das noch immer am Ufer zu sehen war.

Durch das wehende Gras am Ufer quoll die Morgensonne, und wie der Bootsmann versichert hatte, bewegte der Fluss sich sehr gemächlich dahin. Dennoch konnte Axl nicht umhin, ständig nach dem anderen Korb zu sehen, der nichts als das Fell zu enthalten schien – dass Beatrice darunter lag, verriet nur ein Büschel Haare. Einmal rief er: »Wir werden im Handumdrehen da sein, Prinzessin«, und als keine Antwort kam, griff er hinüber und zog ihren Korb näher zu sich.

»Schläfst du, Prinzessin?«

»Axl, bist du noch da?«

»Natürlich bin ich da.«

»Axl, ich dachte, du hast mich vielleicht wieder verlassen.«

»Warum sollte ich dich verlassen, Prinzessin? Und der Mann hat doch unsere Gefährte fest zusammengebunden.«

»Ich weiß nicht, ob das ein Traum ist oder eine Erinnerung. Jedenfalls habe ich mich gerade mitten in der Nacht in unserer Kammer stehen sehen. Es ist sehr lang her; ich hatte diesen Mantel aus Dachsfell an, den ich einmal als Liebesgabe von dir bekommen habe, und hatte ihn eng um mich gezogen, so stand ich da, noch dazu in unserer ehemaligen Kammer, nicht der, die wir jetzt haben, denn die eine Wand war aus Birkenzweigen, die von links nach rechts verliefen, und ich beobachtete eine Raupe, die langsam darüber hinwegkroch, und fragte mich, warum eine Raupe so spät in der Nacht nicht schläft.«

»Ganz abgesehen von der Raupe – wieso hast *du* nicht geschlafen, sondern mitten in der Nacht an die Wand gestarrt?«

»Ich glaube, ich stand so, weil du gegangen warst, mich verlassen hattest, Axl. Vielleicht erinnert mich dieses Fell, das der Mann über mich gelegt hat, an das Fell damals, denn ich zog es eng um mich, während ich da stand, diesen Pelzumhang, den du mir aus Dachsfellen gemacht hattest und den wir später, als es brannte, verloren haben. Ich beobachtete die Raupe und fragte mich, warum sie nicht schlief und ob so ein Wesen überhaupt Tag und Nacht unterscheidet. Ich glaube aber, der Grund war, dass du fortgegangen warst, Axl.«

»Ein verrückter Traum, Prinzessin, und vielleicht kommt auch ein Fieber. Aber jetzt dauert es nicht mehr lang, und wir sitzen beide vor einem warmen Feuer.«

»Bist du noch da, Axl?«

»Natürlich bin ich da, und das Bootshaus ist jetzt außer Sicht.«

»In der Nacht damals, da hattest du mich verlassen, Axl. Und unser kostbarer Sohn ebenfalls. Er war einen oder zwei Tage vorher schon gegangen, weil er bei deiner Rückkehr nicht zu Hause sein wollte; das hat er gesagt. Ich war also ganz allein in unserer früheren Kammer, und es war mitten in der Nacht. Aber damals hatten wir eine Kerze, und daher konnte ich diese Raupe sehen.«

»Was für ein seltsamer Traum, den du da erzählst, Prinzessin, sicher ist es ein Fiebertraum – kein Wunder bei dieser Kälte. Ich wünschte, die Sonne ließe sich weniger Zeit mit dem Aufgehen.«

»Das stimmt, Axl, es ist wirklich kalt hier, sogar unter der Decke.«

»Ich würde dich in die Arme nehmen und wärmen, aber auf dem Fluss geht das ja nicht.«

»Axl. Kann es sein, dass unser Sohn uns eines Tages im Zorn verlassen hat und wir ihm unsere Tür verschlossen

und ihm eingeschärft haben, dass er nie wieder zurückkommen soll?«

»Prinzessin, ich sehe etwas vor uns im Wasser, das im Schilf
hängen geblieben ist, vielleicht ist es ein Boot.«

»Du treibst weiter fort, Axl, ich hör dich kaum noch.«

»Ich bin hier neben dir, Prinzessin.«

Die Beine gespreizt, hatte er am Boden seines Korbs gesessen, nahm jetzt aber, den Rand mit beiden Händen festhal-
tend, vorsichtig eine kauernde Stellung ein.

»Jetzt seh ich's besser. Ein kleines Ruderboot; es hängt
vor uns, wo der Fluss eine Biegung macht, im Schilf fest. Es
ist uns im Weg, und wir müssen aufpassen, sonst bleiben wir
ebenfalls hängen.«

»Axl, geh nicht weg von mir.«

»Ich bin an deiner Seite, Prinzessin. Aber lass mich diese
Stange hervorholen und zusehen, dass wir uns von diesem
Schilf fernhalten.«

Die Körbe bewegten sich immer langsamer, und es zog
sie unaufhaltsam auf die andere, schlammige Seite des Flusses
zu, wo das Ufer seine Biegung machte. Axl, der die Stange
ins Wasser rammte, stellte fest, dass er mühelos bis auf den
Grund kam, doch als er versuchte, die Körbe zurück in die
Mitte und in die Strömung zu befördern, versank die Stange
tief im morastigen Boden und fand keinen Halt. Jetzt fiel
schon die Sonne über das hohe Gras auf den Feldern, und in
ihrem Licht sah er, dass sich Wasserpflanzen fest um beide
Körbe geschlungen hatten, wie um sie noch mehr an diese
Stelle zu binden, an der sich das Wasser kaum bewegte. Das
Boot war nun fast direkt vor ihnen, und sie trieben träge darauf zu. Axl hob die Stange und stemmte sie gegen das Heck
des Bootes, sodass sie beide in ihren Körben zum Stillstand
kamen.

»Sind wir beim anderen Bootshaus, Mann?«

»Noch nicht.«

Axl blickte zu jenem Teil des Flusses hinüber, wo das Wasser strömte. »Tut mir leid, Prinzessin. Wir stecken fest. Aber vor uns ist ein Ruderboot, und wenn es etwas taugt, benutzen wir es, um unsere Reise fortzusetzen.« Wieder stieß er die Stange ins Wasser, bis es ihm gelang, die beiden Körbe längsseits des Bootes zu manövrieren.

Aus ihrem niedrigen Blickwinkel ragte das Ruderboot hoch und breit über ihnen auf, und Axl sah in allen Einzelheiten das beschädigte, aufgeraute Holz und die Unterseite des Dollbords, an dem eine Reihe winziger Eiszapfen hing, wie herabgetropftes Kerzenwachs. Die Stange ins Wasser gestemmt, erhob er sich vorsichtig und spähte aus seinem Korb in das Boot hinüber.

Der Bug badete in orangegelbem Licht, und Axl brauchte eine Weile, bis er erkannte, dass der Haufen Lumpen auf dem Boden in Wahrheit eine alte Frau war; ihr ungewöhnliches Gewand – ein Flickwerk aus dunklen Lappen – und der rußige Schmutz in ihrem Gesicht hatten ihn im ersten Moment getäuscht. Außerdem war sie in einer eigenartigen Haltung zusammengesunken, ihr Kopf hing so tief zu einer Seite, dass er beinahe den Boden des Bootes berührte. Etwas an der Kleidung der alten Frau weckte eine unbestimmte Erinnerung in ihm, doch ehe er sie zu fassen bekam, öffnete die Frau die Augen und starrte ihn an.

»Hilf mir, Fremder«, sagte sie leise, ohne ihre Haltung zu verändern.

»Bist du krank, Herrin?«

»Mein Arm gehorcht mir nicht mehr, sonst wäre ich schon aufgestanden und hätte das Ruder genommen. Bitte hilf mir, Fremder.«

»Mit wem sprichst du, Axl?«, fragte Beatrice hinter ihm. »Pass auf, dass es kein Dämon ist.«

»Es ist nur eine arme Frau in unserem Alter oder älter. Sie sitzt verletzt in ihrem Boot.«

»Vergiss mich nicht, Axl.«

»Dich vergessen? Warum sollte ich dich je vergessen, Prinzessin?«

»Dieser Nebel lässt uns so vieles vergessen. Warum sollten wir nicht auch einander vergessen?«

»Das wird nie passieren, Prinzessin. Jetzt muss ich dieser armen Frau helfen, und wenn wir Glück haben, können wir vielleicht alle drei mit ihrem Boot flussabwärts fahren.«

»Fremder, ich höre, was du sagst. Du kannst gern mein Boot mit mir teilen. Aber jetzt hilf mir, denn ich bin gestürzt und habe mich verletzt.«

»Axl, lass mich hier nicht allein. Vergiss mich nicht.«

»Ich steige nur in das Boot neben uns, Prinzessin. Ich muss mich um die arme Fremde kümmern.«

Von der Kälte waren seine Gliedmaßen steif geworden, und er verlor fast das Gleichgewicht, als er in das größere Gefährt hinüberstieg. Doch er fing sich gleich wieder und sah sich um.

Das Boot wirkte einfach und robust und zeigte kein Anzeichen eines Lecks. Das Heck war beladen, doch Axl schenkte der Fracht kaum Beachtung, denn die Frau sagte wieder etwas. Die Morgensonne beschien sie, und er sah, dass sie unverwandt auf seine Füße starrte – und er konnte nicht anders, als ihrem Blick zu folgen. Doch es fiel ihm nichts auf, und er ging, vorsichtig über die Querspanten hinwegsteigend, auf sie zu.

»Fremder, ich sehe, dass du nicht jung bist, aber du hast noch Kraft. Zeig ihnen ein böses Gesicht. Ein böses Gesicht schlägt sie in die Flucht.«

»Komm, Herrin. Kannst du dich aufsetzen?« Das sagte er, weil ihn ihre sonderbare Haltung verstörte – ihr strähniges graues Haar hing bis auf die feuchten Planken hinab. »Schau, ich helfe dir. Versuch dich aufzusetzen.«

Als er sich vorbeugte und sie berührte, fiel ihr ein rostiges Messer aus der Hand. Im selben Moment huschte zwischen ihren Lumpen ein kleines Wesen hervor und suchte Deckung.

»Haben die Ratten dir was getan, Herrin?«

»Sie sind dort drüben, Fremder. Zeig ihnen ein böses Gesicht, sag ich.«

Jetzt begriff er, dass sie nicht auf seine Füße gestarrt hatte, sondern auf etwas dahinter, irgendwo am Heck des Bootes. Er drehte sich um, doch die Sonne blendete ihn, und er erkannte nicht, was sich dort bewegte.

»Sind das Ratten, Herrin?«

»Sie haben Angst vor dir, Fremder. Eine Zeit lang hatten sie auch vor mir Angst, aber sie haben mich nach und nach ausgesaugt, ungehindert. Wärst du nicht aufgetaucht, so würden sie jetzt schon wieder in Scharen auf mir sitzen.«

»Einen Augenblick, Herrin.«

Die Augen gegen die niedrig stehende Sonne beschirmend, trat er zum Heck und blickte auf die Gegenstände dort unten im Schatten. Er erkannte verwickelte Netze, eine triefend nasse, als Haufen daliegende Decke und darauf ein Werkzeug mit langem Stiel, wie eine Spitzhacke. Auch eine Holzkiste ohne Deckel stand da, wie Fischer sie benutzen, um darin die sterbenden Fische frisch zu halten. Doch als er hineinspähte, erblickte er nicht Fische, sondern gehäutete Kaninchen – eine beträchtliche Anzahl, so dicht aneinandergeschichtet, dass ihre schmächtigen Gliedmaßen aneinander zu haften schienen. Und während er in die Kiste schaute, geriet die ganze Masse aus Sehnen, Knochen, Gelenken in Bewegung und verschob sich, und Axl wich zurück, denn er erblickte ein sich öffnendes Auge, dann ein zweites. Ein Geräusch ließ ihn herumfahren, und er sah am anderen Ende des Bootes, lichtüberflutet, die im Bug zusammengesackte Gestalt der alten Frau – aber jetzt wimmelte sie von Kobolden. Auf den ersten Blick wirkte sie zufrieden, als würde sie mit Zuneigung bedrängt, ja förmlich erstickt, denn die dürren kleinen Wesen wuselten über ihr Gesicht und ihre Schultern und zwischen ihren Lumpen hin und her. Und es kamen immer mehr und mehr, sie kletterten aus dem Fluss und über die Bordkante ins Boot.

Axl griff nach dem langstieligen Werkzeug, doch auch er war von einer seltsamen Gelassenheit übermannt und wunderte sich selbst, mit welcher befremdlichen Bedächtigkeit er den Griff aus dem verworrenen Netz zog. Es war ihm klar, dass immer mehr dieser Wesen aus dem Wasser kamen – wie viele mochten bereits an Bord sein, dreißig? Sechzig? –, und das Gewirr ihrer Stimmen erinnerte ihn an in der Ferne spielende Kinder. Er hatte die Geistesgegenwart, das lange Werkzeug zu heben – sicher eine Hacke, denn war das nicht ein rostiges Blatt, was sich da am anderen Ende des Stiels in den Himmel hob, oder war es eines dieser Wesen, das sich daran festklammerte? – und auf die winzigen Knöchel und Knie fallen zu lassen, die seitlich über die Bordkante kletterten. Er tat einen zweiten Schlag, diesmal gegen die Kiste mit den gehäuteten Kaninchen, aus der weitere Kobolde hervorquollen. Er war jedoch nie ein großer Schwertkämpfer gewesen, seine Begabung war die Diplomatie, notfalls auch die Intrige, aber wer konnte behaupten, er habe jemals das Vertrauen verraten, das er mit diplomatischem Geschick errungen hatte? Im Gegenteil, er war derjenige, der verraten worden war ... Eine Waffe konnte er aber noch immer schwingen, und gar nicht so schlecht, und das tat er jetzt, er schwang sie hierhin und dorthin, denn musste er nicht Beatrice gegen diese wimmelnden Wesen verteidigen? Aber sie strömten weiter ins Boot, sie wurden immer mehr – kamen sie noch aus dieser Kiste, oder entstiegen sie dem seichten Wasser? Umschwärmten sie bereits die schlafende Beatrice in ihrem Korb? Der letzte Schlag der Hacke hatte immerhin eine Wirkung gezeigt, denn mehrere Wesen waren ins Wasser zurückgefallen, der nächste Schlag schleuderte zwei, sogar drei durch die Luft, und die Alte war ihm vollkommen fremd, wäre er ihr etwa mehr verpflichtet als seiner eigenen Frau? Doch da war sie, diese seltsame Fremde, kaum noch zu sehen unter den sich windenden Wesen, und Axl durchmaß das Boot mit zwei Sätzen, holte aus und zog einen weiteren Bogen durch die Luft, um so viele wie möglich zu verscheuchen, ohne dabei die Frau zu verletzen. Aber wie fest sie sich anklammerten! Und jetzt wagten sie gar ihn anzusprechen – oder war das die Alte, die unter ihnen hervortönte?

»Lass sie, Fremder. Lass sie uns. Überlass sie uns.«

Wieder schwang Axl die Hacke, und sie bewegte sich, als wäre die Luft träges Wasser; dennoch fand sie ihr Ziel, und mehrere Wesen stoben auseinander. Aber es half nichts, es kamen unaufhörlich neue.

»Lass sie uns, Fremder«, sagte die Alte noch einmal, und erst jetzt begriff er – mit einer bodenlosen Furcht, die seinen Atem ins Stocken brachte –, dass diese Worte nicht die sterbende Fremde meinten, sondern Beatrice. Denn als er sich zu dem Korb seiner Frau im Schilf umdrehte, sah er, dass es ringsum im Wasser von Schultern, Armen, Köpfen wimmelte. Sein eigener Korb drohte, unter der Masse der Wesen, die hineinzuklettern versuchten, zu kentern, und nur der Ballast der schon darin Sitzenden verhinderte, dass er kippte. Aber in seinen

Korb kletterten sie nur, um von dort in den Nachbarkorb zu gelangen: Schon wuselten die Wesen in hellen Scharen über das Fell, das Beatrice zudeckte, und mit einem Aufschrei stieg er über die Bordwand und ließ sich ins Wasser fallen. Es war tiefer, als er erwartet hatte, reichte ihm bis über die Taille, doch der Schock nahm ihm nur für einen kurzen Moment den Atem, ehe er sich mit dem Schrei des Kriegers, der aus einer fernen Erinnerung plötzlich aus ihm herausbrach, und hoch erhobener Hacke auf die Körbe stürzte. Er spürte ein Zerren an seiner Kleidung, und das Wasser fühlte sich an wie Honig, doch als er die Hacke auf den ersten Korb fallen ließ, bewegte sie sich zwar mit haarsträubender Langsamkeit durch die Luft, doch als sie landete, plumpsten mehr Wesen, als er erwartet hatte, ins Wasser. Der nächste Schlag verursachte noch größere Zerstörung – diesmal hatte er anscheinend mit auswärts gedrehtem Blatt zugeschlagen, denn war das nicht blutiges Fleisch, was er da im Sonnenlicht auffliegen sah? Und doch blieb Beatrice eine Ewigkeit entfernt, trieb unge-rührt samt Korb im Wasser, obwohl die Wesen schon über ihr aufragten, und jetzt kamen sie auch noch vom Land herbei und rannten durchs Gras auf das Ufer zu. Sie hingen sogar an seiner Hacke, und er ließ das Werkzeug achtlos ins Wasser fal-len, denn er hatte nur noch den einen Wunsch: an Beatricens Seite zu sein.

Er watete durchs Schilf, gebrochene Binsen stachen ihn, Schlamm umfing seine Füße, doch Beatrice blieb ferner denn je. Dann ertönte wieder die Stimme der Fremden, und ob-wohl er sie vom Wasser aus nicht mehr sehen konnte, hatte er ein erschreckend deutliches Bild vor seinem geistigen Auge, wie sie auf dem Boden ihres Bootes zusammengesackt war und die Kobolde ungehindert auf ihr herumkletterten, und er hörte klar und deutlich die Worte:

»Lass sie, Fremder. Überlass sie uns.«

»Sei verflucht«, murmelte Axl vor sich hin, während er sich vorwärtskämpfte, »nie, nie, nie gebe ich sie auf.«

»Ein kluger Mann wie du, Fremder. Du weißt doch schon lang, dass es keine Heilung für sie gibt. Wie wirst du ertragen, was ihr jetzt bevorsteht? Sehnst du dich etwa nach dem Tag, an dem du zusiehst, wie sich deine Liebste in Todesqualen windet und du ihr nichts anderes zu bieten hast als ein paar nette Worte für ihr Ohr? Gib sie uns, wir lindern ihr Leiden, wie wir es bei vielen anderen vor ihr getan haben.«

»Sei verflucht! Euch gebe ich sie nicht!«

»Gib sie uns, und wir sorgen dafür, dass sie keine Schmerzen leidet. Wir waschen sie im Fluss, die Jahre fallen von ihr ab, und sie wird sich fühlen wie in einem schönen Traum. Warum willst du sie behalten, Herr? Kannst du ihr Besseres bieten als die Qual eines Tiers, das geschlachtet wird?«

»Euch bin ich gleich los. Weg mit euch! Weg von ihr!«

Die Hände zu einem Knüppel gefaltet, schlug er ins Wasser und bahnte sich so einen Weg durch das Gewusel, bis er vor Beatrice stand, die in ihrem Korb schlief wie tot. Die Kobolde schwärmten über ihre Felldecke hin und her, und er begann sie einzeln abzupflücken und weit von sich zu schleudern.

»Warum gibst du sie uns nicht? Gütig ist das nicht, was du tust.«

Er schob den Korb durchs Wasser, bis der Boden sich hob und der Korb auf nassem Schlamm zwischen Gras und Schilf saß. Erst jetzt beugte er sich vor, nahm seine Frau in die Arme und hob sie heraus. Zum Glück kam sie so weit zu Bewusstsein, dass sie sich an seinem Hals festhielt, und er machte einige schwankende Schritte, erst ans Ufer, dann weiter und hinein in die Felder. Erst als der Boden unter seinen Füßen sich hart und trocken anfühlte, ließ Axl sie ins Gras sinken, und dort saßen sie dann gemeinsam, er schwer atmend, sie zunehmend erwachend.

»Axl, wo sind wir denn hier?«

»Prinzessin, wie geht's dir jetzt? Wir müssen fort von hier. Ich trage dich auf dem Rücken.«

»Axl, du bist ja tropfnass! Bist du in den Fluss gefallen?«

»Das ist eine böse Gegend hier, Prinzessin, wir müssen rasch fort. Ich trage dich gern auf dem Rücken, wie früher, als wir jung und verrückt waren und uns am warmen Frühling freuten.«

»Müssen wir den Fluss hinter uns lassen? Herr Gawain hatte sicher recht, als er meinte, er bringt uns schneller vorwärts, wohin auch immer wir wollen. Hier sieht es aus, als wären wir höher in den Bergen als je zuvor.«

»Es bleibt uns nichts anderes übrig, Prinzessin. Wir müssen weit weg von hier. Komm, ich nehme dich auf den Rücken. Komm, Prinzessin, greif nach meinen Schultern.«

12. KAPITEL

Er hörte unter sich die Stimme des Kriegers, der ihn bat, langsamer zu klettern, doch Edwin beachtete ihn nicht. Wistan war zu langsam, und überhaupt schien er die Dringlichkeit ihrer Lage nicht zu begreifen. Als sie die Felswand noch nicht einmal bis zur Hälfte erklommen hatten, fragte er: »War das ein Falke, was da gerade an uns vorbeigeflogen ist?« Wieso war das wichtig? Dieses Fieber hatte den Krieger an Leib und Seele aufgeweicht.

Nur noch ein kurzes Stück, dann war zumindest Edwin über die Kante und wieder auf festem Boden. Und konnte rennen – wie er sich danach sehnte! –, aber wohin? Momentan war ihm entfallen, wohin sie eigentlich unterwegs waren. Schlimmer, er hatte dem Krieger etwas Wichtiges sagen wollen: Er hatte Wistan irgendwie getäuscht, und allmählich war es Zeit für ein Geständnis; er hatte sich ja auch, nachdem sie die erschöpfte Stute an einem Busch am Wegrand festgebunden zurückgelassen und mit dem Aufstieg begonnen hatten, fest vorgenommen, alles zu beichten, sobald sie oben wären. Jetzt war er fast oben, sein Kopf aber war leer bis auf ein paar wirre Gedankenfetzen.

Er kletterte über die letzten Felsen und stemmte sich über die Kante. Das Land vor ihm war kahl und windgepeitscht und stieg nach und nach zu den bleichen Gipfeln am Horizont hin an. In der Nähe wuchsen kleine Teppiche aus Heidekraut und Berggras, alles aber nur knöchelhoch. Nur in der Ferne, auf halber Strecke zu den Bergen, wuchs es seltsamerweise auf einmal höher – es schien ein Wäldchen zu sein, was da stand, mit üppigen, sattgrünen Laubbäumen, denen der peitschende Wind nichts anhaben konnte. Hatte ein Gott – oder eine Laune des Schicksals – aus einem prächtigen Wald ein Stück herausgepflückt und es in dieser unwirtlichen Gegend abgesetzt?

Obwohl vom Aufstieg noch außer Atem, zwang sich Edwin loszulaufen. Denn sicher musste er genau dorthin, zu diesen Bäumen, und war er erst dort, so fiele ihm bestimmt alles ein. Wieder rief Wistan irgendwo hinter ihm – wahrscheinlich war jetzt auch der Krieger endlich oben –, doch Edwin rannte nur umso schneller und warf keinen Blick zurück. Er würde seine Beichte aufschieben, bis er diese Bäume erreicht hatte. In ihrem Schutz wäre seine Erinnerung bestimmt klarer, und sie könnten ohne das Geheul des Windes reden.

Plötzlich kam ihm der Boden entgegen, und der Aufprall nahm ihm den Atem. Es geschah derart unerwartet, dass er erst einmal benommen liegen blieb, und als er wieder aufzuspringen versuchte, drückte ihn etwas Weiches, aber Unnachgiebiges nach unten. Er begriff, dass Wistans Knie auf seinem Rücken war und dass ihm die Hände gefesselt wurden.

»Vorhin hast du gefragt, wozu wir ein Seil mitnehmen müssen«, sagte Wistan. »Jetzt siehst du, wie nützlich es sein kann.«

Edwin begann sich an ihr Gespräch unten auf dem Weg zu erinnern. Er hatte es nicht erwarten können, mit dem Klettern zu beginnen, und dass der Krieger derart bedächtig Gegenstände aus seiner Satteltasche in zwei Säcke umlud, die sie tragen konnten, hatte ihn verdrossen.

»Wir müssen uns beeilen, Krieger! Wozu brauchen wir denn das alles?«

»Hier, nimm das, Kamerad. Die Drachin ist uns Feindin genug, und wir müssen es ihr nicht dadurch noch leichter machen, dass wir von Kälte und Hunger geschwächt sind.«

»Aber die Witterung geht verloren! Und wozu brauchen wir ein Seil?«

»Es kann uns nützlich sein, junger Kamerad – wenn man eines braucht, wächst es meist.nicht auf Bäumen.«

Nun war das Seil um seine Körpermitte und seine Handgelenke geschlungen, und als er endlich wieder auf den Beinen war, konnte er sich nur gegen den Zug der Leine vorwärtsbewegen.

»Krieger, bist du nicht mehr mein Freund und Lehrer?«

»Doch, natürlich, aber ich bin auch dein Beschützer. Von jetzt an wirst du nicht mehr so rennen.«

Zu seiner Überraschung machte das Seil ihm nichts aus. Es zwang ihn zur Gangart eines Maultiers, und er erinnerte sich, wie er vor nicht allzu langer Zeit genau so ein Tier hatte nachahmen und immerfort ein Fuhrwerk umrunden müssen. War er jetzt wieder dasselbe Maultier, das sich stur bergauf arbeitete, obwohl ein Seil es zurückhielt?

Edwin zog und zerrte und schaffte es zwischendurch, ein paar Schritte zu rennen, ehe das Seil ihn jäh wieder bremste. Eine Stimme klang in seinen Ohren – eine vertraute Stimme –, die in monotonem Singsang einen Kinderreim vortrug – er kannte ihn gut aus seiner Kindheit. Sie war wohlig und verstörend gleichermaßen, und er stellte fest, dass die Stimme etwas von ihrer beunruhigenden Schärfe verlor, wenn er mitsang, während er am Seil zog. Daher sang er, erst leise, dann immer unbefangener in den Wind: »Wer hat den Becher Bier ausgetrunken? Wer hat dem Drachen Gerhard gewunken?

Wer ist vor der Schlange zusammengesunken? Das war doch dein Vetter, dein Vetter Adny.« Es gab noch weitere Strophen, an die er sich nicht erinnerte, aber er wunderte sich, dass er nur mitzusingen brauchte, und schon kamen die richtigen Worte heraus.

Die Bäume waren jetzt nah, doch wieder bremste der Krieger Edwin.

»Langsam, junger Kamerad. Um in dieses sonderbare Wäldchen einzudringen, braucht es mehr als Mut. Schau. Kiefern sind in dieser Höhe nicht ungewöhnlich, aber sind das nicht Eichen und Ulmen gleich daneben?«

»Ist doch egal, welche Bäume hier wachsen oder welche Vögel am Himmel sind! Wir haben nicht mehr viel Zeit und müssen uns beeilen!«

Sie betraten das Wäldchen, und unter ihren Füßen veränderte sich der Boden: Sie gingen auf weichem Moos, Nesseln, sogar Farn. Das Laub über ihnen war dicht genug, um ein Dach zu bilden, sodass sie eine Zeit lang in grauem Zwielicht dahingingen. Aber das war doch gar kein Wald, denn es dauerte nicht lang, und sie sahen vor sich eine Lichtung und offenen Himmel. Edwin kam der Gedanke, dass hier tatsächlich ein Gott die Hand im Spiel gehabt hatte, der mit diesen Bäumen etwas hatte verbergen wollen – was auch immer das war. Ärgerlich riss er am Seil und sagte:

»Was trödelst du, Krieger? Kann es sein, dass du Angst hast?«

»Schau dir das an, junger Kamerad. Dein Jagdinstinkt hat uns gute Dienste geleistet. Hier muss irgendwo das Versteck des Drachen sein.«

»Ich bin der Jäger von uns beiden! Und ich sag dir, Krieger, dass auf dieser Lichtung kein Drache ist. Wir müssen schnell daran vorbei und weiter, denn wir haben noch ein ganzes Stück Weg vor uns!«

»Deine Wunde, junger Kamerad. Lass mich sehen, ob sie immer noch sauber ist.«

»Was kümmert dich meine Wunde! Die Witterung geht verloren, sag ich dir! Lass das Seil los, Krieger! Aber ich renne sowieso weiter, auch wenn du mich nicht loslässt!«

Diesmal ließ Wistan ihn frei, und Edwin drängte sich an Disteln vorbei und sprang über Wurzelgeflechte. Mehrmals verlor er das Gleichgewicht, denn gefesselt, wie er war, konnte er keine Hand ausstrecken, um sich abzustützen. Doch kam er unversehrt bis zur Lichtung. Dort blieb er stehen und starrte auf das, was er sah.

In der Mitte war ein Teich. Er war zugefroren, sodass ihn ein Mann, war er närrisch oder mutig genug, mit gut zwanzig Schritten hätte überqueren können. Die glatte Eisfläche war nur am anderen Ufer unterbrochen, wo der ausgehöhlte Stamm eines umgestürzten Baumes herausragte. Direkt am Ufer, nicht weit von dem gefällten Baum, kauerte ein mächtiger Menschenfresser auf Ellenbogen und Knien, den Kopf ganz eingetaucht. Vielleicht hatte er getrunken – oder unter der Oberfläche nach etwas gesucht –, jedenfalls hatte ihn der plötzliche Frosteinbruch überrascht. Ein unaufmerksamer Betrachter hätte ihn wohl für einen enthaupteten Leichnam gehalten – geköpft, als er zum Wasser gekrochen war, um seinen Durst zu stillen.

Der Fleck Himmel über dem Teich warf ein seltsames Licht auf den toten Menschenfresser, und Edwin starrte ihn eine ganze Weile an, als könnte er wieder zum Leben erwachen und ein grässliches, rot angelaufenes Gesicht aus dem Wasser heben. Dann zuckte er zusammen, denn er sah, dass am rechten Ufer des Teichs ein zweiter Unhold in gleicher Haltung kauerte. Und dort! – da war ja noch ein dritter, nicht weit von ihm, am diesseitigen Teichufer, halb verborgen zwischen Farnen.

Menschenfresser erregten normalerweise nur seine Abscheu; diese Unholde aber und die grausige Melancholie ihrer Haltung weckten tatsächlich einen Anflug von Mitgefühl in ihm. Weshalb hatte sie dieses Schicksal ereilt? Edwin wollte auf sie zugehen, doch gleich spannte sich wieder das Seil, und er hörte Wistan dicht hinter ihm sagen:

»Leugnest du immer noch, dass hier ein Drache haust, Kamerad?«

»Nicht hier, Krieger. Wir müssen weiter.«

»Aber dieser Ort hier sagt mir etwas, er raunt mir etwas zu. Selbst wenn sie nicht hier haust, so kommt sie doch her, um zu trinken und zu baden, oder?«

»Ich glaube, der Ort ist verflucht, Krieger, und kein geeigneter Platz, um mit ihr zu kämpfen. Hier werden wir nur Pech haben. Schau dir diese armen Menschenfresser an. Und sie sind beinah so groß und dick wie die Unholde, die du neulich erschlagen hast.«

»Wovon sprichst du, Junge?«

»Siehst du sie nicht? Schau doch, dort! Und hier!«

»Junger Herr Edwin, du bist erschöpft, das war ja auch alles ziemlich viel für dich. Lass uns eine Weile rasten. Selbst wenn es hier nicht wenig unheimlich ist, so haben wir doch eine Zeit lang Ruhe vor dem Wind.«

»Wie kannst du vom Rasten reden, Krieger? Und wurden die armen Wesen nicht genau deshalb von ihrem Schicksal ereilt, weil sie sich zu lang an diesem verhexten Ort aufgehalten haben? Hör auf ihre Warnung, Krieger!«

»Die einzige Warnung, die ich ernst nehme, sagt mir, dass ich dich zu einer Rast zwingen muss, bevor dir noch das Herz zerspringt.«

Edwin spürte ein scharfes Rucken am Seil, und gleich darauf prallte er rücklings gegen einen Baumstamm. Dann stapfte der Krieger um ihn herum und verschnürte ihn um Brust und Schultern mit dem Seil, bis er sich nicht mehr rühren konnte.

»Der gute Baum will dir nichts Böses, junger Kamerad.« Der Krieger legte ihm sanft eine Hand auf die Schulter. »Verschwende nicht deine Kraft damit, dass du versuchst, ihn auszureißen. Beruhige dich und ruh dich aus, rate ich dir, während ich mich hier ein bisschen umsehe.«

Edwin sah Wistan nach, der sich durch Brennnesseldickicht einen Weg zum Teichufer bahnte. Am Wasser angelangt, ging er eine ganze Weile langsam vor und zurück und starrte angestrengt auf den Boden; manchmal kauerte er sich nieder, um irgendetwas, das ihm aufgefallen war, genauer zu betrachten. Schließlich richtete er sich wieder auf und schien in längeres Sinnieren zu versinken, während er unverwandt zum anderen Ufer blickte. Aus Edwins Perspektive war der Krieger eine dunkle Silhouette vor der Eisfläche des Teichs. Warum warf er nicht einmal einen Blick auf die Menschenfresser?

Dann aber machte Wistan eine kurze Bewegung, und im nächsten Moment hatte er sein Schwert in der Hand und hielt es kampfbereit, mit fester Hand. Und gleich darauf steckte er das Schwert in die Scheide zurück, kehrte dem Wasser den Rücken und kam wieder zu Edwin.

»Wir sind gewiss nicht die ersten Besucher hier«, sagte er. »Erst in der vergangenen Stunde sind Leute hier gewesen, und es war nicht die Drachin. Junger Herr Edwin, es freut mich, dich ruhiger zu sehen.«

»Krieger, ich muss dir ein Geständnis machen. Und vielleicht wirst du mich dafür erschlagen, noch während ich hier an den Baum gefesselt bin.«

»Sprich, Junge, und hab keine Angst vor mir.«

»Krieger, du warst überzeugt, ich hätte die Gabe des Jägers, und während du davon gesprochen hast, spürte ich wirklich eine starke Anziehung, deshalb ließ ich dich glauben, ich hätte Querig gewittert. Aber das stimmt nicht, ich habe dich getäuscht.«

Wistan trat näher, bis er direkt vor ihm stand.

»Sprich weiter, Kamerad.«

»Ich kann nicht, Krieger.«

»Du hast von deinem Schweigen mehr zu fürchten als von meinem Zorn. Sprich.«

»Ich kann nicht, Krieger. Als wir zu klettern anfingen, wusste ich genau, was ich dir sagen wollte. Aber jetzt … ich weiß nicht mehr, was ich dir eigentlich verschwiegen habe.«

»Das ist der Drachenatem, weiter nichts. Früher hatte er wenig Macht über dich, jetzt überwältigt er dich. Sicheres Zeichen, dass wir ihr nahe sind.«

»Ich fürchte, es ist dieser verwünschte Teich, der mich verhext, Krieger, und vielleicht verhext er auch dich, weil du ganz zufrieden bist, dass wir hier herumtrödeln, und weil du die ertrunkenen Menschenfresser keines Blickes würdigst. Aber ich weiß, dass ich dir ein Geständnis machen muss, und ich hoffe sehr, es fällt mir wieder ein.«

»Zeig mir den Weg zum Drachenversteck, und ich vergebe dir jede kleine Lüge.«

»Aber das ist es ja, Krieger. Wir sind auf der Stute geritten, bis es ihr fast das Herz gesprengt hat, sind dann den steilen Abhang hinaufgeklettert, und ich führe dich keineswegs zu der Drachin.«

Wistan war so nahe getreten, dass Edwin seinen Atem spürte.

»Wohin denn sonst, Kamerad?«

»Zu meiner Mutter, Krieger, das fällt mir jetzt wieder ein. Meine Tante ist nicht meine Mutter. Meine echte Mutter wurde entführt, und ich habe es miterlebt, obwohl ich damals noch ein kleiner Junge war. Und ich habe ihr versprochen, dass ich sie eines Tages zurückhole. Jetzt bin ich fast erwachsen und habe dich an meiner Seite – bei unserem Anblick würden sogar diese Männer verzagen, die sie entführt haben. Ich habe dich getäuscht, Krieger, aber bitte versteh meine Gefühle und hilf mir, wo wir jetzt doch so nahe sind.«

»Deine Mutter. Du sagst, sie ist in unserer Nähe?«

»Ja, Krieger, das ist sie. Aber nicht hier. Nicht an diesem verwünschten Ort.«

»Was weißt du noch von den Männern, die sie entführt haben?«

»Dass sie grimmig aussahen, Krieger, und das Töten gewöhnt waren. Kein Mann im Dorf wagte sich an diesem Tag aus dem Haus.«

»Sachsen oder Britannier?«

»Es waren Britannier. Drei Männer, und Steffa sagte, sie seien sicher kurz zuvor noch Soldaten gewesen, denn er erkannte ihre soldatische Art wieder. Ich war noch keine fünf, sonst hätte ich um sie gekämpft.«

»Ich kann dich gut verstehen, junger Kamerad, meine Mutter wurde ebenfalls entführt. Und auch ich war ein schwaches Kind, als sie geraubt wurde. Es war Krieg damals, und nachdem ich gesehen hatte, wie die Männer so viele niedermetzelten und aufhängten, freute ich mich in meiner Dummheit noch, weil sie meine Mutter anlächelten – ich dachte, sie werden sie freundlich und wohlwollend behandeln. Vielleicht war es auch bei dir so, junger Herr Edwin, als du klein warst und noch nicht wusstest, wie die Menschen sind.«

»Meine Mutter wurde in Friedenszeiten entführt, Krieger, deshalb ist ihr kein großes Leid geschehen. Sie reiste von Land zu Land, und es wird kein so schlechtes Leben sein. Aber sie sehnt sich zurück zu mir, und es stimmt schon, dass die

Männer, die mit ihr unterwegs sind, sie manchmal grausam behandeln. Krieger, bitte nimm dieses Geständnis an, bestraf mich später und hilf mir jetzt, ihren Entführern entgegenzutreten, denn sie wartet schon seit vielen Jahren auf mich.«

Wistan starrte ihn befremdet an. Es schien ihm etwas auf der Zunge zu liegen, doch er schüttelte nur den Kopf, wandte sich ab und ging ein paar Schritte, fast wie einer, der sich schämt. Edwin, der ein solches Gebaren von dem Krieger nicht kannte, beobachtete ihn überrascht.

»Ich verzeihe dir diese Täuschung gern, junger Herr Edwin«, sagte Wistan, als er schließlich wieder zu ihm zurückkam. »Und alle anderen kleinen Lügen, die du womöglich erzählt hast. Und bald befreie ich dich von diesem Baum, dann gehen wir weiter, und du sollst uns führen – zu welchem Feind auch immer. Aber im Gegenzug musst du mir etwas versprechen.«

»Was, Krieger?«

»Sollte ich fallen, du aber überleben, versprich mir dies: dass du in deinem Herzen immer einen Hass auf die Britannier bewahren wirst.«

»Was meinst du, Krieger? Welche Britannier?«

»Alle Britannier, junger Kamerad. Auch solche, die freundlich zu dir sind.«

»Das verstehe ich nicht, Krieger. Muss ich einen Britannier hassen, der sein Brot mit mir teilt? Oder der mich vor einem Feind rettet, wie gestern der gute Herr Gawain?«

»Es gibt Britannier, die uns in Versuchung führen, indem sie unseren Respekt, gar unsere Liebe fordern, das weiß ich selber nur zu gut. Aber es stehen jetzt größere, drängendere Aufgaben an, und die sind wichtiger als die Gefühle, die der eine für einen anderen empfinden mag. Es waren die Britannier unter Artus, die unser Volk niedergemetzelt haben. Es waren Britannier, die deine und meine Mutter entführten. Wir haben die Pflicht, jeden Mann, jede Frau, jedes Kind von ihrem Blut zu hassen. Versprich mir also dies: Sollte ich fallen, ehe ich mein Können an dich weitergegeben habe, so musst du stets diesen Hass in deinem Herzen nähren. Und sollte er auch nur zu flackern beginnen oder gar zu verlöschen drohen, so schirme ihn gut ab, bis die Flamme wieder kräftig brennt. Versprichst du mir das, junger Herr Edwin?«

»Gut, Krieger, ich verspreche es. Aber jetzt höre ich meine Mutter rufen, und wir sind sicher zu lang an diesem schaurigen Ort geblieben.«

»Gehen wir also zu ihr. Aber sei darauf gefasst, dass die Rettung womöglich zu spät kommt.«

»Was soll das heißen, Krieger? Wie kann das sein – ich höre sie doch, wie sie nach mir ruft.«

»Dann folgen wir rasch ihrem Ruf. Du musst nur eines wissen, junger Kamerad. Sollte es für die Rettung zu spät sein, so ist immer noch Zeit genug für Rache. Versprich es also noch einmal, ich will es hören. Versprich mir, dass du die Britannier hasst bis zu dem Tag, an dem du an deinen Wunden oder an der Zahl deiner Jahre stirbst.«

»Das verspreche ich gerne noch einmal, Krieger. Aber binde mich von diesem Baum los, denn jetzt spüre ich genau, wohin wir müssen.«

13. KAPITEL

Die Ziege, sah Axl, war in diesem gebirgigen Gelände zu Hause. Zufrieden rupfte sie Stoppelgras und Heidekraut und kümmerte sich nicht um den Wind, und dass ihre linken Beine viel tiefer standen als die rechten, machte ihr auch nichts aus. Sie pflegte stürmisch an ihrem Strick zu zerren, wie Axl während des Aufstiegs hatte erleben müssen, und es war nicht leicht gewesen, sie sicher anzubinden, während er und Beatrice rasteten. Doch schließlich hatte er eine abgestorbene Baumwurzel entdeckt, die aus dem Hang ragte, und daran hatte er ihr Seil verknotet.

Von ihrem Rastplatz aus konnten sie die Ziege gut sehen. Die beiden großen Felsen, die sich zueinanderneigten wie ein altes Ehepaar, hatten sie schon von weiter unten entdeckt, doch Axl hatte die längste Zeit gehofft, sie kämen noch vorher zu einem windgeschützten Rastplatz. Die kahle Gebirgslandschaft bot jedoch nichts Besseres, und sie mussten durchhalten und den schmalen Pfad hinaufsteigen, während die Ziege so jäh und unvorhersehbar wie die Windböen am Strick riss. Doch als sie endlich bei den zwei Felsen angelangt waren, schien es, als hätte Gott eigens für sie diese Zuflucht angelegt, denn sie hörten zwar den heulenden Wind ringsum, spürten aber nur einen zarten Lufthauch. Dennoch saßen sie eng aneinandergeschmiegt, als ahmten sie die Felsblöcke über ihnen nach.

»Dort unten ist noch immer dieses elend weite Land, Axl. Hat der Fluss uns denn gar nicht weitergebracht?«

»Wir wurden aufgehalten, bevor wir sehr weit kommen konnten, Prinzessin.«

»Und jetzt müssen wir noch weiter bergauf.«

»Leider ja, Prinzessin. Ich fürchte, diese junge Maid hat uns verschwiegen, wie anstrengend es wirklich ist.«

»Ganz bestimmt, Axl, aus ihrem Mund hat es sich angehört wie ein kleiner Spaziergang. Aber wer kann es ihr verübeln? Sie ist noch ein Kind und hat mehr Sorgen, als eine in ihrem Alter haben sollte. Axl, schau doch mal. Dort unten im Tal, siehst du das?«

Die Augen mit einer Hand beschirmend, versuchte Axl zu erkennen, worauf seine Frau zeigte, doch vergeblich. Er schüttelte den Kopf. »Meine Augen sind nicht mehr so gut wie deine, Prinzessin. Wo das Gelände abfällt, sehe ich ein Tal nach dem anderen, aber nichts weiter Bemerkenswertes.«

»Schau, Axl, folge meinem Finger. Sind das da nicht Soldaten im Gänsemarsch?«

»Ja. Jetzt sehe ich sie tatsächlich. Aber die bewegen sich doch gar nicht.«

»Doch, Axl, und so wie sie in einer langen Reihe hintereinander hergehen, könnten es wirklich Soldaten sein.«

»Für meine schlechten Augen, Prinzessin, sieht es aus, als stünden sie still. Und selbst wenn – sie sind jedenfalls zu weit weg, als dass sie uns behelligen könnten. Diese Gewitterwolken im Westen machen mir mehr Sorgen, denn sie bringen geschwinder ein Unheil als irgendwelche fernen Soldaten.«

»Du hast recht, Mann, und ich frage mich, wie weit wir noch gehen müssen. Das junge Mädchen war nicht ehrlich, als es behauptet hat, es sei nur ein kurzes Stück Weg. Aber können wir ihr einen Vorwurf machen? Die Eltern fort und zwei kleine Brüder, auf die sie aufpassen muss. Sie wird sich dringend gewünscht haben, dass wir ihr zu Diensten sind.«

»Aber jetzt, wo die Sonne hinter den Wolken hervorkommt, sehe ich sie deutlicher, Prinzessin. Das sind keine Soldaten, das sind nicht einmal Menschen; das ist ein Haufen Vögel in einer Reihe.«

»Was für eine verrückte Idee, Axl – wenn das Vögel wären, könnten wir sie von hier oben doch niemals sehen.«

»Sie sind näher, als du dir vorstellen kannst, Prinzessin. Finstere Vögel, die in einer Reihe sitzen, wie sie's im Gebirge oft tun.«

»Und warum fliegt dann nicht wenigstens einer auf?«

»Das kommt vielleicht noch, Prinzessin. Und ich für meinen Teil werde diesem jungen Ding ganz bestimmt keinen Vorwurf machen, denn sie ist doch in einer wirklich misslichen Lage. Und was wäre ohne ihre Hilfe aus uns geworden, triefend nass, wie wir waren, und geschlottert, wie wir haben, als wir sie trafen? Außerdem, Prinzessin, wie ich es in Erinnerung habe, wollte nicht nur das Mädchen diese Ziege zum Steinmal des Riesen hinaufschaffen. Ist überhaupt schon eine Stunde vergangen, seitdem du das auch unbedingt wolltest?«

»Ich will es immer noch unbedingt, Axl. Denn es wäre doch wunderbar, wenn Querig tot wäre und es den Nebel nicht mehr gäbe. Es ist nur so – wenn ich mir anschaue, wie diese Ziege dieses Gestrüpp frisst, dann kann ich mir schwer vorstellen, wie so ein dummes Geschöpf die große Drachin besiegen sollte.«

Mit demselben Appetit hatte die Ziege schon am Morgen gefressen, als Axl und Beatrice auf das Steinhäuschen gestoßen waren. Sie hätten es leicht verpassen können, denn es stand am Fuß einer steilen Felswand im Schatten, und als ihn Beatrice darauf aufmerksam machte, hatte Axl es zuerst für den Zugang zu einer Siedlung ähnlich ihrer eigenen, tief in den Felsen gegrabenen, gehalten. Erst beim Näherkommen hatte er erkannt, dass es ein frei stehendes Gebäude war, dessen Wände aus den gleichen dunkelgrauen Bruchsteinen bestanden wie das Dach. Von der Felswand stürzte sich aus großer Höhe ein schmaler Wasserfall und sammelte sich unweit des Häuschens in einem Tümpel, aus dem ein Rinnsal abfloss und mit dem abfallenden Gelände bald aus dem Blick verschwand. Nicht weit von dem Häuschen war, jetzt in heller Morgensonne liegend, ein kleiner Pferch, dessen einzige Bewohnerin die Ziege war. Sie hatte, wie es Ziegen so tun, eifrig gefressen, hatte aber beim Anblick von Axl und Beatrice ihre Tätigkeit unterbrochen und die beiden verwundert angestarrt.

Die Kinder hingegen merkten nicht, dass jemand kam. Das Mädchen und zwei jüngere Brüder standen am Rand eines Grabens, kehrten den Besuchern den Rücken und waren von etwas in Anspruch genommen, das sich unten vor ihren Füßen befand. Einmal kauerte sich der eine der beiden Kleinen auf den Boden, wie um besser zu sehen, und das Mädchen zog ihn am Arm wieder auf die Beine.

»Was machen die denn?«, fragte Beatrice. »Das sieht mir nach Unfug aus – der Jüngste ist noch so klein, dass er einfach hineinstolpert und nicht weiß, was er tut.«

Als sie an der Ziege vorbei waren und die Kinder sie noch immer nicht bemerkt hatten, rief Axl so behutsam, wie es ging: »Gott sei mit euch«, woraufhin alle drei erschrocken herumfuhren.

Ihre schuldbewussten Mienen sprachen für Beatricens Vermutung, dass die drei einen Unsinn ausheckten, doch das Mädchen – einen Kopf größer als die beiden Knaben – hatte sich rasch wieder gefangen und lächelte.

»Älteste! Seid willkommen! Erst gestern Abend haben wir zu Gott gebetet, er möge euch herschicken, und hier seid ihr! Willkommen, willkommen!«

Platschend kam sie über das sumpfige Gras gelaufen, ihre Brüder folgten ihr auf den Fersen.

»Du verwechselst uns, Kind«, sagte Axl. »Wir sind nur zwei Reisende, die vom Weg abgekommen und müde sind und frieren, und wir sind nass vom Fluss, wo wir vor Kurzem von wilden Kobolden angegriffen wurden. Würdest du eure Mutter oder euren Vater rufen, damit wir sie fragen, ob wir uns an eurem Feuer wärmen und womöglich trocknen können?«

»Wir irren uns nicht, Herr! Gestern Abend haben wir zum Gott Jesus gebetet, und hier seid ihr! Bitte, Älteste, geht ins Haus, wo noch ein Feuer brennt.«

»Aber wo sind denn eure Eltern, Kind?«, fragte Beatrice. »Auch wenn wir noch so erschöpft sind, wollen wir nicht in euer Haus eindringen; lieber warten wir, bis Hausherrin oder -herr uns hereinbittet.«

»Wir sind nur noch zu dritt, Herrin, also kannst du mich die Hausherrin nennen! Bitte geht hinein und wärmt euch. In dem Sack, der am Deckenbalken hängt, findet ihr zu essen, und neben dem Feuer ist Brennholz zum Nachlegen. Geht hinein, Älteste, wir werden eure Ruhe noch eine ganze Weile nicht stören, denn wir müssen uns um die Ziege kümmern.«

»Wir nehmen eure Freundlichkeit dankbar an, Kind«, sagte Axl. »Aber sagt uns – ist das nächste Dorf weit von hier?«

Ein Schatten huschte über die Miene des Mädchens, und es wechselte einen Blick mit seinen zwei Brüdern, die mit ihm eine Reihe bildeten. Aber gleich lächelte es wieder und sagte: »Wir sind hier sehr hoch oben im Gebirge, Herr, weit ist es bis zu jedem Dorf. Deshalb würden wir euch bitten, hier bei uns zu bleiben, wo wir euch Wärme und Essen anbieten können. Ihr seid bestimmt sehr erschöpft, und ihr schlottert ja richtig von diesem Wind. Also bitte keine Rede mehr vom Weiterziehen. Geht hinein und ruht euch aus, Älteste, wir haben so lang auf euch gewartet!«

»Was ist denn in dem Graben, das euch so interessiert?«, fragte Beatrice unvermittelt.

»Oh, da ist nichts, Herrin! Gar nichts! Aber ihr steht hier ungeschützt im Wind, und eure Sachen sind nass! Wollt ihr nicht unsere Gastfreundschaft annehmen und an unserem Feuer ausruhen? Seht doch, wie schön der Rauch aus dem Dach steigt!«

★ ★ ★

»Da!« Axl stand von seinem Stein auf und deutete ins Tal. »Jetzt ist ein Vogel zum Himmel aufgeflogen. Hab ich's dir nicht gesagt, Prinzessin? Das sind Vögel, die in einer Reihe sitzen! Hast du ihn gesehen, wie er zum Himmel aufgeflogen ist?«

Beatrice, die schon stand, wagte sich jetzt ein kurzes Stück aus der Deckung der beiden Felsen, und Axl sah, wie sofort der Wind an ihren Kleidern riss.

»Ein Vogel, das stimmt«, sagte sie. »Aber er ist nicht von den Gestalten dort drüben aufgeflogen. Könnte sein, dass du noch immer nicht siehst, wo ich hinzeige, Axl. Dort, schau, auf dem äußersten Grat, diese dunklen Gestalten, die jetzt fast in den Himmel ragen – siehst du sie jetzt?«

»Ich sehe sie genau, Prinzessin. Aber komm doch wieder aus dem Wind.«

»Ob Soldaten oder nicht, sie bewegen sich langsam vorwärts. Der Vogel kam nicht aus ihrer Richtung.«

»Komm aus dem Wind, Prinzessin, und setz dich wieder. Wir dürfen keine Kräfte verschwenden. Wer weiß, wie weit wir diese Ziege noch mitschleppen müssen.«

Beatrice zog den Umhang, den ihr die Kinder geliehen hatten, fester um sich und kehrte in die Deckung zurück. »Axl«, sagte sie, als sie sich wieder neben ihn setzte, »glaubst du das wirklich? Dass ein müdes altes Paar wie wir, dem sie im eigenen Dorf keine Kerze mehr gönnen, womöglich die Drachin bezwingt, noch vor großen Rittern und Kriegern? Mit der Hilfe dieser übellaunigen Ziege hier?«

»Wer weiß, Prinzessin. Vielleicht ist es nur die Wunschvorstellung eines jungen Mädchens. Aber wir waren ihm dankbar für die Gastfreundschaft und wollten ihm die Bitte nicht abschlagen. Und vielleicht hat es am Ende ja recht, und Querig kommt tatsächlich auf genau diese Weise um.«

»Sag, Axl. Nehmen wir an, die Drachin ist tatsächlich bald tot und der Nebel verzieht sich. Axl – fürchtest du eigentlich, was dann womöglich passiert?«

»Hast du's nicht selber gesagt, Prinzessin? Unser gemeinsames Leben ist wie eine Geschichte mit glücklichem Ausgang, egal, welche Wendungen sie zwischendurch genommen hat.«

»Das habe ich gesagt, ja. Aber jetzt, wo es sein kann, dass sogar *wir* die Drachin töten, eigenhändig, da habe ich plötzlich Angst davor, dass der Nebel aufhört. Geht es dir vielleicht auch so, Axl?«

»Vielleicht, ja, Prinzessin. Vielleicht auch schon immer. Am meisten aber fürchte ich, was du vorhin gesagt hast. Ich meine, als wir am Feuer gerastet haben.«

»Was habe ich denn gesagt, Axl?«

»Weißt du's nicht mehr?«

»Hatten wir irgendeinen dummen Streit? Im Moment fällt es mir nicht ein – ich weiß nur, dass ich vor Kälte und Erschöpfung mit meiner Weisheit am Ende war.«

»Wenn du keine Erinnerung daran hast, Prinzessin, dann lassen wir's gut sein.«

»Aber seit wir von den Kindern fortgegangen sind, Axl, habe ich ein seltsames Gefühl. Es ist, als hieltest du schon die ganze Zeit, seitdem wir aufgebrochen sind, Abstand zu mir, und das nicht nur wegen dieser zerrenden Ziege. Kann es sein, dass wir vorhin gestritten haben, auch wenn ich keine Erinnerung daran habe?«

»Ich will auf keinen Fall Abstand zu dir halten, Prinzessin. Verzeih mir. Wenn es nicht die Ziege ist, die hierhin und dorthin zerrt, dann wird es daran liegen, dass ich immer noch über irgendwelche blödsinnigen Worte nachdenke, die zwischen uns gewechselt wurden. Glaub mir, es ist das Beste, wir vergessen es.«

★ ★ ★

Er hatte das Feuer im Zentrum des kleinen Häuschens wieder angefacht, sodass die lodernden Flammen alles ringsum in Schatten versinken ließen, und daran seine Kleider getrocknet, ein Stück ums andere, während Beatrice friedlich in einem Nest aus Decken schlief. Sie war aber ziemlich unvermittelt aufgefahren und hatte sich umgesehen.

»Ist dir das Feuer zu heiß, Prinzessin?«

Im ersten Moment sah sie ihn verwirrt an, dann ließ sie sich müde in die Decken zurücksinken. Ihre Augen aber blieben offen, und Axl war drauf und dran, seine Frage zu wiederholen, als sie leise sagte:

»Ich habe an eine Nacht vor langer Zeit gedacht, Mann. Als du fort warst, mich in einem einsamen Bett alleingelassen hast, wo ich mich fragte, ob du je zu mir zurückkämst.«

»Prinzessin, diesen Flusskobolden sind wir zwar entronnen, aber ich fürchte, es sitzt dir noch immer irgendein Zauber in den Knochen, dass du solche Träume hast.«

»Kein Traum, Mann. Nur ein, zwei Erinnerungen, die wiederkamen. Die Nacht stockfinster, und ich lag da allein im Bett und wusste, dass du zu einer Jüngeren und Schöneren gegangen warst.«

»Glaubst du mir nicht, Prinzessin? Das ist das Werk dieser Kobolde, die noch immer Unheil zwischen uns stiften.«

»Vielleicht hast du recht, Axl. Und wenn es doch echte Erinnerungen sind, dann ist es lang her. Trotzdem …« Sie verstummte, sodass Axl schon glaubte, sie sei wieder eingenickt. Doch nach längerer Pause sagte sie: »Trotzdem, Mann, sind es Erinnerungen, die mich vor dir zurückweichen lassen. Wenn wir mit unserer Rast hier fertig und wieder auf dem Weg sind, dann lass mich doch ein Stück vorausgehen, und du kommst mir nach. Lass uns eine Weile so gehen, Mann, denn es wäre mir nicht recht, wenn du jetzt neben mir gingst.«

Darauf sagte er zuerst nichts. Dann ließ er das Kleidungsstück, das er ans Feuer gehalten hatte, sinken und drehte sich zu ihr. Sie hatte die Augen wieder geschlossen, und doch war er sicher, dass sie nicht schlief. Nach einer Weile hatte Axl endlich die Sprache wiedergefunden, doch er brachte nur ein Flüstern heraus.

»Es wäre das Allertraurigste für mich, Prinzessin. Getrennt von dir unterwegs zu sein, wenn das Gelände zulässt, dass wir miteinander gehen.«

Doch Beatrice ließ nicht erkennen, dass sie ihn gehört hatte, und bald wurde auch ihr Atem wieder tief und regelmäßig. Er zog seine getrockneten und gewärmten Sachen an und legte sich auf eine Decke nicht weit von seiner Frau, berührte sie aber nicht. Eine maßlose Müdigkeit übermannte ihn, und wieder sah er den von Kobolden wimmelnden Fluss vor sich, sah die Hacke herabfahren und zwischen den kleinen Wesen landen, und er erinnerte sich an ihre Stimmen wie von fernen spielenden Kindern und an seine eigene Raserei, als er sich, fast wie ein Krieger, zwischen ihnen hindurchgekämpft hatte. Und jetzt das, die Worte seiner Frau. Ein Bild kam ihm in den Sinn, klar und deutlich, er und Beatrice auf einer Gebirgsstraße, ein weiter grauer Himmel über ihnen und sie mehrere Schritte voraus, und eine tiefe Schwermut breitete sich in ihm aus. Da gingen sie hin, ein altes Paar, gesenkten Hauptes und fünf, sechs Schritte voneinander entfernt.

Als er erwachte, glomm das Feuer nur noch, und Beatrice war aufgestanden und spähte durch eine der kleinen Ritzen zwischen den Mauersteinen, die einer Behausung wie dieser als Fenster dienten. Er musste an ihren letzten Wortwechsel zurückdenken, doch Beatrice drehte sich um, ein Sonnendreieck fiel auf ihr Gesicht, und sie sagte fröhlich:

»Ich wollte dich schon aufwecken, Axl, als ich sah, dass die Sonne hoch am Himmel steht. Aber dann dachte ich daran, wie nass du geworden bist, und fand, du brauchst mehr als ein kleines Nickerchen.«

Erst als er nicht antwortete, fragte sie: »Was ist los, Axl? Warum schaust du mich so an?«

»Froh und erleichtert schaue ich dich an, Prinzessin.«

»Mir geht es schon viel besser. Ich habe wirklich nur ein wenig Ruhe gebraucht.«

»Das sehe ich jetzt. Dann machen wir uns doch bald auf den Weg, denn wie du sagst, ist der Tag, während wir geschlafen haben, schon weit vorangeschritten.«

»Ich habe diesen Kindern zugesehen, Axl. Sie stehen noch immer dort am Graben, wo sie vorhin schon standen. Irgendetwas ist dort unten, das sie nicht loslässt, und ich bin sicher, sie haben etwas ausgefressen, denn sie schauen sich oft um, als fürchteten sie, von einem Erwachsenen erwischt zu werden. Wo ihre Leute wohl sind, Axl?«

»Das geht uns nichts an. Zumal sie ja ganz gut gekleidet

und mit Nahrung versorgt sind. Komm, wir verabschieden uns und brechen auf.«

»Axl, kann es sein, dass wir beide vorhin gestritten haben? Ich habe das Gefühl, dass zwischen uns etwas war.«

»Nichts, das sich nicht aus der Welt schaffen ließe, Prinzessin. Obwohl wir vor dem Ende des Tages vielleicht noch darüber sprechen werden, wer weiß? Aber jetzt lass uns gehen, ehe uns wieder Hunger und Kälte überraschen.«

Als sie in den kalten Sonnenschein hinaustraten, lag Raureif auf dem Gras, der Himmel war weit, und in der Ferne ragten verschwommen die Berge auf. Die Ziege weidete drüben in ihrem Pferch, vor ihren Füßen lag ein schlammiger, umgekippter Eimer.

Die drei Kinder standen noch immer am Graben und blickten hinunter; sie hatten dem Haus den Rücken zugekehrt und schienen sich zu zanken. Das Mädchen bemerkte als Erste, dass Axl und Beatrice auf sie zukamen, und als es sich umdrehte, breitete sich ein strahlendes Lächeln auf seinem Gesicht aus.

»Liebe Älteste!« Es ging ihnen rasch entgegen, seine Brüder mit sich ziehend. »Hoffentlich habt ihr unser Heim behaglich gefunden, so bescheiden es ist!«

»Unbedingt, Kind, und wir sind dir äußerst dankbar. Nun sind wir gut ausgeruht und können uns wieder auf den Weg machen. Aber sag, was ist euren Leuten passiert, dass sie euch hier allein lassen?«

Wieder wechselte das Mädchen Blicke mit den Brüdern, die sich rechts und links von ihm aufgestellt hatten. Ein wenig stockend sagte es: »Wir schaffen es auch alleine, Herr«, und legte jedem Bruder einen Arm um die Schultern.

»Was ist denn nun in diesem Graben, das euch so fasziniert?«, fragte Beatrice.

»Es ist nur unsere Ziege, Herrin. Es war einmal unsere beste Ziege, aber sie ist gestorben.«

»Wie ist sie denn gestorben, Kind?«, fragte Axl freundlich. »Die andere dort scheint ja recht munter zu sein.«

Wieder gingen stumme Blicke zwischen den Kindern hin und her, und offenbar fiel eine wortlose Entscheidung.

»Schau hinunter, wenn du willst, Herr«, sagte das Mädchen, ließ die Knaben los und trat zur Seite.

Beatrice schloss sich ihm an, doch auf halber Strecke blieb er stehen und flüsterte ihr zu: »Lass mich erst allein gehen, Prinzessin.«

»Glaubst du denn, ich habe noch nie eine tote Ziege gesehen, Axl?«

»Trotzdem, Prinzessin, warte einen Moment.«

Der Graben war so tief wie ein Mann hoch. Er hatte erwartet, dass die Sonne, die jetzt fast direkt hinabschien, leichter erkennen ließe, was er vor sich hatte; sie erzeugte aber nur konfuse Schatten und eine Myriade gleißender Flächen dort, wo eine eisüberzogene Pfütze war. Die Ziege schien von monströsen Ausmaßen gewesen zu sein; jetzt lagen ihre Einzelteile verstreut im Graben – dort ein Hinterbein, hier Hals und Kopf – Letzterer mit heiterem Ausdruck. Es dauerte eine Weile, bis Axl den weichen aufwärts gewandten Bauch der Ziege erkannte, denn es lag eine riesige Hand darauf, die aus dem dunklen Schlamm ragte, und erst jetzt begriff er, dass einiges von dem, was er anfangs für den Tierkadaver gehalten hatte, in Wahrheit von einem zweiten, mit der Ziege verschlungenen Wesen stammte. Die runde Erhebung dort war eine Schulter; dies ein steifes Knie. Dann nahm er eine Bewegung war und erkannte mit Schrecken, dass das Wesen dort unten noch lebte.

»Was siehst du, Axl?«

»Komm nicht her, Prinzessin. Das ist kein schöner Anblick. Irgendein armer Menschenfresser, würde ich sagen, der langsam vor sich hin stirbt, und vielleicht haben ihm diese Kinder dummerweise die Ziege hinuntergeworfen, weil sie dachten, er erholt sich, wenn er Nahrung bekommt.«

Noch während er sprach, drehte sich ein mächtiger haarloser Kopf langsam im Schlamm, und ein einzelnes klaffendes Auge bewegte sich mit. Dann schmatzte der Schlamm gierig, und der Kopf versank.

»Wir haben den Menschenfresser ganz bestimmt nicht gefüttert«, sagte die Stimme des Mädchens hinter ihm. »Wir wissen genau, dass man Menschenfresser nie füttern darf, sondern dass wir uns im Haus verschanzen müssen, wenn einer daherkommt. So haben wir es auch bei diesem gemacht, Herr, und vom Fenster aus zugesehen, wie er unseren Zaun eingerissen und sich unsere beste Ziege geholt hat. Dann setzte er sich genau dort hin, wo du jetzt bist, Herr, ließ die Beine über den Rand baumeln wie ein Kind und fraß unsere Ziege bei lebendigem Leib, wie Menschenfresser es eben tun. Wir wussten, dass wir die Tür nicht entriegeln durften, die Sonne sank tiefer, und der Menschenfresser war noch immer mit unserer Ziege beschäftigt, aber wir konnten sehen, dass er immer schwächer wurde. Schließlich steht er mühsam auf, hält noch den Rest der Ziege in der Hand und fällt dann hin, erst auf die Knie, dann auf die Seite. Als Nächstes rollte er in den Graben, mitsamt der Ziege, und jetzt liegt er schon seit zwei Tagen dort unten und ist noch immer nicht tot.«

»Komm fort, Kind«, sagte Axl. »Das ist kein Anblick für dich und deine Brüder. Aber wovon wurde der arme Unhold denn so krank? Hatte eure Ziege vielleicht eine Krankheit?«

»Keine Krankheit, Herr, sie war vergiftet! Wir haben sie

329

mehr als eine Woche lang genauso gefüttert, wie Bronwen es uns gezeigt hat. Sechs Mal am Tag mit den Blättern.«

»Und zu welchem Zweck, Kind?«

»Na, damit die Ziege giftig wird! Sie ist doch für die Drachin! Das konnte der arme Menschenfresser aber nicht wissen, und deshalb wurde stattdessen er vergiftet. Aber wir können nichts dafür, Herr, er hätte einfach nicht plündern dürfen!«

»Moment, Kind«, sagte Axl. »Du sagst, ihr habt die Ziege absichtlich mit bestimmten Blättern gefüttert, damit sie giftig wird?«

»Natürlich! Gift für die Drachin, Herr, aber Bronwen sagte, uns würde es nicht schaden. Woher sollten wir wissen, dass das Gift einem Menschenfresser schadet? Wir können nichts dafür, Herr, wir wollten nichts Schlimmes tun!«

»Niemand macht euch einen Vorwurf deswegen, Kind. Aber sag mir, warum wolltet ihr einen giftigen Köder für Querig vorbereiten – denn ich nehme an, das ist die Drachin, von der du sprichst?«

»Ach, Herr! Wir haben morgens und abends gebetet und oft auch tagsüber. Und als ihr heute Morgen gekommen seid, wussten wir, dass Gott euch geschickt hat. Bitte sag, dass ihr uns helft! Wir sind doch nur arme Kinder, die von ihren Eltern vergessen wurden! Nehmt diese Ziege dort, die letzte, die wir haben, und geht mit ihr zum Steinmal des Riesen hinauf! Es ist ein ganz leichter Aufstieg, Herr, das dauert hin und zurück nicht einmal einen halben Tag, und ich täte es selber, aber ich kann doch die beiden Kleinen nicht allein lassen. Wir haben die Ziege genauso gefüttert wie die andere, die der Unhold gefressen hat, und diese bekam die Blätter sogar drei Tage länger. Wenn ihr die Ziege einfach zum Steinmal des Riesen hinaufbringen und sie dort für die Drachin anbinden würdet, Herr, es ist ja wirklich ein leichter Aufstieg. Bitte sagt ja,

Älteste – sonst kommen unsere Eltern womöglich nie wieder zu uns zurück.«

»Jetzt sprichst du endlich von ihnen«, sagte Beatrice. »Was muss geschehen, damit eure Eltern zurückkommen?«

»Haben wir's nicht eben gesagt, Herrin? Wenn ihr nur bitte die Ziege zum Steinmal des Riesen hinaufbringt, wo ja regelmäßig Futter für die Drachin hinterlegt wird. Dann geht sie vielleicht auf dieselbe Art ein wie der arme Unhold, und der war gesund und munter, bevor er unsere Ziege gefressen hat! Früher hatten wir immer Angst vor Bronwen, wegen ihrer weisen Künste, doch als sie sah, dass wir hier allein sind, weil unsere eigenen Eltern uns vergessen haben, hatte sie Mitleid mit uns. Bitte helft uns, Älteste, denn wer weiß, ob jemals irgendwer anderes des Weges kommt. Wir wagen nicht, uns Soldaten oder anderen sonderbaren Männern zu zeigen, die hier vorbeikommen, aber ihr seid diejenigen, um die wir zu dem Gott Jesus gebetet haben.«

»Aber was können kleine Kinder wie ihr von dieser Welt wissen«, fragte Axl, »dass ihr glaubt, eine giftige Ziege bringt euch eure Eltern zurück?«

»Bronwen hat das gesagt, Herr, und sie ist zwar eine uralte Frau, aber sie lügt nie. Sie sagte, die Drachin, die dort über uns haust, die macht, dass unsere Eltern uns vergessen. Und Bronwen sagt auch, dass wir unsere Mutter zwar oft geärgert haben, weil wir manchmal Unsinn machen, aber an dem Tag, an dem sie sich an uns erinnert, wird sie zurückrennen und uns eins nach dem anderen in die Arme nehmen, so.« Das Mädchen drückte ein unsichtbares Kind an die Brust, schloss die Augen und wiegte sich sacht hin und her. Dann schlug es die Augen wieder auf und fuhr fort: »Aber jetzt hat die Drachin unsere Eltern verzaubert, sodass sie uns vergessen haben, und deswegen kommen sie nicht heim. Bronwen sagt, die Drachin ist nicht nur für uns ein Fluch, sondern für alle, und je eher sie krepiert, desto besser ist es. Wir haben uns sehr bemüht, Herr, und die Ziege genauso gefüttert, wie sie uns angewiesen hat, sechs Mal am Tag. Bitte macht es so, wie wir sagen, sonst sehen wir unsere Eltern nie wieder. Wir bitten euch nur, die Ziege am Steinmal des Riesen festzubinden, dann könnt ihr eures Weges gehen.«

Beatrice wollte etwas sagen, doch Axl kam ihr rasch zuvor: »Es tut mir leid, Kind. Wir hätten euch sehr gern geholfen, aber es übersteigt unsere Kräfte, noch höher in diese Wildnis hinaufzusteigen. Wir sind alt und erschöpft, wie ihr seht, weil wir tagelang unterwegs waren. Wir müssen unbedingt so schnell wie möglich auf unserem Weg vorankommen, ehe uns ein weiteres Unglück ereilt.«

»Aber Herr, Gott selber hat euch doch zu uns geschickt! Und es ist nur ein kurzer Weg, und von hier aus geht es nicht einmal steil bergauf!«

»Liebes Kind«, sagte Axl, »im Herzen sind wir bei euch, und im nächsten Dorf sorgen wir dafür, dass euch geholfen wird. Aber wir sind einfach zu schwach, um eure Bitte zu erfüllen – sicher kommen bald noch andere dieses Weges und bringen gern die Ziege für euch hinauf. Es ist einfach zu viel für unsere alten Knochen, aber wir beten für die Rückkehr eurer Eltern und dass Gott stets seine Hand über euch hält.«

»Geht nicht, Älteste! Wir können nichts dafür, dass der Menschenfresser vergiftet wurde!«

Axl nahm seine Frau am Arm und führte sie fort. Er blickte sich erst um, als sie am Pferch der Ziege vorbeikamen, und da standen die Kinder noch da, alle drei in einer Reihe vor turmhohen Felswänden, und sahen ihnen stumm nach. Axl winkte ihnen aufmunternd zu, aber ein Gefühl wie Scham – und vielleicht die Spur einer fernen Erinnerung, der Erinnerung an einen ähnlichen Abschied – ließ ihn seinen Schritt beschleunigen.

Doch ehe er besonders weit gekommen war – das sumpfige Gelände begann eben abzufallen, und vor ihnen öffnete sich das Tal –, nahm Beatrice ihn am Arm, um ihn aufzuhalten.

»Ich wollte dir nicht vor den Kindern widersprechen, Mann«, sagte sie. »Übersteigt es tatsächlich unsere Kräfte, ihnen ihre Bitte zu erfüllen?«

»Sie sind nicht in unmittelbarer Gefahr, Prinzessin, und wir haben unsere eigenen Sorgen. Wie steht es mit deinem Leiden?«

»Nicht schlimmer geworden. Axl, sieh doch, die Kinder stehen noch genauso da, wie wir sie verlassen haben, und schauen uns nach, wie wir kleiner werden und schließlich verschwinden. Lass uns doch an diesem Stein hier haltmachen und noch einmal darüber reden. Lass uns nicht leichtfertig davoneilen.«

»Schau nicht zurück zu ihnen, Prinzessin, du verhöhnst nur ihre Hoffnung. Nein, wir gehen nicht zu ihrer Ziege zurück, sondern steigen in dieses Tal ab, wo wir auf ein Feuer und jede Nahrung, die freundliche Fremde uns spenden wollen, hoffen können.«

»Aber denk doch, was es ist, worum sie uns bitten.« Beatrice hatte ihn genötigt stehen zu bleiben. »Wird uns je wieder eine solche Gelegenheit begegnen? Denk doch darüber nach! Da verschlägt es uns ausgerechnet hierher, ganz in die Nähe von Querigs Höhle. Und diese Kinder bieten uns eine giftige Ziege an, mit der sogar wir, alt und schwach, wie wir sind, die Drachin bezwingen könnten! Denk noch einmal nach, Axl! Wenn Querig fällt, wird sich der Nebel rasch verziehen. Wer sagt, dass diese Kinder nicht recht haben, dass nicht Gott selbst uns hierhergeschickt hat?«

Axl schwieg eine Zeit lang und widerstand dem Drang, zu dem steinernen Häuschen zurückzuschauen. »Niemand weiß, ob Querig einen Schaden erleidet, wenn sie diese Ziege frisst«, sagte er schließlich. »Ein unglückseliger Menschenfresser ist eines. Aber diese Drachin ist ein Wesen, das ein ganzes Heer versprengt. Und ist es vernünftig, wenn sich zwei alte Narren wie wir so nah an ihre Höhle heranwagen?«

»Wir müssen ihr ja nicht gegenübertreten, Axl, wir sollen doch nur die Ziege anbinden und uns schnell aus dem Staub machen. Vielleicht dauert es Tage, bis Querig wieder einmal dort vorbeikommt, und bis dahin sind wir längst im Dorf unseres Sohnes und in Sicherheit. Axl, wollen wir nicht unsere Erinnerungen an dieses lange gemeinsame Leben zurückhaben? Oder wollen wir sein wie zwei Fremde, die sich eines Abends zufällig im selben Nachtquartier treffen? Komm, Mann, sag, dass wir umkehren und tun, worum die Kinder uns bitten.«

★ ★ ★

Und so kam es, dass sie jetzt mit der Ziege am Strick höher und höher hinaufstiegen, wo der Wind immer stärker blies. Vorläufig boten die zwei Felsen einen recht guten Schutz, aber sie konnten nicht ewig hierbleiben. Wieder fragte sich Axl, ob es nicht ein Fehler gewesen war nachzugeben.

»Prinzessin«, sagte er schließlich, »nehmen wir an, wir tun es wirklich. Nehmen wir an, Gott schenkt uns Erfolg, und wir töten die Drachin. Dann hätte ich gern ein Versprechen von dir.«

Sie saß jetzt dicht neben ihm, ihr Blick aber war in die Ferne und auf die Reihe winziger Gestalten gerichtet.

»Was soll ich dir denn versprechen, Axl?«

»Einfach dieses, Prinzessin. Sollte Querig tatsächlich sterben und der Nebel sich lichten. Sollten unsere Erinnerungen zurückkehren und darunter auch solche an Enttäuschungen, die ich dir zugefügt habe. Oder auch an finstere Taten, die ich womöglich vor Zeiten begangen habe und derentwegen du nicht länger den Mann in mir sehen könntest, den du jetzt siehst. Versprich mir zumindest dieses. Versprich mir, Prinzessin, dass du nicht vergisst, was du jetzt, in diesem Augenblick, im Herzen für mich empfindest. Denn wozu soll eine Erinnerung aus dem Nebel wiederauftauchen, wenn sie nur dazu dient, dass man den anderen von sich stößt? Versprichst du mir das, Prinzessin? Versprich mir, dass du, was immer du siehst, wenn der Nebel sich verzieht, das, was du in diesem Moment für mich empfindest, für immer im Herzen bewahrst.«

»Das verspreche ich, Axl, und es fällt mir nicht schwer.«

»Ich kann dir nicht sagen, wie sehr es mich tröstet, das von dir zu hören, Prinzessin.«

»In einer seltsamen Stimmung bist du, Axl. Aber wer weiß, wie weit es noch ist bis zum Steinmal des Riesen. Lass uns nicht länger hier zwischen den Felsen sitzen. Die Kinder waren ja sehr beklommen, als wir uns auf den Weg machten, und sie werden schon auf unsere Rückkehr warten.«

14. KAPITEL

Gawain sinniert abermals

Dieser verfluchte Wind. Steht uns ein Sturm bevor? Horaz stört sich weder an Wind noch an Regen, aber dass jetzt ein fremder Mensch auf ihm reitet statt seines alten Herrn, das stört ihn. »Es ist doch nur eine müde Frau«, sage ich zu ihm, »die den Sattel dringender braucht als ich. Also sei so gut und trag sie.« Aber warum ist sie überhaupt hier? Merkt Herr Axl nicht, wie schwach sie bereits ist? Hat er den Verstand verloren, dass er sie auf diese gnadenlose Höhe heraufschleppt? Aber sie will es ja so, sie ist genauso unerbittlich wie er, und nichts, was ich sage, bewegt die zwei zur Umkehr. Also stolpere ich zu Fuß hier weiter, eine Hand an Horazens Halfter, und stemme diese rostige Rüstung. »Haben wir nicht immer höflich den Damen gedient?«, murmle ich ihm zu. »Sollen wir etwa weiterreiten und dieses gute Paar allein die Ziege hinter sich herzerren lassen?«

Ich sah sie erst als kleine Gestalten tief unter mir und hielt sie für jene anderen. »Schau dort unten, Horaz«, sagte ich. »Schon haben sie einander wiedergefunden. Schon kommen sie, als hätte der Bursche überhaupt keine Wunde von Brennus hinnehmen müssen.«

Und Horaz sah nachdenklich zu mir her, wie um zu fragen:

»Dann ist es also das letzte Mal, dass wir miteinander diesen trostlosen Hang hinaufsteigen?« Und ich gab keine Antwort, sondern strich ihm freundlich über den Hals, aber bei mir dachte ich: »Dieser Krieger ist jung und ein furchterregender Bursche. Dennoch könnte ich ihn bezwingen, wer weiß es? Ich habe, als er Brennus' Mann niederschlug, etwas gesehen. Ein anderer sähe es nicht, aber ich sehe es. Links eine kleine Bresche für einen schlauen Gegner.«

Was würde Artus jetzt von mir erwarten? Noch immer fällt sein Schatten übers Land und verschlingt mich. Erwartet er, dass ich mich wie ein Raubtier auf die Lauer lege? Aber wo gäbe es in dieser kargen Gebirgslandschaft ein Versteck? Wird allein der Wind einen Mann verbergen? Oder soll ich am Rand eines Steilhangs hocken und einen Felsbrocken auf sie schleudern? Kaum die richtige Art für einen Ritter der Tafelrunde. Lieber zeige ich mich ihm unverstellt, begrüße ihn, versuche es wieder einmal auf diplomatischem Weg. »Kehr um, Herr. Du bringst nicht nur dich und deinen unschuldigen Gefährten in Gefahr, sondern alle guten Menschen dieses Landes. Überlass Querig einem, der weiß, wie sie ist. Du siehst mich auf dem Weg, sie zu erschlagen.« Solche Reden stießen freilich schon früher auf taube Ohren. Warum sollte er mich jetzt hören, wo er so nahe ist und der gebissene Knabe ihn direkt vor ihre Tür führt? War ich ein Narr, dass ich diesen Jungen rettete? Doch der Abt macht mich schaudern, und Gott wird mir lohnen, was ich tat, das weiß ich.

»Sie kommen so gewiss, wie sie eine Karte haben«, sagte ich zu Horaz. »Wo also sollen wir warten? Wo treten wir ihnen entgegen?«

Das Wäldchen. Jetzt fiel es mir wieder ein. Seltsam, dass die Bäume ausgerechnet dort so üppig wachsen, wo der Wind alles ringsum kahl fegt. Das Wäldchen bietet einem Ritter und seinem Ross Deckung. Zwar will ich mich nicht wie ein Räuber aus dem Hinterhalt auf sie stürzen, doch warum soll ich mich schon eine gute Stunde vor der Begegnung zeigen?

Ich gab also Horaz ein klein wenig die Sporen, auch wenn ihm das heutzutage kaum noch Eindruck macht, und wir überquerten das Hochplateau, wo das Gelände weder ansteigt noch abfällt, und während der ganzen Zeit peitschte der Wind auf uns ein. Dankbar waren wir beide, als wir endlich bei den Bäumen angelangt waren, auch wenn sie hier so merkwürdig wachsen, dass man sich fragt, ob Merlin persönlich die Hand im Spiel hatte. Was für ein Bursche, der Herr Merlin! Ich dachte schon, er hätte den Tod selber verzaubert, doch inzwischen ist sogar Merlin seinen letzten Weg gegangen. Ist er jetzt im Himmel oder in der Hölle zu Hause? Herr Axl mag Merlin für einen Knecht des Teufels halten, doch brachte er mit seiner Zauberkraft oft Gott selbst zum Lächeln. Und es behaupte niemand, es habe ihm an Mut gefehlt. Viele Male stellte er sich an unserer Seite den fliegenden Pfeilen und wilden Äxten. Kann schon sein, dass dies hier Merlins Wald ist und genau zu dem Zweck geschaffen: dass ich eines Tages hier Unterschlupf fände, um auf den einen zu warten, der unser großes Werk von damals zunichtezumachen plant. Zwei von uns fünfen fielen damals der Drachin zum Opfer, Herr Merlin aber stand an unserer Seite und bewegte sich ruhig innerhalb der Reichweite von Querigs peitschendem Schwanz, denn wie sonst hätte er sein Werk tun können?

Der Wald war still und friedlich, als Horaz und ich ihn betraten. Sogar ein paar Vögel sangen in den Bäumen, und auch wenn die Laubkronen heftig wogten, so herrschte unten doch ein ruhiger Frühlingstag, sodass die Gedanken eines alten Mannes endlich vom einen Ohr zum anderen treiben können, ohne von einem Unwetter umhergeschleudert zu werden! Es muss jetzt etliche Jahre her sein, seit Horaz und ich zuletzt in diesem Wald waren. Das Unterholz ist ja monströs geworden, eine Nessel, die damals in die Handfläche eines Kleinkindes gepasst hätte, ist heute groß genug, um einen Mann zweimal zu umwickeln. Ich ließ Horaz an einem geeigneten Fleck, wo er von dem weiden konnte, was da war, und wanderte eine Weile unter dem Dach der Bäume dahin. Warum sollte ich nicht hier an diese gute Eiche gelehnt rasten? Und wenn sie irgendwann herkommen, wie es bestimmt der Fall sein wird, so werden er und ich uns als Krieger gegenübertreten.

Ich bahnte mir einen Weg durch die riesigen Brennnesseln – trage ich darum dieses knirschende Metall? Damit es meine Schienbeine vor diesem zarten Brennen schützt? –, bis ich auf der Lichtung und am Teich war, wo das Blätterdach aufriss und den grauen Himmel sehen ließ. Ringsum drei mächtige Bäume, doch jeder auf halber Höhe gebrochen und vornüber ins Wasser gefallen. Gewiss hatten sie sich noch stolz in die Luft gereckt, als wir zuletzt hier waren. Hat der Blitz sie getroffen? Oder sehnten sie sich in der Müdigkeit des Alters nach dem Beistand des Teichs, der damals, als sie noch in die Höhe wuchsen, stets so nah und doch außer Reichweite war? Jetzt trinken sie, so viel sie wollen, und Gebirgsvögel nisten in ihrem geborstenen Rückgrat. Wird es an einem Ort wie diesem sein, dass ich auf den Sachsen treffe? Wenn er mich besiegt, ist vielleicht noch genug Leben in mir, dass ich zum Wasser kriechen kann. Ich fiele nicht hinein, selbst wenn das Eis es mir erlaubte, denn es wäre kein Vergnügen, unter dieser Rüstung eine gedunsene Leiche zu werden, und wie wahrscheinlich wäre es, dass Horaz, weil er seinen Herrn vermisst, behutsam über knorrige Wurzeln steigt und meine sterbliche Hülle aus dem Wasser zieht? Dabei habe ich Kampfgefährten erlebt, die nach Wasser lechzten, während sie verwundet lagen, und habe andere zum Ufer eines Flusses oder Sees kriechen sehen, auch wenn sie ihre Todesqual damit verdoppelten. Ist da ein großes Geheimnis, das nur Sterbende kennen? Herr Buel, mein einstiger Kamerad, verzehrte sich nach Wasser, als er auf der roten Lehmerde jenes Berges lag. Ich habe noch Wasser in meiner Feldflasche, sagte ich ihm, aber nein, er verlangt einen See oder Fluss. Es gibt nichts dergleichen hier, sage ich. »Sei verflucht, Gawain«, schreit er. »Mein letzter Wunsch, und du erfüllst ihn mir nicht, obwohl wir Gefährten in so vielen kühnen Schlachten waren?« »Diese Drachin hat dich doch regelrecht entzweigehauen«, sage ich. »Wenn ich dich zum Wasser trage, muss ich in der heißen Sommersonne unter jedem Arm einen Teil von dir tragen, bis wir an das Ziel kommen, nach dem du dich sehnst.« Doch er sagt zu mir: »Mein Herz empfängt den Tod erst, wenn du mich am Wasser niederlegst, Gawain, wo ich das sanfte Plätschern höre, während meine Augen sich schließen.« Das fordert er und fragt gar nicht, ob unser Auftrag erledigt ist, ob es ein guter Preis ist, zu dem er sein Leben lässt. Erst als ich mich bücke, um ihn aufzuheben, fragt er: »Wer hat sonst überlebt?« Und ich sage ihm, das Herr Millus gefallen ist, aber drei von uns noch stehen, so wie auch Herr Merlin. Und noch immer fragt er nicht, ob der Auftrag erledigt ist, sondern redet von Seen und Flüssen und jetzt gar dem Meer, und ich kann mich nur darauf besinnen, dass dies mein alter Kamerad ist, und ein tapferer dazu, genau wie ich von Artus für diese große Aufgabe erwählt, während unten im Tal eine Schlacht tobt. Vergisst er seine Pflicht? Ich hebe ihn auf, und er schreit sich die Seele aus dem Leib, und erst jetzt begreift er, was ihn schon ein paar kleine Schritte kosten, und wir sind hier auf dem Gipfel eines roten Berges in der Hitze des Sommers, wo es selbst zu Pferd eine Stunde bis zum Fluss dauert. Als ich ihn wieder niederlege, redet er nur noch vom Meer. Seine Augen trüben sich jetzt, und als ich sein Gesicht mit Wasser aus der Feldflasche besprenkle, dankt er mir so, dass ich vermute, er steht im Geist an einer Küste. »War es Schwert oder Axt, die mich niedergestreckt?«, fragt er, und ich sage: »Wovon sprichst du, Kamerad? Der Schwanz der Drachin war es, der dich spaltete, aber unsere Aufgabe ist getan, und du gehst mit Stolz und Ehre aus dieser Welt.« »Die Drachin«, sagt er. »Was wurde aus ihr?« »Alle Speere bis auf einen stecken in ihrer Flanke«, sage ich, »und jetzt schläft sie.« Aber wieder vergisst er den Auftrag sofort und spricht vom Meer und von einem Boot, das er als kleiner Junge kannte, als sein Vater an einem lieblichen Abend mit ihm hinausfuhr.

Werde ich mich nach dem Meer sehnen, wenn meine Zeit gekommen ist? Ich denke, ich werde ganz zufrieden sein mit der Erde. Und ich will keinen besonderen Platz verlangen; mag es nur in diesem Land sein, das Horaz und ich so viele Jahre froh durchstreift haben. Diese finsteren Witwen von vorhin würden schrill kichern, könnten sie mich hören, und mich eilends daran erinnern, mit wem ich womöglich meine Grabstelle teile. »Närrischer Ritter! Gerade du musst deinen Ruheplatz gut wählen, sonst liegst du neben denen, die du niedergemetzelt hast!« Erlaubten sie sich nicht einen solchen Scherz, als sie Horazens Hinterteil mit Erde bewarfen? Was unterstehen sie sich! Waren sie dabei? Ob diese Frau, die jetzt in meinem Sattel reitet, wohl dasselbe dächte oder sagte, könnte sie meine Gedanken hören? In diesem stinkenden Geheimgang hat sie von gemetzelten Kleinkindern gefaselt, während ich sie vor den finsteren Ränken der Mönche rettete. Was untersteht sie sich! Und hier sitzt sie in meinem Sattel, rittlings auf meinem lieben Schlachtross, dabei kann man nicht wissen, wie viele Ritte Horaz und mir noch vergönnt sind.

Eine Zeit lang dachten wir, dies könnte unser letzter sein, doch hatte ich dieses gute Paar mit jenen anderen verwechselt, und jetzt sind wir doch noch eine Weile friedlich miteinander unterwegs. Allerdings muss ich immer wieder zurückschauen, während ich Horaz am Halfter führe, denn gewiss kommen sie uns nach, auch wenn unser Vorsprung groß ist. Herr Axl geht neben mir, seine Ziege hindert ihn daran, gleichmäßige Schritte zu tun. Kann er sich denken, warum ich mich so oft umsehe? »Herr Gawain, waren wir nicht einmal Kameraden vor langer Zeit?« Das hörte ich ihn heute früh fragen, als wir aus dem unterirdischen Gang kamen und ich ihm riet, sich ein Boot zu suchen, um damit den Fluss hinunterzufahren. Aber jetzt ist er noch immer in den Bergen unterwegs, und seine gute Frau ist bei ihm. Ich meide seinen Blick. Das Alter bedeckt uns beide wie Gras und Unkraut die Felder, auf denen wir einst kämpften und metzelten. Was suchst du, Herr? Wozu diese Ziege, die du mitführst?

»Kehrt um, Freunde«, sagte ich, als wir einander im Wald trafen. »Das ist kein Weg für alte Reisende wie euch. Sieh doch, wie die gute Herrin sich die Seite hält. Von hier bis zum Steinmal des Riesen ist es noch eine Meile oder mehr, und der einzige Unterstand sind kleine Felsen, hinter denen man sich mit eingezogenem Kopf zusammenrollen muss. Kehrt um, solange ihr noch die Kraft habt, und ich sorge dafür, dass diese Ziege gut angepflockt vor dem Steinmal zurückbleibt.« Doch sie beäugten mich argwöhnisch, beide, und Herr Axl wollte die Ziege nicht hergeben. Über uns rauschten die Baumkronen, und seine Frau saß auf den Wurzeln einer Eiche und blickte zum Teich und den abgeknickten Bäumen, die sich zur Tränke beugten, und ich sagte leise: »Das ist kein Weg für deine gute Frau, Herr. Warum bist du meinem Rat nicht gefolgt und hast das Gebirge auf dem Fluss verlassen?« »Wir müssen die Ziege abliefern, wie wir's versprochen haben«, sagt Herr Axl. »Ein Versprechen, das wir einem Kind gegeben haben.« Und er sieht mich seltsam an, als er das sagt, oder träume ich das? »Horaz und ich werden die Ziege abliefern«, sagte ich. »Vertraust du uns diesen Auftrag nicht an? Ich glaube kaum, dass eine Ziege Querig etwas anhaben kann, selbst wenn sie das Vieh im Ganzen verschlingt, aber vielleicht wird sie ein bisschen langsamer und verschafft mir damit einen Vorteil. Also gebt mir das Tier und macht kehrt, bevor noch der eine oder andere von euch in die eigenen Fußstapfen tritt.«

Da entfernten sie sich ein Stück zwischen die Bäume, und ich hörte sie leise tuscheln, verstand aber kein Wort. Dann tritt Herr Axl auf mich zu und sagt: »Meine Frau braucht noch einen Moment Ruhe, dann gehen wir weiter, Herr, zum Steinmal des Riesen.« Ich sehe ein, dass es sinnlos ist, weitere Worte zu machen, und auch ich bin erpicht darauf, den Weg fortzusetzen, denn wer weiß, wie nah uns Herr Wistan und sein gebissener Knabe schon sind?

TEIL IV

15. KAPITEL

Manche von euch haben wohl schöne Denkmäler, damit die Lebenden des gedenken, das euch angetan wurde. Andere werden nur schlichte Holzkreuze haben oder bemalte Steine, und wieder andere bleiben unsichtbar im Schatten der Geschichte. In jedem Fall seid ihr Teil einer uralten Prozession, und es kann leicht sein, dass auch das Steinmal des Riesen zur Erinnerung an die Stätte einer Tragödie errichtet wurde, einer Schlacht, bei der vor langer Zeit unschuldige junge Menschen niedergemetzelt wurden. Ein anderer Grund, weshalb das Mal hier steht, lässt sich kaum denken. Weshalb unsere Vorfahren in niedrigeren Lagen an einen Sieg oder König erinnern wollten, ist nachvollziehbar. Aber warum hier, an einem derart abseits und hoch gelegenen Ort – wozu schichteten sie ausgerechnet hier schwere Steinbrocken mehr als mannshoch übereinander?

Darüber zerbrach sich sicher auch Axl den Kopf, als er sich erschöpft den Hang hinaufquälte. Er hatte sich, als das junge Mädchen vom Steinmal des Riesen gesprochen hatte, einen Steinmann auf einem größeren Erdhügel vorgestellt. Dieses Gebilde aber ragte unvermittelt vor ihnen aus dem Abhang, und nirgendwo in der Umgegend fand sich eine Erklärung dafür. Die Ziege hingegen schien seine Bedeutung sofort zu spüren, denn kaum sah sie es als dunklen Finger vor dem

Himmel stehen, begann sie sich heftig zu wehren. »Sie weiß, was ihr bevorsteht«, hatte Herr Gawain bemerkt, als er sein Pferd mit Beatrice im Sattel bergauf führte.

Inzwischen aber hatte die Ziege ihre Furcht wieder vergessen und rupfte friedlich das Berggras.

»Kann es sein, dass Querigs Nebel auf Tiere eine ebenso unheilvolle Wirkung hat wie auf Menschen?«

Es war Beatrice, die diese Frage stellte, während sie mit beiden Händen die Ziege am Strick festhielt. Axl hatte sie ihr vorübergehend anvertraut, um mit einem Stein den Holzpflock in den Boden zu hämmern, um den er den Strick geschlungen hatte.

»Wer weiß, Prinzessin. Aber wenn Gott sich überhaupt einen Gedanken um Ziegen macht, so muss er die Drachin bald herschicken, sonst wird es ein einsames Warten für das arme Tier.«

»Und was, wenn die Ziege vorher stirbt? Frisst ein Drache auch einen Kadaver?«

»Keine Ahnung, wie Drachen sich ernähren. Aber Gras gibt es genug, auch wenn es von armseliger Beschaffenheit ist. Die Ziege wird also sicher eine Zeit lang durchhalten.«

»Schau mal, Axl. Ich dachte, der Ritter hilft uns, so erschöpft, wie wir beide sind. Aber er hat seine ganzen höfischen Manieren vergessen.«

Tatsächlich war Herr Gawain, seitdem sie das Steinmal erreicht hatten, seltsam zurückhaltend und wortkarg. »Da ist es«, hatte er in fast mürrischem Ton gesagt und sich entfernt. Und jetzt stand er ein gutes Stück abseits an der Kante eines Steilhangs, kehrte ihnen den Rücken zu und starrte in die Wolken.

»Herr Gawain«, rief Axl, innehaltend. »Würdest du uns bitte helfen, die Ziege festzuhalten? Meiner armen Frau wird es zu viel.«

Der alte Ritter reagierte nicht, und Axl, der glaubte, Gawain habe ihn nicht gehört, wollte seine Bitte schon wiederholen, doch in dem Moment drehte sich der alte Ritter unvermittelt um und zeigte eine so ernste und feierliche Miene, dass sie ihn beide verblüfft anstarrten.

»Ich sehe sie dort unten«, sagte er. »Und nichts wird sie mehr zur Umkehr bewegen.«

»Wen siehst du, Herr?«, wollte Axl wissen. Und fragte weiter, als der Ritter stumm blieb: »Sind es Soldaten? Wir haben vorhin am Horizont eine lange Reihe Soldaten beobachtet, die aber in eine andere Richtung unterwegs waren.«

»Ich spreche von euren jüngsten Gefährten, Herr. Denselben, mit denen ihr unterwegs wart, als wir uns gestern trafen. Sie treten eben aus dem kleinen Wald dort unten, und wer soll sie jetzt noch aufhalten? Im ersten Moment hatte ich die zaghafte Hoffnung, ich sähe nur zwei schwarze Witwen, die von dieser Höllenprozession abgewichen sind. Doch die Wolken am Himmel haben mir einen Streich gespielt. Ja, der Mensch dort unten, das ist er, Irrtum ausgeschlossen.«

»Herr Wistan ist also dem Kloster entronnen«, sagte Axl.

»Allerdings, Herr. Und jetzt kommt er, und er führt keine Ziege am Strick, sondern den sächsischen Knaben, der ihm den Weg weist.«

Endlich schien Herr Gawain zu bemerken, wie Beatrice sich mit der Ziege abmühte, und er eilte von der Steilwand herbei und griff nach dem Strick. Beatrice aber ließ nicht los, und einen Moment lang war es, als ringe sie mit dem Ritter um die Herrschaft über die Ziege. Sie standen einander gegenüber, ein, zwei Schritte entfernt, und beide hielten den Strick fest in den Händen.

»Und haben unsere Freunde uns ihrerseits ebenfalls entdeckt, Herr Gawain?«, fragte Axl und wandte sich wieder seiner Aufgabe zu.

»Ich wette, der Krieger hat scharfe Augen und sieht jetzt unsere Silhouetten vor dem Himmel – als Teilnehmer eines Tauziehwettbewerbs mit einer Ziege als Gegner!« Er lachte; in seinem Tonfall aber schwang etwas Melancholisches mit. »Ja«, sagte er schließlich, »ich glaube, er sieht uns recht gut.«

»Dann schließt er sich uns an«, sagte Beatrice, »damit wir mit vereinten Kräften die Drachin erlegen.«

Herr Gawain blickte unbehaglich vom einen zum anderen und sagte: »Herr Axl, bist du immer noch davon überzeugt?«

»Überzeugt wovon, Herr Gawain?«

»Dass wir an diesem gottverlassenen Ort als Kameraden zusammenkommen?«

»Erkläre genauer, was du meinst, Herr Ritter.«

Gawain begab sich samt der Ziege zu Axl hinüber, der auf dem Boden kniete; dass auch Beatrice noch immer das Seil festhielt, hatte er anscheinend vergessen.

»Herr Axl, haben unsere Wege sich nicht vor Jahren getrennt? Meiner folgte weiter König Artus, während deiner …« Auf einmal fiel ihm auf, dass Beatrice direkt hinter ihm stand, und er wandte sich um und verbeugte sich höflich. »Liebe Frau, ich bitte dich, gib den Strick frei und ruh dich aus. Ich lasse das Tier nicht entkommen. Setz dich hier neben das Steinmal, da bist du halbwegs vor dem Wind geschützt.«

»Danke, Herr Gawain«, sagte Beatrice. »Dann vertraue ich dir die Ziege an; sie ist uns ein kostbares Wesen.«

Sie wandte sich ab und ging auf das Steinmal zu, und etwas an ihrer Haltung, den gegen den Wind hochgezogenen Schultern rief bei Axl eine dumpfe Erinnerung wach, eigentlich nur das Bruchstück einer Erinnerung, das sich vom Rand her in sein Bewusstsein schob, und gleichzeitig überrumpelte ihn ein Gefühl, über das er erschrak, denn in das unwiderstehliche Bedürfnis, sofort zu ihr zu gehen und sie zu beschützen, mischte sich ein unverwechselbarer Anflug von Angst und Bitterkeit. Sie hatte von einer langen einsamen Nacht gesprochen, in der sie sich wegen seiner Abwesenheit gequält hatte, aber konnte es sein, dass auch er eine solche Nacht, vielleicht sogar mehrere, in ähnlicher Qual erlebt hatte? Und als Beatrice stehen blieb und vor dem Steinmal den Kopf senkte, als bitte sie um Verzeihung, da fühlte er sowohl die Erinnerung als auch den Zorn sich festigen, und in plötzlicher Furcht wandte er sich ab. In diesem Moment aber sah er, dass auch Herr Gawain, offenbar tief in Gedanken, zu Beatrice hinblickte; in seinen Augen stand ein Ausdruck der Zärtlichkeit. Doch der Ritter hatte sich gleich wieder im Griff, trat zu Axl und beugte sich so dicht zu ihm, dass Beatrice auf keinen Fall etwas mitbekommen konnte.

»Wer sagt, dass dein Weg nicht der gottgefälligere war?«, sagte er. »Du hast alles große Gerede von Krieg und Frieden einfach hinter dir gelassen. Dieses gute Gesetz, um die Menschen Gott näher zu bringen – einfach hinter dir gelassen. Und auch Artus, ein für alle Mal hinter dir gelassen und dich stattdessen …« Er warf einen Blick zu Beatrice, die stehen geblieben war und sich, um dem Wind zu entgehen, so dicht an das steinerne Denkmal schmiegte, dass sie es fast mit der Stirn berührte. »Einer guten Frau gewidmet, Herr. Ich habe beobachtet, wie sie neben dir geht wie ein freundlicher Schatten. Hätte ich es auch so machen sollen? Aber Gott hat uns auf verschiedene Wege geführt. Ich hatte eine Pflicht. Ha! Und fürchte ich ihn jetzt? Niemals, Herr, niemals, ich werfe dir nichts vor. Dieses große Gesetz, das du ausgehandelt hast, blutig zunichtegemacht! Aber eine Zeit lang hatte es Bestand. Blutig zunichtegemacht! Wer gäbe uns jetzt die Schuld? Fürchte ich die Jugend? Kann Jugend allein einen Gegner besiegen? Soll er kommen, soll er nur kommen. Erinnere dich,

Herr! Ich sah dich an genau jenem Tag, und du hast von den Schreien von Kindern und Neugeborenen gesprochen, die dir in den Ohren klangen. Ich habe dasselbe gehört, Herr, doch waren es nicht wie die Schreie aus dem Zelt des Wundarztes, der einem Mann das Leben rettet, auch wenn er ihm mit seiner Behandlung Höllenqualen bereitet? Aber ich gebe es zu. An manchen Tagen sehne ich mich nach einem freundlichen Schatten an meiner Seite. Noch heute drehe ich mich manchmal um und hoffe, einen zu sehen. Sehnt sich nicht jedes Tier, jeder Vogel am Himmel nach einem zärtlichen Gefährten? Eine oder zwei gab es, denen ich mit Freuden meine Jahre geschenkt hätte. Warum sollte ich ihn jetzt fürchten? Ich habe gegen bezahnte Nordmänner mit Rentierschnauzen gekämpft, und das waren keine Masken! Nun, Herr, binde doch jetzt deine Ziege an. Wie tief willst du den Pfosten noch hineinrammen? Soll er einer Ziege als Pflock dienen oder einem Löwen?«

Er reichte Axl den Strick und entfernte sich mit großen Schritten, und erst dort, wo der Boden abbrach und das Land mit dem Himmel zusammentraf, blieb er stehen. Axl, mit einem Bein im Gras kniend, schnürte das Seil fest um die Kerbe im Holz und blickte dann noch einmal zu seiner Frau hinüber. Sie stand mehr oder minder wie zuvor, und obwohl ihn noch immer etwas an ihrer Haltung merkwürdig berührte, stellte er erleichtert fest, dass seine vorhin empfundene Bitterkeit vollkommen gewichen war. Stattdessen war er fast überwältigt von dem heftigen Bedürfnis, sie zu schützen, nicht nur vor dem rauen Wind, sondern vor etwas anderem, das groß und finster war und sich ringsum zusammenzog. Er stand auf und eilte zu ihr.

»Die Ziege ist fest angebunden, Prinzessin«, sagte er. »Sobald du so weit bist, steigen wir wieder ab. Haben wir nicht erledigt, was wir vorhin den Kindern und uns selbst versprochen haben?«

»Ach, Axl, ich möchte nicht in diesen Wald zurück.«

»Was sagst du da, Prinzessin?«

»Axl, du warst nicht am Ufer dieses Teichs, weil du so tief im Gespräch mit dem Ritter warst. Du hast nicht in dieses eisige Wasser geblickt.«

»Der Wind hat dich müde gemacht, Prinzessin.«

»Ich sah ihre Gesichter zu mir heraufstarren, als lägen sie in ihren Betten.«

»Wessen Gesichter, Prinzessin?«

»Der Kinder. Es waren kleine Kinder, direkt unter der Wasseroberfläche. Zuerst glaubte ich, sie lächelten, manche winkten mir sogar, doch als ich näher trat, sah ich, dass sie völlig reglos lagen.«

»Noch ein Traum, den du während deiner Rast unter dem Baum hattest. Ich sah dich dort schlafen, während ich mit dem alten Ritter sprach, und das beruhigte mich.«

»Ich habe sie wirklich gesehen, Axl. Zwischen grünen Wasserpflanzen. Bitte lass uns nicht mehr durch diesen Wald gehen – ich bin sicher, es lauert dort etwas Böses.«

Herr Gawain, der Ausschau gehalten hatte, hob einen Arm in die Luft und rief, ohne sich umzudrehen, laut in den Wind: »Bald sind sie bei uns! Sie kommen sehr schnell den Hang herauf!«

»Gehen wir zu ihm, Prinzessin, aber lass deinen Umhang an. Es war dumm von mir, dass ich dich hier heraufgeschleppt habe. Bald haben wir wieder ein Dach überm Kopf. Lass uns nachsehen, was dem guten Ritter zu schaffen macht.«

Die Ziege zerrte am Strick, als sie vorbeikamen, doch der Pflock hielt und wankte nicht. Axl hatte sehen wollen, wie nah die Heraufsteigenden schon waren, doch der alte Ritter hatte sich im selben Moment abgewandt und kam auf sie zu, sodass alle drei nicht weit von der Ziege zusammentrafen und stehen blieben.

»Herr Gawain«, sagte Axl, »meine Frau wird schwächer und braucht Obdach und Nahrung. Kann sie auch beim Abstieg auf deinem Pferd reiten, wie vorhin?«

»Was verlangst du, Herr? Zu viel! Als wir uns in Merlins Wald trafen, habe ich dir doch gesagt, dass ihr nicht weiter hinaufsteigen sollt. Aber es musste ja unbedingt sein.«

»Vielleicht war es dumm von uns, Herr, doch wir hatten einen gewichtigen Grund, und wenn wir ohne dich zurückgehen sollen, so musst du uns versprechen, dass du diese Ziege, die wir unter so viel Mühen hier heraufgebracht haben, nicht wieder freilässt.«

»Die Ziege freilassen? Was kümmert mich eure Ziege, Herr? Der sächsische Krieger wird bald hier sein, und das ist ein furchterregender Bursche! Geh und überzeuge dich, wenn du noch zweifelst! Was kümmert mich eure Ziege? Herr Axl, ich sehe dich jetzt vor mir und muss an jene Nacht denken. Der Wind so stürmisch wie jetzt. Und du, der du Artus ins Gesicht sagst, dass du ihn verfluchst, während wir anderen mit gesenktem Kopf danebenstehen! Niemand wollte den Befehl erhalten, dich zu erschlagen! Jeder suchte sich unsichtbar zu machen, damit ihn der König nicht mit einem Blick dazu beauftragte, dich aufzuspießen, unbewaffnet, wie du warst. Aber siehst du, Herr, Artus war wirklich ein großer König, und dies ist ein weiterer Beweis dafür! Du hast ihn vor seinen kühnsten Rittern verflucht, und er hat dir höflich geantwortet. Entsinnst du dich, Herr?«

»Gar nichts mehr weiß ich, Herr Gawain. Der Atem deiner Drachin hält alles von mir fern.«

»Den Blick hielt ich gesenkt wie die anderen und war darauf gefasst, dass dein Kopf an meinen Füßen vorüberrollt! Aber Artus sprach freundlich und höflich mit dir! Erinnerst du dich an gar nichts? Der Wind war in jener Nacht fast so stark wie heute, unser Zelt drohte in den schwarzen Himmel davonzufliegen. Und Artus vergalt Flüche mit freundlichen Worten. Er dankte dir für deinen Dienst. Für deine Freundschaft. Und er forderte uns alle auf, ehrenvoll an dich zu denken. Ich flüsterte dir ein Lebwohl zu, Herr, als du deinen Zorn ins Unwetter hinaustrugst. Du hast mich nicht gehört, denn ich sagte es zu leise, aber ein aufrichtiges Lebwohl war es doch, und ich war damit nicht allein. Wir alle konnten dir deinen Zorn nachfühlen, Herr, obwohl es falsch von dir war, Artus zu verfluchen, und das ausgerechnet am Tag seines großen Sieges! Du sagst jetzt, Querigs Atem verhindert, dass du dich daran erinnerst, aber sind es nicht vielmehr nur die Jahre oder sogar dieser Wind, der ausreicht, um aus dem weisesten Mönch einen Narren zu machen?«

»Ich weiß es nicht mehr und will es auch gar nicht wissen, Herr Gawain, es ist mir egal. Heute suche ich nach anderen Erinnerungen, solchen an eine andere stürmische Nacht, von der meine Frau spricht.«

»Ein aufrichtiges Lebwohl schickte ich dir hinterher, Herr, und lass mich dir eines gestehen: Als du Artus verflucht hast, war ein kleiner Teil von mir bei dir. Denn es war ein großartiges Abkommen, das du da ausgehandelt hattest, und es wurde ja auch jahrelang eingehalten. Konnten nicht alle Menschen, ob Christen oder Heiden, dessentwegen ruhiger schlafen, selbst am Abend vor der Schlacht? Zu kämpfen und zu wissen, dass unsere Frauen und Kinder in unseren Dörfern sicher sind! Aber, Herr, die Kriege hörten darum nicht auf. Wo wir einst um Land und für Gott kämpften, da kämpften wir jetzt, um gefallene Kameraden zu rächen, die ihrerseits aus Rache niedergemetzelt worden waren. Wie sollte es jemals aufhören? Aus kleinen Kindern wurden Männer, die nur Kriegszeiten erlebt hatten. Und dein großes Gesetz wurde bereits hier und dort gebrochen …«

»Das Gesetz wurde bis zu jenem Tag, Herr Gawain, auf beiden Seiten strikt eingehalten«, sagte Axl. »Es war gottlos, dagegen zu verstoßen.«

»Ah, jetzt erinnerst du dich!«

»Meine Erinnerung ist, dass Gott selbst verraten wurde, Herr. Und es tut mir nicht leid, wenn der Nebel mich noch länger ihrer beraubt.«

»Eine Zeit lang wünschte ich mir dasselbe, Herr Axl. Doch bald verstand ich das Handeln eines wahrhaft großen Königs. Denn die Kriege hörten endlich auf, war es nicht so, Herr? War nicht der Friede seither unser Begleiter?«

»Lass mich nicht mehr daran denken, Herr Gawain. Ich danke dir nicht dafür. Lass mich stattdessen das Leben mit meiner lieben Frau betrachten, die hier neben mir vor Kälte zittert. Willst du uns nicht dein Pferd leihen, Herr? Wenigstens bis hinunter zu dem Wald, in dem wir uns vorhin begegnet sind. Dort lassen wir dein Ross gut festgebunden stehen, damit es auf dich wartet.«

»Oh, Axl, ich gehe nicht mehr in diesen Wald! Warum bestehst du darauf, dass wir jetzt von hier fort und dort hinuntergehen? Kann es sein, Mann, dass du dich trotz des Versprechens, das ich dir gegeben habe, noch immer vor dem Ende des Nebels fürchtest?«

»Mein Pferd, Herr? Unterstellst du, ich könnte mit meinem Horaz nichts mehr anfangen? Du gehst zu weit, Herr! Ich fürchte ihn nicht, auch wenn er die Jugend auf seiner Seite hat!«

»Ich unterstelle gar nichts, Herr Gawain, ich bitte nur um

den Beistand deines vortrefflichen Pferds, auf dass es meine Frau den Berg hinuntertrage, damit sie Schutz und Obdach findet ...«

»Mein Pferd, Herr? Du bestehst darauf, dass ihm entweder die Augen verhüllt werden oder dass es seinen Herrn fallen sieht? Horaz ist ein Schlachtross, Herr! Nicht irgendein Pony, das zwischen Butterblumen herumtollt! Ein Schlachtross, Herr, und darauf gefasst, mich fallen oder siegen zu sehen, wie Gott es will!«

»Und wenn meine Frau auf meinem eigenen Rücken reiten muss, Herr Ritter, dann sei es so. Ich dachte nur, du könntest dein Ross wenigstens für die Strecke bis hinunter zum Wald entbehren ...«

»Ich bleibe hier, Axl, auch wenn der Wind noch so grausam bläst, und wenn Herr Wistan schon fast bei uns ist, dann bleiben wir sowieso, denn wir wollen doch wissen, ob er oder die Drachin diesen Tag übersteht. Oder möchtest du am Ende doch nicht erleben, wie der Nebel sich lichtet, Mann?«

»Das habe ich viele Male gesehen, Herr! Ein übereifriger Jungspund, den ein alter Hase zu Fall bringt. Viele Male habe ich es gesehen!«

»Herr, ich flehe dich noch einmal an, dich auf deinen Edelmut zu besinnen. Dieser Wind raubt meiner Frau alle Kraft.«

»Ist es nicht genug, Mann, dass ich erst heute Morgen hoch und heilig geschworen habe, das, was ich heute in meinem Herzen für dich empfinde, niemals zu vergessen, was immer der Nebel an den Tag bringen sollte?«

»Verstehst du nicht, Herr, wie ein großer König handeln musste? Wir können nur zusehen und uns wundern. Ein großer König muss, wie Gott selbst, Taten vollbringen, vor denen gewöhnliche Sterbliche zurückschrecken! Denkst du, da wäre keine gewesen, die mir aufgefallen wäre? Eine zarte Blume oder zwei auf dem Weg, die ich liebend gern an mein Herz gedrückt hätte? Soll diese eiserne Rüstung meine einzige Bettgenossin sein? Wer schimpft mich einen Feigling, Herr? Einen Kinderschlächter? Warst du dabei an jenem Tag? Warst du bei uns? Mein Helm! Ich ließ ihn im Wald dort liegen! Aber jetzt nützt er mir auch nichts mehr. Auch die Rüstung nähme ich jetzt ab, fürchtete ich nicht, ihr würdet über den gehäuteten Fuchs darunter lachen!«

Eine Zeit lang überschrien die drei sich gegenseitig, und das Heulen des Windes mischte sich als vierte Stimme in den Chor, bis Axl irgendwann auffiel, dass Gawain und seine Frau verstummt waren und über seine Schulter starrten, und als er sich umdrehte, sah er den Krieger und den sächsischen Jungen an der Kante des Felsabbruchs stehen, fast an derselben Stelle, an der zuvor Herr Gawain sinnierend in die Landschaft geblickt hatte. Der Himmel hatte sich zugezogen, sodass Axl das Gefühl hatte, die Wolken hätten die Ankömmlinge herbeigetragen. Beide schienen, kaum mehr als Silhouetten, eigenartig versteinert: der Krieger, der mit beiden Händen den Zügel hielt wie ein Wagenlenker; der Junge, schräg vorgebeugt und beide Arme ausgestreckt, wie um sein Gleichgewicht zu halten. Dann löste sich aus dem Geheul des Windes ein neuer Ton, und Axl hörte Herrn Gawain sagen: »Ah! Der Junge singt schon wieder! Kannst du nicht dafür sorgen, dass er das unterlässt, Herr?«

Wistan stieß ein Gelächter aus, und beide Gestalten erwachten zum Leben und kamen auf sie zu, der Junge voraus, ziehend.

»Ich bitte um Entschuldigung«, sagte der Krieger. »Aber anders kann ich nicht verhindern, dass er von Fels zu Fels springt, bis er am Ende seiner Kraft ist.«

»Was ist nur mit dem armen Jungen los, Axl?«, sagte Beatrice dicht an seinem Ohr, und er war dankbar, dass ihre Stimme zu der liebevollen Vertrautheit zurückgefunden hatte. »Genauso hat er sich verhalten, kurz bevor dieser Hund aufgetaucht ist.«

»Muss er so falsch singen?«, fragte Herr Gawain noch einmal, an Wistan gewandt. »Ich würde ihm auf die Ohren schlagen, doch ich fürchte, er nähme es gar nicht wahr!«

Der Krieger, immer noch näherkommend, lachte wieder, dann sah er mit heiterer Miene Axl und Beatrice an. »Meine Freunde, was für eine Überraschung. Ich wähnte euch längst im Dorf eures Sohnes. Was führt euch hingegen an diesen einsamen Ort?«

»Dieselbe Angelegenheit wie dich, Herr Wistan. Wir sehnen das Ende dieser Drachin herbei, die uns der kostbarsten Erinnerungen beraubt. Siehst du, Herr, wir haben eine vergiftete Ziege mitgebracht: Die soll das Werk tun.«

Wistan warf einen Blick auf das Tier und schüttelte den Kopf. »Die Drachin, mit der wir's zu tun haben, wird wohl ein mächtiges und verschlagenes Geschöpf sein, Freunde. Ich fürchte, eure Ziege entlockt ihr nicht mehr als ein kleines Rülpsen.«

»Es war äußerst strapaziös, sie hier heraufzubringen, Herr Wistan«, sagte Beatrice, »obwohl uns der gute Ritter, den wir beim Aufstieg wiedertrafen, eine große Hilfe war. Aber dich hier zu sehen muntert mich auf, denn nun müssen wir unsere Hoffnungen nicht länger allein auf unser Tier setzen.«

Edwin sang inzwischen so laut, dass die anderen einander nur noch mit Mühe verstanden, und er zerrte immer stärker am Zügel: Ziel seiner Aufmerksamkeit war offenbar eine Stelle auf dem nächsten Bergkamm. Wistan riss einmal harsch am Seil und sagte:

»Den jungen Herrn Edwin scheint es mit Macht zu diesen Felsen zu ziehen. Herr Gawain, was ist dort? Ich sehe nur auf-einandergestapelte Steine, wie um eine Grube oder Höhle zu verbergen.«

»Warum fragst du mich, Herr?«, erwiderte Herr Gawain. »Frag deinen jungen Gefährten, vielleicht hört er dann sogar mit seiner Singerei auf!«

»Ich halte ihn an der Leine, Herr, kann ihn aber nicht besser kontrollieren als einen verrückt gewordenen Kobold.«

»Herr Wistan«, sagte Axl, »es ist unser beider Pflicht, Schaden von diesem Jungen zu wenden. In dieser großen Höhe müssen wir sehr gut auf ihn achtgeben.«

»Gut gesagt, Herr. Wenn es gestattet ist, pflocke ich ihn neben eurer Ziege an.«

Der Krieger führte Edwin zu dem Pfahl, den Axl in die Erde getrieben hatte, und begann kauernd das Seil, an dem der Junge hing, daran zu verknoten. Axl hatte den Eindruck, dass Wistan größte Sorgfalt darauf verwandte und jeden fertiggestellten Knoten ebenso prüfte wie den Halt des eingeschlagenen Pflocks. Der Junge hingegen schien keine Notiz von ihm zu nehmen. Er beruhigte sich ein wenig, sein Blick aber blieb auf die Felsen am Scheitelpunkt des Hangs geheftet, und mit stiller Beharrlichkeit zerrte er an seinem Seil. Sein Gesang, obwohl bei Weitem nicht mehr so schrill, hatte etwas Verbissenes – Axl musste an erschöpfte Soldaten denken, die sich singend in Marschlaune halten. Die Ziege hatte sich unterdessen so weit von ihm entfernt, wie es der Strick erlaubte, glotzte ihn aber an, als stünde sie unter einem Bann.

Herr Gawain wiederum beobachtete Wistan, registrierte selbst die kleinste seiner Gesten, und in seinen Augen war – so jedenfalls Axls Eindruck – etwas Verschlagenes, Hinterlistiges getreten. Der Ritter war, während der sächsische Krieger beschäftigt war, unbemerkt näher getreten, hatte sein Schwert gezogen, die Spitze im Boden versenkt und sich, beide Unterarme auf dem breiten Heft, mit ganzem Gewicht daraufgestützt. In dieser Haltung beobachtete er Wistan, und Axl kam es vor, als prägte er sich Einzelheiten des Kriegers ein: Größe, Reichweite des Schwertarms, Stärke der Wadenmuskulatur, den verbundenen linken Arm.

Als Wistan mit seinem Werk zufrieden war, stand er auf und drehte sich zu Herrn Gawain um. Einen kurzen Moment lang lag ein seltsames Unbehagen in den Blicken, die zwischen ihnen gewechselt wurden; dann lächelte Wistan herzlich.

»Eine besondere Gepflogenheit trennt euch Britannier von uns Sachsen«, sagte er und deutete auf den Boden vor Gawains Füßen: »Siehst du, Herr. Dein Schwert ist gezogen, und du stützt dich darauf, als wäre es der Vetter eines Stuhls oder Fußschemels. Jedem Sachsen, auch einem, der wie ich von Britanniern ausgebildet wurde, scheint dies ein seltsamer Brauch.«

»Werde du erst so alt wie ich, Herr, dann wirst du sehen, ob er so seltsam ist! In Friedenszeiten wie diesen ist ein gutes Schwert gewiss nur zu froh über jede Arbeit, selbst wenn es nur darum geht, seinem Besitzer die Mühsal seiner alten Knochen zu erleichtern. Was ist daran seltsam?«

»Aber sieh doch, Herr Gawain, wie es in der Erde versinkt. Für uns Sachsen ist die Schneide unseres Schwertes Ursache immerwährender Sorge. Wir wagen die Klinge ja nicht einmal der Luft zu zeigen, um nur ja nicht ihre Schärfe zu beeinträchtigen.«

»Ist das so? Natürlich ist eine scharfe Schneide wichtig, Herr Wistan, das bestreite ich nicht. Aber wird nicht zu viel

Aufhebens davon gemacht? Gute Beinarbeit, eine vernünftige Strategie, ruhiger Mut. Und eine gewisse Wildheit, die einen Krieger schwer berechenbar macht. Das ist es doch, was einen Zweikampf entscheidet, Herr. Und die Zuversicht, Gott auf seiner Seite zu haben. Also lass einen alten Mann seine Schultern ausruhen. Und gibt es nicht auch Zeiten, da ein Schwert zu spät gezogen wird? Ich bin auf manchem Schlachtfeld in dieser Haltung gestanden, um Atem zu schöpfen, und es war mir wirklich ein Trost zu wissen, dass meine Klinge kampfbereit ist und sich nicht erst die Augen reibt und fragt, ob es Nachmittag oder Morgen ist, während ich sie bestmöglich einzusetzen suche.«

»Dann sind wir Sachsen wohl herzloser gegen unsere Schwerter. Denn wir verlangen von ihnen, dass sie niemals schlafen, auch nicht im Dunkel der Scheide. Sieh dir meines hier an, Herr. Es kennt mich und mein Verhalten gut. Wenn es an die frische Luft kommt, weiß es, dass es gleich darauf mit Fleisch und Knochen in Berührung sein wird.«

»Unterschiedliche Gepflogenheiten also, Herr. Das erinnert mich an einen Sachsen, den ich einmal kannte, feiner Bursche. In einer kalten Nacht sammelten wir miteinander Brennholz. Ich benutzte mein Schwert, um Zweige von einem toten Baum zu hacken, während er seine bloßen Hände benutzte und manchmal einen stumpfen Stein. ›Hast du deine Klinge vergessen, Freund?‹, frage ich ihn. ›Wieso gehst du zu Werke wie ein klauenbewehrter Bär?‹ Er hörte nicht auf mich. Damals hielt ich ihn für verrückt, aber du hast mich eines Besseren belehrt. Man lernt doch nie aus, selbst in meinem hohen Alter nicht!«

Sie lachten beide kurz, dann sagte Wistan:

»Was mich betrifft, so mag es mehr als Gepflogenheit sein, Herr Gawain. Mich hat man gelehrt, dass ich, noch während die Klinge den einen Gegner durchbohrt, im Geist schon den nächsten Schnitt vorbereiten muss. Wenn meine Schneide nicht scharf ist und der Weg, den die Klinge macht, nur einen winzigen Moment unterbrochen wird, weil sie sich an einem Knochen verhakt oder sich im Geschlängel der Eingeweide verirrt, bin ich für den nächsten Hieb ganz gewiss zu spät, und daran mag Sieg oder Niederlage hängen.«

»Da hast du recht, Herr. Ich glaube, mein hohes Alter und die langen Jahre des Friedens machen mich sorglos. Ich werde von jetzt an deinem Beispiel folgen, doch zittern mir noch die Knie vom Aufstieg, daher sieh mir diese kleine Entlastung doch bitte nach.«

»Selbstverständlich, Herr, mach es dir bequem. Es war nur ein Gedanke, der mir gekommen ist, als ich dich in dieser Haltung rasten sah.«

Auf einmal beendete Edwin seinen Gesang und begann zu schreien. Er schrie immer wieder dasselbe, und Axl fragte Beatrice, die neben ihm stand, leise: »Was sagt er, verstehst du ihn, Prinzessin?«

»Er redet von einem Räuberlager dort oben. Dort will er hin, und wir sollen ihm folgen.«

Wistan und Gawain starrten den Jungen mit einer gewissen Verlegenheit an. Edwin schrie und zerrte noch eine Zeit lang weiter und verstummte dann jäh, ließ sich zu Boden fallen und schien den Tränen nah. Niemand sagte etwas, nur der Wind heulte, und allen wurde die Zeit lang.

»Herr Gawain«, sagte Axl endlich. »Wir blicken jetzt auf dich, Herr. Keine Täuschungen mehr, bitte. Du bist der Beschützer der Drachin, nicht wahr?«

»Das bin ich, Herr.« Mit trotziger Miene blickte Gawain vom einen zum anderen, Edwin eingeschlossen. »Ihr Beschützer und in letzter Zeit auch ihr einziger Freund. Die Mönche füttern sie seit Jahren, bringen Tiere herauf, die sie hier anpflocken, wie ihr. Aber jetzt sind sie miteinander in Streit geraten, und Querig ahnt den Verrat. Aber sie weiß, dass ich ihr treu ergeben bin und bleibe.«

»Dann, Herr Gawain«, sagte Wistan, »bist du sicher so freundlich uns zu sagen, ob wir uns in der Nähe der Drachin befinden?«

»Sie ist nah, Herr. Du hast gut getan, hier heraufzukommen, auch wenn du das Glück hattest, diesen Knaben als Führer zu finden.«

Edwin, der sich aufgerappelt hatte, stimmte wieder seine Melodie an, die jetzt allerdings nur noch ein leiser Singsang war.

»Der junge Herr Edwin hier wird sich vielleicht als ein noch größerer Glücksfall erweisen«, sagte der Krieger. »Denn ich habe die Vermutung, dass er ein Schüler ist, der seinem armen Lehrer rasch über den Kopf wächst und eines Tages für seine Landsleute Großes vollbringen wird. Vielleicht sogar so wie euer Artus für seine Leute.«

»Wie bitte, Herr? Dieser Knabe, der jetzt singt und am Seil zerrt wie ein Schwachkopf?«

»Herr Gawain«, unterbrach Beatrice, »erklär doch, wenn du willst, einer müden alten Frau, wie es kommt, dass ein prächtiger Ritter wie du und Neffe des großen Artus sich jetzt als Beschützer dieser Drachin erweist?«

»Vielleicht ist Herr Wistan begierig darauf, es dir zu erklären, Herrin.«

»Im Gegenteil, ich bin ebenso gespannt auf deinen Bericht wie Frau Beatrice. Aber alles zu seiner Zeit. Erst müssen wir die Frage klären, ob ich Herrn Edwin von seinen Fesseln befreien soll, damit wir sehen, wohin er rennt? Oder wirst du, Herr Gawain, uns den Weg zu Querigs Höhle weisen?«

Herr Gawain starrte ausdruckslos auf den strampelnden, kämpfenden Jungen; dann seufzte er. »Lass ihn, wo er ist«, sagte er resigniert. »Ich gehe voraus.« Er richtete sich zu voller Größe auf, zog das Schwert aus dem Boden und verstaute es sorgfältig in der Scheide.

»Danke, Herr«, sagte Wistan. »Ich bin froh, dass wir dem Jungen die Gefahr ersparen. Dabei kann ich mir auch ohne Führer denken, wo ihre Höhle ist. Wir müssen zu diesen Felsen auf dem nächsten Hang, stimmt's?«

Herr Gawain seufzte wieder, blickte beinahe Rat suchend zu Axl, schüttelte dann traurig den Kopf. »Ganz richtig, Herr«, sagte er. »Diese Steine umschließen eine Grube, und die ist nicht klein. Sie ist tief wie ein Steinbruch, und dort unten wirst du Querig schlafend finden. Willst du wirklich gegen sie kämpfen, Herr Wistan, so wirst du hinuntersteigen müssen. Nun frage ich dich, Herr, hast du die Absicht, eine solche Gemeinheit zu begehen?«

»Genau dafür bin ich einen weiten Weg gekommen, Herr.«

»Herr Wistan«, sagte Beatrice, »wenn du bitte die Einmischung einer alten Frau verzeihst. Vorhin lachtest du über unsere Ziege, aber du hast einen schweren Kampf vor dir. Wenn dieser Ritter dir nicht hilft, so erlaube uns wenigstens, unsere Ziege diesen letzten Abhang hinaufzuführen und sie in die Grube hinabzustoßen. Musst du die Drachin schon mit nur einem Arm bekämpfen, so mag sie doch zumindest vom Gift geschwächt sein.«

»Danke, Herrin, deine Sorge schätze ich sehr. Doch während ich zwar ihren Schlaf zu meinem Vorteil nutzen könnte, ist Gift eine Waffe, die ich nicht gern anwende. Außerdem fehlt mir die Geduld, um einen weiteren halben Tag oder mehr zu warten, bis ich erfahre, ob die Drachin von ihrer Mahlzeit krank wird oder nicht.«

»Dann bringen wir's hinter uns«, sagte Herr Gawain. »Komm, Herr, ich gehe voraus.« Und zu Axl und Beatrice sagte er: »Wartet hier unten, Freunde, und schützt euch neben dem Steinmal vor dem Wind. Es wird nicht lang dauern.«

»Aber Herr Gawain«, wandte Beatrice ein, »mein Mann und ich haben unsere Kräfte arg strapaziert, um bis hierher zu kommen. Nun würden wir dich wirklich gern noch diesen letzten Hang hinauf begleiten, falls das gefahrlos möglich ist.«

Herr Gawain schüttelte wieder ratlos den Kopf. »Dann gehen wir eben alle zusammen, Freunde. Wahrscheinlich wird euch kein Leid geschehen, und mir ist selber wohler, wenn ihr in der Nähe seid. Also kommt, Freunde, gehen wir zu Querigs Versteck, und sprecht bitte leise, um sie nicht zu wecken.«

★ ★ ★

Als sie den nächsten Pfad hinaufstiegen, ließ der Wind ein wenig nach, obwohl sie dem Himmel näher waren denn je. Der Ritter und der Krieger gingen gleichmäßig ausschreitend voraus und wirkten in jeder Hinsicht wie zwei alte Gefährten, die miteinander spazieren gehen; es dauerte nicht lang, bis sie das alte Paar weit abgehängt hatten.

»Das ist doch verrückt, Prinzessin«, sagte Axl missmutig. »Wozu laufen wir diesen zwei Herren hinterher? Und wer weiß, welche Gefahren noch auf uns zukommen? Lass uns doch umkehren und bei dem Jungen warten.«

Doch Beatrice blieb entschlossen. »Ich möchte, dass wir weitergehen«, sagte sie. »Hier, Axl, nimm meine Hand und hilf mir, nicht den Mut zu verlieren. Inzwischen denke ich, dass ich diejenige bin, die mehr zu fürchten hat als du, wenn der Nebel sich hebt. Als ich vorhin neben diesen Steinen stand, kam mir plötzlich der Gedanke, dass ich dir einst Schlimmes angetan habe, Mann. Spürst du, wie mir die Hand zittert bei der Vorstellung, es könnte uns alles wieder in Erinnerung kommen? Was wirst du dann sagen? Wirst du dich von mir abwenden und mich auf diesem kahlen Berg zurücklassen? Ein Teil von mir sähe diesen tapferen Krieger gern fallen, während er jetzt vor uns hergeht, aber ich lasse nicht zu, dass wir uns verstecken. Nein, Axl, das erlaube ich nicht, und geht es dir nicht genauso? Lass uns freien Herzens den Weg betrachten, den wir gemeinsam gegangen sind, ob in Finsternis oder mildem Sonnenschein. Und wenn der Krieger tatsächlich der Drachin in ihrer Grube entgegentreten muss, dann lass uns sehen, was wir tun können, um guten Mutes zu bleiben. Kann doch sein, dass ein Warnruf an rechter Stelle oder ein Ansporn, damit er nach einem heftigen Schlag wieder auf die Beine kommt, entscheidend ist.«

Axl ließ sie weiterreden und hörte nur mit halbem Ohr zu, denn am Rand seiner Erinnerung war wieder etwas aufgetaucht: eine stürmische Nacht, eine bittere Verletzung, eine Einsamkeit, die sich vor ihm ausbreitete wie ein unbekanntes Gewässer. War es womöglich ganz anders gewesen – hatte er und nicht Beatrice allein und schlaflos mit einer kleinen Kerze in ihrer gemeinsamen Kammer gestanden?

»Was ist aus unserem Sohn geworden, Prinzessin?«, fragte er unvermittelt und fühlte, wie ihre Hand in der seinen zuckte. »Wartet er wirklich in seinem Dorf auf uns? Oder werden wir ihn auch nicht finden, wenn wir ein Jahr lang nach ihm suchen?«

»Der Gedanke kam auch mir, aber ich hatte Angst, ihn laut auszusprechen. Aber still jetzt, Axl, sonst hört man uns.«

Tatsächlich waren Herr Gawain und Wistan auf dem Weg vor ihnen stehen geblieben, um auf sie zu warten; sie schienen in freundlichem Gespräch miteinander. Als sie zu den beiden aufgeschlossen hatten, hörte Axl Herrn Gawain mit leisem Lachen sagen:

»Ich gestehe dir meine Hoffnung, Herr Wistan, dass dich Querigs Atem der Erinnerung daran, weshalb du hier neben mir gehst, doch noch beraubt. Dass ich ungeduldig auf deine Frage warte, wohin ich dich eigentlich führe! Doch sehe ich sowohl an deinem Blick wie an deinem Schritt, dass du wenig vergisst.«

Wistan lächelte. »Ich glaube, Herr, dass es genau diese Gabe ist, meine Widerstandskraft gegen mysteriösen Zauber aller Art, die mir diesen Auftrag meines Königs eingebracht hat. Denn wir Marschlandbewohner haben zwar niemals ein Wesen wie diese Querig kennengelernt, doch kannten wir andere Geschöpfe mit wundersamen Kräften, und es fiel auf, wie wenig ich wankte, wenn meinen Kameraden die Sinne schwanden und sie in Träumen versanken. Ich denke, dies war der einzige Grund, weshalb mein König mich für diese Mission auserkor, denn fast alle meine Kameraden zu Hause sind bessere Krieger als der, der jetzt neben dir geht.«

»Kaum zu glauben, Herr Wistan! Sowohl Bericht als auch Beobachtung sprechen von deinen außergewöhnlichen Eigenschaften.«

»Du überschätzt mich, Herr. Gestern, als ich gezwungen war, vor deinen Augen einen Soldaten zu erschlagen, war mir leider sehr deutlich bewusst, dass ein Mann deiner Fähigkeiten meine geringe Leistung durchaus erkennen könnte. Ausreichend, um einen furchtsamen Wachposten zu schlagen, aber bei Weitem nicht genug, um deine Zustimmung zu finden, fürchte ich.«

»Was für ein Unsinn, Herr! Du bist ein prächtiger Bursche, und jetzt will ich nichts mehr davon hören! Nun, Freunde« – Herr Gawain drehte sich um und blickte Axl und Beatrice entgegen –, »jetzt ist es nicht mehr sehr weit. Gehen wir weiter, solange sie schläft.«

Schweigend gingen sie dahin. Diesmal fielen Axl und Beatrice nicht zurück, denn Gawain und Wistan schienen von einer Feierlichkeit ergriffen, die sie beinahe zeremoniell dahinschreiten ließ. Auf jeden Fall war das Gelände an dieser Stelle nicht mehr sehr anspruchsvoll; es war fast eine Hochebene. Die Felsen, über die sie weiter unten gesprochen hatten, ragten jetzt vor ihnen auf, und Axl sah im Näherkommen, dass sie einen hügelartigen Erdwall neben dem Weg bekränzten und zu einem annähernden Halbkreis geordnet waren. Auch eine Reihe kleinerer Steine erkannte er jetzt, die wie eine Treppe an der Flanke des Walls bis zum Rand dessen hinaufführte, was eine Grube von beachtlicher Tiefe sein musste. Überall ringsum war der grasbewachsene Boden geschwärzt, vielleicht verbrannt, was der ohnehin völlig kahlen, weil baum-, ja selbst gestrüpplosen Gegend eine Atmosphäre des Verfalls verlieh. Am Fuß der primitiven Treppe blieb Gawain stehen, sodass alle anderen ebenfalls stehen bleiben mussten, und drehte sich nachdenklich zu Wistan um.

»Willst du's dir nicht doch noch einmal überlegen, Herr, und deinen gefährlichen Plan fallen lassen? Warum kehrst du nicht zu deinem angebundenen Waisenknaben dort unten zurück? Hörst du nicht seine Stimme, die der Wind zu uns heraufträgt?«

Der Krieger blickte den Weg zurück, den sie gekommen waren, dann wandte er sich wieder Herrn Gawain zu. »Du weißt es, Herr. Ich kann nicht umkehren. Zeig mir jetzt diesen Drachen.«

Der alte Ritter nickte nachdenklich, als hätte Wistan ganz nebenbei eine überaus bemerkenswerte Beobachtung gemacht.

»Gut, Freunde«, sagte er. »Dann seid leise, denn wozu sollen wir sie wecken?«

Herr Gawain ging allein voraus, stieg die Flanke des Walls hinauf, und als er bei den Felsen angelangt war, bat er die anderen mit einer Geste, noch zu warten. Vorsichtig spähte er hinab, und nach einer Weile winkte er ihnen und sagte leise: »Kommt und stellt euch hier auf, Freunde, da seht ihr sie ganz gut.«

Axl half seiner Frau auf einen Felsvorsprung neben ihm und beugte sich selbst über einen Felsen. Die Grube unten war breiter und flacher, als er erwartet hatte – eher wie ein wasserloser Tümpel als wie ein eigens ausgehobenes Loch. Der größere Teil dieser Senke lag jetzt in bleichem Sonnenlicht und schien ganz aus grauem Fels und Schotter zu bestehen – das geschwärzte Gras endete abrupt am Rand der Senke –, und das außer dem Drachen einzige Lebendige war, soweit man sehen konnte, ein Weißdornbusch, der fast in der Mitte der Grube aus dem Stein herauswuchs und wie ein Fremdkörper wirkte.

Was die Drachin betraf, so war zuerst gar nicht klar, ob sie überhaupt lebte. Nach ihrer Haltung zu schließen – bäuchlings liegend, den Kopf nach der einen Seite verdreht, die Gliedmaßen von sich gestreckt – hätte sie auch tot sein können, zerschmettert nach einem Sturz aus großer Höhe. Mehr noch: Man brauchte eine ganze Weile, um zu erkennen, dass dies überhaupt ein Drache war. So mager, so ausgemergelt war Querig, dass sie aussah wie ein wurmähnliches Reptil aus dem Wasser, das versehentlich an Land geraten war und jetzt an Dehydrierung zugrunde ging. Ihre Haut, die ölig und bronzeähnlich hätte sein sollen, war von einem gelblichen Weiß, das an den Bauch mancher Fische erinnerte. Was von ihren Flügeln noch übrig war, lag als schlaffe Haut rechts und links neben ihr – ein unaufmerksamer Blick hätte sie für zwei Häufchen welkes Laub halten können. Da der Kopf seitlich auf den grauen Schottersteinen lag, konnte Axl nur das eine schildkrötenähnliche Auge sehen, das sich, einem inneren Rhythmus folgend, lethargisch öffnete und schloss. Diese Bewegung und ein kaum merkliches Heben und Senken des Rückgrats waren die einzigen Anzeichen dafür, dass Querig noch lebte.

»*Das* ist die Drachin, Axl?«, fragte Beatrice leise. »Dieses arme Wesen, das nur noch Haut und Knochen ist?«

»Ja, aber schau, Herrin«, sagte Gawains Stimme hinter ihnen. »Solange sie noch atmet, tut sie ihre Pflicht.«

»Ist sie krank oder vielleicht schon vergiftet?«, fragte Axl.

»Nein, nur alt, Herr, sie altert wie wir alle. Aber sie atmet noch, und Merlins Werk hat weiter Bestand.«

»Jetzt kommt mir manches wieder in den Sinn«, sagte Axl. »Ja, ich erinnere mich, was Merlin hier vollbracht hat. Ein finsteres Werk.«

»Finster, Herr?«, sagte Gawain. »Warum finster? Es war die einzige Möglichkeit. Noch bevor die Schlacht richtig gewonnen war, ritt ich mit vier guten Kameraden aus, um ebendiese Drachin, die damals stark und zornig war, so weit zu bändigen, dass Merlin sie mit seinem großen Zauber belegen konnte. Ein finsterer Mann mag er gewesen sein, dies aber tat er nicht allein nach Artus', sondern nach Gottes Willen. Hätte es ohne den verzauberten Drachenatem jemals Frieden im Land gegeben? Sieh doch, wie wir jetzt leben, Herr! Einstige Feinde sind heute wie Vettern, Dorf um Dorf. Herr Wistan, du verstummst vor diesem Anblick. Ich frage dich noch einmal. Willst du nicht dieses arme Wesen am Leben lassen, bis es sein natürliches Ende erreicht? Querigs Atem ist nicht mehr, was er war, doch selbst jetzt wirkt der Zauber noch. Bedenke, Herr, was in diesem Land alles wiedererwachen wird, sobald ihr Atem stockt, auch nach so vielen Jahren! Ja, wir haben viele, viele niedergemetzelt und scherten uns nicht darum, wer stark war und wer schwach. Gott mag nicht über uns gelächelt haben, doch haben wir das Land vom Krieg befreit. Geh fort von hier, Herr, ich bitte dich. Wir beten zu verschiedenen Göttern, das ist wahr, doch wird der deine diesen Drachen ebenso segnen wie der meine.«

Wistan wandte sich von der Grube ab und sah den alten Ritter an.

»Was für ein Gott ist das, Herr, der Unrecht ungesühnt und vergessen wünscht?«

»Deine Frage ist berechtigt, Herr Wistan, und ich weiß, dass mein Gott mit Unbehagen auf unsere Taten an jenem Tag blickt. Aber es ist viel Zeit vergangen, und die Knochen liegen geborgen unter einem gefälligen grünen Teppich. Die Jungen wissen nichts davon. Ich bitte dich, geh fort von hier und lass Querig noch eine Weile ihr Werk tun. Noch einen Sommer oder zwei, mehr hat sie ja nicht mehr. Aber es könnte lang genug sein, damit alte Wunden für immer heilen und der Friede zwischen uns ewig hält. Schau doch, wie sie sich ans Leben klammert, Herr! Sei gnädig und geh fort. Lass dieses Land in Vergessen ruhen.«

»Unfug, Herr. Wie können alte Wunden, die von Maden wimmeln, jemals heilen? Wie soll ein Frieden für immer halten, wenn er auf Gemetzel und Zauberei errichtet ist? Ich sehe, wie innig du dir wünschst, dass deine einstigen Gräuel zu Staub zerfallen. Doch sie liegen in der Erde wie weiße Knochen und warten darauf, ausgegraben zu werden. Herr Gawain, meine Antwort ist dieselbe wie zuvor. Ich muss in diese Grube hinab.«

Herr Gawain nickte ernst. »Ich verstehe, Herr.«

»Dann muss ich auch dich fragen, Herr Ritter. Willst du

mir diesen Ort überlassen und zu deinem guten alten Hengst zurückkehren, der unten auf dich wartet?«

»Du weißt, dass ich nicht kann, Herr Wistan.«

»Es ist also, wie ich dachte. Nun gut.«

Wistan ging an Axl und Beatrice vorbei und die grob behauenen Stufen hinunter. Am Fuß des Hügels angelangt, sah er sich um und sagte in verändertem Tonfall: »Herr Gawain, der Boden hier sieht merkwürdig aus. Kann es sein, dass ihn die Drachin in besseren Zeiten mit ihrem Feueratem zugrunde gerichtet hat? Oder schlägt hier häufig der Blitz ein, ehe neues Gras wachsen kann?«

Gawain, der ihm gefolgt war, trat von der letzten Stufe, und eine Weile schlenderten die beiden aufs Geratewohl hin und her, wie Kameraden, die sich überlegen, wo sie ihr Zelt aufstellen sollen.

»Das hat mich auch immer gewundert, Herr Wistan«, sagte Gawain. »Denn auch als sie noch jünger war, blieb Querig immer dort oben. Ich denke nicht, dass sie diese Erde verbrannt hat. Vielleicht hat es hier ja schon immer so ausgesehen, schon als wir sie hierherbrachten und in ihr Versteck hinunterließen.« Gawain stampfte prüfend mit der Ferse auf die Erde. »Trotzdem ein guter Boden, Herr.«

»Allerdings.« Wistan, der Gawain den Rücken zukehrte, prüfte ebenfalls den Boden mit dem Fuß.

»Aber vielleicht recht schmal?«, bemerkte der Ritter. »Schau, wie jäh der Felshang abbricht. Ein Mann, der hier fällt, liegt auf freundlicher Erde, so viel ist sicher, auch wenn sein Blut geschwind durch dieses verbrannte Gras und über die Kante rinnt. Ich kann natürlich nicht für dich sprechen, Herr, aber mir wäre es, weiß Gott, nicht recht, wenn meine Eingeweide über die Felswand rinnen wie im Flug fallen gelassener Möwenkot!«

Sie lachten beide, dann sagte Wistan:

»Grundlose Sorge, Herr. Schau, kurz vor der Felskante steigt der Boden leicht an. Und die andere Kante gegenüber ist zu weit weg – und dazwischen jede Menge durstiger Boden.«

»Richtig beobachtet. Also gut, dann ist es kein schlechter Ort!« Herr Gawain blickte zu Axl und Beatrice hinauf, die oben auf dem Felsvorsprung standen und der Drachengrube den Rücken zugekehrt hatten. »Herr Axl«, rief er munter hinauf, »du warst doch immer ein Anhänger der Diplomatie. Möchtest du jetzt deine vorzügliche Beredsamkeit nutzen, damit wir diesen Ort als Freunde verlassen?«

»Tut mir leid, Herr Gawain. Du hast uns große Freundlichkeit erwiesen, und wir danken dir dafür. Aber wir sind jetzt hier, um Querigs Ende zu erleben, und wenn du sie verteidigst, dann können wir uns nicht für dich verwenden, weder ich noch meine Frau. In dieser Angelegenheit stehen wir auf Herrn Wistans Seite.«

»Das sehe ich, Herr. Aber dann lass mich dich wenigstens um eines bitten. Ich fürchte diesen Herrn hier nicht. Aber sollte dennoch ich derjenige sein, der bei unserem Zweikampf fällt, wirst du dann meinen guten Horaz den Berg hinabführen? Er wird gern ein gutes britannisches Paar auf dem Rücken tragen. Du wirst vielleicht den Eindruck haben, dass er protestiert, aber ihr werdet ihm schon nicht zu schwer sein. Bringt meinen lieben Horaz weit fort von hier, und wenn ihr keine Verwendung mehr für ihn habt, sucht ihm eine schöne grüne Wiese, wo er nach Herzenslust essen und alter Zeiten gedenken kann. Tut ihr das für mich, Freunde?«

»Sehr gern, Herr, zumal dein Pferd auch unsere Rettung sein wird, denn es ist ein harter Weg bergab.«

»Was das betrifft, Herr.« Gawain stand jetzt am Fuß des Hügels, direkt unter Axl. »Ich habe euch ja schon früher dringend geraten, den Fluss zu nutzen, und rate es euch wieder. Lasst euch von Horaz bergab tragen, und wenn ihr am Fluss seid, sucht euch ein Boot, das euch ostwärts bringt. Im Sattel findet ihr Zinn und Münzen, mit denen ihr die Überfahrt bezahlen könnt.«

»Wir danken dir, Herr. Deine Großmut geht uns sehr zu Herzen.«

»Aber Herr Gawain«, sagte Beatrice. »Wenn dein Pferd uns beide trägt, wie willst dann du, wenn du gefallen bist, vom Berg hinuntergebracht werden? Bei all deiner Güte vergisst du deinen eigenen Leichnam! Und es täte uns leid, dich an einem so einsamen Fleck wie diesem zu begraben.«

Für einen Moment war die Miene des alten Ritters ernst, beinahe sorgenvoll. Dann faltete sich sein Gesicht zu einem Lächeln, und er sagte: »Nun, Herrin, lasst uns keine Bestattung planen, solange ich noch damit rechne, den Sieg davonzutragen! In jedem Fall ist dieser Berg für mich nicht einsamer als jeder andere Ort, und ohnehin hätte ich Sorge, was mein Geist in den Niederungen zu sehen bekäme, sollte dieser Zweikampf anders ausgehen. Also lass uns nicht länger von Leichnamen reden, gnädige Frau! Herr Wistan, hast du diese Freunde um etwas zu bitten, sollte das Glück dir nicht hold sein?«

»Wie du, Herr, ziehe ich es vor, nicht an Niederlage zu denken. Doch nur ein völliger Narr wird dich für etwas Geringeres halten als einen Respekt einflößenden Gegner, trotz deiner Jahre. Daher will auch ich dieses gute Paar mit einer Bitte belasten. Wenn ich nicht mehr bin, seid bitte so freundlich und sorgt dafür, dass der junge Herr Edwin in ein ihm wohlgesinntes Dorf kommt, und lasst ihn wissen, dass ich ihn für den Würdigsten unter allen meinen Lehrjungen gehalten habe.«

»Das tun wir, Herr«, sagte Axl. »Wir suchen das Beste für ihn, obwohl die Wunde, die er trägt, seine Zukunft überschattet.«

»Das ist gut gesagt. Was mich gemahnt, dass ich mich noch mehr anstrengen muss, um dieses Zusammentreffen zu überleben. So, Herr Gawain, wollen wir beginnen?«

»Noch eine weitere Bitte«, sagte der alte Ritter, »und die richtet sich an dich, Herr Wistan. Ich schneide das Thema mit einer gewissen Verlegenheit an, denn es berührt das, worüber wir eben noch mit Lust sprachen. Ich meine, Herr, die Frage des Schwertziehens. In meinem hohen Alter stelle ich fest, dass es lächerlich lange dauert, diese alte Waffe aus ihrer Scheide zu holen. Wenn du und ich einander gegenüberstehen und unsere Schwerter nicht gezogen sind, so fürchte ich, dass ich dich nur geringfügig unterhalte – ich weiß ja um deine Schnelligkeit beim Ziehen. Jawohl, Herr, womöglich humple ich noch herum, murmle kleine Flüche und zerre erst mit der einen, dann mit der anderen Hand an diesem Eisen, während du einen kleinen Spaziergang machst und dich fragst, ob du mir unterdessen lieber den Kopf abschlagen oder eine Ode singen sollst! Wenn wir indessen vereinbaren, dass jeder sein Schwert so schnell oder langsam zieht, wie er eben kann … Nun, Herr, dies ist mir außerordentlich peinlich!«

»Kein weiteres Wort darüber, Herr Gawain. Niemals denke ich gut von einem Krieger, der auf die schnell gezogene Klinge setzt, um sich einen Vorteil gegenüber dem Gegner zu verschaffen. Lass uns also mit gezogenen Schwertern aufeinander zugehen, wie du es vorschlägst.«

»Ich danke dir, Herr. Und im Gegenzug gelobe ich, da ich deinen Arm verbunden sehe, keinen Vorteil aus diesem Umstand zu ziehen.«

»Ich bin dir dankbar, Herr, obwohl diese Verletzung eine geringfügige ist.«

»Also gut, Herr. Mit deiner Erlaubnis.«

Der alte Ritter zog sein Schwert – es schien in der Tat eine Weile zu dauern – und stieß die Spitze in den Boden, wie zuvor neben dem Steinmal des Riesen. Doch statt sich darauf zu stützen, stand er nur da und betrachtete seine Waffe von oben bis unten, mit einer Mischung aus Müdigkeit und Zuneigung. Dann ergriff er das Schwert mit beiden Händen und hob es hoch – und Gawains ganze Erscheinung bekam auf der Stelle etwas unverkennbar Erhabenes.

»Ich wende mich jetzt ab, Axl«, sagte unterdessen Beatrice. »Gib mir Bescheid, wenn es vorbei ist. Möge es nicht lang dauern und nicht unsauber vonstattengehen.«

Erst hielten beide das Schwert zu Boden gerichtet, um ihre Arme nicht vorzeitig zu erschöpfen. Von seinem Standort aus konnte Axl beider Positionen genau sehen: Höchstens fünf Schritte entfernt, stand Wistan seinem Gegner schräg links gegenüber. Diese Positionen behielten sie eine Zeit lang bei, dann bewegte sich Wistan drei langsame Schritte nach rechts, sodass seine auswärts gewandte Schulter allem Anschein nach nicht länger durch sein Schwert geschützt war. Gawain aber hätte, um diesen Umstand zu nutzen, die Lücke sehr rasch schließen müssen, und Axl war kaum überrascht, als sich der Ritter mit einem vorwurfsvollen Blick auf den Krieger seinerseits bedächtig nach rechts bewegte. Wistan veränderte jetzt den Griff beider Hände, und Axl konnte nicht sicher sein, ob Gawain dies bemerkt hatte – womöglich verstellte ihm Wistans Körper die Sicht. Jetzt aber änderte auch Gawain seinen Griff und verlagerte das Gewicht des Schwerts vom rechten auf den linken Arm. Beide Männer erstarrten in ihrer neuen Position, und ein ahnungsloser Zuschauer mochte den Eindruck haben, ihre Haltung zueinander habe sich nicht verändert. Axl hingegen ahnte, dass diese neuen Positionen eine andere Bedeutung hatten. Er hatte schon lang keine Gelegenheit mehr gehabt, einen Zweikampf bis ins Detail zu beobachten, und ihm blieb das frustrierende Gefühl, dass er nicht die Hälfte dessen mitbekam, was sich vor seinen Augen abspielte. Eines allerdings wusste er: dass die Konfrontation einen kritischen Punkt erreicht hatte; dass die gegenwärtige Position nicht lange aufrechtzuerhalten war, ohne dass der eine oder andere Gegner gezwungen wäre, eine Entscheidung zu treffen.

Dennoch überrumpelte ihn die Plötzlichkeit, mit der Gawain und Wistan aufeinandertrafen. Es war, als reagierten sie auf ein Signal: Der Abstand zwischen ihnen löste sich jäh auf, sie prallten zusammen und verhakten sich ineinander. Es geschah so schnell, dass Axl den Eindruck hatte, die Männer hätten ihre Schwerter von sich geworfen und hielten einander in einer komplizierten Umklammerung umfangen. Dabei rotierten sie ein wenig, wie Tänzer, und erst jetzt sah Axl, dass die beiden Klingen, vielleicht wegen des gewaltigen Aufpralls, mit dem sich ihr Zusammentreffen vollzogen hatte, gleichsam zu einer verschmolzen waren. Beide waren wie beschämt von der Wende, die ihr Kampf genommen hatte, und bemühten sich nach Kräften, die Waffen voneinander zu lösen. Das war aber nicht einfach, wie man an den vor Anstrengung verzerrten Gesichtszügen des alten Ritters ablesen konnte. Wistans Gesicht war eine Zeit lang nicht zu sehen, doch auch ihm bebten und zuckten Nacken und Schultern, während er sich bemühte, sich aus dem Verhängnis wieder zu befreien. Vergeblich: Die beiden Schwerter schienen von Augenblick zu Augenblick unzertrennlicher zu werden, und gewiss blieb nichts anderes übrig, als die Waffen fallen zu lassen und den Zweikampf neu zu beginnen. Dennoch schien keiner zum Aufgeben bereit, obwohl die Anstrengung ihre gesamte Kraft zu kosten schien. Auf einmal aber gab etwas nach, die Klingen lösten sich voneinander, so jäh, wie sie sich zuvor verhakt hatten. Dabei flog etwas Dunkles aus ihrer Mitte – ob es wohl das war, dessentwegen die Schwerter sich überhaupt verklemmt hatten? – hoch in die Luft, und Gawain drehte sich mit einem Ausdruck der Verwunderung und Erleichterung halb um die eigene Achse. Dann sank er auf ein Knie. Wistan wiederum, vom Schwung mitgerissen, vollführte eine nahezu vollständige Kreisbewegung, und als er zum Stillstand kam, zeigte sein jetzt befreites Schwert zu den Wolken jenseits der Felswand; dem Ritter kehrte er den Rücken.

»Gott schütze ihn«, sagte Beatrice neben ihm, und Axl begriff, dass sie die ganze Zeit zugesehen hatte. Als er wieder hinabspähte, kniete Gawain beidbeinig auf dem Boden, und gleich darauf sank die hohe Gestalt des Ritters langsam, mit einer Drehbewegung ins schwarze Gras. Dort wälzte er sich noch eine Weile, wie ein Schlafender, der sich eine bequemere Position sucht, und als sein Gesicht dem Himmel zugewandt war, schien er zufrieden, obwohl seine Beine unordentlich unter ihm gefaltet waren. Als Wistan mit besorgtem Schritt auf ihn zukam, schien der alte Ritter etwas zu sagen, doch die Entfernung war zu groß, als dass Axl etwas hätte hören können. Der Krieger stand eine Weile über seinem Gegner, das Schwert vergessen an seiner Seite, und Axl sah, wie dunkle Tropfen von der Spitze der Klinge auf den Boden fielen.

Beatrice drückte sich gegen ihn. »Er war der Verteidiger der Drachin«, sagte sie, »und doch war er stets freundlich zu uns. Wer weiß, wo wir jetzt ohne ihn wären, Axl, es tut mir sehr leid, dass er gefallen ist.«

Axl zog Beatrice kurz an sich. Dann ließ er sie los und stieg ein Stück ab, bis er einen besseren Blick auf Gawain hatte. Wistan hatte recht gehabt: Das Blut floss nur bis dorthin, wo das Gelände zur Kante hin leicht anstieg, fast wie eine Lippe; dort sammelte es sich, und es bestand keine Gefahr, dass es über die Kante und die Felswand hinablaufen könnte. Bei dem Anblick ergriff ihn Melancholie; aber auch das Gefühl – vielmehr eine ferne, unbestimmte Empfindung –, dass irgendein gewaltiger Zorn, den er in sich getragen hatte, zu guter Letzt erhört worden war.

»Bravo, Herr«, rief Axl hinunter. »Nun steht nichts mehr zwischen dir und der Drachin.«

Wistan, der die ganze Zeit unverwandt auf den gefallenen Ritter gestarrt hatte, kam nun langsam, fast benommen zum Fuß des Hügels, und als er den Kopf hob, schien er wie im Traum.

»Vor langer Zeit habe ich gelernt«, sagte er, »während des Kampfes den Tod nicht zu fürchten. Doch meinte ich jetzt seinen leisen Schritt hinter mir zu hören, als ich mit diesem Ritter rang. Er war nahe daran, mich zu überwältigen, und darin war er der Erste in vielen Jahren.«

In diesem Moment schien der Krieger zu bemerken, dass er noch sein Schwert hielt, und machte Anstalten, die Spitze der Klinge in die weiche Erde am Fuß des Hügels zu stoßen. Doch im letzten Moment, als die Klinge schon dicht über dem Boden schwebte, hielt er inne und richtete sich auf. »Warum das Schwert jetzt schon säubern? Warum nicht das Blut dieses Ritters mit dem der Drachin sich vermischen lassen?«

Mit leicht schwankendem Gang, wie ein Betrunkener, kam er den Hügel herauf. Er eilte an Axl und Beatrice vorbei, beugte sich über einen Felsblock und blickte in die Grube hinunter, und seine Schultern bewegten sich mit jedem Atemzug.

»Herr Wistan«, sagte Beatrice leise. »Wir können es kaum erwarten, dich Querig erschlagen zu sehen. Aber wirst du den armen Ritter danach begraben? Mein Mann ist erschöpft und muss seine Kraft für die weitere Reise aufsparen.«

»Er war ein Verwandter des verhassten Artus«, sagte Wistan, sich umdrehend. »Dennoch überlasse ich ihn nicht den Krähen. Sei versichert, Herrin, ich sorge für ihn, vielleicht lege ich ihn sogar in diese Grube hier, neben das Wesen, dessen Beschützer er so lange war.«

»Dann mach schnell, Herr«, sagte Beatrice, »und bring die Sache zu Ende. Sie ist zwar alt und schwach, doch wohl wird uns erst sein, wenn wir wissen, dass sie tot ist.«

Wistan schien sie nicht zu hören; mit entrücktem Ausdruck starrte er Axl an.

»Geht es dir gut, Herr?«, fragte der schließlich.

»Herr Axl«, sagte der Krieger. »Wir begegnen uns wahrscheinlich nicht wieder. Lass mich dich daher ein letztes Mal fragen: Kann es sein, dass du der freundliche Britannier aus meiner Kindheit bist, der einst wie ein weiser Fürst durch unser Dorf schritt und die Männer sich ausmalen ließ, wie Unschuldige von den Kriegsgräueln fernzuhalten seien? Wenn du eine Erinnerung daran hast, so bitte ich dich: Vertrau dich mir an, ehe unsere Wege sich trennen.«

»Falls ich tatsächlich jener Mann war, Herr, so sehe ich ihn heute nur noch durch den Dunstschleier des Drachenatems, und er kommt mir vor wie ein Narr und Träumer, wenn auch einer, der es gut gemeint hat und darunter litt, dass so viele feierliche Gelübde in grausamem Gemetzel gebrochen wurden. Es gab auch andere, die den Vertrag in den sächsischen Dörfern bekannt machten, aber wenn mein Gesicht dir bekannt vorkommt, warum sollten wir dann annehmen, dass es ein anderer war?«

»Ich dachte es mir, als wir uns zum ersten Mal begegnet sind, Herr, aber sicher konnte ich nicht sein. Ich danke dir für deine Offenheit.«

»Dann sprich auch du offen mit mir, denn dies ist etwas, das mich umtreibt, seitdem wir uns gestern trafen – in Wahrheit vielleicht sogar viel länger. Dieser Mann, an den du dich erinnerst, Herr Wistan. Ist er einer, an dem du Rache zu nehmen wünschst?«

»Was sagst du da, Mann?« Beatrice trat vor und stellte sich zwischen Axl und den Krieger. »Welcher Zwist kann zwischen dir und diesem Krieger sein? Wenn Zwietracht zwischen euch ist, muss er zuerst mich erschlagen.«

»Herr Wistan spricht von einer Haut, die ich abgestreift habe, ehe wir beide, Prinzessin, uns zum ersten Mal sahen. Eine, die ich längst auf einem vergessenen Pfad zerfallen wähnte.« Und zu Wistan sagte er: »Was meinst du, Herr? Von deinem Schwert tropft es noch. Wenn es Rache ist, wonach du strebst, so kannst du sie leicht bekommen, obwohl ich dich bitte, meine liebe Frau zu schützen, die um mich zittert.«

»Dieser Mann war einer, den ich einst aus der Ferne verehrte, und es stimmt, dass ich ihn später viele Male grausam bestraft wünschte für seinen Anteil am Verrat. Heute sehe ich, dass er wohl ohne Arglist handelte und tatsächlich das Beste für seine und unsere Leute gleichermaßen wünschte. Träfe ich ihn wieder, Herr, so bäte ich ihn, in Frieden hinzugehen, obwohl ich weiß, dass der Frieden jetzt nicht mehr lang halten kann. Aber entschuldigt mich, Freunde; lasst mich hinuntersteigen und meinen Auftrag beenden.«

Unten in der Grube hatten sich weder Haltung noch Lage der Drachin verändert: Falls ihre Sinne sie vor Fremden in der

Nähe warnten – speziell vor einem, der jetzt die steile Flanke der Grube hinabstieg –, so ließ sich Querig nichts davon anmerken. Oder war das Heben und Senken ihres Rückgrats ein wenig deutlicher geworden? Und öffnete und schloss sich das Augenlid womöglich mit größerer Dringlichkeit? Axl hätte es nicht sagen können. Doch während er auf das Wesen hinabblickte, kam ihm der Gedanke, dass ihr der Weißdornbusch – außer ihr das einzig Lebendige dort unten – wohl viel Trost und Behagen spendete und dass sie auch jetzt im Geist bei ihm Zuflucht nahm. Er fand seinen Gedanken völlig überspannt, noch während er ihm in den Sinn kam, doch je länger er sie beobachtete, desto glaubwürdiger erschien er ihm. Denn wie kam es, dass in einer Ödnis wie dieser ein einsamer Busch wuchs? Konnte es nicht sein, dass Merlin selbst ihn hier hatte wachsen lassen, damit die Drachin einen Gefährten hatte?

Wistan stieg weiter abwärts, das Schwert blank in der Hand. Stets behielt er die Drachin im Blick, fast als rechnete er damit, dass sie unversehens aufstand und sich in einen furchterregenden Dämon verwandelte. Einmal rutschte er aus und musste sein Schwert in den Boden rammen, um zu verhindern, dass er rücklings bergab rutschte. Ins Rutschen gerieten dabei aber Schotter und größere Steine; sie polterten geräuschvoll abwärts, doch noch immer kam von Querig keine Reaktion.

Schließlich war Wistan wohlbehalten unten angelangt. Er wischte sich über die Stirn und ging, nach einem Blick hinauf zu Axl und Beatrice, auf den Drachen zu. In mehreren Schritten Entfernung blieb er stehen. Er hob sein Schwert und musterte die Klinge, sichtlich bestürzt, dass sie blutgestriemt war. Eine ganze Weile stand er so da und war so reglos, dass Axl sich schon fragte, ob der Krieger in der seltsamen Stimmung, die ihn seit seinem Sieg beherrschte, kurzzeitig vergessen hatte, warum er in dieser Senke stand.

Doch mit ähnlicher Plötzlichkeit wie zuvor, während seines Zweikampfs mit dem alten Ritter, setzte sich Wistan in Bewegung. Er rannte nicht, sondern ging stramm, stieg, ohne langsamer zu werden, über den Drachenkörper hinweg und marschierte weiter, als sei er bestrebt, möglichst rasch zum anderen Rand der Grube zu gelangen. Sein Schwert aber machte flink einen flachen Bogen durch die Luft, und Axl sah den Kopf des Drachens emporfliegen, sich drehen und nach der Landung ein Stück weiterrollen, bis er zwischen den Steinen zum Liegen kam. Dort blieb er allerdings nicht lange, denn bald erfasste ihn der gewaltige Strom, der sich erst vor ihm teilte, dann den Kopf mitriss und über den Boden der Senke gleiten ließ, bis der Weißdorn ihn aufhielt. Dort verklemmte er sich, die Kehle dem Himmel zugewandt. Bei dem Anblick fiel Axl der Kopf des monströsen Hundes ein, den Gawain in dem unterirdischen Tunnel abgetrennt hatte, und wieder drohte ihn eine tiefe Melancholie zu erfassen. Er zwang sich, den Blick von dem Drachen abzuwenden und stattdessen Wistan zu beobachten, der wie zuvor rasch ausschritt. Jetzt machte er kehrt; wich dem sich weitenden Tümpel aus und begann, noch immer mit blankem Schwert, aus der Senke zu klettern.

»Es ist getan, Axl«, sagte Beatrice.

»Ja, Prinzessin. Aber da ist noch eine Frage, die ich dem Krieger stellen will.«

★ ★ ★

Wistan brauchte überraschend lange, um aus der Grube zu klettern. Als er endlich wieder vor ihnen stand, wirkte er niedergeschmettert, nicht im Geringsten triumphierend. Ohne ein Wort setzte er sich auf den geschwärzten Boden direkt am Rand der Grube und stieß endlich sein Schwert in den Boden. Dann richtete sich sein leerer Blick in die Wolken und auf die fernen bleichen Hügel, in die Grube zu sehen, vermied er.

Nach einer Weile ging Beatrice zu ihm und berührte ihn vorsichtig am Arm. »Wir danken dir für diese Tat, Herr Wistan«, sagte sie. »Und es wird noch sehr viel mehr Menschen in diesem Land geben, die dir, wären sie hier, danken würden. Warum bist du so verzagt?«

»Verzagt? Nein, nein, ich bin bald wieder bei Stimmung, Herrin. Nur gerade in diesem Moment ...« Wistan wandte sich ab und blickte wieder in die Wolken. Dann sagte er: »Vielleicht habe ich zu lange unter euch Britanniern gelebt. Habe die Feiglinge unter euch verachtet, die Besten von euch bewundert und geliebt, und das alles von früher Kindheit an. Und jetzt sitze ich hier und zittere nicht nur vor Erschöpfung, sondern auch beim Gedanken an das, was ich mit eigenen Händen vollbracht habe. Ich muss bald mein Herz stählen für das, was kommen mag, sonst bin ich meinem König ein matter Krieger.«

»Wovon sprichst du, Herr?«, fragte Beatrice. »Welche Aufgabe erwartet dich denn jetzt noch?«

»Gerechtigkeit und Rache, Herrin. Und sie nähern sich nun eilenden Schrittes, denn beide wurden sehr lang aufgehalten. Und jetzt, da die Stunde fast gekommen ist, zittert mein Herz, als gehörte es einer jungen Maid. Es kann nur daran liegen, dass ich zu lang unter euch gelebt habe.«

»Deine Bemerkung vorhin«, sagte Axl, »ist mir nicht entgangen. Du sagtest, du wünschtest, ich ginge in Frieden hin, der Frieden aber könne jetzt nicht mehr lang halten. Als du in diese Grube hinuntergestiegen bist, habe ich mich gefragt, was du damit wohl meinst – wirst du es uns jetzt erklären?«

»Ich sehe, dass du allmählich verstehst, Herr Axl. Der Grund, weshalb mein König mich aussandte, den Drachen zu töten, war nicht allein der, den einst erschlagenen Angehörigen unserer Sippe ein Denkmal zu errichten. Du beginnst zu erkennen, Herr, dass diese Drachin starb, um den Weg für die bevorstehende Eroberung freizumachen.«

»Die Eroberung, Herr?« Axl trat einen Schritt näher. »Wie kann das sein, Herr Wistan? Haben eure Vettern von jenseits des Meeres eure sächsischen Heere derart anschwellen lassen? Oder sind eure Krieger so grimmig, dass ihr in gut befriedeten Landen von Eroberung redet?«

»Es ist wahr, dass unsere Heere noch mager sind, was die Zahl der Krieger betrifft, selbst im Marschland. Aber schau über das ganze Land hin. In jedem Tal, an jedem Fluss findest du sächsische Gemeinden, und in jeder leben starke Männer und heranwachsende Knaben. Sie werden unsere Reihen verstärken, wenn wir nach Westen ziehen.«

»Du sprichst aus der Erschütterung nach dem Sieg heraus, Herr Wistan«, sagte Beatrice. »Wie kann das sein? Du siehst doch selbst, dass sich deine und meine Sippe in dieser Gegend hier überall mischen, in jedem einzelnen Dorf. Wer von ihnen wäre imstande, sich gegen seine Nachbarn zu erheben, die er von Kindheit an geliebt hat?«

»Sieh deinem Mann ins Gesicht, Herrin. Er beginnt zu ahnen, warum ich hier sitze wie vor einem Licht, das zu grell für meine Augen ist.«

»Ganz recht, Prinzessin, die Worte des Kriegers machen mich zittern. Wir beide, du und ich, sehnten Querigs Ende herbei, weil wir nur an unsere kostbaren privaten Erinnerungen dachten. Wer weiß, welcher uralte Hass jetzt überall im Land auflodern wird? Wir müssen hoffen, dass Gott einen Weg findet, die Bande zwischen unseren Völkern zu erhalten – dabei haben uns Sitten und Misstrauen schon immer entzweit. Wer weiß, was geschieht, wenn schnellzüngige Männer alten Groll mit neuer Gier nach Land und Eroberung vereinen?«

»Deine Befürchtung ist sehr richtig, Herr«, sagte Wistan. »Der Riese, einst tief und gut begraben, beginnt sich zu rühren. Wenn er sich erhebt, was nicht lang auf sich warten lassen wird, so werden sich die freundschaftlichen Bande zwischen uns als so fest erweisen wie die Knoten, die junge Mädchen aus Blumenstielen knüpfen. Männer werden nachts die Häuser ihrer Nachbarn in Brand stecken. Im Morgengrauen Kinder an Bäumen aufknüpfen. Die Flüsse werden nach Leichen stinken, die tagelang gedunsen dahintreiben. Und noch während unsere Heere durchs Land ziehen, werden sie wachsen und anschwellen von ihrem Zorn und ihrem Durst nach Rache. Für euch Britannier wird es sein, als rollte ein Feuerball auf euch zu. Ihr werdet fliehen oder umkommen. Und ein Landstrich nach dem anderen wird neu werden, ein sächsisches Land, und von der Zeit, die euer Volk hier war, bleibt nicht mehr als ein paar Schafherden, die herrenlos durch die Berge streunen.«

»Kann das denn stimmen, Axl? Er spricht doch im Fieber?«

»Er mag sich irren, Prinzessin, doch im Fieber spricht er gewiss nicht. Die Drachin ist nicht mehr, und mit ihr verblasst auch Artus' Schatten.« Und zu Wistan sagte er: »Ein Trost ist mir immerhin, Herr, dass du an den Gräueln, die du ausmalst, selbst sichtlich kein Vergnügen hast.«

»Ich hätte meine Freude, wenn ich könnte, Herr Axl, denn es wäre verdiente Rache. Doch haben mich die Jahre mit euch verweichlicht, und ich mag mich noch so sehr bemühen – ein Teil von mir wendet sich ab von dem flammenden Hass. Es ist eine Schwäche, deren ich mich schäme, doch wird meinen Platz bald einer einnehmen, den ich selbst ausbilden werde; einer, dessen Wille weitaus klarer ist als meiner.«

»Du sprichst vom jungen Herrn Edwin, Herr?«

»Ja. Und ich wage zu sagen, dass er sich, nachdem die Drachin erschlagen und ihre Sogwirkung auf ihn erloschen ist, bald beruhigen wird. Dieser Junge hat einen echten Kriegergeist, wie er kaum einem gegeben ist. Das Übrige wird er rasch lernen, und ich werde seinem Herzen so hart zusetzen, dass sich keine zärtlichen Gefühle mehr hineinschleichen, wie es bei mir der Fall war. Er wird bei der Arbeit, die uns bevorsteht, keine Weichherzigkeit zeigen.«

»Herr Wistan«, sagte Beatrice, »ich weiß noch immer nicht, ob du vielleicht nur in einem Anfall von Fieber so sprichst. Doch sind mein Mann und ich zunehmend entkräftet; wir müssen von diesem Berg absteigen und uns ein Obdach suchen. Denkst du an dein Versprechen, den freundlichen Ritter gut zu begraben?«

»Ich verspreche es, Herrin, obwohl ich fürchte, dass ihn jetzt schon die Vögel finden. Gute Freunde, vorgewarnt, wie ihr seid: Ihr habt Zeit genug, um zu fliehen. Nehmt das Pferd des Ritters und reitet rasch fort von hier. Sucht das Dorf eures Sohnes auf, wenn ihr müsst, doch verweilt dort nicht länger als ein, zwei Tage, denn wer weiß, wie schnell die Flammen vor unseren heranrückenden Heeren entfacht sein werden. Will euer Sohn eure Warnung nicht hören, so lasst ihn und flieht so weit nach Westen, wie ihr könnt. Vielleicht entrinnt ihr dem Gemetzel. Geht jetzt und sucht das Pferd des Ritters. Und solltet ihr Herrn Edwin viel ruhiger finden, sollte ihm sein merkwürdiges Fieber vergangen sein, so befreit ihn von seinen Fesseln und schickt ihn zu mir herauf. Eine grimmige Zukunft liegt jetzt vor ihm, und ich will, dass er den Ort hier sieht, den gefallenen Ritter und die vernichtete Drachin, ehe die nächsten Schritte folgen. Außerdem weiß ich noch, wie gut er mit einem oder zwei Steinen ein Grab aushebt! Nun eilt rasch fort, gute Freunde, und lebt wohl!«

16. KAPITEL

Schon eine ganze Weile hatte die Ziege dicht neben Edwins Kopf das Gras niedergetreten. Warum musste ihm das Tier so nah kommen? Auch wenn sie am selben Pflock festgebunden waren, gab es doch genug Platz für sie beide!

Er wäre aufgestanden und hätte die Ziege verjagt, doch er konnte nicht, er war zu müde. Die Erschöpfung hatte ihn derart heftig übermannt, dass sie ihn buchstäblich gefällt hatte; jetzt lag er bäuchlings im Gras und drückte die Wange in den stoppeligen Boden. Er wäre beinahe eingenickt, doch auf einmal hatte ihn die Überzeugung aufgeschreckt, dass seine Mutter verloren war, und er war vom Rand des Schlafs zurückgekehrt. Hatte sich aber weder bewegt noch die Augen geöffnet, nur laut in den Boden gesprochen: »Mutter. Wir sind unterwegs. Es dauert nur noch ein bisschen.«

Eine Antwort kam nicht, und er spürte, wie sich eine große Leere in ihm ausbreitete. Seither trieb er zwischen Schlafen und Wachen dahin, hatte mehrmals nach ihr gerufen, doch keine Antwort erhalten. Und jetzt rupfte die Ziege direkt neben seinem Ohr das Gras.

»Verzeih mir, Mutter«, sagte er leise in die Erde. »Ich bin gefesselt. Ich konnte mich nicht befreien.«

Über ihm waren Stimmen. Erst jetzt fiel ihm auf, dass die Schritte in der Nähe nicht von der Ziege stammten. Jemand band seine Hände los, und das Seil wurde unter ihm herausgezogen. Eine behutsame Hand hob seinen Kopf an, und als er die Augen aufschlug, sah er Frau Beatrice, die auf ihn hinabblickte. Er begriff, dass er nicht mehr gefesselt war, und stand langsam auf.

Das eine Knie schmerzte stark, doch der Windstoß, der ihn anfuhr, konnte ihn nicht aus dem Gleichgewicht bringen. Er sah sich um: Da waren der graue Himmel, das ansteigende Gelände, die Felsen auf dem Kamm des nächsten Hügels. Eben noch hatten ihm diese Felsen alles bedeutet, doch jetzt war sie verloren, seine Mutter war verloren, und daran war kein Zweifel. Etwas, das der Krieger gesagt hatte, fiel ihm wieder ein: Sollte es zur Rettung zu spät sein, so sei immer noch genug Zeit für Rache. In diesem Fall würden jene, die seine Mutter geraubt hatten, entsetzlich dafür büßen.

Von Wistan keine Spur. Nur die zwei Alten waren hier, und doch fühlte sich Edwin von ihrer Anwesenheit seltsam getröstet. Sie standen vor ihm, musterten ihn besorgt, und beim Anblick der freundlichen Frau Beatrice war er auf einmal den Tränen nah. Doch er begriff, dass sie ihm etwas mitteilte – dass sie ihm etwas über Wistan sagte –, und er strengte sich sehr an, ihr zuzuhören.

Ihr Sächsisch war schwer zu verstehen, und zudem schien der Wind ihre Worte davonzutragen. Am Ende fiel er ihr ungeduldig ins Wort: »Ist Herr Wistan gefallen?«

Sie gab keine Antwort, sah ihn nur stumm an. Erst als er die Frage wiederholte, so laut, dass er den Wind überschrie, schüttelte Frau Beatrice nachdrücklich den Kopf und sagte:

»Hörst du nicht, junger Herr Edwin? Ich sage doch, Herr Wistan ist gesund und munter, und er erwartet dich am Ende dieses Wegs dort. Dort musst du hinauf.«

Eine Welle der Erleichterung erfasste ihn, und er rannte sofort los, doch sehr schnell überkam ihn ein Schwindel, der ihn zwang, stehen zu bleiben, noch bevor er den Weg erreicht hatte. Als er sein Gleichgewicht wiederhatte, blickte er zurück und sah, dass die zwei Alten ein paar Schritte in seine Richtung gegangen waren. Edwin sah jetzt, wie gebrechlich sie waren. Da standen sie Seite an Seite im Wind, aneinandergelehnt, und kamen ihm viel älter vor, als er sie bei ihrem ersten Zusammentreffen geschätzt hatte. Ob sie wohl noch genug Kraft für den Abstieg hatten? Sie sahen ihn mit sonderbarer Miene an, sogar die Ziege hinter ihnen hielt in ihrem rastlosen Tun inne und starrte zu ihm her. Ein verrückter Gedanke schoss ihm durch den Kopf, nämlich dass er von oben bis unten blutüberströmt sei und dass er deshalb derart befremdet angestarrt werde. Doch als er an sich hinabblickte, sah er zwar Flecken von Erde und Gras, doch sonst war nichts Ungewöhnliches festzustellen.

Auf einmal rief ihm der alte Mann etwas zu. Es war in der Sprache der Britannier, und Edwin verstand ihn nicht. War es eine Warnung? Eine Aufforderung? Dann tönte die Stimme von Frau Beatrice durch das Heulen des Windes.

»Junger Herr Edwin! Wir haben eine Bitte an dich. Denk an uns in der nächsten Zeit. Denk an uns und die Freundschaft zwischen uns, als du noch ein Junge warst.«

Bei diesen Worten fiel ihm noch etwas anderes ein, ein Versprechen, das er dem Krieger gegeben hatte: dass er sich stets auf die Pflicht besinnen werde, alle Britannier zu hassen. Dieses freundliche Paar hatte Wistan sicher nicht gemeint, oder? Jetzt hob Herr Axl eine unsichere Hand. War es ein Abschiedsgruß? Wollte er ihn aufhalten?

Edwin wandte sich ab, und diesmal ließ ihn sein Körper nicht im Stich, als er loslief, obwohl ihn der Wind wild von

der Seite anfuhr. Seine Mutter war fort, verloren, wahrscheinlich für immer, Rettung gab es nicht; der Krieger aber war
unversehrt und erwartete ihn. Er rannte weiter, auch als der
Pfad steiler wurde und der Schmerz im Knie schlimmer.

17. KAPITEL

Ich hatte unter den Kiefern Zuflucht gefunden und sah sie durch Regen und Unwetter heranreiten. Kein Wetter für ein so betagtes Paar und ein nicht minder erschöpftes Pferd mit durchhängendem Rücken. Fürchtet der alte Mann, dem Tier könnte das Herz stehen bleiben, wenn er es noch einen einzigen Schritt tun lässt? Denn warum sonst lässt er es mitten im Morast anhalten, wenn es zum nächsten Baum nur noch zwanzig Schritte wären? Da steht das Pferd geduldig im ärgsten Wolkenbruch, während der Mann seine Frau herunterhebt. Könnten sie sich noch langsamer bewegen, wären sie Gestalten in einem Gemälde. »Kommt, Freunde«, rufe ich ihnen zu. »Rasch, stellt euch nur unter.«

Sie hören mich nicht. Vielleicht liegt es am Rauschen des Regens, oder das Alter verschließt ihnen die Ohren. Ich rufe noch einmal, und jetzt hebt der alte Mann den Kopf und entdeckt mich. Endlich gleitet sie vom Pferd herab in seine Arme, und obwohl sie dünn wie ein Spatz ist, sehe ich, dass er kaum die Kraft hat, sie zu halten. Also verlasse ich meinen Unterstand, und der alte Mann dreht sich beunruhigt um, als ich platschend durchs Gras auf ihn zukomme. Doch er nimmt meine Hilfe an – war er nicht nahe daran, zu Boden zu sinken, die Arme seiner guten Frau noch um den Hals? Ich nehme ihm seine Last ab und eile – denn mir ist sie gar keine

Last – unter die Bäume zurück. Hinter uns höre ich den alten Mann keuchend folgen. Vielleicht fürchtet er um seine Frau in den Armen eines Fremden. Also setze ich sie vorsichtig ab, um ihm zu zeigen, dass ich nichts Böses im Schilde führe. Ich setze sie so, dass sie den Kopf an die weiche Rinde lehnen kann und von oben gut geschützt ist, auch wenn immer noch hier und dort ein Tropfen fällt.

Der alte Mann kauert sich neben sie und murmelt ihr Aufmunterndes zu, und ich entferne mich ein paar Schritte, weil ich sie in ihrer Privatheit nicht stören will. Ich stehe an derselben Stelle wie zuvor, der Grenze zwischen Bäumen und freiem Gelände, und sehe den Regen über das Moorland fegen. Kann man mir vorwerfen, dass ich mich vor einem solchen Regen unterstelle? Die verlorene Zeit hole ich leicht wieder auf, und überhaupt habe ich mir angesichts der ununterbrochenen Plackerei, die mir in den nächsten Wochen bevorsteht, eine kleine Atempause verdient. Ich höre sie hinter mir reden, aber was soll ich tun? Mich in den Regen stellen, nur um ihr Gemurmel nicht zu hören?

»Aus dir spricht nur das Fieber, Prinzessin.«

»Nein, nein, Axl«, sagt sie nachdrücklich. »Da ist noch etwas, es fällt mir noch etwas wieder ein. Wie konnten wir das nur vergessen? Unser Sohn lebt auf einer Insel. Einer Insel, die von einer geschützten Bucht aus zu sehen ist; sicher ist sie nicht weit von hier.«

»Wie kann das sein, Prinzessin?«

»Hörst du's nicht, Axl? Ich höre es jetzt deutlich. Ist das nicht das Meer, ganz in der Nähe?«

»Nur der Regen, Prinzessin. Oder vielleicht ein Fluss.«

»Wir haben es vergessen, Axl, und daran war der Nebel schuld, aber der verzieht sich ja jetzt. Es ist eine Insel in der

Nähe, und dort wartet unser Sohn. Axl, hörst du nicht das Meer?«

»Das ist dein Fieber, Prinzessin. Wir finden bald eine Unterkunft, und dann geht's dir schnell wieder besser.«

»Frag doch diesen Fremden, Axl. Er kennt die Gegend hier besser als wir. Frag ihn, ob nicht in der Nähe eine Bucht ist.«

»Er ist einfach ein freundlicher Mann, der uns zu Hilfe gekommen ist, Prinzessin. Warum denkst du, er hätte ein besonderes Wissen um solche Dinge?«

»Frag ihn, Axl. Was kann es schaden?«

Soll ich schweigen? Was soll ich tun? Ich drehe mich um und sage: »Deine gute Frau hat recht, Herr.« Der alte Mann erschrickt, Furcht steht in seinen Augen. Ein Teil von mir will wieder schweigen; will sich abwenden und das alte Ross betrachten, das unerschütterlich im Regen steht. Doch jetzt habe ich schon den Mund aufgemacht und kann nicht länger schweigen. Ich deute hinter sie in die Ferne.

»Ein Pfad dort zwischen den Bäumen führt zu einer Bucht, die genauso aussieht, wie die Herrin sie beschrieben hat. Der Strand dort besteht größtenteils aus Kies, aber wenn Ebbe ist, wie es jetzt der Fall sein dürfte, geht der Kies in feinen Sand über. Und wie du sagst, gute Frau. Ein Stück weiter draußen im Meer ist eine Insel.«

Sie betrachten mich schweigend, sie mit einem Ausdruck müder Zufriedenheit, er mit wachsender Angst. Sagen sie dazu nichts? Erwarten sie, dass ich weiterspreche?

»Ich habe den Himmel beobachtet«, sage ich. »Der Regen hört bald auf, und der Abend wird gut. Wenn ihr zur Insel gerudert werden wollt, setze ich euch gern über.«

»Hab ich's dir nicht gesagt, Axl!«

»Dann bist du ein Fährmann, Herr?«, fragt der alte Mann

feierlich. »Und kann es sein, dass wir einander schon einmal begegnet sind?«

»Natürlich bin ich Fährmann«, antworte ich. »Sollten wir uns schon begegnet sein, so kann ich mich leider nicht entsinnen, denn ich musste schon sehr viele Menschen übersetzen und arbeite jeden Tag viele Stunden.«

Der alte Mann blickt furchtsamer denn je, er kauert neben seiner Frau und drückt sie fest an sich. Ich halte es für das Beste, das Thema zu wechseln, und sage:

»Dein Pferd steht immer noch im Regen. Dabei ist es nicht angebunden, und nichts hindert es daran, sich unter dem nächsten Baum unterzustellen.«

»Es ist ein altes Schlachtross, Herr.« Der alte Mann scheint erleichtert, dass wir nicht mehr von dieser Bucht reden, und sprudelt eifrig hervor: »Er wahrt seine eiserne Disziplin, obwohl sein Herr nicht mehr ist. Wir müssen ihn bald irgendwo unterbringen, wie wir es seinem guten Besitzer versprochen haben. Aber vorerst macht mir meine liebe Frau Sorgen. Weißt du nicht eine Unterkunft für uns, Herr, und ein Feuer, an dem sie sich wärmen kann?«

Ich kann nicht lügen, und ich habe meine Pflicht. »Zufällig«, antworte ich, »gibt es in ebenjener Bucht einen bescheidenen Unterstand. Ich habe ihn selber angelegt, ein schlichtes Dach aus Zweigen und Decken. In der letzten Stunde hatte ich dort ein Feuer brennen, das sicher noch glimmt und wieder angefacht werden kann.«

Er zögert, blickt mir forschend ins Gesicht. Die alte Frau hält jetzt die Augen geschlossen, ihr Kopf ruht an seiner Schulter. »Fährmann«, sagt er, »meine Frau hat im Fieber gesprochen. Wir brauchen keine Inseln. Lieber stellen wir uns unter diesen freundlichen Bäumen unter, bis der Regen aufgehört hat, und ziehen dann weiter.«

»Axl, was redest du denn da?«, fragt die Frau und schlägt die Augen wieder auf. »Hat unser Sohn nicht lang genug gewartet? Lass den guten Fährmann uns doch zu dieser Bucht bringen.«

Der alte Mann zögert noch immer, aber er spürt seine Frau in seinen Armen zittern, und er blickt mich mit verzweifeltem Flehen an.

»Wenn du willst«, sage ich, »trage ich deine gute Frau, damit euch der Weg zur Bucht leichter wird.«

»Ich trage sie selber, Herr«, sagt er, wie einer, der besiegt ist, aber noch seinen Stolz hat. »Wenn sie nicht auf eigenen Füßen gehen kann, legt sie den Weg in meinen Armen zurück.«

Was soll man dazu sagen, der Mann ist doch fast so klapprig wie seine Frau.

»Die Bucht ist nicht sehr weit«, sage ich behutsam. »Aber der Weg dort hinunter ist steil, voller Löcher und knorriger Wurzeln. Bitte erlaube, dass ich sie trage, Herr. Es ist das Sicherste. Wo der Weg es zulässt, gehst du neben uns. Komm; sobald der Regen nachlässt, steigen wir rasch hinunter, denn ich sehe doch, dass die arme Frau vor Kälte zittert.«

Tatsächlich hörte der Regen bald auf, und ich trug sie den Hügel hinunter, der alte Mann stolperte hinter uns her, und als wir am Strand anlangten, waren die Wolken wie von einer ungeduldigen Hand zur einen Seite des Himmels geschoben. Der Abend tauchte die Küste in sein rötliches Licht, eine verschwommene Sonne fiel aufs Meer, und mein Boot schaukelte auf den Wellen. Betont behutsam legte ich sie auf die derbe Decke aus getrockneten Fellen und Ästen und bettete sie so, dass sie einen moosbewachsenen Stein als Kopfkissen hatte. Und ehe ich zurücktreten kann, ist er schon zur Stelle und umsorgt sie.

»Seht ihr«, sage ich und kauere mich neben dem schlummernden Feuer nieder. »Dort ist die Insel.«

Eine nur kleine Drehung des Kopfes verschafft der Frau einen Blick aufs Meer, und sie stößt einen leisen Schrei aus. Er hingegen muss sich auf den harten Kieseln herumdrehen und starrt verunsichert hier und dort auf die Wellen.

»Dort, Freund«, sage ich. »Schau. Auf halbem Weg zwischen der Küste und dem Horizont.«

»Meine Augen sind nicht mehr so gut«, sagt er. »Aber ja, ich glaube, ich sehe sie jetzt. Sind das Baumwipfel? Oder zerklüftete Felsen?«

»Das dürften Bäume sein, Freund, denn es ist ein lieblicher Ort.« Das sage ich, während ich Zweige zerknicke und das Feuer anfache. Sie blicken beide zur Insel hinaus, und ich knie nieder, spüre die harten Steine unter meinen Knochen und blase in die Glut. Sind dieser Mann, diese Frau nicht aus freien Stücken hier? Lass sie selbst über ihren Weg entscheiden, sage ich mir.

»Spürst du die Wärme schon, Prinzessin?«, ruft er. »Bald bist du wiederhergestellt.«

»Ich sehe die Insel, Axl«, sagt sie, und ich kann leider wieder nicht umhin, Privates mitzuhören. »Dort wartet unser Sohn. Wie sonderbar, dass wir das vergessen konnten.«

Er murmelt eine Antwort, und ich sehe, dass er sich wieder sorgt. »Natürlich, Prinzessin«, sagt er dann, »haben wir noch nicht entschieden. Wollen wir uns wirklich hinüberbringen lassen? Außerdem können wir die Fahrt nicht bezahlen – Zinn und Münzen haben wir beim Pferd gelassen.«

Soll ich schweigen? »Das spielt keine Rolle, Freunde«, sage ich. »Ich hole mir, was ihr mir schuldig seid, gern später aus der Satteltasche. Dieses Ross wandert nicht weit.« Manche mögen es Hinterlist nennen, doch ich sprach einfach aus

Barmherzigkeit; denn ich wusste wohl, dass ich dieses Pferd nicht wiedersehen würde. Sie sprachen leise miteinander, und ich kehrte ihnen den Rücken und kümmerte mich um das Feuer. Will ich mich ihnen etwa aufdrängen? Sie aber hebt die Stimme, und die ist sogar kräftiger als zuvor.

»Fährmann«, sagt sie. »Ich habe einmal eine Geschichte gehört, vielleicht als kleines Kind. Von einer Insel voller lieblicher Wälder und Bäche, die aber doch auch allerlei merkwürdige Eigenschaften hatte. Viele lassen sich hinüberbringen, doch für den, der dort lebt, ist es so, als sei er ganz allein auf der Insel, denn seine Nachbarn sieht und hört er nicht. Kann es sein, dass dies auch für die Insel dort drüben gilt, Herr?«

Ich zerkleinere Zweige und schichte sie sorgfältig rund um die Flamme. »Liebe Frau, ich weiß von mehreren Inseln, auf die diese Beschreibung passt. Keine Ahnung, ob auch diese darunter ist.«

Eine ausweichende Antwort und eine, die sie ermutigt. »Ich habe außerdem gehört, Fährmann«, sagt sie, »dass diese befremdlichen Bedingungen zu manchen Zeiten außer Kraft gesetzt sind. Dass manchen Reisenden sogar ein besonderer Dispens gewährt wird. Stimmt das denn, Herr?«

»Liebe Frau«, sage ich, »ich bin nur ein bescheidener Fährmann. Es steht mir nicht zu, mich über solche Angelegenheiten zu äußern. Aber nachdem sonst niemand da ist, lass mich Folgendes sagen. Ich habe gehört, dass es bestimmte Zeiten gibt, vielleicht während eines Unwetters wie dem, das wir eben erlebt haben, oder in Sommervollmondnächten, zu denen ein Inselbewohner das Gefühl haben kann, dass sich andere mit ihm im Wind bewegen. Das könnte es sein, was du gehört hast, gute Frau.«

»Nein, Fährmann«, sagt sie, »es war noch mehr. Ich habe gehört, dass ein Mann und eine Frau, die ein ganzes Leben miteinander geteilt haben und in ungewöhnlich starker Liebe verbunden sind, nicht getrennt voneinander umherwandern müssen, sondern auf der Insel zusammenbleiben dürfen. Ich habe gehört, dass sie sich, wie in den vielen Jahren vorher, an der Gesellschaft des anderen erfreuen dürfen. Kann das stimmen, Fährmann?«

»Ich sage es noch einmal, gute Frau. Ich bin nur ein Fährmann, meine Aufgabe ist es, meine Fahrgäste zu befördern, wenn sie übergesetzt werden wollen. Ich kann nur sagen, was ich bei meiner täglichen Arbeit beobachte.«

»Aber es ist niemand da als du, der uns Auskunft geben kann, Fährmann. Deshalb frage ich dich, Herr. Wenn du jetzt meinen Mann und mich beförderst, kann es dann sein, dass wir nicht getrennt werden, sondern Arm in Arm, wie wir immer gegangen sind, auf der Insel umherwandern dürfen?«

»Also gut, liebe Frau. Ich rede offen mit euch. Du und dein Mann seid ein Paar, wie wir Fährleute es selten zu Gesicht bekommen. Ich habe eure ungewöhnlich innige Verbundenheit gesehen, als ihr durch den Regen geritten kamt. Es steht außer Frage, dass euch erlaubt sein wird, auf der Insel zusammenzubleiben. In dieser Hinsicht könnt ihr ganz getrost sein.«

»Was du sagst, erfüllt mich mit großer Freude, Fährmann«, sagt sie und sinkt vor Erleichterung regelrecht in sich zusammen. Dann sagt sie: »Und wer weiß? Während eines Sturms oder in einer ruhigen Mondnacht entdecken Axl und ich vielleicht unseren Sohn in der Nähe. Können vielleicht sogar ein paar Worte mit ihm wechseln.«

Nachdem das Feuer jetzt gut brennt, stehe ich auf. »Schaut«, sage ich und deute aufs Meer. »Das Boot schaukelt schon im seichten Wasser. Aber ich verwahre mein Ruder in einer Höhle in der Nähe, in einen Felsentümpel versenkt, in dem kleine Fischchen im Kreis schwimmen. Das hole ich jetzt,

Freunde, und während ich fort bin, könnt ihr ungestört miteinander reden. Wenn dies eine Reise ist, die ihr zu machen wünscht, solltet ihr das jetzt ein für alle Mal entscheiden. So, jetzt lasse ich euch einen Moment allein.«

Sie aber lässt mich nicht aus. »Noch ein Wort, bevor du gehst, Fährmann«, sagt sie. »Sag uns, ob du, wenn du wiederkommst, die Absicht hast, uns nacheinander einzeln zu befragen, ehe du einverstanden bist, uns auf die Insel zu bringen. Denn ich habe gehört, dass dies unter Fährleuten so üblich ist, um jene ausfindig zu machen, die geeignet sind, vereint auf die Insel zu gelangen.«

Sie starren mich beide an, das Abendlicht liegt auf ihren Gesichtern, das seine, sehe ich, ist voller Argwohn. Ich blicke ihr ins Auge, nicht ihm.

»Gute Frau«, sage ich, »ich bin dankbar für diese Erinnerung. In meiner Hast hätte ich beinahe vernachlässigt, wozu ich nach alter Sitte angehalten bin. Es ist, wie du sagst; in diesem Fall tun wir es allerdings nur um der guten Tradition willen. Denn wie gesagt, ich habe von Anfang an gesehen, dass ihr ein Paar seid, das einander in außergewöhnlicher Innigkeit verbunden ist. Jetzt entschuldigt mich, Freunde, denn die Zeit läuft mir davon. Seid bitte entschieden, wenn ich wiederkomme.«

Ich verließ sie also und ging über den abendlichen Strand davon, bis die Wellen lauter wurden und aus den Kieseln unter meinen Füßen nasser Sand geworden war. Wann immer ich zu ihnen zurückblickte, bot sich mir derselbe Anblick, allerdings jedes Mal ein bisschen kleiner: der graue alte Mann, vor seiner Frau hockend, beide in feierlicher Unterredung. Von ihr sah ich wenig, denn der Felsen, an dem sie lehnte, verbarg alles bis auf ihre Hand, die sich hob und senkte, während sie sprach. Beide wirkten einander sehr zugetan. Aber ich hatte meine Pflicht und ging weiter zur Höhle und zu meinem Ruder.

Als ich mit dem Ruder auf der Schulter zu ihnen zurückkam, konnte ich ihnen die Entscheidung an den Augen ablesen, noch ehe er sie aussprach: »Wir bitten dich, uns zur Insel zu bringen, Fährmann.«

»Dann gehen wir rasch zum Boot, ich bin schon sehr verspätet«, sage ich und marschiere davon, als wollte ich mich gleich in die Wellen stürzen. Doch dann mache ich noch einmal kehrt und sage: »Moment. Wir müssen erst dieses dumme Ritual absolvieren. Lasst mich also Folgendes vorschlagen, Freunde. Guter Herr, wenn du bitte aufstehst und dich ein Stück entfernst. Sobald du außer Hörweite bist, spreche ich kurz mit deiner lieben Frau. Sie kann bleiben, wo sie ist. Dann, wenn es Zeit ist, komme ich zu dir, wo du eben bist, irgendwo an diesem Strand. Wir haben es bald hinter uns und kommen wieder hierher, um die gute Frau ins Boot zu holen.«

Er starrt mich an, und ein Teil von ihm sehnt sich danach, mir zu trauen. Endlich sagt er: »Also gut, Fährmann, ich gehe ein Weilchen am Strand spazieren.« Und zu seiner Frau sagt er: »Wir sind nur für einen Moment getrennt, Prinzessin.«

»Keine Sorge, Axl«, sagt sie. »Ich bin halbwegs wiederhergestellt, und unter dem Schutz dieses netten Mannes kann mir nichts passieren.«

Fort ist er; geht langsam zur Ostseite der Bucht und dem hohen Schatten der Felswand. Die Vögel stieben vor ihm auseinander, kehren aber rasch zurück, um wieder im Seetang und Sand zwischen Felsen zu picken. Er hinkt ein wenig, und sein Rücken ist gebeugt wie bei einem, der beinahe besiegt ist, doch ich sehe noch immer ein kleines Feuer in ihm brennen.

Die Frau blickt mit leichtem Lächeln zu mir auf. Was soll ich fragen?

»Fürchte meine Fragen nicht, gute Frau«, sage ich. Jetzt hätte ich gern eine lange Mauer in der Nähe, der ich das Gesicht zuwenden kann, während ich mit ihr spreche, aber da ist nur der leichte Abendwind, und die tief stehende Sonne scheint mir ins Gesicht. Ich hocke mich vor ihr nieder wie zuvor ihr Mann und raffe mein Gewand bis zu den Knien.

»Ich fürchte deine Fragen nicht, Fährmann«, sagt sie leise. »Denn ich weiß, was ich im Herzen für ihn empfinde. Frag mich, was du willst. Meine Antworten werden aufrichtig sein und am Ende doch nur eines beweisen.«

Ich stelle ein, zwei Fragen, das Übliche; habe ich das nicht oft genug getan? Dann frage ich noch das eine oder andere, um sie zu ermutigen und um zu beweisen, dass ich bei der Sache bin. Aber das ist kaum notwendig, denn sie spricht ohne Scheu. Sie redet und redet, manchmal schließen sich ihre Augen, ihre Stimme aber ist immer klar und fest. Und auch wenn ich den Blick über die Bucht schweifen lasse, zur Gestalt des müden alten Mannes hinüber, der bang zwischen den kleinen Felsen auf und ab geht, höre ich aufmerksam zu, wie es meine Pflicht ist.

Ich muss an die Arbeit denken, die anderswo auf mich wartet, und unterbreche ihre Erinnerungen mit der Bemerkung: »Ich danke dir, gute Frau. Lass mich jetzt rasch zu deinem guten Mann gehen.«

Sicher beginnt er mir jetzt zu trauen; warum sonst wagt er, sich so weit von seiner Frau zu entfernen? Er hört meine Schritte und dreht sich um, als erwachte er aus einem Traum. Das Licht der Abendsonne fällt auf ihn, und ich sehe sein Gesicht, das nicht mehr misstrauisch ist, sondern von tiefer Sorge erfüllt; er hat kleine Tränen in den Augen.

»Wie läuft es, Herr?«, fragt er still.

»Es ist ein Vergnügen, deiner lieben Frau zuzuhören«, antworte ich, im gleichen leisen Ton wie er, obwohl der Wind jetzt recht wild pfeift. »Aber machen wir's kurz, Freund, damit wir aufbrechen können.«

»Frag, was du willst, Herr.«

»Ich habe keine Frage, die der Erforschung dient, Freund. Aber deine gute Frau hat sich vorhin an einen Tag erinnert, an dem ihr beide Eier vom Markt heimgetragen habt. Sie sagt, sie trug sie in einem Korb vor sich her, und du warst an ihrer Seite und hast aus Furcht, im Gehen könnten die Eier beschädigt werden, die ganze Zeit ein Auge auf den Korb gehabt. Die Erinnerung stimmte sie froh.«

»Ich glaube, ich erinnere mich ebenfalls, Fährmann«, sagt er und sieht mich lächelnd an. »Ich hatte Angst um die Eier, denn bei einer früheren Besorgung ist sie gestolpert und hat ein oder zwei Eier zerbrochen. Ein kurzer Gang, aber wir waren beide an dem Tag sehr zufrieden.«

»Genau so hat sie es in Erinnerung«, sage ich. »Na gut, verschwenden wir keine Zeit, diese Unterredung dient ja nur dazu, den Brauch zu wahren. Holen wir deine liebe Frau und tragen sie zum Boot.«

Und ich mache mich auf den Weg zurück zum Unterstand und zu seiner Frau, doch nun geht er lustlos dahin und zwingt mich, meinerseits langsamer zu werden.

»Hab keine Angst vor den Wellen, Freund«, sage ich, weil ich meine, dies sei die Ursache seiner Besorgnis. »Der Meeresarm hier ist keinem Sturm ausgesetzt – von hier bis zur Insel kann nichts passieren.«

»Ich vertraue ganz deinem Urteil, Fährmann.«

»Freund«, sage ich, um unser langsames Vorankommen mit Unterhaltung auszufüllen. »Eigentlich war da noch eine Frage, die ich dir gestellt hätte, wenn wir mehr Zeit gehabt hätten.

Aber, da wir nun miteinander diesen Weg gehen, könnte ich sie dir jetzt stellen, bist du einverstanden?«

»Selbstverständlich, Fährmann.«

»Ich wollte einfach fragen, ob irgendeine Erinnerung aus euren gemeinsamen Jahren mit einem besonderen Schmerz verbunden ist. Weiter nichts.«

»Reden wir noch im Rahmen der Befragung, Herr?«

»O nein«, sage ich. »Die ist überstanden und vorbei. Deiner guten Frau habe ich vorhin dieselbe Frage gestellt – es ist reine Neugier meinerseits. Du musst nichts dazu sagen, Freund, ich nehme es dir nicht übel, wenn du schweigst. Schau.« Ich deute auf den Felsen, an dem wir vorbeigehen. »Das sind nicht einfach nur Muscheln. Das sind schmackhafte Rankenfüßer, und wenn wir mehr Zeit hätten, würde ich dir zeigen, wie man sie vom Felsen pflückt und eine praktische Mahlzeit daraus macht. Ich habe sie oft am Feuer geröstet.«

»Fährmann«, sagt er ernst, und seine Schritte werden noch langsamer. »Ich beantworte deine Frage, wenn du willst. Ich bin nicht sicher, wie sie geantwortet hat, denn auch Leute wie wir schweigen über vieles. Mehr noch – bis zum heutigen Tag hat der Atem einer Drachin die Luft verpestet und ungezählte Erinnerungen geraubt, frohe wie schmerzliche. Aber der Drache ist erschlagen, und es klärt sich schon vieles in meinem Geist. Du hast nach einer Erinnerung gefragt, die mit einem besonderen Schmerz verbunden ist. Ich kann nichts anderes sagen, Fährmann, als dass sie unserem Sohn gilt, der fast erwachsen war, als wir ihn zuletzt sahen, aber von uns fortgegangen ist, ehe ihm ein Bart wuchs. Das war nach einem Streit, und er ging nicht weit, in ein Dorf in der Nähe, und ich dachte, es sei eine Frage von Tagen, bis er wiederkommt.«

»Deine Frau sagte dasselbe, Freund«, sage ich. »Und sie sagte, sie sei schuld, dass er ging.«

»Wenn sie sich wegen des ersten Teils verurteilt, so trifft mich viel Schuld wegen des zweiten. Denn es stimmt, es gab einen kurzen Moment, in dem sie mir untreu war. Es mag sein, Fährmann, dass ich etwas tat, um sie einem anderen in die Arme zu treiben. Oder lag es an etwas, das ich zu sagen oder zu tun versäumt hatte? Ich weiß nicht; es ist alles sehr fern, wie ein Vogel, der vorbeifliegt und zum Pünktchen am Himmel wird. Aber unser Sohn war Zeuge dieser Bitterkeit, und er war schon zu alt, um sich mit Worten beschwichtigen zu lassen, aber noch zu jung, um die vielen seltsamen Wege des menschlichen Herzens zu kennen. Er ging fort und schwor, dass er niemals zurückkäme, und er war immer noch fort, als sie und ich uns glücklich wiedervereinten.«

»Diesen Teil hat deine Frau mir erzählt. Und kurz darauf, auch das sagte sie, kam die Nachricht, dass euer lieber Sohn von der Seuche dahingerafft wurde, die uns damals heimsuchte. Meine Eltern gingen an derselben Seuche zugrunde, Freund, und ich erinnere mich noch sehr gut. Warum aber gibst du dir die Schuld? Die Seuche hat Gott oder der Teufel geschickt; welche Schuld hättest du daran?«

»Ich habe ihr verboten, zu seinem Grab zu gehen, Fährmann. Es war grausam von mir. Sie wollte, dass wir gemeinsam seine Ruhestätte aufsuchen, aber ich weigerte mich. Jetzt sind viele Jahre vergangen, und erst vor ein paar Tagen haben wir uns auf den Weg gemacht, um sein Grab zu suchen; zu dem Zeitpunkt aber hatte uns der Nebel der Drachin bereits jeder klaren Vorstellung davon beraubt, was wir eigentlich wollten.«

»Aha, so ist das«, sage ich. »Diesen Teil behielt deine Frau für sich. Also hast du verhindert, dass sie sein Grab besucht.«

»Ja. Es war grausam, Herr. Und ein schlimmerer Verrat als ihre kleine Untreue, die mich für einen oder zwei Monate zum Gehörnten machte.«

»Was hofftest du zu gewinnen, Herr, als du nicht nur deiner Frau, sondern auch dir verboten hast, am Grab eures Sohnes zu trauern?«

»Gewinnen? Es gab nichts zu gewinnen, Fährmann. Das war nur Dummheit und Stolz. Und was sonst noch in den Tiefen eines Menschenherzens lauert. Vielleicht tat ich es, um sie zu strafen, Herr. Ich verzieh ihr in Worten und Taten, doch in meinem Herzen gab es viele Jahre lang eine kleine, versperrte Kammer, in der ein Verlangen nach Rache saß. Es war kleingeistig und niederträchtig ihr und auch meinem Sohn gegenüber.«

»Ich danke dir, dass du mir dies anvertraust, Freund«, sage ich zu ihm. »Und vielleicht ist es gut so. Denn obwohl das, was wir hier reden, in keiner Weise meiner Pflicht in die Quere kommt und wir jetzt als Gefährten sprechen, die miteinander den Tag verbringen, gestehe ich, dass ich zuvor ein kleines Unbehagen auf der Seele hatte; das Gefühl, ich hätte noch nicht alles erfahren, was wichtig ist. Jetzt kann ich euch beruhigt und zufrieden zur Insel rudern. Aber sag mir noch eins, Freund – was war es denn, das deinen jahrelang aufrechterhaltenen Entschluss ins Wanken brachte, sodass ihr euch endlich auf den Weg gemacht habt? Waren es Worte? Oder ein Sinneswandel, der so unergründlich ist wie die Flut oder der Himmel vor uns?«

»Das fragte ich mich selber, Fährmann. Und ich denke jetzt, es ist kein bestimmtes Ereignis gewesen, das den Sinneswandel herbeiführte, sondern es kam nach und nach, im Lauf unserer gemeinsamen Jahre. Mehr ist es wohl nicht, Fährmann. Die Wunde heilte langsam, aber am Ende war sie geheilt. Denn da war ein Morgen vor nicht allzu langer Zeit, der beginnende Tag brachte die ersten Anzeichen dieses Frühlings, und ich beobachtete meine Frau, die noch schlief, obwohl schon die Sonne in unser Zimmer fiel. Und ich wusste auf einmal, dass das letzte Stück Dunkelheit von mir gewichen war. Und so machten wir uns auf den Weg, Herr, und jetzt entsinnt sich meine Frau, dass unser Sohn vor uns auf diese Insel kam, also muss seine Grabstätte wohl dort in den Wäldern oder vielleicht an ihren lieblichen Gestaden liegen. Fährmann, ich habe aufrichtig gesprochen, und ich hoffe, es wirft keinen Zweifel auf dein voriges Urteil über uns. Denn es kann wohl sein, dass mancher, der meine Worte hört, auf die Idee käme, dass unsere Liebe mangelhaft sei und ungenügend. Aber Gott wird den langsamen Gang der Liebe eines alten Paares kennen und verstehen, dass auch dunkle Schatten sein müssen, damit sie ein Ganzes ist.«

»Keine Sorge, Freund. Was du mir erzählt hast, ist ein Echo dessen, was ich sah, als ihr auf diesem müden Ross durch den Regen kamt. Nun, Herr, keine weiteren Worte mehr, denn womöglich zieht wieder ein Sturm auf. Eilen wir zu ihr und tragen sie zum Boot.«

Sie lehnt schlafend am Felsen, neben ihr qualmt das Feuer, und in ihrem Gesicht liegt ein Ausdruck der Zufriedenheit.

»Diesmal trage ich sie selber, Fährmann«, sagt er. »Meine Kraft ist wiederhergestellt.«

Kann ich das zulassen? Es macht meine Aufgabe nur schwerer. »Auf diesen Kieselsteinen geht es sich schlecht, Freund«, sage ich. »Was, wenn du stolperst, während du sie trägst? Ich dagegen bin's gewöhnt; sie ist nicht die Erste, die von mir zum Boot getragen werden muss. Du kannst neben uns gehen und mit ihr reden, wenn du das möchtest. Mach es so wie damals, als sie die Eier getragen hat und du besorgt neben ihr hergegangen bist.«

Die Angst kehrt in seine Miene zurück. Doch er antwortet leise: »Gut, Fährmann. Wir machen es so, wie du sagst.«

Er geht neben mir her und murmelt ihr aufmunternde Worte zu. Schreite ich zu rasch aus? Denn jetzt bleibt er zurück, und als ich sie ins Meer trage, ergreift mich verzweifelt seine Hand von hinten. Aber man soll hier nicht herumtrödeln, meine Füße müssen den Kai finden, der sich dicht unter der Oberfläche des kalten Wassers verbirgt. Ich trete auf die Steine, das Wasser plätschert in seichten Wellen darüber hin, und ich steige ins Boot, das kaum wankt, obwohl ich die Frau in den Armen trage. Meine Decken im Heck sind nass vom Regen. Mit dem Fuß schiebe ich die obersten Schichten beiseite und setze die Frau vorsichtig ab. Ich lasse sie sitzen, den Kopf an die Bootswand gelehnt, und suche in der Kiste nach trockenen Decken gegen den Wind vom Meer.

Während ich sie zudecke, merke ich, dass er ins Boot steigt; der Boden wankt unter seinem Schritt. »Freund«, sage ich, »du siehst, die See wird rauer. Und dies ist nur ein kleines Boot. Ich wage nicht mehr als einen Passagier auf einmal zu befördern.«

Nun sehe ich das Feuer in ihm klar und deutlich, es lodert in seinen Augen. »Ich dachte, es sei fest vereinbart, Fährmann«, sagt er, »dass meine Frau und ich gemeinsam auf die Insel gelangen. Sagtest du es nicht wiederholt, und war dies nicht der Zweck deiner Fragen?«

»Bitte versteh mich nicht falsch, Freund«, sage ich. »Ich spreche lediglich vom praktischen Aspekt der Überfahrt. Es steht außer Frage, dass ihr beide gemeinsam auf dieser Insel wohnen und Arm in Arm gehen werdet, wie ihr immer gegangen seid. Und wenn ihr die Grabstätte eures Sohnes findet, vielleicht an einem schattigen Fleck, dann könnt ihr euch überlegen, ob ihr nicht ringsum Wildblumen pflanzen wollt, wie sie überall auf der Insel wachsen. Glockenheide gibt es dort, sogar Ringelblumen. Aber für die heutige Überfahrt bitte ich dich, noch ein Weilchen am Ufer zu warten. Ich sorge dafür, dass deine liebe Frau es am anderen Ufer gut und bequem hat – ich weiß einen schönen Platz nahe der Anlegestelle, wo drei uralte Felsen einander gegenüberstehen wie eingeschworene Gefährten. Dort lasse ich sie, gut geschützt, aber mit Blick aufs Wasser, und komme gleich zurück, um auch dich zu holen. Jetzt lass uns fahren und warte du noch eine Zeit lang am Ufer.«

Sein Gesicht leuchtet im roten Widerschein der untergehenden Sonne, oder ist es noch immer das Feuer in seinem Blick? »Ich steige nicht mehr aus diesem Boot, Herr, solange meine Frau darin sitzt. Rudere uns beide hinüber, wie du versprochen hast. Oder muss ich selber rudern?«

»Ich halte das Ruder, Herr, und es ist an mir zu bestimmen, wie viele in diesem Boot mitfahren dürfen: Das ist meine Pflicht. Kann es sein, dass du trotz unserer neu geschlossenen Freundschaft üblen Betrug witterst? Hast du Angst, ich könnte dich nicht holen kommen?«

»Ich klage dich nicht an, Herr. Aber es gehen so viele Gerüchte über Fährleute und ihr Vorgehen. Ich will dich nicht kränken; ich bitte dich nur, uns beide mitzunehmen und keine weitere Zeit zu verlieren.«

»Fährmann«, ertönt jetzt ihre Stimme, und ich drehe mich um und sehe gerade noch, wie ihre Hand nach mir greift, aber ins Leere, denn die Augen hat sie geschlossen. »Fährmann. Lass uns einen Moment allein. Lass meinen Mann und mich kurz allein miteinander sprechen.«

Wage ich es, ihnen das Boot zu überlassen? Aber sie wird jetzt sicher meine Partei ergreifen. Das Ruder fest in der Hand, steige ich an ihm vorbei über die Flanke und ins Wasser. Das Meer reicht mir bis zum Knie und tränkt den Saum meines Gewands. Das Boot ist gut vertäut, und ich habe das

Ruder: Sie könnten mich nicht überlisten. Dennoch wage ich nicht, mich weit zu entfernen; und obwohl ich zur Küste schaue und reglos stehe wie ein Felsen, muss ich abermals, ohne es zu wollen, das private Gespräch zwischen ihnen mithören, denn ihre Stimmen tragen über das leise Plätschern der Wellen hinweg.

»Sind wir allein, Axl?«

»Er steht dort im Wasser, Prinzessin. Er ist nur widerstrebend ausgestiegen, und ich fürchte, er lässt uns nicht viel Zeit.«

»Axl, dies ist nicht die Zeit, mit dem Fährmann zu streiten. Wir hatten großes Glück, ihn heute zu treffen. Einen Fährmann, der uns solches Wohlwollen entgegenbringt.«

»Aber wir haben so oft gehört, dass sie ihre Passagiere mit hinterhältigen Listen hereinlegen, stimmt's nicht, Prinzessin?«

»Ich vertraue ihm, Axl. Er wird sein Wort halten.«

»Wie kannst du da so sicher sein, Prinzessin?«

»Ich weiß es, Axl. Er ist ein guter Mann und wird uns nicht enttäuschen. Tu, was er sagt, und warte dort an Land auf ihn. Er wird dich bald holen kommen. Machen wir es so, wie er sagt, Axl, ich fürchte, wir könnten sonst den großartigen Dispens, den er uns anbietet, wieder einbüßen. Es ist uns versprochen, dass wir gemeinsam auf der Insel sein werden, wie es nur wenigen erlaubt ist, nicht einmal allen, die ein Leben lang eng miteinander verbunden waren. Warum sollten wir, nur um zu vermeiden, dass wir für kurze Zeit getrennt sind, diesen Lohn aufs Spiel setzen? Streite nicht mit ihm, bitte – wer weiß, ob wir nicht beim nächsten Mal an einen Grobian geraten. Axl, bitte mach deinen Frieden mit ihm. Ich fürchte, er könnte ärgerlich werden und es sich anders überlegen. Axl, bist du noch da?«

»Ich bin hier vor dir, Prinzessin. Sollen unsere Wege sich tatsächlich hier trennen, darf das sein?«

»Es ist doch nur für kurze Zeit, Mann. Was tut er jetzt?«

»Er steht immer noch reglos da und zeigt uns seinen breiten Rücken und blanken Kopf. Prinzessin, glaubst du wirklich, wir können ihm trauen?«

»Ja, Axl.«

»Dein Gespräch mit ihm vorhin. Ist es gut verlaufen?«

»Es ist gut verlaufen, Mann. Bei dir nicht?«

»Doch, ich glaube schon, Prinzessin.«

Sonnenuntergang über der Bucht. Stille hinter mir. Kann ich jetzt schon zu ihnen zurückkehren?

»Sag mir, Prinzessin«, höre ich ihn sagen. »Bist du froh, dass der Nebel sich verzieht?«

»Für das Land kann es furchtbares Grauen bedeuten. Für uns verzieht er sich genau zur rechten Zeit.«

»Ich habe nachgedacht, Prinzessin. Kann es sein, dass unsere Liebe mit den Jahren nie so stark geworden wäre, hätte der Nebel uns nicht so viele Erinnerungen genommen? Vielleicht hat er alte Wunden heilen lassen.«

»Was tut das jetzt noch, Axl? Versöhn dich mit dem Fährmann und lass ihn uns zur Insel übersetzen. Wenn er nur den einen rudern kann und dann erst den anderen, müssen wir doch nicht mit ihm streiten, oder? Axl, was sagst du?«

»Gut, Prinzessin. Ich mache es so, wie du sagst.«

»Dann lass mich jetzt hier und geh zum Ufer zurück.«

»Das tue ich, Prinzessin.«

»Warum bist du dann immer noch da, Mann? Glaubst du, Fährleute werden nie ungeduldig?«

»Gut, Prinzessin. Aber lass mich dich noch einmal in die Arme nehmen.«

Umarmen sie sich jetzt, obwohl ich sie eingewickelt habe wie ein Kleinkind? Obwohl er knien muss und gewiss eine sonderbare Gestalt auf dem harten Schiffsboden abgibt? Wahrscheinlich; und solange es so still ist, wage ich nicht, mich umzudrehen. Das Ruder in meinen Armen – wirft es einen Schatten auf das wogende Wasser? Wie lange noch? Endlich höre ich wieder ihre Stimmen.

»Auf der Insel reden wir weiter, Prinzessin«, sagt er.

»Das tun wir, Axl. Und jetzt, wo der Nebel fort ist, haben wir sehr viel zu reden. Steht der Fährmann noch immer im Wasser?«

»Ja, Prinzessin. Ich gehe jetzt und mache meinen Frieden mit ihm.«

»Leb wohl, Axl.«

»Leb wohl, meine einzige Liebe.«

Ich höre ihn durchs Wasser kommen. Hat er die Absicht, mich anzusprechen? Er wollte sich ja mit mir versöhnen. Doch als ich mich umdrehe, blickt er nicht zu mir her, nur landeinwärts und zur Bucht, die im roten Licht der Abendsonne liegt. Und auch ich suche seinen Blick nicht. Er watet an mir vorbei und blickt nicht zurück. Warte am Ufer auf mich, Freund, sage ich leise, aber er hört mich nicht und watet weiter.

Kazuo Ishiguro

»Ein außergewöhnliches Genie«
New York Times

978-3-453-42160-8

Damals in Nagasaki
978-3-453-42157-8

Der Maler der fließenden Welt
978-3-453-42158-5

Als wir Waisen waren
978-3-453-42155-4

Was vom Tage übrig blieb
978-3-453-42160-8

Die Ungetrösteten
978-3-453-42159-2

Alles was wir geben mussten
978-3-453-42154-7

Bei Anbruch der Nacht
978-3-453-42156-1

Der begrabene Riese
978-3-453-42000-7

Leseprobe unter **www.heyne.de**